王金昌日记收藏系列——

北平日记

（1939年—1943年）

（三）

董　毅◎著

王金昌◎整理

人民出版社

王金昌日记收藏系列——

北平日记

（1939年—1943年）

（三）

董 毅 ◎ 著

王金昌 ◎ 整理

人民出版社

中华民国卅年

（1941 年）

NOTE BOOK

Diary Nº 9.

Kept By

Shirley Tsang

1月1日　星期三（十二月初四）　半晴

八时许起来，偷偷把昨夜回来买的三包口口糖放在二弟、一妹的枕边，后来发现了，他们都很高兴，因为今天是阳历年，上午看了半天报，今天眼睛，不知又为了什么，上午就不大舒服，下午想做些事，只做了一小时左右，便不舒服起来，于是卧在床上假眠了两小时，五时半起来，二弟一妹去中南海溜冰回来了，今天一天都不大舒服，精神又不好忽冷忽热的，穿脱棉袍三次，眼睛又不好，心中着急得很，不然又可以做许多事情，晚上勉力看了三章《大地》，实在受不了眼睛的难过，九时半便休息了，就这样子烦闷无味，在家中默默的过了一个阳历元诞日。

1月2日　星期四（十二月初五）　下午阴

不知是哪一股子邪劲附在我的身上，今天上午会和娘在以前未有的着急悲痛的愤懑的心情下吵了一阵子，并把门上玻璃踢碎三块，李娘、弟妹、仆妇都吓一跳，我亦不知我怎么那时会那么兴奋！为了一点小事，娘老叨唠没完，不是一次，什么事都如此，劝她不要说了，就大生气，说我管娘，不许娘说话了，还大嚷，说父亲死了，谁也管不了，还说有儿子就怎么样，没儿子又怎么样。不是说的话，娘如没有儿子，父死后，绝不是这样子了。一时气急，父在时屡劝娘勿学四嫂那种泼辣样子，总不听，现在是愈来愈凶。我因二年来里外，各种各方面所经所受之抑郁，又加之念老父以及社会上种种原因对我之歧视，及其他各种委屈，全迸发于一时，状几如疯狂，娘如不知谅人如不明白为人难为人子难，尤以我之处境为难，则我异日总有疯时，经弟妹，李娘，仆媪之劝解，娘亦无语，我每一念及老父，仍悲戚不止，心中万马奔腾，此起彼伏，如火灼心，二年未所经受之苦非可以言语笔下所能形容于万一，恨不随父于地下，留世上徒自受苦耳，独自悲戚半晌，泪落不止，吾平时有许多事，皆不愿声言于各处，皆蓄存于心中，恐将来亦易发病耳，午饭后，与四弟同去北海做溜冰

戏，而中心犹如块垒，迄未消去，而又一念及上午彼时对娘之形态，亦殊丑恶，悔恨之至。何以近半年来以理智自裁，今日竟被情感支配作弄至此，心中对娘殊愧恨，怅怅不能去怀者久之。在冰场上遇同学亲友多人，因放假日人多甚，而冰因人多甚不好，五时半归来，继续作文选目录，晚九时作毕，完了一宗心事，功课及书堆得不少，得加油干干，明天也不打算出去。近日来钱又用完，拟再从九姐夫处拨洋元买米面及过旧历年之用，而存九姐夫处之款只余二百元之谱，至多用至明年（旧历年）二月而已，即告罄矣，而以后岁月茫茫，正不知如何办法，至时以电车公司股票押款于强表兄处，又得看人眼色，父死后，以前所向来未经之事，今二年来不知经历若干，未受之苦亦受，未做之事，亦皆须奔跑，生活!? 生活?!

1 月 3 日　星期五（十二月初六）　晴和

现在很能克服自己，很好，一天未出门，结果多少做了点事情，上午起就看《大地》（Good Earth），美国赛珍珠著，胡仲持译，开明书店出版。努力快看，直到下午三时半即看完大半本，字很小，有报纸小四号字那么大，其三百多页，今天就看了二百多页，不算慢了很满意。下午李娘与张妈去买菜，娘一人亦去土地庙买物。五弟，四弟，小妹及力家黄家四小孩一同去中南海溜冰，五点半才回来，小孩子真有瘾，我一个人在屋中安安静静的看书，更自己由沉寂中，由衷感到一种说不出的读书的快感，比叫我做什么事，吃什么好的，穿什么美的还快乐，我宁愿我一人在屋中，没有人吵我来沉静的读我所愿读的书是最快活不过的事了，! 这也非别人所能知道，体会到我心中是多么高兴呢。终于看完了，还有一点怅惘，恨他太短了，赛珍珠的确写中国事写得不错，各种不同人物个性的描写也很分明，中国事务相当熟习，主人翁王龙的一生可以代表中国一般普通中上等的农民了，可惜以前美 M. G. M. 公司以路意丝勒娜及保罗穆尼二人主演的《大地》影片没有看。接着重写清楚两种笔记，到晚上九时才写完，至少今天是看完了一本书，写了四页笔记。下礼拜一又是我的生日了，预备请黄家四人及郑家大宝二宝二人来吃饭，斌来就来，不来就算

了。一年一年过得飞快，明年不知又变到什么样子了，也许我要称呼斌为
江太太了罢！因为昨天下午力大嫂来和娘等谈天谓斌最近或许订婚了，日
前斌母请力大嫂及力六嫂去她家看看江汉生如何！都说不错，年方廿七，
也许不止，大约已写信去问香港勤兄去了，大约没什么问题吧！我很替她
高兴，终身有靠，得乘龙佳婿多好！但愿他俩永远幸福！今日上午五妹又
来借小秤，不知又称什么小物件，看来此事十成有九成了。如果实理，明
年此时怕不会成了江太太了吗？有趣！快得很！十八岁的新娘，一二年怕
不是个年轻的母亲！哈哈！我预备去参加他们的婚礼，热烈的诚意来祝贺
斌平生大事一下！难得的机会，谁晓得那时又是什么光景，人事!? 世
事?! 难得逆料！抓住一时是一时！

1月4日　星期六（十二月初七）　　半晴

　　天气晴是晴了，但是望上去，是那么灰蒙蒙的无边际的一大片，不是
那么青蓝色好看，几天内恐怕还会来一阵子雪吧！天气暖的怪，院内冰都
不冻，上午起的不早，书没看，也没做什么事，中午接到了剑华一封短
信，因为是八号她大考了，她总是忙的，附有两张特制的相片，新照的写
了祝贺新的辞句，倒也别致新鲜，只是送我一张，也送给王贻一张，不知
她到底心中起了什么意思，午后本拟去东城，但因访九姐夫未在医院，顺
路把王贻的相片送去，又到朱君泽吉那里去谈天，瞎扯起来竟自黑了，于
是东城也不去了。有时朱君好似有神经病似的，什么都会点，用功，也会
唱两句国剧，他说他今年方廿一岁，可是他看的书实在多得很，诗、词、
文章对联全来一气，这半年来他已用完了七百张稿纸，可见他写了多少文
章东西了，他满屋全是书，床上桌上堆满了，要睡时，现在床上的再搬到
桌上去。小小的一间屋子真够挤的，一个小火炉就热得很，一个人静静的
用功，倒也十分写意，他的书真不少，他看过的真多，他五岁就读书了，
廿一岁能够有他那样学识的很少啦！博闻强记，全校中唯一好学生，对于
各师长他也常在课外去访问，无时无日不努力，苦干不休，真是为学问而
读书，将来他一定可以成为一个学者，我将来恐怕干不通这个，我们不能

和他相比，差得太远，不能成比例，看看他，再想想自己太惭愧了，昨夜他又是二时多才睡，用宋本校对完了一本《子略》，他说他这一辈子研究子书，诸子都干！精神可佩，他说现在没有几个治诸子的专家，学校的先生，都是只有经学，史学，小学等方面，子书方面很少，集部范围更广，无法下手了，他希望他能再努力十年读书用功，就有相当成绩了，可以讲学者，他只希望做一个学者！哪也没去，只在他那里胡聊一阵子一直到五点半才辞出，他有个小弟弟叫"泽有"，很聪明。回家都黑了，中午发一信与泓，不料下午回家又接到她一封信，怪事，难道上次那封信会丢了吗，正奇怪十八日发的信多日不见她回呢，她反疑心我许多，可笑！她信中说什么难找知己，言外大有意在，我答以亦有同感，想不到她会那么放不开我，总这样又有什么好处?!

1月5日　星期日（十二月初八）　　晴（下午半阴）

　　仍然那么懒，起的不早，还好没有什么人来，上午看了几节《呐喊》，本来以前约五六年前已经看过了，不过现在再温习一遍。鲁迅的作品与近代新文艺作家不同，另是一个味，似乎比较醇厚得多，耐人寻味，他那篇《故乡》实在感人，《阿Q正传》也正如《堂吉诃德》先生一般是世界不朽的名作，直到现在尚没有看到听到有过像《阿Q正传》般的第二篇作品发表。昨天和朱君谈起，他最佩服崇拜鲁迅，还喜读郁达夫的作品，这点倒是奇怪，郁达夫的作品颓废气息太浓，他说郁的作品逼真深刻能感动人，我也佩服鲁迅，但不同情他之喜读郁氏之作品。中午吃蒸饺子，大家吃的都很饱，一点半出门，先到铸兄家去，看他拿出的矿石机成绩怎样，还好，他夫妻二人正要回家来。我待了一刻即出来了，阳历年虽已有厂甸，可是没有去，觉得反正不过是每年那个老样子有什么意思?!绕道去找九姐夫，他出去理发去了，便又跑到郑三表兄家去，三表兄有客在预备竹战，便进去与二宝及小孩闲聊，大宝出去请人，半天才回来，维勤及其弟皆在。现在在一起，似乎觉得也没什么好谈了，孙祁又想认识二宝一个同学，又求她了，说什么都行，否则淡淡的，爱理不理，劲大了，现在见了他我也没什么可说的，也只有淡淡的。陆方我本就讨厌他，远一点好，因为约大宝二宝，明日来家吃晚饭，小孩脾气麻烦了半天，黑了才辞出。到了不知为什么，忽然会请她俩吃饭，晚上觉得这半天又只办了一点事，东城也没去，顺路又到尚志医院寻九姐夫谈款事，这次不知为了什么，倒很痛快，答应后天去取，取回此整数，只余半百了，光了！烦！灯下努力，沉下心去，一气看完《呐喊》，末了用心详细看阿Q正传，深感到鲁迅老练的笔调，以阿Q来代表中国一般人的典型，一举一动，一言一语，幽默中深含着辛辣与深意，愈体味咀嚼愈觉味厚，念我国人的特性，亦为之惘然久之。

日前因西皇城根有二日兵及一日中佐，白昼被暴汉狙击打死，传为骑一无车捐之自行车，于是一时查车捐特别紧；后又传系一麻子，于是前些日子在通衢各处用载重大汽车，网捕麻子，不论老少，凡是麻子之男子，皆被捕去讯问，甚至在机关上做事的人，有麻子亦不能幸免。故一时有人怕麻烦起见，恰巧有麻子的人，都告假暂避一二日，此种事亦有趣之至。近日街市上流行一种特殊之车辆，乃洋车之变形，系由日本传来者，后如洋车形式一般只前边人拉之把，易成一自行车式，多一轮亦有把、闸。前一粗人骑之，如自行车便可以前行，到很别致新奇，在大街上柏油路倒很快，小道土路则尚不如人拉方便，车身所漆各色都有，现在全市行动者约有廿余辆左右，坐其上，扬扬过市，颇惹人注意。皆为散车，日本人经营之商店，已有售卖。然不如旧有者经久，便利，经济，则或有流行普遍之日，否则常坏，亦不易普遍流行矣。

1月6日　星期一（十二月初九）　晴和

早上与平常也没有什么不同，疏懒的我又是九点左右才起，因为今天是天主教四大瞻礼之一，由新年一月一日，一直放到今天止，而今天恰巧是阴历十二初九日，是我的生日，过了生日去上课，倒也不错。上午看过报，略微整理点东西，中午给娘及李娘拜过，二时许出去，到北海去溜冰，不料宣内大街遇到了斌。她招呼我才看见她，停住说了几句话，我问

她："明年此时，我不知应该怎么称呼你？"她当时竟然会有点不好意思起来。我说我去北海，她说她也想去，可是鞋昨天存在青年会了，恕不能奉陪了！于是南北分手，我一人自去，在门口遇见庆成，他总是不大讲究穿着的随随便便，一同进去到道宁斋换了鞋下去，天气仍暖，冰只有一条好，其余都化了，人不多，又看见孙祁赵振华那一帮，又看见王燕墀，他病好了，又过一会王光英和庆成姐姐二人，宗志淳、邓昌明等全来了，而怪的是他们一大堆在一起玩溜，而庆成一个人独玩，不和他们在一块，与成庆好了一阵子的王光英和邓昌明不料却泡上了庆成的两个姐姐。三点多小三来了，小二倒未来，五点左右与小三一同出来，我回家，请了小二，大宝来吃晚饭，不知她俩来不？到家尚没有人，休息一刻，照去年例子，还是五妹小弟先来，二人还特送我一个小红纸包，里边原来是一套烧饼麻花，不错，大家为了这大笑半晌，六时半左右，大宝，小二来了，没失信，还好，不然多少有点失望，至少辜负了李娘老太太忙了三天的苦心不是，她俩来了才告诉她俩是我的生日，催请一番斌母才来，可是斌没在家，怪，不是早回去了吗？也许不愿来，大家便没等她，先开了饭，菜摆在小小圆桌上，还显得不少，不算寒碜。还好，今年吃饭，比去年吃那点面好得多了，东西预备得倒是够吃，可是黄家三人在家已是吃了点东西才来，大宝二宝亦是吃了些才来，真是作客，吃的都不算多，菜余下不少，吃完以后一部分小孩子都在书房中我书桌边围坐闲聊，人多东拉西扯的倒也很热闹。饭前妹妹带二小孩来，旋去，后来饭后国国，小本亦来，更出我意料之外的是四嫂今年竟露面了。七时半左右，大轴子的斌才一个人姗姗的来了，原来她去真光看二场的《绿野仙踪》，坐洋车一直赶来的了，给的面子不小呢。今天却穿了那件灰白色毛皮大衣来了，还送我一小盒礼物，里边是两个袖扣和一个表练，一个领带夹子，大约是人造金的。她还未吃饭呢，于是叫老张妈从头又温过了饭菜，由她一个人再吃一番，她到也很好，一个人又吃起来了，如在家中一般，行径便也和我与一班小孩子谈笑里里外外的转。斌的服饰行动神态与大宝五妹等全不一样，显然的，已经养成了一派，似乎比五妹她们女学生的劲头又高贵一着了，小姐派了。她嫌大宝们的样子不好，不大喜欢招呼她们，她不时两眼注视着我，好似有许多话要讲，但是没说，我也不知为什么，现在见了面是没有什么话好谈了。就这样子什么都谈，一会里边笑，一会外边嚷的，四弟还表演Guitar及口琴，一直乱到十点大宝二人才去。雇洋车直到毛家湾要一元钱，到电车站一辆三毛还无人去，结果还是老杨去了，到底老杨人还是不错。走了两个，便安静了一些，这时斌静静地坐在我书桌前，我亦照例坐在了对面，只是现在没有什么话可谈了，想不起什么可谈的，只是沉默着。我又发现了她两眼望着我似乎有许多话要讲，可是仍没说，恰好这时她母妹等亦走了，叫她一同回去，她便也只好匆匆饮了两口热茶辞去了。今年如此，明年不知是什么样子，也许明年此时，她都有一个小孩子都不一定。客人都走了，长吁一口气，心才渐渐安静一点。因为疲倦没有记日记，便卧下了，一时心潮起伏，杂乱不定，又是小鬼在扰乱，幸而不一刻排开一切，睡着了。（八日补记）

1月7日　星期二（十二月初十）　半晴

上午只上了一小时，绕路回来走和平门。厂甸虽有，还是每年那样子，除了各吃食，饰物，玩具等外，书摊比旧年间少，应时特有的风筝，空筝，大串糖葫芦，风车，气球等等又摆上了。只是上午才摆出来，北平平民化的食品，倒是此时集于此可谓大观，差不多的各种东西都聚在此处了。我绕着走不是为了来逛厂甸，乃是看上车捐的，去的捐，都是十二月底满，今年重上还是都赶在一时，仍是挤了一大堆，忙极了，多烦，哪有这些功夫在此耗着。这个车捐还是这么麻烦，真烦，上一年的，还是只在这个一个月中才能上，讨厌之至。学校到有人代上，可是得花七角的手续费，两辆就是一元四角似乎有点不值，如果没有空，还是非叫代去不可，十一时左右又起了风，北平刮风，不叫刮风，简直是雨土，满头满脸都不好受，回来饭后把呐喊简记了一下，可是没写完，三时半又去校上课，四时上课，六时下课回来黑了，人家回家，我才去，排在这个时间又有什么法子?! 今天讲了三篇散文，没有什么大劲，五时半就下课了，到图书馆中陪朱君泽吉借书，出来一同走，绕道到毛家湾去三表兄沐浴去了，大宝

二宝亦出去了未在家，我是因为不放心她二人昨夜什么时候回去的，进去便出去了，与朱君同行，陪他到永丰德买了稿纸，在绒线胡同分手，到家听说斌母责打小弟，小弟竟出去，不知何往，小弟已回来，几自一人在里屋生气看书，今天江未来，斌亦在家，她似乎很奇怪，想不到我会来似的，和她们闲谈，与五妹同看《沙漠》合订本，斌亦要同看。说这说那，说笑了半晌，好似又恢复了十个月以前的熟悉状态，我竟向斌开始攻击，半讽刺的来把她和江说在一起，并寓意他二人可以结合的意思，她竟有点羞意而抬不起头来，而一半她似乎也相当的得意呢！我当时也不知我自己那时是什么心情呢！近来是一见了斌便不由得起一种异常的心情，她虽仍是和往常一般的对我表示亲近，但我一想到那个礼拜六，她如小猫似的偎在江的身边，江那么亲切的爱抚着她，我就觉得与她之间是相隔了一层不可逾越的隔膜，把我俩分得远远的，所以也就立刻不敢接受她对我的好意，不是让我俩做朋友吧！但不知我这弱小的心，能否禁受得住长久的刺激否？十点回来，今夜就这么随便谈谈笑笑，过的如此快！出了门，又长吁一口气，想不到今晚这两小时是这么消磨过来了！天上星儿在闪烁，象征明天是好天气，可是觉得空气中的味，和天空夹杂着的灰蒙蒙，似乎总要下一点雪似的，一时心中乱得很。到家今天觉得身体跑了四趟远路累了，今晚精神七八月来没有这么轻松而又兴奋过，也觉得疲倦了，便收拾了休息，日记又没有写，躺在床上，一时仍是睡不着，拿着书尽想别的，乱七八糟，也不记得，半天一页也没翻过来，一赌气抛在一边，猛的想起，不知自己白白抛过多少光阴，不然又可看多少书，想想朱头那般用功吧！自己惭愧死了，要专心读书才抛开扰我的小鬼。

1月8日　星期三（十二月十一）　　阴雪，下午晴冷

　　昨夜的预觉今晨实现了，只是下雪并不大，天气可冷得多了，今日只一小时的指导研究，不去了，一天无课，十点多冒雪到尚志医院去九姐夫谈，因为《庄子》钱未送来，一时没有钱拨来，向谢道仁暂借又未在家，看他怪不好意思的，我又说什么，后来他说介绍一家买米，可是

七十五元，比较好，明天送来，我也不好讲什么，又谈起将要把电车公司股票押于强表兄处，他说还是有个中人经手一下的好，九姐夫处钱已尽，又得去向强表兄乞怜了，可怜呀！无父无钱的孤儿！什么都得受到了，为了家事心中愁烦之至，来日茫茫无尽期，总是这么半死不活的挣扎过吗？赶到这个时代，又有什么法子，东西总是有贵无贱，钱又有出无进，只那一点，每月都得用百余元，还算是够省的了，什么都不敢动，而每月只有七十元，强表兄处钱押来亦是只能每月只支数十元的，总是不够用，也不知这一年怎么混过来的！事情就是这样，人多，东西贵，钱少不够用，日子长，但人都要吃用住，活着，不错活着，可是钱少不够用怎么办？这年头还要坐吃，真是这个活罪受不了，下一年总得在课外找点事才成，般般无数的事情摆在那里，没法子，真不叫人着急，满心忧烦，就是说混过了大学毕业的日子，可是准立刻有事吗？想起来就是急得要命，一家七口人的生活，全负在我这么一个毫无经验能力人的瘦肩上，真不知怎么办好！午后为了想稍解一点自己的心烦，冒雪一人跑到 Rex 去看 Cnay Cooqes 主演的《草莽英雄》，不好，失望得很，还不如去真光呢，这八毛真冤。只是里边有一幕大火相当逼真，女主角很熟只是想不起叫什么名字了。散场天晴了，出了太阳，可是很冷，闷闷的一个人又往回走，漫漫长途，悠悠的缓行，只是沉思着咀嚼着自己满腹的不快，也未注意街道上有什么。在北新华街碰见了李准，在路边谈了几句分手，白看了电影，并未稍释愁怀。在达智桥看见张得荣，告我款已送来，心中一宽买了五个蜜麻花，因为娘喜吃的，到家又怔怔坐了半晌，我只是喜欢看电影，拣出一年来所看留存的电影报有数十张，每年约在看电影方面用去数十元之多呢！七八个月以来多是一个人去，省得多了，晚饭后弄完了，《大地》与《呐喊》的看后杂录又补写了三日的笔记，又是快十点半了，为了家事不知扰了我多少次，打乱了我的心情，以致不能安心去念书，人家别的同学，大半都是安心读书不问家事的，我却是非管非问不可，相差太远了，昨天下午一时又想起自己太泄气，实不配做国文系的三年学生，许多不知道的，看的书也太少，如到了毕业口试时也不知是怎么办？能否毕业？发懵！现在加油努力。

北平日记

1月9日　星期四（十二月十二）　　阴，微雪，冷

　　不知是那一股子高兴，昨夜卧在床上看小说竟至深夜两点，两眼支持不住了才行睡去，今早又是赶到学校九点上课，上午眼睛已是有点不适了，中午在校旁小饭铺吃过午饭到宿舍中李国良屋中去待一刻，看了一刻三六九，小马未在屋，所以没去他屋，李屋同室殷晋枢，与葛松龄好，葛等均喜杂耍戏剧，葛的嗓子很好，什么都唱，学谁还是一定像谁，最奇怪的是有一个日本人叫姚子靓，和他们合得来，很熟，因为他们都是同癖好的朋友，显然他们是另外一帮派，和我们是合不来的，自中午起一个下午到晚上两眼都难过，几乎睁不开，直流泪，真难受，心里愈加发急，两小时的汉书小徐没来，也没书看，只是用耳听两眼紧闭，第二时把题目发出，就是斑马异同，到图书馆中借出一阅，多人同作此想，幸我捷足先得。今天天气很冷，只下了一点雪就不下了，天空灰蒙蒙的，冷得很，大约总得再下一场大雪，已是二九再不冷一下子，亦不合宜似的，下午四小时课，陆先生请假，只上了两小时四点半就回来了，只是两眼不舒服，回来休息半晌，稍好，晚饭后看了一点书，不成功，眼受不了，还是早些休息，大学考试就是那么回事，有的在事先自己预备一下，只要不是一点不管的，总可以过去，只是好坏不同罢了，我在学校，我就如同到了乐园，随便和同学谈笑，不时发些小孩形态和同学随意动点手脚开玩笑，很痛快，他们都以小孩子目我，他们想不到我在家成天装大人呢!?

1月10日　星期五（十二月十三）　　阴雪，下午半晴

　　灰蒙蒙的天，在八点多的时候，到底飞起了很密的雪花，可是不久就止了，大地一白一半却化了，气候立刻凉了许多，傍午起了狂风，一阵紧上一阵，却才真心显出了三九天的威严来，上午第一二时有课，孙人和有点差劲，他说要考试作诗，女同学便要求他出题，先不肯，后来就出了，又嫌不好作，又择了题。一共出了三个，观雪，冬日，赏梅，女同学说怎

么便怎么，神情言语比对我们和暖可以商量得多了，不料今天却这么好说话，真有点像哄小孩子似的女人，神秘的力量！又讲了二首诗，下课因为汉书而去借参考书，却不料已大半为别人借去，和小徐一路归来，他骑赵的车，中午看过报，又看了一点书，正想再看一点别的，因为学校下礼拜后即放假了，下礼拜一所借的书便须完全送回去！不料忽然斌姗姗而来，却出我意料之外，可是无事不来，她今天一高兴就没去上班，她上班就是那么回事，只看她愿去与否而已。她不时现出一种许久没有看见的情绪表现出来，脸上又流露出那么轻松活泼的表情，两眼中不时闪耀一种异样的像以前那么温柔可爱的光彩来。她明知我两点还有课，可是一点了，一点廿了，卅了，一直到四十我不得不走，她才懒懒地回去。她是不愿走回去，一个人在家闷得很，风太大，不然也就早又出门玩去了，她先头在书房中对我的亲昵的确又激动了我的心情，但我却以坚强的毅力，来抑止因她而所兴奋起的感情来，我深深觉得以前已是对不起她了，而现在她和我之间无形中接近，在我的心与她之间筑起了一座不可逾越隔得远远的高墙，感情只是驱使我往热情去燃烧，可是终于暗自努力咬牙抑止了这心波底暴劲，我也向她说几句玩笑话，她说怎么你也老这么说，她怎晓得?！我心里实在是愿意向她说这些话吗？往往有许多人的笑脸比哭还难看，许多衷心悲痛的人，不说气愤的话，而反说了许多欢喜欢乐的话，那人心中的悲哀与愤怒是什么样!? 那是他人不会明白的呀！送她到她家门口，举手分别，怀着一个异样的心情冒着寒冷的狂风又往学校去，一心一意去用力，暂时也就抛开了烦乱的心虑，到学校上了两小时的汗魏六朝文，第二时告诉我们考题叫做一篇文选目录序，很容易。考的各门，大半都没有特别麻烦了。三时半替斌打过电话，四时下课与小徐同走，又到毛家湾去看三表兄及二宝，大宝未回，略看略谈，因为六日她俩由家中很晚回去，不放心，所以去看看。为了小徐在门口等我一同去，便说了几句话就辞出，我一去毛家湾小徐便笑，他笑的意思我明白，我因心中无惭愧，所以也不在意，我只暗笑他胡猜，我自信我不会那么易动情感，而不择人，但与斌却是例外，我现在还惊奇斌对我的青年期影响如此之大，在我一生中恐亦很不易磨灭她在我脑中所留下的印象吧！下午风大得很，小徐去赵家，在

西单分手，回来灯下看完了沈起予的《残碑》。

1月11日　星期六（十二月十四）　　上午晴，下午阴

　　本来拟上午办许多事，却不料斌忽一人来了，因为她不打算再去上班做事了，今天仍在家，上午她家扫房老张妈过去帮忙，她无处坐着又冷，便到我这来坐了。她知道我今天没课，记得倒也清楚，我晓得，如果要是我不在家，她也不会来的，来了左不是闲扯随便聊聊吧！不知何故，她有时仍然有点那股子缠绵劲，亦很柔媚，老朋友，旧人忘不掉吗？上午的时光过得飞快，不一刻已是十一点了，但因为今天定好去找强表兄一同去银行办理存款到期事，此时已只余一小时了，不得不去了，遂与斌一同步行出来。她去京华访友，我则步行到车铺去取四弟车，因他早骑我车去学校，赶到财署已是十一点廿五分了，强表兄正在用午饭，等他食过一同步出至浙兴，等到办理完一切手续正好十二时正，又在柜台外与沈老伯立谈半晌始辞出，到家不料赵君德培来访，约对史汉高祖纪之异同，饭后只念对了数页已是二时左右，他又有事辞去赴前门，耽误了半天功夫，他走了，我下午也懒得出去，只是怔了半天，与李娘略谈家中事，生活必需品皆昂贵之至，且皆不能省下了，可是又无余裕，实今人作难，一时心乱，手边举书，总也看不下去，精神亦不好，天气又阴沉沉下来，令人更加不快。一直到晚上七时许，精神十分不佳，陈妈又告假回去，娘及李娘忙前忙后，不得开交，小妹亦会帮忙，乖！晚饭后又捡出校长前教的中国史学名著笔记，校长讲的真好，但又写下该笔记的目录以便阅读。

1月12日　星期日（十二月十五）　　上午晴，下午阴冷

　　不知自己是那一股子劲，上午弄了半天的中国史学名著评论笔记目录纲要。上午晴天可是很冷，十时许忽然九姐来了，稍坐即去，难得，午后二时半带五弟去理发，沐浴，现在凡生活之接触交易事无一不昂贵之至，计与弟二人一共用了二元，贵之至，时属年关更是飞涨不已，鸡毛掸子普

通者售至六毛，闻鸡毛售至二元八角一两，软木塞昔日三分，今竟售至二角，其余可以想见，西单两旁热闹之至，多日不过此等处所，不过每日由大街经过耳，今见两列商品，各种各样，食用，等等皆有，令人心动占有欲之炽，于是与五弟上车疾驰归家，路上遇四弟看牙归来，一同回家，晚饭后看校勘学笔记，习小字半页，多日不习手腕觉酸累，至晚笔记匆匆看过一遍，中国的《西北角》一书借来月余，亦未翻阅，心殊歉然，今日亦未看，明日还学校后，至下半年开始一定看完，灯下偶翻一本《蜀山剑侠传》，一时竟不忍释手，一直至午夜一时方寝。《蜀山剑侠传》一书为还珠楼主著，名李寿民，何许人不明，所著此书内容尽离奇光怪之致，无奇不有，无怪不言，多有人所意料之描述，言情言事，无不尽合情理，十分周密；描写事态风景亦极美妙，文笔畅达，无往不通。且笔下人事跌宕，忽东忽西，变化莫测，引人入胜，与平常剑侠说部迥不相同。且另著有《青城十九侠》、《蛮荒侠影记》、《边塞英雄谱》等小说，皆相当瑰丽神奇，与众不同。想著者必有相当学问，且中国各处名山胜景亦见识不少，写景壮伟生动之至，脑子奇事，层出不穷，已出廿余册，至今未完，亦大不易。今午九姐方去，斌母忽来，闲坐而已，今晨江即至其家，留在此吃午饭，亦无何菜，随便吃吃，斌母有时颇似小孩，有趣，惟近日总谈其女之婚事问题，李娘及娘偏又爱问，殊不知我在旁听了心中老大不自在，不好受，说不出一种轻微的怅惘，大约此事约有八九成可望成功。但视他俩如能结合，永远幸福，其实斌之终身大事，与我无关，而我竟被此事所影响，连日被扰，心中不安，还是将以前事忘了的好，深深地埋葬在我脑中的深处，不要去发掘吧，把这段初恋史忘了。最好不见斌，见了她，她便把我安心读书的静静心波打动了，若是见了那江和她偎依亲抚的亲昵情形，便如无数小针在心头在轻轻扎着，面上还得表现出自然和应付力的谈笑来。不过江有时与斌在人面前的表现未免有点肉麻，那时心中的苦痛更非他人所能知道领会得来的。那天看见那个大杯子，在江口边用过，心中一时很愤怒，想不到半年后在他口边用了，岂是我当初买来送给她的本意!? 那时真想夺过来摔在地上，可是并未那么做，一时心情又平复下来，自己好笑自己，东西已经送给她的东西了，爱怎么样便怎么样罢！怪事，

现在我还因了她而心中不安，不快，笑话，我还是在暗暗的爱着她吗？可是一切是不可能的呀！人事岂可逆料，为什么会和她认识了，接近了，而又走上了爱的途径，又不得不分开，又眼看她去和别人好，……嗳！何苦！何必当初，后悔吗？忘了吧!？

1 月 13 日　星期一（十二月十六）　阴雪寒冷

果然所料不差，今日竟下雪了，起来时又是白茫茫一片了，很好看，但是天气冷得多，早上去校时往北，头吹得有点冷而且疼，这才有点像严冬三九的天气，到校时地上已积有半寸厚了，地上滑得很，十点钟开始考这学期考的第一门校勘学，赵万里先生没来，只一个助教看堂，等于在那等着收卷子，题是《两宋蜀本之源流与其对后世之影响》，写了不少。中午回家，一路冷得很，在亚北打个电话一时心动竟买了一元多的点心回来预备自己吃，下午四弟去溜冰，放假即去玩，劝之亦不听，玩心过重，可虑，下午看报及书，不知为何精神极不振，时欲书寝想系昨夜睡得很晚之故，挣起精神看书，结果也未看多少，灯下看《近代散文笔记》，又看了半晌小说至十一时方寝，昨晚看的太久了，于是今晚眼睛又难过起来，无法日记未写，十四日补记的。

日前揽镜自照，觉得自己面色既黄且显苍老，不似才廿出头的青年，面上的皱纹已是隐隐不少了，暗自心惊难受。这都是生活压迫的痕迹，烦劳忧愁的结果，可叹！昨日理发沐浴归来，才一扫多日沉闷颓废的气息，面耀红光，才显得有点朝气与活泼，精神亦比较好一点，现在面部额上已有三四道横纹，眼往上看的时候，尤其显明，如果生活的担子早日压在我的肩上，劳心费神的苦过，则我的面部必然容易老得快！啊！生活！晚上没有火的书房，其冷如冰，但仍在那屋睡，不怕！

1 月 14 日　星期二（十二月十七）　晴冷

太阳升起老高，精神比昨天好些，八点就考，七点半走，带五弟一起走，积雪未消，幸无风，不怎么冷，今天今冬头一天带绒帽上学，到了闹了一头汗，《庄子》考题是"《逍遥游》《齐物论》《养生主》《人间世》四篇之次序有无意义"。虽是空论的题目，本来觉得没有什么可说，可是提起笔来一写，亦写了不少。十点多回来，雪已化了一些，可是天气仍冷得很，路过西单，看见那个老头卖锅贴的摆出来了，便用四角买八个，回来时，把四个交给蒋妈，给斌吃，因为她喜吃，前些日子曾听她提过。可是她未在家，今天去上班了，真是孽障，那辈子欠她的！归来看报，因家事，过年需资而又无钱，相对愁虑，少不得又得换一点物件来渡过这个难关，想不到现在都过起这种困难的日子来，种种苦衷，更非局外人所知。午后看了刻笔记三点多去校，在图书馆中与同学小坐，便去考近代散文，三个题目又写了不少，已考过了三门，都是把二页正纸写完，连后边的稿纸也写了，每次总觉得没有什么说，可是提起笔来一写便拉不断，答完出来已黑了。与小徐朱君二人同行，至绒线胡同分开，今日发回了那五篇散文，灯下又重看一遍觉得写得太幼稚了，小徐写的真不少，不错，刘镜清写了一篇《小草》不错，我看寓意很好，晚饭后看小妹小学一二三年级做的文很好玩，看了大家大笑，本来拟做一篇序，可是屋中人多太乱，未做成。

1月15日　星期三（十二月十八）　　上午晴，下午风

虽是考试周，今日却不考，一早上竟睡到了九时半才起，娘屋已是收拾起一切东西预备扫房子了，急忙起来助娘整理扫除一切，本似今日念点书，不料又扫房，故一时又不能安静读书，午饭匆匆用过，助娘急忙整理清楚什物后，在书房一人做完了一篇文选类要表序，晚饭后将《汉书》《史记》二书中之高祖纪来比对，一直到十一时半方对完，又看了一刻其他的笔记，方始去睡，今日午后二时许斌忽来，意欲邀我一同去溜冰（？）但不管她是否有些意，但她却曾问我可去溜冰，我正整理东西，并且明天考，还得看书，所以有负她的雅意了，她即匆匆走去。

1月16日　星期四（十二月十九）　晴

十时考，九时才起，到学校附见碰见小徐和朱头，到了考《世说新语》的时候，出的题是论魏晋风俗，本来心里就提心吊胆的，不知怎考，于是根据笔记，举了几个例子，还写了不少，午饭后至李国良屋中与众同学谈笑极欢，恣意笑谑，欢声雷动，真人生一乐事也，中午用饭遇见本班有名大师李馨午君，谓我廿二岁十二月生日之人，结婚宜谨慎，且最迟不过廿五六岁，此君见人即谈命，休咎，亦一特殊人物也，午后答汉书研究及广雅，写了不少字，手微觉乏，所答过之各门，皆尽我力之所及矣，归来晚饭后，九姐呼我过去，并无事，告我九姐夫叫我去看陈老伯一趟，以清其款事手续，稍坐即归，晚作诗一首，不好。

1月17日　星期五（十二月二十）　晴和晨雾

早晨大雾，不怎么冷，只为了去校抄上一篇诗就得跑这么老远还得起这么早，到了那迟到一刻钟，因为题目预先知道，大家早就做好了，只是来了抄在在卷子上便完了，所以不到一小时全都交卷走了，我看了看大家的卷子都比我好，愈觉得我自己做的太没古诗味了，但是因为自己平时既未注意读和练习，自然做不好，临时也未再做，只好就那么写上交了，还有许多女同学比我做的还好，真是惭愧得很，真得加油努力才成，九点半又往家里跑，一路天气晴和，好日子，到家看报，下午汉魏六朝文作一篇序，早就做好了，只是上午诗自己做的太不满意，心里挺不痛快，下午一点半又去校到那考文章，一小时后便出来了，把车捐交给学校。回宿舍老李去上，省得和警察去，生气，可是得花七毛手续费，天下自然没有白尽力的事。今天天气真好，想上那去玩玩，可是一时又没地方去玩，又是这个时候了，便懒洋洋地回来了，精神亦不振，今日又买了一千斤煤，又出去了廿元，计算起来，还得花好几十元，日光日前又换了一条小金颈练，二百来元，两下子就得花完，想起来心中又烦甚，今日在校接到一贵州李姓寄来之信，但内无信纸不知何故，大约为检查者没守矣，晚间不知何故心中始终不快且眼又稍有不适，饭后灯下略看《诗经》，亦无甚可预备者，明日再考一天就放假了，二月一日开学，十日上课，只二十日而已，连日各义务戏 Radio 中放送甚好。

1月18日　星期六（十二月廿一）　　晴和

本学期最末一天考试，上午阴天，九点半才去，在西单新华银行代小徐取了款到校才上课。《诗经》根本没法预备，今天题出的也特别，是"孟子谓人如不知周南召南，岂不如人面墙而立乎？"试申其义，这个题空空的，不大好讲。一是释《小星》章诗旨，一是译诗，《燕之章》，一小时多便出来了。到西官场口去访厚沛，不料他已去天津了，和小徐一同走，这一分手放假又得到开学才见呢，总和赵在一起，哪有空访朋友？中午饭后一时半忽然斌来了，不知她为何有此清兴来到我这闲坐随便闲谈，不时还做些爱娇的媚态。奇怪，她早晚和江订婚，不出半年就可结婚了，还丢不开我吗？见了她真是心中不知是什么味？早些结婚也好。闲聊到两点半才邀我一同走出，出门口便遇见她母回来，她母去力家，陪她一同走到上斜街东口，她雇车到牛肉湾去找她同学，到四时再去青年会溜冰。她性子也够活的，闲坐不着，每天都得出去玩，一味享乐。一路上，火道口这一带不开眼的人们，看见她穿的皮短大衣又新鲜了，个个瞪眼看着，又恰好下斜街简易小学放学，许多小孩更看新奇事物了。在西单分手，我心中无事，骑车悠然而行，多日过西单但未尝稍加驻足，今日特来一游新开幕之西单商场，重建后分为二部，一为老商场连以前未建成者连成一片地方甚大，名店亦甚多，尚有空地；一为正谊商场，高岛屋等属之，一长条，商店亦不少，内有一商店名紫园，内有四五女售货员，全着紫色袍子，亦一别致商店。上有楼未去，绕行半晌亦未购何物，出已近昏。归途至降和购化妆品而回，方五时许也。斌每适来小坐，谓数月前江即将订婚戒指打好，为一宝石者，斌拟打一白金者报之，约于旧历年后正月间订婚，结婚恐亦不久。谈了半晌，我在一旁心中却不受用，自己笑自己多余

呆气，何苦又与我何干？还丢不开吗？晚饭后看报，电影亦无佳者，考完好电影都演过了，玩都无处去，一个人孤零零的连个朋友都没有，可怜，于是哪也懒得去，虽是闷一点，找书看吧！不出去，省钱是真的，年关在即，大街上各处都已现出过年之气氛，今日城门之禁已开，闻报载去年十一月初刺杀日中佐之人犯已就捕，故开门禁，人民出入采购，年货频繁，各商店莫不利市三倍，街市小孩空竹之声已到处可闻，风筝上市又是一番景象，今日购买肉类年货等已去廿余元，去年肉售六角一斤，今年售一元四角，涨几达一元，其余涨至四五倍等不等，更不知明年又是何等模样，如此生活已达三年，人民苦熬不知何时方得生活安宁也。

1月19日　星期日（十二月廿二）　　晴，狂风

也不知那股子懒惰劲，一直卧到十点才起来，看过报不久便用午饭了，好好的天气，可是风却刮得很大，讨厌得很，饭后催了半晌忙了半天，才和娘一同冒风去强家看看，顺路又买了三斤橘子及肉松送他，以酬他年来帮忙的雅意，到了谈了半晌，娘和表嫂又聊了家务半晌，无味，坐有一小时辞出。又至附近陈老伯家去看望老伯，又聊了约一小时，闻昆明八人吃一顿饺子用四十元，煤油一桶百卅六元，其余可以想见矣，此时风已稍煞，归途又略购些糖瓜回来给弟妹们吃，因为明天是廿三祭灶的日子，今天为家事总是跑了半天，了却心中一件事，可是一送礼却也花了七八元之多，车资来回先去了一元。今日虽是有风却不太冷，一放假，似乎没有事做，便无形中身心都松懈下来了，晚看《辅仁生活》一册。

1月20日　星期一（十二月廿三）　　晴，寒（大寒节）

早晨穿得和平常一般多，风也只有一点，可是一阵阵总觉得冷，原来今天节气是大寒怪不得今天冷得特别，太阳虽是很大但是空气干冷，似乎时手伸在外边不太冷，今天可不成，上午写了五封信，都久未作复的，计华子，弼，厚沛，孙翰及仲老各一，写了一上午，午后看了刻报，二时多

出门，大街上来来往往的人很多，无形中显出了匆忙，隐隐地感到"年味"同时心中却也起了一种莫名的空虚底惆怅，一直到了西四北，一时高兴便去找小徐，许久没去他家了，不料赵也才到那，和他随便闲聊便辞出了，出来跑到学校四宿舍号房老李处去取了他托人代上的车捐，上来了，多花了七角，可是免了和警察生气是真的，回来去郑表兄家，和他谈了一刻，一个多礼拜未去，与大宝和二宝又谈笑半响，二人稚气未除，说话多可笑，至黄昏辞归，今日为旧历十二月廿三日祭灶之期，我们已二年未祭也没有，我将来一切的虚文都免了，省钱又省事多好，晚饭后大家分吃了糖，平平常常般过了一个夜。

1月21日　星期二（十二月廿四）　半晴冷

八点半起来，看过报，一放假没有事了，自己心中一松，成天闲着便觉得飘飘的，没地方待似的，也不知干什么好！十点半偶尔一高兴顺步到黄家走走，都十点了，斌还未起真舒服，和小弟略说几句话，她才起来，起来后便和小弟二人磨着非和我要关东糖吃不可，答应了她，没法子，于是便到达智桥买了点，及半斤杂拌，花了七毛钱让她俩人敲了我一下子，因为五弟把我车骑走，只好来回步行，又送到她家坐了一刻，她俩见了糖便笑得合不拢嘴来，真是小孩子，本来斌过年就要订婚了，她该请我们吃糖才对，反倒让她吃了去，她真成，小妹来叫我吃午饭，便回来了，午后听了半响 Radio 中放送的西乐，很为神往，只是想去看电影，可是最近似乎没有好片子，音乐片子亦少，饭后看了会辅仁生活，耗到了四点多五弟回来了，虽是阴天也又骑车出去，先到尚志医院把收据写了交给九姐夫，前结欠之乙仟叁佰元现已本利两清，他《庄子》上出事，被土罪抢了，并且还把二人淹死井中，他各方面事皆不如意，真是命该如此，倒霉，近日又不舒适了，又喘，看着怪可怜的，他口中虽说不着急，那能不着急！前天一放未睡着，谈了一刻辞出，已近黄昏，便到西长安街新开的大新商店去买了一件衫衣及牙膏等，很便宜，因天已暮未去他处便回家了，铸兄回来了，坐了一刻方去，才时半黄家除斌外三人全来，八时许去，斌及江为

人请去吃饭，晚抄醉翁谈录。

1 月 22 日　星期三（十二月廿五）　晴

　　愈来愈懒散了，连日大睡今日竟到十一时左右才起，太懒了！看看报便过了上午，午后一时半先至交通银行取回去年七月之公债利息五元七，又到浙兴把支票入了活存折子，还有五毛利息，现在和浙兴的职员都熟了，见面也谈谈，出来又赶到 Rex 去看电影。今天是《碧玉姝》，不怎么好，前边加演了三四个短片，休息中还有所谓神童麦道南表演吃电灯泡，吃火，红铁筷子烫舌头，末了表演气功，赤背卧玻璃磕上用大石置在胸上，上由人用大铁锤击之至碎为止。倒是样样都是真功夫，看过去也不过才十八九岁，不知是怎练成的还是其中另有秘密！？不得而知！散场到协和医舍找大马尚未下班，便推车漫步到医院去找他，不料走到东单三条协和礼堂附近迎面遇见了斌和江。两人紧偎着走来，略打个招呼，神气得很，真是如胶似漆，不知我怎么制止不住自己一时心中老大的不受用。我不愿碰见他俩省得惹我不高兴，为了极力不想这个影子。不一刻也就释然了，在医院后边找到了大马一同到协和冰场看了一刻，便又一同到他宿舍去坐一刻，他现在搬到了三楼和翟毓涛在一屋，不料这个家伙也到协和来了，难为他，坐了一刻便又一同出来在东单分手，我又到青年会看看。人很少，协和人多，小孩女孩子占大多数，外人也可溜，想尝尝新鲜，今年各冰场想都去一趟。又到东安市场绕了半响，各店年货充斥，相当热闹，买了一本《电影画报》，又一人到五芳斋用了晚饭，又略绕了市场，想买明星的月份牌已去晚了没有了，到中原八点上门了，只得略看便出来了，衬衫好的都是八九元的，八时半便回来了，今晚上并不冷，又起了点风，九点到家，又松散了一天！

1 月 23 日　星期四（十二月廿六）　大风雪，严寒

　　每年旧历年底总得下次雪，今年果然未例外，今天早晨起来一看，昨

夜狂风怒吼，今日大地皆白，又是一场雪，降雪还好，就是狂风怒啸，总未停止，啄肌刺骨生疼，端的寒冷非常为今冬第一日之寒冷，风刮得灰天昏地，令人不快，本似上午溜冰下午访友，这种怪天气，一概打消，只好闷恹恹在屋中一坐，走来走去，心中不安，午后抄醉翁谈录一页，即因左眼忽又不适不得不停止，这眼频频流泪不知何故？讨厌之至，因此不知误我多少事，因此令我中心十分烦躁，不知因何故，昨夜心身烦躁异常，久久不能入眠，今日仍就十分不快，怪天气，看着就不高兴，发烦！在家闷着无聊之至，大约心中有火，今日真冷得紧才是数九天的样子！耗到了四时许，五弟亦回，这家伙真有瘾，这大风大雪大冷的天还跑去中南海溜冰呢，也不怕冷，五时许到力家去看，伯长学校放假回来谈了一刻。她在收拾书架，九时半周妈送来几块饼是九姐送小妹的，红纸套中的二元是送娘的，怎么这么好，今年会这么好心肠!? 六时一刻回来，铸兄今日冒风雪送来一袋面及肉二斤，本月份助金就以此代了，西院房租今日力门房老张又交我廿元，晚饭仍因眼未做什么事。

1月24日　星期五（十二月廿七）　晴冷

不知怎么回事，小孩子在家这个那个的琐事，要人说的地方特别多，也不能做多少正经事，所以一上午便又在心中烦怒与轻松中过来了，午间饭吃的烙葱花饼，也吃得不清楚，饭后预备今天去访问几个朋友，先和四弟一同到大新陪他买了一件衬衫，他去中南海溜冰，我便到松三家去看看他母亲，刚要出门，我于是坐了一刻，看过前两天来的信便先辞出来了，看了松三的信，心中起了另一种味，说不出，他信写得不错，不料他那么个粗手大脚的人还写得一笔娟秀的字迹，他却是一个好孩子，有志气的男儿，比我们都有出息得多，我始终是对他有一种钦佩的心理，许久没有信了，正在担心，现在来信了，心也放下了，他们兄弟三个都有出息，将来前途未可限量，看了他的信，一时心中十分憧憬他的生海鸥在，舒令泓家离他很近，并且曾经答应去访她，便过去了。不料她一屋子的小孩吵嚷得很热闹，在钉冰鞋钉子，小郭也在那原是我意料中事，为了她和我要，又

允许了她，便送了她一张相片，见了面也没什么可谈的，她又腼腆不大说话，也不想起谈什么事，和小郭闲扯扯，知道赵祖武回来了，小郭在那是预料中的事，实在不大愿意登舒府的门，小郭能够和舒重讲和好，是我最盼望不过的事了，我正可以脱身事外，对我倒是很好的发现，三时半辞出，闻大宝上午去她家，顺路往西去访祖武，开门时恰好他和他表兄（杨姓）一同站在门口，要出去，今天太巧了，于是又进去聊了约有半小时，他因要出去，便一同走出，陪他一块走到辟才胡同东口分手，我到正谊商场去买衬衫，趁着家中有钱时买，否则就不成了，进去绕了一刻，看见了三妹五妹的背影，大约又走进鞋铺去了，我也未过去招呼，走到克伦公司，门面虽很小，物品倒很精致，价也还公道，老板是一个姓王的卅余岁青年山东人讲起来也不是全无知识的，他还到过日本，谈得高兴，又和气，一高兴买了两件衬衫，一条围巾，一条领带，一双袜子，花色都很少见，去了廿元之多，两件衬衫，一件是府绸的，别的地方要八九元，这才六元八，一件是派立司的也不错，这料子的到还未穿过，同价，取了车到庆华家去看看，正在大扫除，小毛也回来了，许多时候没有看见她了，还是那么疲，正在擦拭屋中东西，庆华父亦在整理什物，他母亦助仆妇缝被褥，真是过年大忙！庆华不多久便和他表兄去念日文了，现在亦不去银行见习了，我各屋走了一遍便出来了，又到尚志去看九姐夫，还是喘，坐了一刻出来，回家，今天总算未白跑，回家一算账，暗惊自己今天竟然花了廿余元，出乎自己意料以外的事。闻九姐夫言北大现在化学系主任系余南园，为前北大化学主任，亦即谢道仁之侄女婿，为福建人，同乡拉去作教者不少，现在化学人才甚少，如伽宇愿回平谋一教授之职，一月五六百元，较其现在强多，阿九人不善逢迎不喜交际，居恒极少书信，为难起来曾助我，亦无信，即有此机会，便于灯下写一信，来否随他，明日去看看五姐，病了，反正是骑车费力气跑吧！左右不是两条腿而已！

1月25日　星期六（十二月廿八）　　晴

马马虎虎的看看报便又过了一个上午，可是跑出去了两趟，都是为了按电灯及修理厨房的灯，各处都忙得很，没有功夫来，于是回来一时想起原按电灯的电料行，查出来是震生在和外果子巷，于是又骑车出去，反正跑吧！还好因为是老主顾，虽忙亦抽空答应过午来修理，满意而回，为了自己这两日常起急，心中烦躁得很，遂顺路至西鹤年堂买了一两黄连上清丸，三毛，一支李福寿的鸡狼毫就是四毛，就为修理电灯泡匠就得冒寒气跑多少路费多少劲！年饭吃完已是快两点了，未吃完午饭那从前修理灯的工匠便来了，真不信用，来得也快，厨房电灯泡他拧了两下便亮了，真是人家不白吃这碗饭，屋中添了两个床上的开关，我书房门口也添了一个小灯，为了黑夜照路用的，二时许出门径到南池子飞龙桥七姐家，七姐及七姐夫均未在家，只大叔及三叔与一大叔好友孙韵芳在，略谈即辞出。三点许到五姐家，略坐，五姐伤风未愈，咳嗽，面色黄不佳，后瓦姑亦去，旋我即辞出，至沟沿三嫂家，她老太太一人在家，昨日去五姐家着冷，一直卧在床上，三间打通的屋子生了两个大火炉真神，现在作老太太了，儿子赚钱多，一切都神气得很，一人爱怎样便怎样，可惜就是一个人未免太孤寂一些，坐在那看了一刻画报，又聊了一会，五时辞出，又到郑三表兄处，南城东城西城足一跑，又都不近，上学没空来东城，放假了免不了得跑一趟。三表兄家一切如常，屋子已经扫过，作年货亦弄得一片，各种东西预备得亦不少，现在见了表兄亦没什么可谈的，三表哥则见了我就诉管家苦，大宝二宝要和我一同过年玩，问她们要上那去，可是她们又都没有准主意，谈了半天，也没有结果，六时许辞出，过年，过年，想想亦无味，那也没地方可去，也没地方可玩，电影戏都不过如此，没有什么新鲜地方可去，溜冰亦不觉有趣，真有点感到过年没味，按说在我这个青年人来讲是不好的现象，可是我心中实在是如此感到的，跑了两三天，除了昨天是去为了自己找同学以外，跑了两三天都是为了家庭去应酬，而拜访亲友，正写到这 Radio 中放戏剧，一个小丑说"为人别当家，当家乱如麻，每天要早起，油盐酱醋茶"，实是不错，管家务和一切琐务麻烦打交代，身心两伤，不少活十年才怪呢！为长难，管家难，做人难，克己难，生活难！我感在家没有一天痛快过！胸中充满了愤怒焦燥与烦恼！生活！今日发一信与伽宇言昨日九姐夫谈之事，心中忧闷，什么事也作不下去！无味！

1月26日　星期日（十二月廿九）　晴

　　虽是旧历年的岁末，我亦觉得并没有什么与平常差异的地方，上午洗了头，一直到十一时左右才干，把娘昨日买来的东西特意跑一趟，送到陈老伯那里去，老伯还真客气过意不去，一点点东西，只不过是一包南方鸡子面条及一盒糖果，不知为何娘却买了一盒糖果与老伯，老头还吃糖果！？坐了一刻便告辞归家，陈媪又不知因了何事告了半天假，午饭又耗到一点多才吃上，还得自己洗碗，真烦，什么时候还许她告半天假，什么还都自己来，二时左右换了衣服出来，一迳跑到真光去看电影片子是《New Moon》（新月）由麦唐娜，纳尔逊埃第主演的，不太好，到有好几支新歌欣赏而已，不明了，也学不会，听得到还好听，不如《Finfly》（战地笙歌），人却不少，上了九成座。不意会遇见了中学同学向云俊，和他一块坐着，散场一路聊聊，到西单分手，买了点茶叶烟等物回来，又出去买保险洋火，不料这个小东西会没有，连问了十余家，绕了一个圈子也没有，真气人，晚上七时半去西院拜供，大哥在家，大家在一起拜又是一种风味，心里起另外一种怅惘回忆旧日风的意念，拜过祖宗又拜父亲遗像，心中另外一种悲戚，烧过火爆柴再拜一次，向大哥嫂辞过岁即回来，今天见了大兄我们比平常面色自是不同，电灯也是凑热闹，偏偏这条线会出了毛病没了电，没法子，点起蜡来吃饭做事吧！今天晚饭分外丰富（分外只是比我们日常所食而言，自尚不能与富人下人之食物相比），大家也吃得肉足饭饱，饭后无事围蜡看书报，旋行佺行俭等皆来与娘辞岁，坐一刻，九时许一时兴起与四弟五弟二人一同步行去遛大街，又行上斜街。忆去年今日去四弟及斌同行去王家过卅晚上，今年亦三人，步行过此，却是与二弟遛大家，剑华治华二人已远在千里外之沪上，而斌亦行将订婚，今且不见去年今夜！？不堪回首，今年已有如此差别，不知明年更变成什么样子！步行游西单，又在新开之庚辰球社打了半小时乒乓，至已十时二十五分，出来几十一时，亦一特别主顾但仍有人打台球，归途又买了些东西又去了三元，到家已十二许，不知自己太累抑是脚趾太长，步行归来两足之足指甚疼遂亟就寝，忙乱了一个既比平常稍有点特别亦平凡的日子！

1月27日　星期一（正月初一）　晴和

昨夜按说是去年虽是睡得很晚，但今日起的也不算早，八点多起来，急忙弄清楚一切，九点十点了，还没有一个人来，便坐着看看昨天的报，把案上玻璃砖下的绿纸换了张新的，重新排过，觉得不错，看着很舒服。略加整理一刻东西，陈家大姐夫及大姐，二太一同来拜年稍坐便回去了，继之而来的是六哥，铸兄及铸嫂亦来了，去西院坐一刻又回来了，九姐来亦旋去，十一时半许力大嫂与黄表嫂来座谈一刻而去，斌母又双眉深锁不知又有何心事，五妹小弟皆来，独不见斌大约是又出去玩去了，旋四嫂国国妹妹等皆出来与娘拜年，身虽有孝自家拜年又可!? 于是遂穿了大褂率四弟，五弟，小妹等过去与大哥拜年，稍谈方回，中午食饺子，娘亲手下厨房包，陈妈一早上忙得不可开交，顾里又顾外的，可是赏钱得了不少，留铸兄二人在此吃了些饺子，又留他二人在此玩，伯英小胖来，加上四弟五弟小妹铸兄等小孩在一起推开了小牌九，玩了半晌，又炸了年糕吃，六时许即开饭吃，铸嫂不大熟，不大讲话，大约系因其有口音怕人笑话之故，只和小妹在一起说笑，饭后七时即辞去，本来拟今日去郑家，却不料在家闷了一天，尚拟带弟妹去中央看夜场电影，后因精神疲乏，倒床上竟困极，八时半即就寝。

1月28日　星期二（正月初二）　大风，晴

昨在家闷了一天，今天早上虽是起风有土，也出去，九时半去尚志医院看九姐夫，一睡风不大土甚多，讨厌之至，弄得一身一头是土，北平的大缺点就是土太多！到了医院姐夫还未起，今天晴天病便好了一些。谈了一刻，九姐夫问我斌何日订婚，我不知九姐夫又谓斌母云正月内可订婚，我云二人方识半年即订终身未免太快，九姐夫云三妹行为浪漫，仍是早定

些好，但这事一半也是命运！而三妹在一般亲友中之印象如何由此一话可以想见矣，可叹！可怜！可惜！如果太草率，未认清，双方总一面后悔的！十时辞出，至鲁兆魁家坐了一刻，又到庆华家，进他们南屋，好，没有一个人，进了北屋，小孩都围着他们爸爸在里屋不知干什么，与孩子聊天，也是懒懒的答应半句，庆华更是特别懒洋洋的招呼："哦！原来是你呀！"大爷劲！冷淡骄傲之至，他说他昨夜睡得晚了，问他干什么啦！也不答应，又躺在沙发上睡了，这股子劲受不了，我遂不到五分钟就出来了，有子摆谱，别向同学犯劲，您大爷我们交不起不会不去吗?!也不知我什么时候得罪了他们么！心中因他们那么对我，十分不快，时候尚早，遂又往北进辟才胡同，至松三家，他母未在家，留了一片子，省时省事，到了舒家，进去坐了一刻，上午小郭不在，略谈了一刻，即辞出又到赵祖武家去坐了一刻，十二时许归来，到家，不料四弟之口头把兄弟三人来，要与我叩头拜年拦住受不了，因风土，洗脸，中午饭后又换衣出去，四弟与其好友何继鹏，陈九英，杨善政三人同去找朱宝林玩去了，昨日允去郑家，未去，今日冒风而去，不料在西单便道上看见舒令泓，小郭与其妹三人同行往南，不知何往？舒见了我后低头，我心中暗自好笑，我还预祝他二人有个美满结果！街上又碰到了兆奎一起走了一程，在毛家湾口分手，到了郑家三表兄又在骂厨子，进去和小孩子聊了一刻，又与三表兄谈了一刻，同感管家苦，旋其去东城拜年，二时许他们才拜过供午饭，又坐了一刻，今日下午她们黄三舅母请他们吃饭，三时许维勤回来谈了一刻，三时许辞出，拟回家带五弟小妹去中央看二场，又到陈老伯处坐了一刻，出来才四时许，一时又念风如此大，回去又得出来，多麻烦，于是临时变计想去东城罗马看二场，又才四时遂先去南池子，七姐处坐坐，七姐及七姐夫大都三都均在家，另外有二人姓郭之姐弟二人在，都相当漂亮，女的是三都同学，大约二人不错，男的是女的弟弟，个虽大，岁数不大，才在高一，谈起来，他上过"四存"，上过志成现在志成高中，与我学历相似很有趣。坐了一刻约四时五十分辞出，到罗马去看二场片名是《春光风月》Don Ameche, Andres Leedo & Ae Joelon 三人主演，还好，不过女主角 Andres Leeds 有点像 Qlinia De Nawilland，可是又显得老相，并不美丽。散场回来黑了，小弟五妹李娘及娘四人又因在家无事推开了小牌九，我是暗起誓不赌，故今晚均未参加，虽是随便小玩玩也不玩，晚饭后记日记，八时四弟由何家归来，十一时半休息，今日上下午一共计跑了九家亲友，只有五姐家尚未去，反正乘此间时放假在家，早晚跑一趟，两条肉腿一辆铁车费劲骑着跑吧！东南西北城，不花车钱，母在家弟妹小，我不出来跑，应酬，又有谁！？日前旧历二十九及正月初一早晚只不过街头巷角零零落落的爆竹声而已，绝不似前数年密如贯珠此响彼应，吵得人夜不能眠般热闹，因是当局值此时局严禁燃放，但亦可反映出社会人民生活不安宁之一般！哪有如许虚耗的金钱来燃放！今日跑了许多路，夜卧觉疲！

今日影片《Awance Riues》中主角 Leephen Folter 所写之第一曲即《oh! Sumna!》还有几个曲子，皆是近日 Radio 中时时放送的音乐片子，听着很是耳熟，尤以苏珊曲子，原来中国歌曲唱征中此曲之原谱改编了词句，但中国此片流行已久，则此片可算是旧片摄成很久方到北平，实在不值作头轮映演。

1月29日　星期三（正月初三）　狂风竟日，寒

最怕风，最讨厌风，最恨风，今日却仍然继续起风不止，且风势比昨日尤凶，看着，听着，都令我心烦，上午整理半晌旧物，许多命单，我的命单后批将来卅至四十之间交好运，必大福贵，且晚年尤享荣华，思之前余茫，今日已将落魄困难至此尚望其他！然观后不觉心亦怦怦然动，雄心顿起，素不信鬼神星名胜占卜术士之言，然人当失意之余，频不如意，必希稍得精神上之安慰，因人有此愿望故佛，道，天主，基督医卜星象之言遂得乘虚而人，亦不过聊胜于无而已，实则已知其无补于实际也，又翻检出旧日天津建筑大楼房之建筑说明及图样，相当讲究竟低价售于赌徒，思之惘然，而老父为此楼房不知费去多少心力也，苟异日有力，当按照原图，重建一所，以慰老父地下之灵，想必亦可拈须微笑矣，但不知以我能完此愿否！？午后冒狂风携五弟小妹去中央看劳瑞哈代主演之《清道夫留学记》，滑稽，令人笑不可抑。遇四弟拜把大盟兄宋宝林，王光英亦去。

来回均步行，狂风刺面甚寒。归来见黄家通知帖纸，二月一日伯贤即与江汉生订婚矣，半年交情快呀！恐今年即可结婚，祝她永远幸福。晚又稍整旧物，并作一信复泓，夜风未止，心恶甚。

1月30日　星期四（正月初四）　风，半晴

日光如飞，今已初四矣，上午早餐后，至力姐夫处小坐，因旧历年过去年看看，九姐夫未在，过去看力大哥去了，因不适遂与太谈之，小妹（伯长）有二同学在，随便谈谈，都不小了，燕大的女同学，大方，不拘束，一块打了会"五百"用扑克牌，至十一时半归来。今日又有风，讨厌之至，午后一时许至东城东单北日本剧场看电影，此为改为日本人经营后之第一次去，片子是《美的祭典》即1936年欧林匹亚（Olmypia）世界运动大会的实际影片，此为第二部，第一部《民族的祭典》没有注意，没看可惜。片子内容包括甚多，有团体操徒手操，斗剑，现代五项，马球，足球，斗拳，游泳，跳水等之项目，很是精彩，西洋人去看的亦不少。至四时许出来，循环开演，看多少时候都不管，不过是又接着看第二遍也没什意味便出来了，走在青年会南遇见了大马及杨枪，我即往北去弓弦胡同去看看五姐，河先少奶出来招呼，五姐病好一些了，仍未痊愈，河先今日请客在客厅未露面神气，我还懒得理他呢，自架子，季华磨着给她说了一个电影故事，即昨日看的那个，五时半回来，晚饭后看报，休息三天，今天才有，今日午得华子由沪来一信，彼已由津去沪，等香港所领之护照转道去曼谷矣，彼之凤愿得达，有机一展雄才亦一快事，彼托我一与桂舟代曲氏子购一中学文凭，不知能办到否，娘体系弱，自协和归后因经济关系，未能得完好保养，故时犯小病，今又风寒。

1月31日　星期五（正月初五）　晴

上午九时起，独自去西单北裕华园沐浴带乎洗头修足全身为之一清，中午归来，今已正月初五矣，街上商店尚有大半未开，休息五日，明日即

全部开市矣，一年三百六十五日，连节三日，只休息八日，实不易也，商店休息期中多在窗内饰以各种画图，山水人物花鸟均有，且在室内聚众打鼓打锣，钹等乐声喧天，甚至竟日不歇者乱成一片，殊不悦耳，噪音震耳欲聋，不知何意，如以为所以庆新年作乐，何必如此乱打一阵，且毫不可听，娱乐之法尽多，何必非敲打不可，皆不可解，近年渐少，午饭食饺子，又循北方旧俗，午后因娘风寒不适，竟未起床，全身觉酸疼，眼泪及鼻涕频流不止，呻吟床榻，心为之忧烦，平日娘只顾我等寒暖，而忘自身，不料母病为人子者亦不安也，却力家要阿司匹林，无有，四弟五弟小妹等均去中南海溜冰，我因家中无人，遂未出，在内室伴母，虽然外边天气晴和，为正月王日内最佳之一日也，二时许陈书琨老伯来稍坐便去，还送来两包物品，一包糖果，一包年糕，他老人家太客气了，下午一直在家，看过报，写了三封信，一与孙乐成兄，一与王剑华，一与黄松三，又把历来剪下之报纸贴好，已六时，弟妹三人方相继归来，晚饭后过力家略坐九姐今日白天出门拜年方归，行侪亦在，略谈，玩一刻扑克牌方归，与力小妹约好明日与彼一同去燕大玩，今日下午至晚眼又不适！

2月1日　星期六（正月初六）　晴和

难得今日一天都是好天气，晴和，昨天与伯长外甥女约好一同去燕大玩去，因为今天是她们燕大同学一个小团契（Gloup）聚会的日期，参加他们一块玩玩，所以早上起来吃过早点便去找她同行，还带了脸布与牙刷，预备今天不回城，在燕大睡一夜的，一同骑车去，早上还有点冷，小风迎面吹来两耳有点冷，到了亚北门口，等她两个同学同行，到时先有一个同学，定睛一看，原来平时就极眼熟的人，在西单西长安街一带常碰见的叫李玲颖，原来她就是李森滋的堂妹妹，李石芝弟李八的女儿，在女附中毕业，毕业考试考第二。等了一刻另一个她们的同学也来了，也眼熟，过了一时才想起去夏在艺文看赛球时她俩在一起，叫吴铁铮毕业考第一名，与李是好朋友，现在是去秋一月考上燕大的，不错是好学生。才到亚北，伯长刚一介绍我，那李玲颖说："噢！我知道，是不是那个常和黄伯

贤在一起的那人!"伯长答:"对了!"我听了一怔,心中那时很不是味,心中很奇怪,也挺不高兴,也挺惭愧的,很后悔的,不知李是怎么知道的!? 她怎认得我? 又怎么晓得伯贤? 又怎知道我常和她在一起,照今天这才一见面也不好意思问,如此看来,伯贤的名在亲友间传的很广呀! 同时很惭愧的自己认识不明,后悔年轻的我过去行为的不检点,放肆,荒唐,我和伯贤在一起恐怕亲友之间知道得很多呢! 今天之出城,一半是久未出城了,极想去看看,去燕大几次都未看清处是什么样子,今天有机会也去看看玩玩,久闻燕大同学之间,团契之组织极多,聚会亦极有趣,乘此亦可见识见识,多认识些朋友也不错,一半也是因为今天斌与江汉生订婚,心中多少有点不安,还是躲开远远的不闻不见的好,不料还未出城,在亚北门口先碰见这么一个钉子,也是我的当头棒喝。当时那一刹那自己很不舒服,不觉对李玲颖有点恨意,可是不一时也就冰释了。出西直门是很马虎的检查,出城以后四围境物与城内顿异,阡陌纵横,土丘满眼,远山近树,塔影波光,另是一番风味。此时风渐止暖阳当头,直是好天气,三个女孩子骑得很慢,只好和她们慢慢走,精神为了环境也就逐渐兴奋起来了! 到了燕大直赴姐妹楼,程君述尧为志成老同学,与伯长为我介绍其团契中之朋友,吴李二人已识,计在场者有杨富森,与程述尧同屋,皆为现在燕大名人,每日忙甚,课外事务职务甚多,杨健谈善诙谐,确为领袖(Lcader)之人才,众人有他则热闹多多,谈笑风生,每一出口辄令人几不可仰,故大家皆甚欢迎之,彼皮任何人皆开玩笑,姐妹楼下为一公共集会场所,任何人皆可开会休息聚谈看书报于其中,且有一钢琴,可亦弹奏,有汽炉暖甚,电灯如书,沙发藤椅桌几俱全,上面书栋雕梁如宫中之富丽堂皇尽仁之能事,有此好地点,如此完美设备,舒适方便之至,校园如公园,自是乐不思蜀,不愿回城内矣,还有苏素菲女士,大约是英文名,还有一个叫蔡良格的,育英毕业人很诚实稳重,一见倾心,甚喜他之为人,言动具见其热心,衷心极愿结纳之。后又来一华侨张姓者,来自南洋马尼拉,还会说马来说,又来一姓顾者名顾起信(?)(Willem英文名)系特别学生,乃宗教学院者,类如研究院,乃认大学毕业资格方得考进,彼乃上海沪江大学毕业本学教育,故众人中以其资格较老,人亦最大,还有一个半算客人之周纪颖，长得和庆华小妹一个样子，真怪，想不到会这么像的人，大嘴，也是那股有点惹人讨厌劲，明明是个活的庆华小妹长大了的人！不好看，一笑更令人有点呕心，还有点挺娇似的，真有点讨厌！懒得看她。大家介绍之后便互相随便谈笑，青年坦白，不有客套甚好。一直到中午十二时许一同去东门外一小铺去吃午饭，就如同辅大旁边之小饭铺，还好，只是稍觉污秽低暗一些，东西尚清洁，一切用具皆用开水烫过，叫了汤面烙饼等物，大家都不客气，吃得很饱，嘻嘻哈哈十分高兴，程述尧由家中带来有菜，两盘炸酱两盘炒十香菜，味道很美，大家赞不绝口。程系山东人，但其眉清目秀，身体亦不粗大，颇似江南人大姑娘之流。未吃以前继之又来三人，一为林志可之子名唤林涛，二为笠似之女名唤林馨林湘，林馨颇似其父，言笑极似，林湘不似，两目甚大，但身材甚小，大家呼之为小林湘，馨学英文，湘学护预，涛在燕大国二，崇德毕业，身着长袍，足踏老头乐一双，十足国文系味，我之穿着，未免外江派的味儿，一笑。大家一介绍我，他三人好似另一种眼光看我，我又是伯长的小舅舅，所以大家好似总有点拘束似的，程和伯长开玩笑，占便宜谓他和我系同学，无形中伯长比程就小一辈矣，我现在家中亲友辈中相当高，但每逢一与年龄相若之戚友一同玩时，他们大多因为称呼及名分上关系，总不太像平辈一般的融洽，或者是感到拘束，因此我亦因此甚感不便，好在不一刻大家也不太注意此小节，一块谈笑甚欢，饭后，又步行向姐妹楼。一路行来，大家又提议令杨富森买苹果请客，因他有十六元，总不时掏了来炫示大家，后他强不过，便由程骑车出东门去买，大家在姐妹楼下等着。一时各就各位，坐了一个圈，一时沉默谁也不讲话，后来还是程回来了，大家抢苹果才打破了这个沉寂一人分了一个，还留了两个，预备给未来的两个的，这时大家玩一个游戏叫"是我吗?"方法是大家坐成一个圈，座位规定一个数字，人可以移动，而座位号数不变，人却随座位而变更号数，末一位最不好，由一个作 Leader 在中间喊"××号听着，多少号下去"即至末一位去坐，在 Leader 还未说完此句话以前，坐××号之人立即应声问是我吗? Leader 再告以是你，再答不是我，再问是谁? 则××号可以任意再说一个号数但不能说坐末一位者之号数，如在 Leader 说完

707

尚未答出者，即令其坐末一位，余者按次上升一数，看谁永远保持一号之座位不下来。玩时但听大家此呼彼应，忽东忽西，乱嚷成一片，一不留神便有坐红椅子的可能，相当有趣。玩了一刻休息了，另外几个人去打Bridge，风个在这边谈天，到了四时许李懿颖与李森滋才来，二人前具相识，大家略谈便至姐妹楼合摄一影，旋杨辞去，送三林及苏回城，回至姐妹楼又玩了会扑克牌，张顾别去，张亦进城，顾人甚好，谈起亦是投机，他们城玩扑克，我遂去南大地访马永海。时已六时黄昏矣，在其家略谈，他由南大地南门移至六十一号后屋中布置相当精美，他未留我在他家歇宿，遂未要求，半时半辞时出，回姐妹楼，一同去北门外新记饭铺夜饭，此饭铺相当清洁，较午间用饭处强多多，地方亦大。大家吃二菜一汤，烧饼花卷，炒面，中午十四人方吃四元五角，夜十二人吃五元一角。夜有懿颖带来之罐头牛肉及鱼。晚饭后又至姐妹楼玩打五百，至九时半送伯长等回女生四院宿舍，我与森滋，程及蔡四人至蔡屋继打五百并有蔡请喝咖啡及牛奶，很好。我住客房系森滋代定，一元钱，由他付的，在三楼218号蔡良格屋玩了不大一会，便是十点三刻了，森滋大胜得三进多分，客房即在三楼后，内一桌二椅，六床三个一排并列，中生一火炉，被褥单皆一白，甚整洁，蔡程李三人陪我至客房后又略谈，旋又一客亦来，系一夜同屋，姓阚名冠卿，此姓甚少见，除在三国志中代黄盖下书之阚泽后，此系第一次见姓此姓者，不图今竟与之同宿一室中一夜亦奇事也，彼在协和医校亦燕大毕业，与陈伯沈同学，谈起相同识者不少，尚不寂寞，十一点灭灯后，卧床上又谈半晌始止，我大约因卧前饮咖啡，故一时不易睡着，辗转久之始入梦，此系第一次在燕大过夜也。

以前听燕大同学说，到了燕大就不想回家了，还觉得未免有点过大，可是现在看来，果是如此，校园风景优美，树木花草山水桥亭俱全，又有新式楼房建筑于其中，真如身处大公园中，且一切近代科学化，方便舒服，家中自不及此，且少耳目一清安心读书，真可谓乐不思蜀矣，还想回家者难矣哉。尤以燕大男女同学水乳交融，两者感情相处极洽，互相在一起游息，谈笑，学校当局即不禁止，且备有公共集合之场所——姐妹楼——以便之，课室，教员家中皆可借作聚谈之用，机会极多，皆历年来相沿成风，男女同学毫不忌异，一视同仁，故男女同学相识极为普通。此种风气，固为欧西风气使然，但当此社会潮流解放之际，实可提谓仿效之，反观辅仁，实在古板可怜，死气沉沉，男女同学之间鸿沟分划极严，今年起虽已开始有合班上课之举，实系因经费关系，且神父与尼姑之间对于男女之分，仍甚严格，同班上课，各不相识，各不相干，各不交言，甚至有虽本相识至此场合，亦故作不识。哀哉，与燕大相较何啻天渊，实有提倡解放之必要，本来妨之愈严愈不好，光天化日之下，男女同学相识相语，又有何关系，而历来辅仁之风气，相沿成习亦甚不易打破，必须有人努力，以大毅力，大坚忍来负此提倡责任，数年后或可渐渐更改此不好固执之现象亦未可知。

今日系斌与江汉生订婚之日，江现年据其自云廿七八岁，大斌十岁左右，此种现象或系斌由择偶术上所得的教训亦未可知。据云，廿三四之男子性情流动，廿七八渐近中年之男子知如何爱妻，懂事较多，性情亦稳定比较温柔，此或系斌独具只眼识此汉生英才，但祝他俩永远幸福！今日起始可算我年轻无知，认识不足时一段荒唐故事结束的日子，历年来积于心中的积愫，今日起可以动手起始写了！不知自己可能写成，材料太多，不易写好，昨日发一信贺斌，极简单仅祝她永远幸福，数字而已。前去一信与松三，亦报告此好消息与他知道，不知他看后心中作何感想!? 此日日记系五六二日补记成者，斌此人在初中是尚好，人亦比较活泼，后来虚荣心随日而增，实在可怕，后来是愈爬愈高，愈不知足，如何享受如何办，近来几乎成为一个只知修饰玩乐的高等活的娱乐品，无有灵魂的女人，与前恍若二人，真真可怕，如果斌不改此不好的人生观念，以后他二人之间必有后悔之日的，但祝他俩不如此。

2月2日　星期日（正月初七）　晴和

乍一在异地休息，精神不易安定，故昨晚虽是睡的不早，但到底不是自己家中，不舒服，很早便醒了，迷迷糊糊地睡着，耳边听得燕大校钟在打七下，八下的，看看天色才有一点亮，在床上卧着等，不一刻便

慢慢愈来愈亮了，外边的境物也渐渐清晰了。手表八点时便起来了，同屋阚君亦起来，遂各自分手各找各人的同学去了，我到三楼找蔡良格，他很热心人极诚恳，借我脸盆与肥皂等，我带来了面巾与牙刷，洗沐完毕，他又请我吃早点，拿来五个馒头，用燕大自制的花学酱来抹着配食，饮白开水，青年坦白如要同学之间，更不需要客气。又和他聊了半天关于燕大及其他的事情，很高兴认得这么一个朋友，九时许同至未名湖畔换了冰鞋，一同作溜冰之戏，森滋之弟智滋今晨亦由城内赶来同玩。在育英高一与四弟同学，他二人亦相识，不一刻李懿颖，玲颖吴铁铮等全来了，伯长还未起，泄气，遂一同玩，不一刻伯长亦来，大家拉在一起作拉龙入洞的游戏，湖上亦有七八小孩，皆教职员之家属，竟和我们扰乱，后来意和我们闹起来，拉住人不放，抢围巾手套，大闹不已。可是他们都不敢惹我，因我在其中滑的比较好，且快人亦较大，力亦大，故反而东跑一头，西钻一头去救护这个抢他们小孩的，后来他们全体来追我，亦未追着。有一个与我相若的大孩子，是对方的哥哥，亦助他们追我亦未捉住，闹起来小孩很磨菇没完，很无趣遂不和他们再闹，不一刻也就讲和了。马永海亦来溜，他溜的不大好，他叫我坐在椅上他推我，冰上不平有一疙瘩，他一不留神，还未走几步，便把我跌下冰来，把左臂摔得很疼，倒霉年来我虽没的没多大进步，可是轻易不跌倒，他也倒了，他的冰刀还碰了我手一下，还好带有皮手套，否则必破无疑，因为微觉疼痛，他当时大约也挺不好意思。蔡良格他们呼他为蔡大哥，他今年才学溜冰，已很不错，我们大家玩、闹，他只是一个人在一边溜他的亦不参加，很有大哥的味，他喜欢照相，运动亦不错，还爱烧盘，大家玩到中午又到昨日午饭时的小铺去吃，今天更省，才吃三元多，在燕大附近磨了冰刀，不是电磨才一毛五分，真便宜之至，城内起码一倍以上。饭后大家到岛亭中玩，又名思义亭，性质和姐妹楼相似，亦一公共场所，岛亭为消费合作社之售物所，售品处在亭下，如地下室，很是别致，不知者不知在何处？在亭中又打了一刻五百，又一同骑车去北门外，新购之校园中看看，骑车绕走，地方不小，房屋散落，方修饰一新，处此僻地，几与外人绝迹，真如世外桃源，亦一乐事也，回亭小憩，又有蔡请大家把咖啡兑牛奶饮用，饮毕已四时半余，遂一同骑车回城计七人，李家四人，吴，伯长与我，蔡送我等至海甸回校今日天气晴和较昨日尤暖，无丝毫风，燕大美景实不愿离去，暖阳当空，于山石树木间，或石船上（燕大有一石船无顶者）晒太阳或读书实一快事也，但阳光暖洋洋，实有点催人入眠也，行郊外，又是一番景色，他们六人在前骑车唱歌，我因不会，遂在最后行，为他们看望前后之汽车，因郊外公路甚狭，而来往汽车不绝，行驶绝连殊危险，预示警告免受危险。进城后，愈来大街上车马行人愈多，由城外入城，愈觉城中之乱，空气之恶浊，令人生俗厌恶心，至西单分手，与伯长同归，至家已近六时，因来去与他们同行皆极慢，故不觉累，归来知斌于青年会订婚者，贺客寥寥无几，大约并未请人。晚饭后，急忙办点家事，又骑车出去强表兄家访之，见其墙上挂有新画之画，彼谓此画一半亦系为我，闻之甚奇，询以何故盖其前言冗无条件以电车公司股票押款千元资助我之家用，今九姐夫处钱已用完，今彼忽反悔，谓现在令彼取出一笔款子力所不逮，只拟开一画展以所售之款得千元助我，此话甚空，我亦不甚信其画能售如此之好，且其平时亦不与画界交往，画亦不出名，实在亦并不太好，故我极不乐观，但我亦不好问其何以反悔，彼因亲谊远不愿助，或言出后悔，或有其他困难苦衷之处不得而知，但人即如此讲至少三个月以后方能画完六十件开完亦须春初，但目前我之问题即发生，故心中十分忧急，取了补缴学费与饭费，遂辞出。又至尚志医院拟与九姐夫商谈此事，不料已入寝遂归家，心中闷闷不乐久之，昨今二日，在燕大玩得很痛快，我过去十余年之学生生活时代，实在平凡沉寂得可怜，可以说同学学生时代之游玩快乐享受几无，今得与燕大同学玩了二天，才略享此滋味，才略觉出自己身体内还奔流着青年的热血，与青年的活力来，正可抓住此机会，享受点青年学生时代的快活吧！所以今天下午交与他们团契会计蔡良格两元，白吃他们三顿，此款算作预交会费，专参加他们游玩时之用，不然的话，明年暑假后一做事，身体就不自由了呀！可怜！一想起便可怕！正在心情有尽量奔放，毫无忧虑之际，不料一回城中，便立刻碰了一个大钉子，心中十二分的不快，正是郑少丹三表兄讲的对，人一管家，简直就是倒霉了！无论琐细大小全得管，人因费心费神费力极易显得老态，所以

近来有时每每揽镜自照时，觉得近二三年来自己老了许多，真不像是个才出二十岁虎气生生的青年呀！奇怪！额上横纹很多，脸色黄渗渗的也不好看，胡子长得也不慢，神态都是相当憔悴，这一切都是生活的鞭子在我面孔上所刻划下的痕迹呀！

2月3日 星期一（正月初八） 晴和

　　昨日预定好的行程，今日只行了一半，上午起来十时去浙兴取了学费便到学校去交费，今天恰好是我们系交费，人多不知清闲之至，写写意意便交了费，去找桂舟不在家，李国良亦搬回家去，不住校了，另搬了一个人，行佺亦去校中，十一时许，至郑家，他亦在，坐不一刻旋去，我则留用午饭，饭后与郑表兄谈电车股票事，结果我因拟以整存零付之计划，可以维持两年至我毕业为止而有富余起见决定出售此股票，因抵押期短我决赎不了，且押数只及行情一半，过少，且须先损失一笔利息，实在不合算。四时许表兄有客来，二宝等亦有同学来，五时左右去，表兄客去亦出应酬，我正拟亦归去，不意大宝二宝等不放行，不得已遂又留在他家用晚饭。饭后闲谈不知不觉又谈到舒令泓身上，因他二人有时很有趣，小孩天真处间或未全泯，故我很喜欢大宝二宝这两小孩！所以我也不怕，便很坦白的和他们谈一切。我告诉他们从认识泓起到现在，及我始终对泓的态度，就是永远以友谊视之，并未想到其他，大宝二宝闻之，大为不平，以为我非和她（泓）结婚不可，小孩脾气又犯了，非闹着我答应不可。他们的思想不是不好，以为一个男的认得一个女友，将来必与之结婚不可实在不对，而我觉其对我不大合适，我如以她为我之终身伴侣亦不满意，性情不投，不知何故，我始终不觉出我喜欢她来，怎能谈到爱情呢!？与没有爱情的人结婚在现在是不可能的事，他们太小孩子脾气，哪有这事，关系我一生之成就幸福，哪能那么潦草决定得了的，后至十一时许，见她二人皆困了，遂辞归，至家十二时，又是一天！

2月4日　星期二（正月初九）　　晴和

真是好天气，一连四天，今天也许是心理作用，觉得更是春天味来了，因为今天立春，上午十时许去陈老伯家报告前夜与强表谈助款事，十一时去林家，笠似四兄未在家，留信而归，去尚志访九姐夫，已归家，遂返，行至黄家门前，见斌站在门口看一人家出殡，举手问之恭喜。未下车径回家，至家方知其刚刚来过，着红袍红毛衣，红袜红鞋，是红人也！放下车即又去力家，与九姐夫谈股票事，也不怕九姐听，旋归来，午饭后，一人去罗马看《江山美人》，同 Bette Ocires & Ernrol Flymn 主演，哈蕙兰镜头甚少，成绩相当好，Bette 化装老太婆甚肖，表演甚佳，所占镜头亦多。青年英俊之伯爵竟会与年近半百之皇后恋爱，似不可能。五彩相当美丽，遇向云俊，散场后去郑家，问其谈托我找女仆事，不成，旋表兄出沐浴，留在彼用晚饭，至九时许辞归，至家，因数日未作日记，灯下作一日半页，因乏休息，连日胡跑多不在家，戒之。

2月5日　星期三（正月初十）　　风，晴

上午补写了一上午的日记，从一日到四日的日记，一直到下午三时许才写完了。一起来时眼便见屋外面刮狂风，最讨厌风，才晴了两天又起风了，今天不有约会出门呢，真是不凑巧，一起来便碰见这不如意的天气，令人心烦不高兴，坐在书桌上就写了半天，立春以后天气不太冷，风亦不比前两天那那冷了，只是土扬起多高，中国节气是最准不过的了，午后看了一刻报，给强表兄写了一封信，内言他虽允为我开一画展，但现在方起始画，六十件需时二月，再装裱，配境框，应酬，开始展览至少约三个月左右，而我家中九姐夫处前所欠之款至本月份截止，已无欠，则次月（三月份）即无款项，故其热心须三个月后方能实现，远水不能救近火，而欲以电车股票押款，私人不易觅得适宜对方，只有押与银行但其押款只以行市数之一半为限，高利二分，三个月短期，且先扣利息，如此则所押之数

过微，且重利期短，至期决无力赎回甚明，久则无望再收回矣，且此法实对目前之要求者之利益甚微，效力过小，损益相较，损大益小，不可取，故只有出售一法，按今日之行市四七二千元最好可售九百四十元，连本带利取二年，一次存入仟叁佰肆拾贰元，如能售亦万有限，如此办则可以维持至我毕业后尚富余八个月之久，故不得不如此办，故特写此信述此曲折，并托其代寻一买主，不知其肯代办否，望其勿误会生气而推辞，且俟其回信作何言语，再作行止，四时许风势稍杀，遂出，寄过信，修理自行车又到舒家去，访泓，进去时，小郭又在那，他现在又回心转意了，又天天去泡泓了，心里好笑，我真不大想去，夹他们这份萝卜干，都是昨天大宝等迫我来的，泓见我言辞神色闪烁不定，不知其系何意，对我照呼，而对小郭亦不冷淡，坐呀喝水呀，好似故意，做作给我看的，我却不在意这些，好似她二姐结婚时，对我十分殷勤故意做给小郭看一般，后来小郭有意无意地走到院子去，我问她去不去找郑雯，她说上午大宝已给她打过电话因风不去了，也没说清她去她家中不一刻小孩子都回来了，里里外外足有七八个够热闹的，小郭有一个四弟我特别讨厌，神色十分惹厌，可是有一个六岁小侄子却十分好玩，谈了半晌也没什么意思，我和她好似各人都另有一番心意，既不出去了，也无事，遂告辞，出在大门口内遇其母，别看她父坐新式汽车当局长，她母在家倒是很俭，只穿了一件蓝布大褂而已，出顺路去访赵祖武兄惜未遇，即代五弟等买了些东西回来，已是黄昏了，晚饭后看报，忽困乏，五弟今日病瘥起来了，又与四弟打闹着玩，近来所遇事物皆不如所想的那么如意总是失望，办不到，今日天气先作怪，早不起风，晚不起风，偏今日起风，于是昨日的约会无形中吹散了，连年就算流运不利吧！别希望什么，一切多忍耐些吧。

2月6日　星期四（正月十一）　　小风，半晴，冷

半阴晴的天气，虽比前两天冷点，可是到底差得多了，上午看看报，至十一时左右去黄家看看一半因为前一上午斌曾来我家一次，一半也因今年过年后尚无人去她家一次呢，今日顺便无事未出门过去走一趟，过一两

天便又上学了，小弟尚未起来，三小孩皆在家，不，斌可以算作一半大人了，其外婆亦来，随便谈谈，斌说："真不易那阵子风吹我来的!?"这时候尽管她说，夫复何言。此时，不，近大半年来每次见面时确实也没什么可以谈的了，不一刻她们大家就吃午饭了，吃汤面，我看了会儿实报，到十二点便回来了，午后因今日心中并不想出门，遂留在家中，看二月一日至五日所积的报，因连着几天胡跑在家时少，都没看一直到今天一起看，一直看到四时许在家才坐了几小时便有点闷了，心太野了，不好，五时许骑车出去，四弟车亦带去，发了与祖武信一封，便把车送到车铺去修理，买了些点心等步行归来，晚饭后与四弟下了两盘象棋，久未作此戏了，算了算上月份全部的用款（是阴历十二月至一月）共计叁佰柒拾余元之多，真不得了，不知怎么用的，下月份之用款即成问题，此时如能仲一公益奖券头数奖，才是时候呢！不知能否天如人愿！唉！这两年一切希望终成泡影，还是别做此分外之想吧！

2月7日　星期五（正月十二）　　半晴

上午带五弟去理发，阴历年他有钱了，请我，理毕至西单买了一点物品，在瑞德五金行购了一个带练子的自行车锁很满意，中午吃炸酱面，昨天极想吃，今天吃到嘴里也并不觉得好吃，饭后二时左右，与四弟同出，先至其同学兼盟兄杨善政家，进其家所开古玩铺小坐，善政兄弟，与其同学伙计等在赌牌九，有钱有闲阶级便如此荒废时间如此浪费金钱，有此时间作什么不好，有此钱周济穷人不佳？有力者不尽力，无力有心者亦只徒唤奈何而已，四弟年幼意志不坚见猎心喜，加入玩，半小时供出二元，四弟善群（善政弟）一门还是小押，杨玉良及其伙计所押较大，一二元至十元不等，输二元之四弟方始死心，怏怏随我辞出迳赴东城，途中语其利害，四弟似有悔意，我今年家中家人小玩，今日之见其同学之小赌，皆只旁观决不加入，因我自父故后即私誓此生不近赌具，且亦深明其利害故耳，西院大哥即吾当一当前之殷鉴也，如不嗜赌吾家何以至于今日之困苦乎，先至青年会冰场未开门，遂至东安市场绕绕，亦未购何物，四弟小孩

无意中输二元，心中颇不快。时间尚早遂又至青年会内走走，内有少年部俱乐部等组织，今日一见甚惜我少年光阴白白抛过，不然加入此种公共团体组织，其间设备行动皆合乎智德育之条件，且皆为正当之娱乐有益身心者，今已悔之晚矣，在其间闲时不愁无处玩，亦可多识许多朋友，五时至青年会冰场溜冰，初人不多，后六时以后人遽多，场内几满，我冰刀新磨涩甚，久之始渐滑，不意今日在冰场竟遇多数熟人。辅大同学甚多，冯以理亦去，大郭（道经）及其妹亦去，大郭拉我与其妹三人同溜，其妹学外刃，其妹即在我脑中印象甚不佳之郁文也，见过数次，迄未谈过话，而彼此皆知谁也，不图今日竟与之同溜，心甚奇特，道经似乎比较道纶好得多，人头，功课恐皆比其弟好，正如二日在燕大与懿颖同溜亦出意外一般，后冯以理要和我大郭介绍冯遂又与妹携手同溜，因冯与其妹二人在北海曾同溜过冰也，六时半左右，斌与江汉生亦来，与之招呼，并与之同溜数圈。四弟溜的不错，穿球鞋跑甚快，一直玩至七时半始归家，我不知何故，时时觉累，休息多次，大约冰鞋对脚太不适合，今年冬有余资当换一双新鞋刀也，晚间归来小风扑面甚凉，今日下午五时许天空竟飞下小雪花，但随下随化，不一刻即停，晚间因下午溜冰运动，东南西城跑甚乏，看报即休息，然亦至十一时左右矣，年前曾与阿九始（家煜）一信，告其有一机会缘今北大理科教授缺乏人才，正需教授，月薪有五六百元之多，阿九在津颇清苦，每月不足，今北大人多旧北大时之人与其皆识可来此谋一位职岂不较在津强多多，不料一去半月亦无回音，不喜写信亦不致如此殊混。

2月8日　星期六（正月十三）　　半阴

天气不好，令人不痛快，晨起补写了昨日的日记，看报，和小妹在院中自制的小冰场玩了三分钟，太小没意思，放寒假半月有余，每日不知皆做何事，空空打发了许多宝贵时光，也没看完一本书，写一些字，自己固是懒，也是家务繁琐要我胡跑各处费时间，预计明年脱孝以后要各处亲友都去一趟，以资作入社会应酬联络的初步根基！午后带小妹去中央看 Qenna Qurlrin & Kay Fearenlic 合演之 Lt's A Date 译名为《花前月下》（又名《待月西厢》，取西厢中诗"待月西厢下，迎风户半开，隔墙花影动，疑是玉人来"之意）。人甚多，小妹遇其二同学，我亦遇二同学，散场始看见向云俊，今年很巧，我看电影碰见向云俊兄三次了，未开演前打了半天的电话与郑家问电话局郑家对过木厂子的电话号码足耗有半小时，好容易叫通了，人家不管，气人，自找苦吃，都是自己多余，片子尚好，但较之以往似乎稍逊，Q. Q. 愈来发育得愈好，少女的风姿要全失去了，《First Love》中一吻后在现在片中再吻是不足为奇了，今片中就有吻二次，片中忽喜忽怒表演甚惹人爱。看后与向步行至西单分手，想看回戏，马连良前排售二元九毛三，金少山前排售三元〇四分，都够贵的，看一回戏够我看三四次电影了，不看了一时不知何故，心中不快，到家颇不痛快，虽然自己知道自己那时的面色不好看，可是也抑制不住那时的感情，把自己前两天买的咖啡煮了来喝，弟妹们少不得尝一点。我自己也太不好，去一趟燕大，没有学会了什么好，只是学了要喝点咖啡，说话时要加上些英文单词，今天大约因出去时小风吹了眼睛，回来起眼睛又不适，晚又流泪不止，归来在椅上坐，静听 Radio 中放送的音乐，不由心中又幻想起来，想自己如果有了能力，赚钱了，便如何如何!? 但愿自己努力，不知明年冬日又是何情况了？眼前问题正不知如何解决！但过总得过，到时也就过来了，世上事都是如此！幻想时感到自己前途十分有望，光明已是不远，幸福在将来呢！努力呀！青春之血，火一般在身内奔流着，一时精神十分兴奋！自己要振作，奋斗，将来的年月还有许多呢，不要颓废，不要灰心失望，以大毅力，忍受一切，历练一切，以训练创造我之一切，以应付一切！

阿九始终无只字回音不知何故，像他那种不明世故人情，不好交际，不知应酬，不喜写信联络，不善言谈，好似很高傲清节自守的人物，实际是个大傻瓜，一辈子不会发迹的呆家伙而已！

不近约二三年来很喜欢听音乐，可是自己很笨什么也不会，爱听轻幽抑扬的音乐，如提琴，如在月夜下静聆，犹如身心为之飘飘然，爱听雄壮之西乐，如临大敌，令人起兴奋心，轻快的音乐，令人心身舒适愉快，更

多爱听一点夏威夷的南洋音乐，今日片中即有，又令我神往，我早想望憧憬着可爱的南洋，今华子已去，不知我可有机会亦去否？

2月9日　星期日（正月十四）　　阴晴不定风冷

妙哉！妙哉！不料晚夜还下这么大的雪，今晨起来又变成玉宇琼枝，顿成白银世界，大自然的美，怪不得前两天突又变得这么冷了呢!？都到十五了，想不到还会下这场雪！正是俗语所谓"八月十五云遮月，正月十五雪打灯"，今日要然雪打灯，但不记得去年八月日秋是否云遮月，中国节气奇准！不可不信，立春后大地已回春，虽降雪却不很冷，早点后，便与弟妹等把院中积雪扫成一堆，近少劳动，远动一刻，全身皆暖，太阳一出，雪皆逐渐融化，又是大自然的伟力，中午看完报，至一时半出去，此时忽起风点凉，因风中夹有雪花，往北很费力！最讨厌的风，对我等骑车者最不利，先到强表兄家去，画会高先生在，一见面强表兄即言信已收到唯求售出不易，亦非一两日内即可办到，又略谈一刻，三时许辞出，至郑表兄家彼适出去，略谈一二语而已，大宝及二宝等均在家廉致（海平表兄第三子）亦在，今日谈不起劲，把那本画报带给大宝看"Lt's A Date"礼拜四，二宝自己去看了，闻孙祁已回来，礼拜五曾去她家，可是未上我这来，我与他疏远多了，在那也没劲，五时左右便辞归，修车补带补了半晌，黑了才回家，饭后与四弟下了几回象棋，电车公司股票将来或甚好，今每日可售万五千元，去年余利百余万元，今却不得已而售之运气大不佳，无可奈何也，今日强表叔三年满。（实二年）

2月10　星期一（正月十五）　　半晴寒冷

上午下午全出门了，真是想不到，立春后，而且立春前还那么像预示人们似的那样暖了一阵子，不料今天会这么冷，冷得似严寒，早上把我脚冻得都疼了，下午又把我手冻得生疼，真倒霉，上午四小时课，只上了两小时，赵先生告假了，顾先生也只是随便谈了两小时，顾先生之为人与其人生见解有很多是和我一样的，很有趣的讲话警惕而幽默，令人忍俊不禁，语多中肯，亦含有相当哲理与其人生经验之谈彼谓，人生应有勇往直前之猛勇精这时，咬牙苦干之毅力，能负苦，能应付苦，能吃苦，但不主张去找苦吃，人生是有许多事物是浪费的，但有许多浪费是需要的不可避免的，而人多不能专一一味苦干一空空事不断，必须寻一散心舒神娱乐之处，此即消耗浪费之处，人生是艺术，具健康之身体方能应付一切，其身体不强时以为苦，故劝我等注意健康，彼又云不注重分数，因看卷子之划分数极无标准定则不似理科有一定之准绳，其余尚讲许多，拟有闲把它写下来，上午回来两足冷甚殊出意料之外，午后去东城 Roma 去看《铁面人》，不错，彩色亦美，看惯五彩片恐看黑白片便无味矣。男主角路易斯海华一人饰二个性完全不同之角色极精彩，女主角菊痕班妮，不算美，小猫脸似的远不如希迪拉玛之美，人甚多，大约满座了，在影院中购了一本青鸟译本，为神话小说，不久即将在罗马上映，内容布景逼真华丽伟大之至，可与绿野仙踪不相上下，今片前曾演样片，很好，可一看，片甚长二时起演四时半方演完，因今日正月十五，元宵灯节，厂甸末一日，今年尚未去过，遂顺步去绕一圈，在书摊上转转，也没什么可买的，碰见了一本小本的蒙疆地图，印得很是详细精密，可是日本东京伊林书店出的，令人感喟，现在正适用，用三毛低价购回，在海王村中转了半晌，北边画棚及火神庙因时间来不及皆未去，闻延长十日，在那买了点零碎食物便回来了，下午把手冻得生疼，可恨，气人，饭后精神不佳乏甚，与四弟下象棋，晚接剑华来一信，聊谈而已，问我要张相片，我还得照新的呢！今日糊糊涂涂就过来了，也没做什么正经事，今日第一天上课，头一堂便有便上了够劲！

2 月 11 日　星期二（正月十六）　　晴，寒冷

懒得很，今日上午九时上课也晚了，在西单遇见小徐，反正第一时也不一定讲书，今天上午只九时至十时一小时课，跑一趟也太远，遂也不去了，在大街上报牌上看了会报，遇孙祁略谈了几句，他上礼拜四才从日本

回来的，去了一个月，七时许归五妹与小妹五弟三人在家中小冰场溜着玩，近来他家小孩很少过来，今却是少见的事，不一刻黄小弟与郑夔来，夔七日晚由唐山回平，告了五天假在矿山上做事很苦，谈话态度仍和从前一般，旋行佺亦进来谈天，十一时许斌忽亦来，谈顷之至十一时五十分左右始去，奇怪得很，每次见到斌，心中便不由得有一点慌乱，虽是不一刻就安静下来，可是自己也未免太懦弱了些，午后二时许孙湛孙昭二人来，近来他家小孩亦很少来，我即出门，至西单中商场新开幕之101摄影厅摄了一张像，算是一九四一年度的新影，一半自己早就想去照一张，一半也是弼来信和我要一张，也是学界中人开的，一个姓王的，前在育英及艺专与谢人堡相识，略绕了一刻即去学校，正好上课，只来了一半人很是冷落，朱先生也未讲书随便聊了一小时，介绍一本书《且介亭杂文》，鲁迅的，并谓如能购有鲁迅全集亦是一快事也。但在今之环境下为不可能之事，朱之随便聊聊不如顾先生聊的有趣，下课后与小徐至西单商场去绕，一天又来第二次，在我算是少有的事，遛了半天书摊，书不论新旧都很贵，买不起，小徐买了三四本书，我只买了一本芥川龙之介的小说集，回来已黑了，今天天气亦很冷，顺路又买了点吃的，近来似乎自己变得有点馋了似的，正要吃晚饭时忽然七姐由西院来了，谈了半晌，关于爽秋之无理混劲（爽秋威如三兄长女也），爽秋今年曾至西院拜年未曾进来，爱来不来，自父故后，即其婚后来一次以后即未再来，甚好！七姐健谈，至八时一刻方去，我今夜晚饭吃甚多，饭后精神疲倦，自己身体也够弱的了，想看点书做些事都不怎行，近日心中不安静，看不下书去，也该收收心了。

2月12日　星期三（正月十七）　　半晴，冷

近几日出乎人意料之外的寒冷，正是所谓春寒料峭呀！今日只一小时的指导研究，去了也没什么可说所以未去，一天无课，早上一睡，到十时半才起来，上午照倒我一晚起做不出什么事来，看看报便又过了一个半天，四弟去上课，五弟开学去了三小时也回来了，中午吃馄饨和小饺子差

720

不多，饭后略息去春明代小妹交了学费，因事物飞涨开销增加闽藉生学费亦交一半，连杂费一共八元，比五弟国立学杂一共方七元，私立国立到底不能相比，回头去访孙祁久矣不登他家门，不在，与孙湛略谈，在他桌前翻看他从日本带回的书画小物件，日本亦有许多便宜物，闻他花廿余元买了一套春季西服料子，手表十余元一个，买了五个，大手提包才四元一个，太便宜了，在北平七八元也未必买得下来，出来一人径出西便门外至白云观看看，先在庙外西边土丘看看四外风景，野外农村风光又是一番光景，心襟为之一爽，大自然的美是述不尽的，我永远会陶醉在伟大的自然美丽中，白云观庙甚大，据其庙前布告白云观宋末即有，距今已有八百余载之历史，但今日之报副刊上载，明时始有，不知谁是，且云白云观西有一寺名西风，取西风吹散白云飞古诗句意将取白云之盛况而代之，但至明终不存，今日特寻之遗迹毫不可见，今日庙中游人甚少，中多商界及乡人，一切均较以往冷落多多，售物小贩亦显零落，院大游人历历可数，桥下道人巨钱上悬之铜铃依然，便地下铜元亦甚少，老人堂只余二人，云百零六龄，不甚可信，天冷，游人甚少，驴夫不及往昔五分之一，总之一切均比以前大减，情况殊可恤，游人中有七八个似中学生之少女，颇惹人注目，四时许出庙骑车进城，一人独往独来亦颇自由，进城去西单，在大街遇于政弟，于政弟现在圣约翰土木系二年，闻其二哥被判无期徒刑，现在北新桥陆军第一监狱，其母曾去看过一次，不知其父母心中作何感想，其弟将其兄之皮大衣穿上，头发亦留甚长，愈想其兄长了，看其样子似不太关心，问其可有办法，亦无法，只有静待时局自然之解开了，吾闻之心中十分不快，怅然久之，分手后至旧刑部街去将新开幕之大光明戏院去看看，即旧哈尔滨大剧院旧址，内部改造成一新，布置得法，颇近代化，看票价订得很是低廉，倒是平民化，宣传很久，可是问照管人，还不知何日方开幕，又在西单走走，无事，无味，城市大街中总是那末乱糟糟成一片的，回来看日前新购的儿童哲学童话，比国梅特灵著之青鸟，两小时后即看完，莎丽澄波主演此片，下礼拜或可在罗马上演，预备去看，我自己买的书很多未看的呢，自己真得少玩，多用时间来努力看书吧！可是一想到未决的家事，生计问题，哪能安心呢？

 北平日记

2月13日　星期四（正月十八）　阴凉

　　总不是好天气，讨厌得很，还是相当凉，上午去校又迟到了十分钟，真懒，余主任病了还未好，告假，去第一宿舍赵德培屋中坐了一刻，他考的不错，汉魏六朝诗得 A，其余都不错，成绩分得六十一个，想不到，其实我看他比我好似还松懈，去年上课时常告假，不知干什么去，不料他走运考的还不坏呢，他的太太在寒假中病故了，他心里挺烦的，真不好，近来总听见这些令人不快的消息，遂坐了一刻便辞出，至图书馆中借书，不料借了五六本全都先被人借去，悔未在礼拜一就借就好了，因在图书馆内看杂志上瘾，便未回家，中午饭后，看了会报，便到小马屋中坐坐，很快就又到二点上课了，汉书研究今年不讲本纪了，讲开食货志了，想今年大约也就能讲这么一个志吧！按本文讲两小时只讲了二三页而已，无聊，下午在图书馆中才借出两本不太想看的书，借出了《人间词话》及人间词甲稿，下课与小徐一同走，西单分手，到家喝了一杯咖啡，带小妹五弟去土地庙去买了一点东西，去得晚了，卖东西差不多都走了，也没进去只在门口买了东西即回来，迎面又遇见黄家五妹及其母，一同走回，五妹又要我请她吃糖，又出了二毛钱，回来继续看完了《人间词话》，薄薄的一本，因为不好买，所以提起笔来预备抄完了它，晚饭后又继续抄，一气在九时三刻用了两小时三刻抄完了，看完小报，又翻了翻欧美十六国访问记，我得努力看。

2月14日　星期五（正月十九）　晴

　　上元节亦过了，时光快得很，糊糊涂涂就过了一个年，上午急急忙忙跑到学校幸未迟到，下了两小时的六朝诗，也没回去便到图书馆内去看了一小时多的书，因为现在感到白白老远费力的跑回去，也没有做些什么正经事，实在有点不值，所以还不如不回去，在学校看点书的好，时间，精神体力三方面都有益处，好在只多花了几毛钱饭费而已，其实在家吃，一样也得花钱。午饭后略看报便又到小马屋去待了半晌，至下午又上了两小

时郭老头的六朝文，讲的太不起劲了，真无聊之至，大家可说没有一个愿听的，差不多都讨厌他，简直有点是在演催眠术，大家一个个多要睡着了，下课在操场上站着看足球队练球，王贻亦来玩，谈了几句，对我到似很亲热的，五时许至郑三表兄家，方知他用多年仆人万荣辞去，连日无人做饭，小孩子自己来弄得一塌糊涂，好不热闹。他们家除了客厅以外，可算处处都够乱的，拟将失职之老赵荐用，三表兄闻之甚喜，铸兄有调禁烟局讯，托表兄转托黄三代为一言，他守口很紧一言不露，明日蒲子雅母接三，拟去一趟，归来已九时半，强表兄来一信于我招我明日去署一谈，陈媪昨告假半日，至今未归家中，一切杂务皆娘亲自动手，可恶，不可用。

2月15日　星期六（正月二十）　晴

这两日的天气还差强人意，只是初春天气干燥，加以冷热不均故人多患伤风，咳嗽之病，今日无课，昨日云门表兄遣人来招，又代三表兄请一王先生又拟去蒲家致祭，不去学校反而忙碌，本欲稍读些书如此反不得消闲，管家操心又岂能安心读书耶？早九时许往南跑到珠巢街在南横街还南边，还没有去过，回来又到尚志去看看九姐夫，他今日又不大适，看他写送蒲家的账簿，又喘，十时半去财务总署访强表兄，彼云电车公司有人要出六扣，打电话去询谓今一两日内即欲成交，下午面谈，十一时归，今日为刚弟十七岁生辰，而今日出售电车公司股票亦一纪念日也，中午食面，饭后与娘拜贺。二时忽斌盛装姗姗来，坐笑语顷之，询我上次代其所打之铁路学院电话号数，二时二十去。二时三刻又去财务总署，与强表兄相偕出，同赴东单西总布胡同，电车公司访票务股杨某，又与一张某接洽即实报上所登之张◎塘，亦系代友人收此股票，彼云其所出之价乃现在收处所无者，今因友人情面，至多出至六二，再多即不肯，本拟云七扣，现即六五亦不肯，与强表兄商之遂于无奈何中脱手应允，据强表兄云，初父在世时购此购票因居奇，竟出二仟捌百元购得此数，岂意为人所贴十余年无息，几同废纸，今售此数，仍赔大半，而前年只值廿元，今则竟能共售仟余元，亦非意料所及也，而据闻今年有发股息讯，不知确否，但吾人无可

奈何，迫而售此，他非所计矣，遂言定明日款票两交，仍拜托强表兄全权办理，股票交其带回，明日上午张某去强府上办理，由公司辞出已四句半钟矣，又与强表兄分手，我去西堂子胡同蒲家致祭，子雅母（八十七）接三（正月十八日子夜二时逝世）贺客极多约有数百人，汽车之来，路为之塞，相当热闹，帐对联挂满四壁，幸其家院屋相当大，此不过蒲子雅廿余年警界等交际之结果而已，拜毕稍坐即出，同乡去者极多，陈幼云萨幼实方策六老伯等均在，谢道仁，沈燕候，力植哥等亦去，日人亦有，且看将来我与刚弟等之孝心能力如何，父之丧事殊草率，因拘于种种情势，亦为子者之无能力也，惭杀，自不能与今日蒲白相较，不知今日谁纵大哥如去看此心中起何感想也，一路经东城归来，人之好名利虚荣浮华，享安逸之心无时或释，它自不知不觉中潜袭心头，殊可惧，亦可惧，亦可恨，正是眼不见心不烦实为正理，见商店窗饰各品，又极思购归，其奈心有余而力不足何！"钱是好宝贝！"钓金龟中张母说得好，不知此言是我思想在污秽，抑是一句大大的老实话，在此时候而言，归家疲甚，且因又不得不出售老父之遗物，心中终不快，而异日自己到底有何本领，能赚成多少家业殊无把握也！心中闷闷半晌，卧床上静息，今日实又跑不少路，倦甚，晚饭后稍好，得泓来一信，中有一节，又扯上什么斌能干会挣钱了，她笨了，又要吃我糖了，又要我将来的结婚相片了，代她向斌道喜啦等等一套，正不值我一哂，一笑置之，我才不为这一套所动呢！爱说什么就说什么吧！我亦正愿她和小郭重言于好呢！也祝福他俩吧！但愿有情人皆成眷属亦正是我此时的心愿呀！（一笑）原来强表兄从前（十一年前）即曾在电车公司做事，时电车公司初创办也，故其有多数老朋友旧同事在，今日见这个招呼那个点头的，足忙一气！自己无能力谋生，今日对去了这唯人护身维生符，将来更不知何以了此，每月六十元又够做什么的，买包米就完了，其余都不用办了，故归来沉思，心中始终闷闷不快，昨日下午在郑家等表兄回来，看完一本《人间词及诗》，王国维的（静安，海宁人）。

　　实际讲来，斌年岁不大，相当聪明乖巧，知道利用青春，赶早找好一个丈夫，手段意识在她个人讲原是不错，可是多少总有点聪明反被聪明误的地方，有的地方的确泓不如她的，只大方与否一点说，泓太腼腆了，害羞自是女孩子的美德，有时过火，便觉得小气好笑了！

强表兄第四科一屋三人，成天无事，闲谈，下棋，习字，睡午觉划划而已。无聊之至，每月拿干薪而已，今闻彼等之谈话，粗如街人，可笑，假充上流人，中国的政治！养此闲员??

2月16日 星期日（正月廿一） 晴和

天怕不错，一晴，便有暖意，中午甚和，上午本拟去中央看早场，不意临时改演《续无影魔鬼》，已看过走出，新新人亦极及，售票处人堆挤不得前，遂不看，至铸兄处未在家，小坐即还，老赵已来，与之谈荐至郑家事，因郑三表兄旧厨辞去无人故也，午后与之片去郑家，一时半去东城途逢王贻，谓适见王庆华与王大方同去罗马，未购着票二人相偕东去，情形甚热，这小子多半又掉在里边了，又逢小麦，王府井大街又碰见庆成庆璋兄弟与庆成同去东安市场遛，昌明亦在，不意复遇五妹，三时半出东安市场与庆成别，一人去芮克看二场，电影，片子还好，散场即归来，今日一个下午就在东城胡跑，甚不值得，自己的虚荣心不小，极想买此买彼，其奈囊中空空如也何!? 眼不见心不烦，方佳，如跳出三界外不在五行中，谈何易也，十丈红尘中，不知误却多少人生，今日闻昌明等谈，原来他们那一帮泡朋友，现在也跑舞场了，欧林匹亚亦去了，外表向称朴素之庆成亦去了，慢慢学吧！有人的学生都应如此吗？不会跳舞就怎样，真好笑，现在有许多人都以为我会，其实我是一点也不会，连音乐拍子都不会听，自己太笨也学不会，归来无缘无故又烦了，半晌，晚饭后又抄了会王国维之人间词，灯下看书，龚学遂之《欧美十六访问记》，自己憧憬国外，不能去，只好目游吧！

2月17日 星期一（正月廿二） 晴，午风

上午四时，不料校勘学赵斐云先生（万里）又请假了，便有了空闲，于是到财务总署寻了强表兄同去浙兴银行，将昨日买了电车公司股票二十

股（票面贰仟元，据强表兄云，昔日父购时用二仟捌佰元之多，今赔不少），计仟贰佰四十元。吾之第一计划，整存零付每月取陆拾元，最低两年为期，需一次存入 1341.59 元，今少佰元由强表兄代垫，感甚，彼已助我之处极多，今又慷慨解囊，不禁令人感谢之至也，办完手续分手，了却了件心事，心中稍安，以后二年每月可有六十元用，虽杯水车薪终比无分文强多也，归途至尚志医院，将此事告知九姐夫，中午归来，有风起土讨厌之至，空气干燥，又是春日气候了，午后换衣出，又至浙兴取了本月份之五十元，零折只余五元五毛了，赶至罗马已演片为《万里关山》，系泰伦宝华及林达妲尼儿主演，实则在在此片中如二配角，除六千辆大车渡冰河及飞蝗为多数飞鸟所食二幕外，余均多平平，甚失望。散场遇张思俊及其一友人杨姓者，初自孤岛来平拟上中大，亦一近乎花花风流公子派头者，谈来尚合口味，陪其二人在市场遛半晌，张兄选购一皮水袋，绕行半晌，中原，国货，大众，王府，万国药房，市场等地均走到，又在市场西门外主谈半晌至六时许始分手，各自南北东西，我又至市场内小绕，在书摊中购得鲁迅之且介亭杂文初，二未三编共三册，只以其后印之定价三元七角，在此加信二成五成之声中，可谓便宜矣，又至五芳斋进晚餐，只食面二碗而已竟达元余，近自旧年后不但米面又涨，蔬菜亦飞涨不已，生活如此升高，民生益不安定矣，可恨！可叹！饭后出市场至协和拟溜冰，不料门守谓冰场已化不能溜，心知是真情，抑是以词拒外人也！又至青年会，人甚少，只二三十而已，冰已化小半，上有一层浮水，遂出来，至北极阁，协和医宿舍，访大马，出他意料之外，畅谈久之其同屋为旧辅大同学翟君毓涛，与谈话多讽之，翟每礼拜甚闲，故其在盛新有四小时课，中大亦做助教，他倒会钻，闻大马近助一西人研究可望有长薪之讯，畅谈至十时半归来，协和宿舍极舒服，自然学生都不愿回家住矣！何日辅大宿舍设备至协和一般即可矣，自东城如此晚，访友归来此是初次，至家约十一时左右矣，连日胡跑，去东城三日，今日累甚，当休息一天，书亦努力快看！桂舟总不露面，亦不上课，不知何故，胡忙乱跑，有数处友人处信应写未写，应复者尚未复，近觉每日日记有时近于琐细，已往者不言，以后，当力求简略，提要，否则徒耗精神笔墨纸力，何益，往者已矣，来者可追，努力当前！近又思购话匣片子，又思作此，又思购彼，每月过拾余元，至今用尽，正经用已不敷，而尚思作此用彼，亦可怜，亦可恨己之浪费。

2 月 18 日　星期二（正月廿三）　晴

上午只有九至十时一堂《庄子》，下课遂至西单沐浴，大洗头发，积垢为之一清，全身清爽，当入浴时，我身返乎自然，觉自由极，浴后舒适极，实在人一日之间，时时皆在拘束中，人人间，社会间，礼貌内，礼教良心上，衣服内，处处，无一时无一刻不拘束，极端不自由，一旦解放身体之一切，返乎我之自然情性，又是如何快乐耶!? 午饭仍娘及李娘亲自动手做，陈媪十四日请假半日，不料今日仍未来，混甚，可恶之至，决不用辞去，李娘下午去叫新仆媪，又找至陈媪家唤来斥去，下午看过报，二时半去郑三表兄家，不意六表嫂亦在，唠叨没完，令人厌烦，辞出至门口与表兄略谈，解决家务事。四时至校上课，朱肇洛又讲散文，无聊，还不如我等自看，五时半下课，至南官坊访桂舟又不在家，怪甚，归来已暮，晚饭后略整理一些杂条及旧信之无用者，皆弃去，晚间眼又不不适，遂不多看书，有暇我眼当去诊治，否则重疾可虑也，其实每日上课时间有限余时甚多，我则不善分配时间，每日显忙甚，而实又未做何事，且书有甚多未阅者，奈何！阅旧信诸同学对我皆甚殷殷，今多劳燕分非，绝非往昔同窗共砚时之情景矣，今阅报载南洋又趋紧张，华子正去曼谷，为之惴惴不安，华南信前一度传不通，近不知如何？

2 月 19 日　星期三（正月廿四）　晴和

今日果是有点像春天，太阳晒在身上已有暖意了，上午八时许即起来，虽是今日一天无课，但要起来早点可以作一些事情，早餐后看过报，把王国维的人间词甲稿余下的一半抄完，一时心动竟走过去看斌，二人相对无言，本来此时又有何说!? 结果她出言不情两说僵，我即一怒而归，

本来今日之去即多余，自寻烦恼又怪谁，正好自己与自己一个教训，她那怪脾气大非处世之道，总有一天吃亏，以至自己找了一次烦！心中不快半晌，这个是非场还是少去为上。午饭后又把人间诗稿选录了十余首，二时左右在院中散步顷之，阳光沐身另有一番情味，遂掇一椅坐院中观书，大地回春，阳气上升，自觉有一种道不出之快感，周行全身，精神体力亦觉兴奋，此殆即所谓春天来了之感应乎？自然底伟力是谁也违抗不了的，不觉一直看到四时半，五时去邮局购了几张明信片，归来晚于灯下发二明信片，一与于政，一与光宇皆久未通讯之老同学，我现在二步计划今已实现一步，即整存零付存款已达到，第二步为联络亲友作入社会交际之初步，故同学之间亦不可疏忽，前次存款虽已办好，但每月只能连本带利一共取回六十元，在此物价高涨时期，购米一包尚不足遑论其他，故每月不足之数亦成问题，前途不平！

2 月 20 日　星期四（正月廿五）　晴

上班时数最多的就是今天了，一共自早上九时起，中午休息两小时，一直到下午六时才下课，共七点钟，上午余主任好了，两小时也没讲多少，一上午我却看完了一本《桃园》，废名作的，不算多好，只前五篇还差强人意，午饭后去宿舍马永海屋处小坐，下午四小时，汉书广雅各半，汉书讲食货志按原文讲，这样讲法又有什么益处，每礼拜才两小时，那能讲多少，文长一点的话，这一学期又是只能讲一志而已，多无聊，这样就叫研究吗？简直是有点笑话，下午两门功课都不起劲，大家都不感兴趣，广雅讲的毫无次序，乱得很，随口说，很难写得好，更不高兴记笔记，只讲了一小时半就下课了，小徐下午没来不知何故，下课去南官坊找桂舟又不在怪，这小子老不露，托办的事也不接头，好浑小子，归途去东斜街访其未婚妻李小姐询之，信已交与他，可是未提，今天上课了，可是未见他，近又去津一次不知又是何事，瞎忙一气，今日闻宋谈，老王现在香山疗养，T. B. 可怜，怪不得那么瘦呢！灯下看过报，整理笔记，五弟四弟小妹等，皆不大知用功，其中以小妹尚知不待人言，其余二弟终日懵懵懂懂不明事体，不知着急，每日不知得费多少话，厌烦之至，耗费精神，我唯一之嗜好为电影，本礼拜好片皆来，甚不是时候，值我囊中空空时可厌。

2月21日　星期五（正月廿六）　　晴风凉

真是有点何苦来，早上急急忙忙跑去，第一二时，上汉魏六朝诗才上了一小时半讲三首诗吧，还未讲完，只听了马马虎虎，早上路上又遇见李庆璋小友，还是他招呼我，不然又没看见，自己眼睛太不行，在大街上时常看不见熟人，以至于无形中常得罪人，下课到小徐家作了一课，十时半又起风了讨厌之至，在小徐家借来十几张话匣片子没有什么好听的，午后看过报，二时冒风出去到中央看 "Road to Singapore" 译名为《南国之春》，由 Doroth Lamous 平克罗斯贝等主演，相当滑稽，中杂歌舞不太坏。遇庆成，马永海，金大信等同学，出来又至西单中商场新开之 101 摄影厅取回上礼拜所照之相片，还不坏，一元四寸二张，也不算贵，回来时已快五时半。今日又卖了一块我小时所打之金锁，售得贰佰拾捌元，不料今竟迫得卖物，补亏空，但物已售罄，来日之不足，尚不知如何补法，而物价却有涨无已，实今人愁烦也，今款先买来再说，米去年冬购已告尽矣，这年头真是过一日算一日也。六时许忽精神十分疲倦，卧四弟床上休息半晌，至晚饭时方起，灯下习小字半页，久未动笔大退步，剑华上封信言不爱写信，态度闪烁，迥非其平常个性之表现，令人不解，她以为我写信在追求她吗？女孩子多心，庆华亦比前冷淡，少去就是，大爷脾气恕不伺候，夜读书。

2月22日　星期六（正月廿七）　　阴，冷下午小雪

一个多礼拜没有仆妇，一切上下粗细之事均由李娘及娘亲自动手，两双手变得很粗，我看了心中老大不忍，佣人店中缺人，叫了三四天还未来，今日买了两包米去了百余元，天气忽阴起来，又冷得很，上午一懒十

时方起，看看书报，午后略整理家事，诸事不遂心，来日方长，物价上升不已，而家中无分文进款，不禁令人愁闷，本拟去 C. K. 看电影，后以天凉，午饭晚恐食后着凉，故延至二时半始出去，径赴东单大街 Rex 看影片，译名为《自由战士》，贾利格雷主演表演乡间人之个性，粗直甚佳，为美国开国之一页悲壮史。遇李景岳，不料散场后天忽降雪，迎面西归甚冷，在影院见笠似二女，在燕大者亦去，未招呼，至西单药房，购凡士林，甘油等，至家已暮，雪降下至地不融，立春后应暖，不料现却降雪，殊出人意料，天气又转寒，贫人倒霉而已，闻娘言铸嫂今日归来小坐，至九时方去，晚间看书，四弟下午又出去，因天冷，又去青年会溜冰，至十时方归，这孩子荒唐得很，家中事一点都不知着急，只是吃喝玩而已，身一有富余钱便野去了，不懂事。连日自己也不知自己都忙些什么，许多书都待要看也未看呢，心中十分焦灼，下半年的论文也不知怎么办？自己体力也很不强健，多跑些路，便觉疲倦得很，有时夜间心中安静下来可以看书了，可是精神又支持不下来了！只好去睡。

2 月 23 日　星期日（正月廿八）　阴凉

前天起风，按说应该会风后变暖，不料出人意料的转厉了，而且还降了不算小的雪，到底天气变了，今天阴天仍然自然的都融化了，太懒惰了，我又是听见钟响了十下以后才离开床，为了没有仆妇多日，一切大小多是娘与李娘去做，心中终是不安，屋中只有一个炉子，还不暖，右脚不适，又遇到这个阴暗的怪天气，许多不满意，不遂心的事，诸般杂凑起来，使我一时心情变成复杂而烦闷，暴躁的情绪，一点细微的小事情，也容易令我生怒，弟妹们的言动，多是无味的，于是立刻有点动辄得咎的情形，其实他们都还是小孩呀！当时禁不住自己的情感，便那么随便地流露出来，事后也未必不后悔呢！一上午胸中烦躁得很，处处令我不安，好似家中有什么时时刺激我似的，连日因炉灶坏了，火总弄不好，于是中午饭时时弄得很晚才吃完，急躁的我不由得又是焦灼得很，有时实是自己对自己太苦了，午后带小妹去罗马想看童话《青鸟》，不料二时半开演，一时半就满了，许多人都碰壁回来，辅大校务长胡鲁士和另一神父也去了，出来，看见志可也坐了汽车去看，也晚了，便又带小妹去真光看人猿泰山，老片子人也多得很，不错，只是旧了有坏的地方及模糊不清之处，归来在大街上买了点东西，晚饭后灯下看丹麦短篇小说集。

2月24日　星期一（正月廿九）　　阴冷

因为福建人的规矩，今日是旧历的正月廿九日，要吃所谓九九粥的，作法如北方人之腊八粥，用江米熬粥，内有瓜子、花生、桂圆、肉、荸荠等物，今年为省起见，只花生、赤豆、枣三样而已，加红糖后，色暗赤，江米性亦甚粘，甜甚亦一别开风味之食品，惟年岁日增，近不大喜食甜物，故所用甚少，今日天气又阴，且降似霰之物，甚凉，不图立春后一周余，突又转严寒犹如严冬，殊不可解，上午四小时课，课室中之汽炉，一冬亦不暖，不知按之何用？因之足部甚凉，顾遂先生讲书举譬透彻，言语幽默，令人心喜，愿听他课，且其有时言谈思想与我相近，故其有时所言，实得我心，甚愿与顾先生谈谈，他一笔字亦甚劲秀，拟于夏日购一扇面请其大笔一挥，不知可肯赏光否，第三四时赵万里先生来上课，信口开河，讲了一小时半，并要补课，规定在下礼拜六下午二时至五时，真不好，对我其实并没有什么，哪天都可以玩不是！中午因腹饥，早点进甚少，故觉甚冷，中午饭后始觉暖和，午后去罗马看莎丽澄波等演的"Blue Bird"《青鸟》，五彩色泽鲜丽，布景几幕相当伟大，尤以未来世界中诸小儿一幕及投生船载小儿冉冉而去一幕为最有趣，诸幼儿皆惹人怜爱之至。树林中大火之一幕亦极逼真紧张，全片可称上构，坐后有二西藉老妇叨叨不休谈天，啾啾夷蛮之语，甚至是聒耳，散场不慎将车牌遗失，幸经不识之青年学生拾得交还，感甚，否又是相当麻烦，亟向之称谢，后回来匆忙，忘询人姓名，否则不是又交一个朋友，一路上甚是后悔，惜已不及矣，晚饭时李娘又未吃，大约吃九九粥吃饱矣，有时娘向我诉李娘之过错与任性及啰嗦多余，有时李娘又向我诉怨云娘之不察暴躁善怒无心随口之责人等，时使我左右为难实则二人皆有不合之处，处世之道实难，大度量

容人在半旧式妇女极不易得，男人且难遇一明事理者，况妇人乎，我国不振，国民不强，儿童家庭教育不佳，实基于对妇女教育之不普遍，不充足，不完备，不适用，故今后实有待于青年努力之改革，灯下看完丹麦短篇小说选一册，昨夜因饮咖啡一杯精神于是兴奋，未能安枕入梦，卧床上脑中不停地想，想了许多可以写出的材料，和要说的话，可惜因为屋里没火太冷，否则一定爬起来写稿子不睡了，又没有一个人在旁边作我的书记，所以很可惜，辜负了那一刹那自己兴奋活泼的灵感——因斯披里纯——我现在似乎在我写小说，短文，随笔之类，固然自己先有了主要的见解，但那种汹涌如怒涛的联想力是被另一种无形的力所支配的，就算是那种灵感被什么触动了时，便如一个源泉开了一个口子，泉水如激射般喷了出来，毫不间断，尚未写完上句下句又想起来了，可是当那种灵感不来的时候，怎么样也写不出，如枯老的牛羊，再也挤不出一滴什么来，这真是一个奇怪的现象。

2 月 25 日　星期二（正月三十）　晴

阴天实在令人不舒服，正犹如最不好看的面孔就是一张生气的脸（胡适《四十自述》中语），那么阴天就是老天摆给人们看的最难看的颜色了。幸而今天太阳露了面，虽是暖得多了，可是比前两天仍是冷一些，上午跑到学校去上了一小时的《庄子》，逐字解释训诂，相当麻烦，我现在愈来愈疑惑了，自己近来愈觉得自己知道看到的太少了，而对于现在所念的书，尤其是前代所遗的古书，我真不明白念它，研究它对我们现在生活各方面窨有多少功用!? 现在我手边的书是否有用? 是否与以前真的书相同?! 自听了校勘学，只听到宋元明清以来四代书籍存亡流变之情形，令我对于古书更加多生了疑问，现在的教育还是失败，到底在学校里是学不到什么将来出至社会谋生的方法与能力的! 这可算现代教育的缺点，我迷惑大学毕业，大多数不过是混个资格而已，学校只是指示人做学问的阶梯与研究而已，而那有那么多人一生都是用在求学问上呢? 恐怕百分之九十，都得去为生话而奔忙吧! 那么学校能与我们什么能力来应付将来的一切呢!? 我就觉得我自己不是个做学问的人，不能和朱泽吉君比，只是自己想求得点国学上的知识，在个人的喜好上，多看些近于近代的作品，而世上的书太多了，就只是前代所遗的书已够我们一辈子读不完的，何况还有那么多疑问，不可信的问题，按现在世界上每一秒钟各处所印刷出版的书籍刊物图字也足够我们二百年看不完的了，尽人一生之力，能知多少,？只是这一个地球上，不知有多少事物是我们不晓得的呢！以有限之生求无尽之涯，真是何苦来?！求知识谈何容易!!! 也许连自己手边，面前的书都未看过呢！看过也未必就能以其中得到什么吧?！下课后到学校图书馆中与小徐找了一小时的书，也是披沙拣金择万来看罢了！这么一个小小的图书馆，又哪能看得尽呢！书太多了！十一时许找桂舟又未来上课，这小子实难找呀！十一时许回来，昨夜小雨，今日太阳一出全化了，一街的泥不好走，回来午饭，二时出来，寄一信与伯长，托她代借书，不知燕大有没有！二时许到新新去看 Olympia 世运大会第一部电影片子《民族的祭典》，不料今日星期二这么早还有很多的人，北师几乎全去了。学生优待每人二毛，人多极了，挤得要命，好容易才找到一个座位，可是人太多面前也站了许多人，只好也站起来看了，片子很长，前边并加演王揖唐访日的影片，看得我一劲要恶心，人太多空气太不好，倒是又看到许多日本各地的风光是真的，世运片看各国健儿为国努力奋斗的情形，也不由得不紧张起来，计共五十一国家，日本能与欧美各国一争雄长，且争得许多第一，也为东亚黄种人吐一口气，可是到底是别人的光荣。1936 年我国众选手抱了个大○回来，也是给我们一个教训，我国体育普遍发展的情形是不如欧美各国，即友邦亦不如，看看日本突飞猛进之惊人，它之强盛亦自有其强盛之主因，人家长处，亦尽可取来借镜参考，未出京门一步，而将世运情形看了个大概！也算是自己的眼福不浅！也是现代科学的赐予！散场已是四时半，两小时近代散文便也不上了，到西单商场一带书摊看了半晌旧书买了几本，我现在有意搜集鲁迅的遗作，译品等，可是真贵，今天收集了两本，不过是杂文集而已，还有两本就是要价贵点没买！又到西单中商场去取加洗的相片，不料太忙，等了半天也没找来，黄昏时回来，率弟妹去西院拜从，晚饭后看书，在天竟为看不完的书着急了。

2 月 26 日　星期三（二月初一）　　阴冷（夜雪）

　　窗户上，大呢帘子都挡上，屋子很黑，睡的熟，今天又是阴天，又一直睡到十时半才起来，不一刻已是中午了，天下降似雪似雨的东西，骑车去春明给小妹送饭钱，校饭口泥泞满途难行之至，归来看报，午后贴了一刻报纸，自己搜集了不少，可是看过的却没有多少，下午有空写了一封回信与弼，并附上最近的 101 照片一张，是她和我要的，并把近日所买的书记下来，下午接庆璋的回信，今日本拟看些书，可是一上午先白过了，下午乱七八糟，眼又不适，未看。

2 月 27 日　星期四（二月初二）　　晴，风冷

　　昨日一天无课，哪也未去，做了些零七八碎的事，也没看什么书，今日起来院中一白，昨夜又降雪，不算小奇怪，前半个多月已是很暖了，不料还会下这两场雪，九点上课去，到底是春天了，风吹得身上不大冷，雪也被后来出来的太阳晒化了，可是又起了风，讨厌之至，还不算小，上午就三堂课，可是我却附带看了大半本的法国短篇小说集，刘复译，一共包括十三篇，里边以左拉（Emlle Zola 1840—1902）的《猫的天堂》，含意深刻，告诉人们，欢乐舒适的天堂，是挨打了后才有面包吃；王尔德（Voltarie 1694—1778）的《苦恼与奇尔》，告诉人财富与虚荣的不可靠，社会上一般人拍马势利眼，一切均是看在银钱份上，及至到了财尽势去，人人加以白眼，才悔悟已是迟了，后来还是那个他最看不起的老朋友所拯救了他一家并从新学学那为人处世之道谋生的能力；嚣俄（Vietor Hugo 1802—1885）的《克洛特格欧》一篇，述一个人失业后为了生活而行窃，被判五年监禁，在狱中还受监督的侵袭，精神紧张，终于忍受不了而杀了他的仇人，但是内容包含着教育问题，社会问题等，实堪令人注意，亦可看出中世纪法国政治的黑暗，中外原是一样的；午后到小马屋李培屋坐坐，谈了一刻，午后又连着上四小时课，无长了，六点还不大黑，

归来铸兄方去，午后风未止，街上雪多化，晚看书，眼又不适，拟去
诊视。

2月28日　星期五（二月初三）　晴，小风

　　天气到底是到了日子，雪化得很快，大街上已和平常一般干净了，
（昨天早上发一信复弼，并附最近101照片一张是她来信向我要的）今日
第一时有课，雪后的早晨也不冷，总是春天来了，上了一小时半的六朝
诗，便到图书馆去看书，又翻了会目录，下第三时去找厚沛，又没找着，
这小子真不易找。看了半晌书，不意在图书馆中碰见了甘华棠，他这人似
乎有神经病，不大爱理他，他先招呼我，只好和他谈谈，幸而他有课旋即
走去，他说上礼拜六迎春夜孙祁来了，本来三表兄亦要来，二宝亦来听音
乐后因节目更改，张君秋只唱三堂会审之玉堂春，前部取消，且美国大使
馆音乐队未来，于是三表兄与二宝均未来，等等，十一时半许午饭，又至
南官坊去找厚沛谈谈，谈了一刻，因闻老五（树芝）养病于香山，我二人
皆拟去看他一趟，一时左右又至宿舍马永海屋小憩，二时又上课刘孝标之
辨命论，等于念书又教授法太不行，每礼拜白白叫他糟蹋耽误了两小时的
时间真是倒霉，几乎可以说是没有一个人正经听他的，今日一天在校把台
静农编的《关于鲁迅及其著作》看完，里边有关于鲁迅的印象记，访问
记，及批评其本人与著作文章，只呐喊一书诸人评论不一，正是仁者见
仁，智者见智，一人一个眼光，各自不同，下课又至图书馆中看半晌目
录，三时许去郑家略坐辞出，灯下看了十几本画报。

3月1日　星期六（二月初四）　晴，下午阴

　　一上午补写了昨日的日记，洗了一个头，却占了我大部分的时间，看
了刻报，便过了一个上午，自己在家自修的力量真小得可怜，午饭后一时
半去力家，找伯长，因为托她在燕大图书馆中找书，结果是她没找着，又
随便谈了一刻，九姐，六嫂，二太三人同出去洗浴，愈老愈摩登了，三人

三个蘑菇形的斗篷，看着令人有点发笑，后来章家老太太来了，我便辞归，到家已三时了，五弟真是孩子没信用，答应我二时半就回来的，我还得出去办事呢，华子托办的文凭事误了好几天，也该去办了，在家看了会儿书，因为先头伯长谓伯法来信云因忙，久未与我及行伫写信勿怪他，一时心潮起伏，便提笔作一信与他，不过随便谈谈而已也不可过于冷淡了在南方一般的亲友，因为我们都年轻，以后总有见面的时候，写完恰好五弟回来，已是四时半了，把信拿过去交给伯长，便到文明斋去办文凭的事，那个王先生还不肯，装着玩而已，后来应了五元代价换来了一张北方高中文凭，相片（曲先生的）交给他，可是 时他的籍贯忘了，便叫他候信，出来到尚志医院去看看九姐夫，谈了一会便辞出，至王庆华家他表兄已走，今日返沪，今日尚好，不然真懒得去他家，借了一本书（中文范氏大代数）辞出，至西单商场101取加洗相片，101女顾主真多，于是对男主顾不注意，是廿五日，改廿七日，现在到一日去取还未晒。真差劲，就会应付女的吗？又定为下礼拜一取，再看这次如何？不然就不要了，出来又到李家找刘厚沛，果然在那，为了曲的籍贯，只好又来打扰。他找那封信，又到强表兄家，六点多了，未回来呢，扑一个空回来，晚饭后困极，不知为何如此疲乏，今日一日两眼又不适，决从九姐夫劝，去同仁诊视一番，夜得泓一信，态度又转和了，怎么了？她二姐已归来，拟明日去看看。

3月2日　星期日（二月初五）　　半晴狂风竟日，冷

十时先至琉璃厂去把曲力方君的籍贯告诉文明斋，又绕了大圈去小徐家，还了他十四片话匣片子，再到郑家去，昨日由王家借来的中文范氏大代数给大宝送去，谈了一刻，硬要留我在那吃饭，哪成，因为我还要去强家，老赵身体不佳在那做事，有点累不了，闻小孩言，三哥亦嫌他太慢，散了也好，本来荐人就很麻烦的，十一时许又至强家，未在家，由大表姐把支票交我，归来顺风，昨夜起风并下雪，今晨院中积半寸余，真是怪天气，立春后三礼拜竟又降了三次雪，简直与穷人过不去，本拟下午去舒

家，不料下午风刮的更大，只好作为罢论了，今日修理炉灶，生了个小火，又吃饺子，于是大家一齐动手，弄得乱七八糟一塌糊涂，一直乱到下午二时方吃完了，下午饭后看完了《鲁迅在广东》，又与华子万方二君写回信，与强表兄一信，又与泓一回信，五时左右斌母来小坐，大风没处去了，便来闲坐了，好天气再也不会来的，下午风不停，火没有，天又冷，热水亦没有，什么事都不方便，讨厌之至！令人烦躁之至，重修炉灶至黄昏方始竣工，可是灰泥都湿的，仍不能用，于是晚饭无法做，只好在附近小铺子买了点饼来烩着吃，马马虎虎吃一顿，只是脾气不好的我，又淘了一点闲气，事后很后悔，使气真不易，半个多月没有仆人，什么都乱得很，在家十分不适，不能安心读书，晚风犹未止，心恶之甚。

3月3日　星期限（二月初六）　晴，风，凉

昨夜狂风大作，吼吼作声，闻之怅然，亦可之至，正念明晨如何去校，午夜未止，清晨犹未止，惟势稍杀，至七时许幸渐停，心为之稍安，然去校时仍有风，还带了一个五弟很费力，头一堂老迟到怪不好意思，本想今日不再迟到不料又有风，往北一大段顶风，结果还是迟到了五分钟，今天小徐没迟到，四小时的课，校勘学赵先生有口音，北平话说不好，有许多字听不懂，不便之至，因为下午预备去东城，且有风，家中火不一定成否，不便，遂未回去，饭后到小马屋中坐了一刻，谈了一会，到一时许出来，到浙兴取了本月的饭费，折回到真光去看华莱斯皮瑞，黛丽娥等演的热血壮士，华的个人表演仍保持其一贯演技，表演粗壮雄豪极真，可谓精湛，黛年老亦不美，她还是在第一次欧战片中成名，已是多年，此片中为配角，亦无何主要美妙表演，用了一张旧票，等于白看，省了八毛钱，散场即归家，现在已不起风，太阳一出便暖一点，风后余威，仍是相当冷，天气到底是长了许多，六点了，还不黑，看看报，及旧日的369等画报，饭后，不久已是九时半了，今日看完电影以后，左眼又不适，还是少看，少用力的好，不然真出了毛病才糟心呢！晚上要看书，也只好停止了。

 北平日记

3月4日　星期刊（二月初七）　　晴，小风，凉

　　风虽是不大，可是对我们骑车的最不利，往北走，特别费劲，讨厌之至，今天没有迟到，上午只是一小时《庄子》研究，找电话问同仁医院，挂号才四毛，比启明好，又便宜，决定明天上午去诊视我的眼睛，免得患了大毛病，顺路回来，特意跑到西单101去取加洗相片，又只印了二张二寸的，可恨，没有这么大功夫和他去麻烦，出来想买个镜框，好一点的都一二元左右，未买，中午饭后看报及书，三时至西单旧书摊，上有两本鲁迅作品，一是伪自由书，一是南腔北调集，两本要二元八毛，给他一元八还不肯卖，其他两摊还有两本鲁迅的作品，一是《二心集》，一是《热风》，薄两本旧书，还是都要五六毛一本，气人，简直是连旧书也买不起呢，上午倒买了两本旧书，一是林纾的《春觉斋论文》，一本《语丝》合订本。下午两小时讲近代散文，讲了两篇文章，无聊，下课后和先生谈了一刻，关于买鲁迅先生作品的话，东安市场书摊来了不少，只是钱的有无罢了，归来要买伪自由书，他还是不卖，可恨。灯下检商务目录，前两年书贱，东西便宜，不知买、用，此时晓得了，也贵了，也没钱了，命也!?

3月5日　星期三（二月初八）　　阴，冷，晚又雪

　　俗云二月初一撤炉火，好，今年三月初一也撤不了，照这几日的天气，冷上没完了，今天又阴天，还挺冷，那像阴历二月的天气，去年冬天没有多冷，都延长到春天来难为人了！今天一天没课，于是决定去同仁看眼，十时许去，先到浙兴取了捌元的书费，再到同仁去看眼，还是第一次去，看眼的人真不少，足有二三百人之多，足一等，也因为我去得晚了，一直候到十二时才看，两眼目力都不强，隔二十尺看墙上挂的字图都看不清，差劲透了，诊眼的医师是一个女士，面目虽尚姣好，便看过去已是近卅左右的人了，态度却是十分的和蔼，无论病人是男女老幼穷富，在她眼中是一视同仁的，一般和爱，说话声音十二分的温柔，具有极端的耐心，

738

那种任劳无怨，孜孜不倦，勤勉工作，每日一上午总得手眼口不停地工作，诊视问写数十个病人，尤以一女子能有此学，力足社会谋生为大众求福利，真可令人佩服钦敬之至，我的眼没什么大不了，大约没有砂眼，只是有点轻度结核膜炎，所谓上火，起红，治过上药以后，便验光配镜子，上了点药，有点疼，不一刻也就好了，取了药回来时已是十二时半了，顺路到文明斋把代曲办的弘达高中文凭取回，又到商务买了两本书，商务的规模算够宏大，出书之多为全国冠，且所备之中西洋文具仪器各种用品，均系真正西洋货，物品优美精良，此番家事变化，不得而出售商务股票，实极可惜之事，以后如有机缘，如有可能，愿再收回若干股票，以慰先君地下之灵，娘及李娘等我用饭，一时半才吃，饭后看过报已是二时左右了，把文凭及信封好，又至在智桥邮局发了挂号信，了却一件心事，天阴沉沉的，讨厌之至，回来把《关于鲁迅及其著作》一书中所收各家对鲁迅之批评节录，一下到夜间九时，才抄完，写了不少，手都有点乏了，晚间天忽又降雪，真是怪天气，煤铺掌柜皆大欢喜了！

3月6日　星期四（二月初九）　半晴，凉

　　昨夜虽是够冷的，可是今天已停了，雪也不大，不到十点也都化尽了，上午三堂，中午在学校附近小饭铺吃的，饭后到第一宿舍李培屋待了一会，又到小马屋坐了一刻，很快的又到了二点，又继续上了四小时，汉书讲的不来劲，引不起人的兴趣来，便利用那时间抄广雅笔记，上礼拜的还未誊清的，末了又是两小时广雅，今天的笔记较少，写的都有点烦了，真不知学了这些有什么用途？我敢断定决不会四年中毕业这么多的大学生，一个个全都去终生致力于各门学问，一定有百分之九十，都得去为了生活而谋生，求职业，要个大学资格来作为将来入社会的根基，一定很多，而将来生活之方式是太多了，而在现在大学教育，所能给我们的特殊技能，谋生的办法，在那里，是什么？可有把握准保大学毕业生，一定能立足于社会？我想到这便觉茫然了！晚整理笔记，略署事物，看自己身前后左右尚有许多书都未看，便又发急了。

3月7日　星期五（二月初十）　晴

这是近半个月来，天气最好的一天，今日，上午第一二时汉魏六朝诗，幸未迟到，不然多讨厌，下课后到大操场和小徐绕绕，有一系在上体育打垒球，打得不好，现在正看健美速成法及肌肉控制法，故觉得自己的身体太坏了，太泄气了，体力太弱了，发育的太不行，健康对于个人的关系极大，所以现在极力想锻炼自己的身体，使他强健壮大起来，可是自己的体力太小，要想练练杠子等等，可是只能来一两下，什么都不成，真糟心，非下恒心努力锻炼不可！想每天匀出一个时间来运动，老不活动太不好，十时半到图书馆，录景宋写的，关于鲁迅著作的略释，因为早上没吃早点，于是中午吃得多一点，在宿舍中休息一刻，小马出去了，与李景岳等谈天，李人很怪，亦有趣，说话有时很幽默好玩，下午上课看了一小时的肌肉控制法，德人马识著，他发明自己放松收缩自身身体之各部肌肉，而竟能非常的发达与增进，都是一种特别训练肌肉的方法，简单得很，只是没人教，只看书，怕不会有什么效果，自己先试试再说，看到他（作者）那一身健美的肌肉，非常羡慕，下午路过护国寺买了一块墨，理了发，回来已是黄昏了，七时左右，爽秋忽来小坐，原来是小妹待在门口看见她了，先到西院，不来更好，饭后灯下整理广雅笔记，眼又稍不适，十一时寝。

3月8日　星期六（二月十一）　晴和

这样大太阳暖和的天气，才像春天的样子！上午十时许去沐浴，澡堂子热极，出了许多汗！洗后是十分舒适，出来在一旧书铺见一仆人模样持二本书求售，乃系矛盾撰之虹与巴金之忆，我与八毛代价购得，一路迎阳光归来甚暖，今日出来只着一毛衣及一鹿皮衣，中午在院中小立，自是身心俱感有一种春日光临，急待活跃之气息，一下穿得少了，全身都似迸出一种活力来，毕竟我还年轻，青春的热血在流！在院中活动，甚是适意，中午饭后已是一时半了，这么好的天气偏偏赵先生补课三小时，没法子也得去听，来了大半数的人，好好地听，讲石经，讲近年来中国中物出土之情形亦很有趣味，由二点一直到四时半左右才下课，和小徐分手后又至郑表兄家小坐，硬被留在彼处用晚饭，他家内无主持者，小孩亦不清楚，故全家除客厅以外皆乱甚，另一种不清不楚的空气，处处凌乱之至，好似现在和小孩所谈的都谈完了，也无可谈。饭菜亦简单，无父母在眼前之照顾之子女，实在可怜，与家中相较，自是家中舒适多多，母亲之有无自己不觉得，一比即显出，廉致旋亦去，大宝二宝总是小孩，有时谈话时很是小孩气，饭后八时半辞归，郑表兄前去沐浴尚未归，到家等我方吃，已是九时了，又补进了些，不知何以今日如此能食，在郑家已吃三碗半饭矣，又与弟等谈笑。

3月9日　星期日（二月十二）　半晴

九时多方起，早点后已将十时，遂去舒家，以赴前约，天半晴，我虽穿得少，只一毛衣，一鹿皮衣，也不冷，昨夜归来，亦只穿此二衣，亦不觉冷，到时令泓正洗完头，一进她屋，不料尚有一位小姐在，原来就是吴孝同，由泓介绍，点点头，坐了一刻，泓二姐出来，身体显胖，自有一番少奶奶风味，可是她相当大方，口音粗浊可不似女性，看起来似乎比泓还好看一些，见面含笑招呼，不似她结婚那日嘴脸，谈了些她一路南下与北上经历之大略，谈得到也高兴，说说笑笑，泓仗人多，脸皮也厚，老问我什么时候请吃糖，在她二姐面前，她又活是一个小妹妹样子，今天好似特别高兴，说话也很多，也不害羞，和我当着吴说了不少话，还有开小玩笑的话，不似以前相对默坐时多，十一时半许吴先去，十二时十分我方辞归，中午食汤面，家中弄不清楚，饭后已是一时半了，带小妹去大光明，已满，遂又去中央，不料亦无，适有人退一大一小之票，遂购得，小徐亦去，亦碰二钉子，片子中央是 "Wing of The Navy" 中文名《海军之翼》，不错片子主角 yohn Payne 有点像 Kay Muillcare，好似比雷米仑还帅一些似的。由片中内容，可以看出些美国海空军现在威力之一部。片子不坏，哈

蕙兰戏甚少，出遇洋枪（杨恒焕）等看二场。归来看完宋人平话，大唐三藏取经诗话一册，夜读完顾遂先生（笔名苦水字羡季，河北人，现教我等之诗三百篇）著之诗词五种，其词立意可谓清新，且间或如常人语，字浅而意深，且间或夹杂一二新名词，或有一二谐语，读之不禁令人宛然，予颇喜读之，于是一气读《竟春无病词》，《辛味词》，《荒原词》，《苦水诗存》，《留香词》等共四册，其中有《苑央》与《碧嗡嗡》二词，曾见其各用二项，不知作何解，明上课当问之，以释疑焉，由其词中正可窥见顾先生之为人，与其个性，其人生观，间或之论调，与我意颇近合，故亦颇喜其诗味十足之人也，顾先生为人很幽默，讲书亦脱不了他的个性，由他词中亦可观出他的人生观，他是略显四方的一个头，半白的平头，黑边眼睛，一笑颊上两旁各有二道深皱纹，表示出数十年人生的旅途上，的确显得老了，脸不胖，有点疲，嘴上有一抹近乎东洋风味及贾波林式的浓胡子，个子比较高一些，可是身体很瘦，长袍下面比平常的都短一些，过膝一尺多而已，有点像僧人的袍子，加上他稍高的身体，更觉得短了些似的，因为长袍每件下面都是短的，所以显着袖子似乎长了，远远看起来有点滑稽味，他说他身体不好，时常容易得病，从前青年那，那种不知累的勇气，早不知哪里去了，他于是总劝我们要留心自己的健康，身体不强健是最苦的事情，尤其妙的是，他是前北大英文系毕业的，辜鸿铭教过他，现在却对于中国古诗、词、元曲，研究得来劲，还教这个，可是讲书时，每一堂多少也得写向个英文字，说一两句英文文示以解释中国古诗，举倒以明之，他并赞外国文法有 tens 之好，一看便明了，中国文法就没有，往往前后文意矛盾时，便不易讲解，这自是他独有的见解，但说英文，写英文，未尝不是他三句话不离本行的表现。

3 月 10 日　星期一（二月十三）　　阴，狂风竟日，凉

凡是对自己不利的事物，当然起反感，憎恨甚而加以咒骂的，不利程度之大小，与所引起的反感的大小是成正比例的，昨天的天气虽不好，总

算不冷，尚可吧！前天的天气是太好了，可算近两三个月以来最好的一天！不料今天，不，从昨夜起便变了天，起了风，还是不小，发狂一般地怒吼着，吹上就没完没了，紧一阵松一阵的，令人听了心烦，尤其是我，简直是心头冒火！我最恨起风，次是下雨，因为对我上学是最不利的，尤其是北风，我去学校五分之中之往北的，顶风费劲，冬天吃冷费时间不说，还得弄了一身一头的土，最是可恨不过，北平起风，便是下土这件事，便令我心中恨得发痒，一见起风便头疼不过，可是刮风下雨是天然的现象，尤其是春天风更免不了，雨是农作物缺不得的，不能因为在城市的我就不起风不下雨，我为了这两种大道理和尚不能制止的自然变化，也只好自怨自艾罢了，的确我今天一天都是不痛快的，随时随地都爱发脾气的，好似成了一个灵敏的风雨表一般，听说科学近来发达，能人工的造风雨之说，我但愿科学赶快发达到制止，随意控制自然的变化就好了，那时才妙呢，尤其是北平这个古老的土城，真是需要这种科学的设备呀！上午与风奋战半小时，成绩照例是一身的土，喘不过气来，两腿疲乏而已。上午四小时课，下了诗三百，想把昨夜看顾先生的诗司的问题去问问他，不料白云峰这小子，先与先生谈写字，谈上没完，我还有课遂出来，中午下课，便到同铎书院去找顾先生，谈了一刻，碧嗡嗡是指天，苑央乃是鸳鸯二字，之简写，想和他要一份他的诗词，他以无书为辞，想是不敢开此例，以免应付不暇，归来午饭，顺风虽快，可是免不了土的亲善，本拟下午去新新看石仲化氏艺术团，因风大中止，看过报，把醉翁谈录大纲抄完，明天还朱头，拿来许多日子，他大约不大高兴吧，中午得庆璋来信并相片一张，昨日泓亦送我一张她的相片，算是以往送我相片中最好的一张，女大十八变，现在也似乎比以会修饰好美些了，下午又看王作兴学习丛书《二三事》时半以后，弟妹等相继归来，于是屋中热闹与杂乱同时增进，为了三个孩子回家复习的事，又令我说了半天的话，费了不少劲，嗓子都有点喑哑了，今天太爱急了，尤其是五弟，牛脾气拗劲，气人得很，一下午还是没看多少书，还得快看！

3月11日　星期二（二月十四）　晴，风

上午去校时还不错的天气，不料上了一小时《庄子》后回来，又起风了，真是讨厌之至，回来又是土扬起半天，使我十分不快，急快洗脸才好一些，骑车，一路被风和土来侵袭最讨厌难受不过了，看过报，不久就用午饭了，前没有仆妇达三礼拜之久，娘与李娘作得有点受不了，九日新雇一仆媪尚得用，较之自作自是舒适多多，午后继续看工作与学习丛书《二三事》，内有一篇端木蕻良作的《突击》，算是个中篇。描写叙述两方笔下都很活跃，能抓住观者心理。看后一时心中很是兴奋，休息一刻又看《欧美十六国游记》，袭学遂著（江西人）。他倒很幸运，得有机会几乎等于周游世界各大都市一番，多美！写的游记也不错，似乎他是去考察欧美的政治及教育，有意国、比国、俄国等政治教育调查概况并表，可资参考，对于各工厂等只是略加提及而已，也许他回国后另有报告。至三时半冒风去校上了两小时的近代散文，小徐又没来，不知何故，讲了两篇袁小修的散文，无味。下次谈鲁迅，下课后见布告有告假时间表，男女生分开，算是新鲜事。明日孙中山先生逝世纪念日，各中小及国立大学都放假，辅仍上课，好在与我无干，因我根本一日无课。归来铸兄归家坐两小时后始去，晚过西院与父上供，大哥未在家，晚阅《欧美十六国访问记》六十页。

3月12日　星期三（二月十五）　晴和

今日的天气也够好的，可是还不及上礼拜六（八日）的天气那么好，太阳虽无那天那么温暖，但没有风是我最满意的一点了，故一些也不觉冷，上午早点后，即把院中整理一些，正如大地中所说，闻闻土的气息，的确是很好的，劳力自是有益于人的身体。院中一圈种铺地锦的地方，把去年的枯枝败叶扫出来，又与弟妹等把久未经人管理的竹树用绳子拦好，又在院内种了一点花籽。因为今在是孙总理中山先生逝世十六周年纪念日，又是植树节，中小学都放假，我今日无课，所以大家一上午都在家。天气好，把一冬约两个多月没开的窗户大开，门亦支开，大通空气，扫净窗上积土，整理桌上书物，坐在阳光下办事情，看书，写字。处处光明，清洁，整齐，便我看过去很舒服，精神更舒适愉快，高兴得很，但此种清朗安谧和平的好景象，似乎只在我家中这一个小小的角落里才领会得到吧！此时是无钱，无暇，不然一个偌大的院子，还不得把它整理成个美丽的小花园吗!？午后二时许，因为天气很好，精神很兴奋。到底是春天了，我虽有时被环境强迫我装大人，但我结果终还年轻呀！所以为了不具辜负好时光，还是出去走走吧！迟疑半晌，终于又踱到了舒家，在客厅和泓谈了半晌，也不是胡扯什么，时候过得极快，不一刻已是四时了，便辞出。又至后院黄松三家去看看他母亲，因为过年后还未见着呢！坐了一刻便出来了，本约泓出来走走，她因正在考试期中遂婉辞。由松三家中出来，遂一人直赴 C. K. 去看《Dance Guil Dance》，美国味十足的歌舞讽刺喜剧片，还不错，男主角即《铁面人》中之主角，似乎比《铁面人》中漂亮些，大约是穿现代装束的关系，不过他的镜头比较少，还是那两个女主角占主要部分。一正一反演的都不错，那种风骚拜金浪漫的女郎，令人一见即厌恶，亦正可为当世误入歧途的女士们的当头棒喝，可是醒得过来醒不过来，却是问题。到两主角在舞台上相厮打一幕，极尽滑稽讽刺之能事！散场时方六时半，天尚未异，天气毕竟长了许多！到家才渐黑，饭后继续看《欧美十六国访问记》，大约明日再看一次，即可阅完，实际七八小时即看完此一大本书，只是总未能移出功夫与精神专注一气的去看它罢了。这礼拜内，打算还得看完二三本书，预备要看，及买来未看的书太多了，不得不加油些看呀！近日来思潮颇动，还想抽出功夫来写一二篇散文或随笔，也应交先生了，昨夜接到廖七姐夫寄来一请帖，乃为其长子廖增益结婚者，定于本月廿六日，在东兴树大礼堂，女方为柳庆宜女士，现在辅大教二念书。

3月13日　星期四（二月十六）　晴风

　　一提起风来真令我恨得牙痒痒的，今天的天虽是也晴，可是又有风

了，虽不算大，顶风往北走真费劲之极了！一种不可见之大力，那么和你做对，愈走愈费力，大的时候，简直是寸步难行，往北那么长的路，平常廿分钟左右便可走到的路，现在半点多钟左右才能到，还落一身土，一身汗，心中着急，又得费力，直令人冒无名之火，近来，凡是一刮风的天气，我准会不高兴，真可恨透了，上午三小时课，中午与宁岳南一同至新开小饭铺龙泉居午饭，饭后至第一宿舍小马屋坐至上课方去上课，小马同屋有名李景岳者，他以去年相交二月之女友为中心，写其 Romance，已写有一万四千字之多，尚未写完，其毅力可佩。我早思写我自己的 frist Love，但至今去尚只字未动呢，下午又是四堂就坐七小时，也够累的了，下午利用汉书时间看完了《欧美十六国访问记》，共二百七十七页之多，八开本，四号小字，不少呢。其中论列数语颇中时弊，六年前之语，亦多与今日世界国情暗合，作者袭学遂亦可谓为有先见之明者矣，少怀壮志欲作世界周游之举，不料至今未了京门一步，今能作目游亦一快事也，下课归，坐时稍长，似腰部甚累，晚饭后，精神不济，故亦来看多少书，下午广雅实不感兴趣，甚悔选此，下学期起决不再选甲组功课。

3月14日 星期五（二月十七） 阴，下午晴一刻旋阴

阴天，我今天又是不会太高兴了，反正天气一变化，不正，立刻就影响到我的生活兴趣，不是好天气，我准不痛快的，早上起来，阴沉沉的天气，就先明白自己这一天不会快乐的了，一清早第一时就有课，还得早去，带小妹去，老墙根一带都是骆驼，讨厌得很，一出门便差些撞上拉骆驼的真倒霉，起来不算早，钟打过七点才离开床，自己太懒，怕晚到了，心里便急起来，心中一烦躁，一切都不好了，一切都不如意，什么都易使我发气，带着小妹怨她自己不走去，这么近还要我带。路既不平坦广阔，又有那么多人，车和骆驼，十分费力难行，连临行穿棉袍扣扣子都急起来，一层一层，一个一个，扣了半天，才扣完，讨厌，麻烦费时之至，实不如西服，每件衣服一二扣子穿上完事。短装一切方便，中服，袖长，下摆宽大碍事，取装物件十分不便，心中急起来，似乎从校场口一直往北，

到太平仓，也比平时远得多多似的。走了半晌，才到西四，心中烦得很，每天跑路不知又费去多少时间呢！后来到校刚刚上课，坐了一刻精神定了一想，先头那一阵子的着急情形十分好笑，感情冲动，愤怒支配了我那一刹那的一切行动思想，自己也控制压抑不住，气实难使，十分不好，也很危险，自己要努力节制自己才好，九时半下课，便到图书馆，查了半晌的书，都是要看的，有两三本学校没有，后来走到学校杂志栏内，近来华北文坛上，倒添了不少出版物，什么《中和》、《建设》、《中国文艺》、《中国公论》、《中央公论》、《新东方》等杂志实不少，约有一二十种，本校及他校之刊物不算，还有《沙漠》一本，不知何时添的？怪事！以前从未注意过有此书，一时没有时候看这么多书，便好似挨饿好多天的人，见了许多食物摆在面前一般，真是饥不择食似的，翻这本目录看看，又翻另外一本目录看看，足看了七八本。虽不是每本全都可以看的，但多少都想翻翻，一时真感到世界上的书太多了，尤其现在科学发达，印刷术精良迅速，每一日，不，是每一小时所印出的书就够一个人一辈子看不完的。一时感到人生太短，书太多，而人还得睡觉，活五十岁，实际只活了二十五岁，而再除去真正，正经合乎活的意义工作读书等以外，无谓的消耗，休息，娱乐等不知又占多少？人一辈子活的太短了，如能不睡，不休息永远那么活下去，多好，相信，这世界立刻不出十年会大大地改变，科学进步得更快了，可惜不可能，以后科学再进步或能达此目的亦未可知，人生于世，又不能安谧的活着，还有天灾，疾病，战争与人与人之间所造成的灾害，处处都有危险，随时皆有死亡的危险，人真是可怜懦弱的动物。午后至小马屋午睡一小时，下午上两小时的汉魏六朝文，大家都不喜听，看许钦文的《故乡》，觉得他做的并不如鲁迅先生所夸的那么好!？不感兴趣，四时许归来，在西单旧书摊略看，未购何书，归来稍息，六时半去访孙祁，略谈，日本虽多便宜东西，但无钱买亦是白费，七时即归。晚饭后，两眼又不适，上眼药后亦不见何大效，在屋中散步，亦不能再继续看书，只好明天白天再看，近来心中杂感颇多，但欲提笔写时准写不好，亦不知从何说起，我总想写，总不提笔写，实一大毛病也。

　　昨夜晚间系阴历二月十六日，应该月亮圆满，不料昨晚月食一秀，左

小半蚀去，却是难见之机会，夜半月光尚普照大地，不料今日竟变阴天，昨晚一时心动，竟寻出徐世昌写之对及张元奇所书之中堂悬于墙上，此为自父去世后第一次挂字画于墙上者。白日下午自校归途，尚思月余未见陈老伯，归得家人谈，知今日下午陈老伯来坐，他老人家关心殷切几每月必来一次，盛意实可感也，今年陈老伯已七十之年矣！步履亦甚康强，实堪庆幸也。

气素难使，孟子所谓善养吾浩然之气者，非常人所能也，尤以年轻气浮之时为最难，青年血气未定，极易发怒，吾以近来环境恶劣，处世维艰，故每每思之愁愤，辄迁怒于年幼无知弟妹，且责彼等之过时，己亦曾犯，时有内疚，后当以父生前所戒"不迁怒，不二过"为己诫焉。

3月15日　星期六（二月十八）　半晴

今日无课未去，车令五弟骑去，无车如无腿，不能出门，只好呆在家中，亦自制约束胡跑之一法也，但懒甚九时方起，早点后，继看许钦文之《故乡》，至午后仍继阅，至二时半许阅毕，计内共含廿七个短篇，看后觉无鲁迅说那么好，有的短篇尚幼稚，唯言家常尚娓娓动听，计共三百卅一页，天气半晴，说冷不冷，热亦不热，太阳光不强，每看一时休息一刻，散步一番，终是春天到了，我亦年轻，现在极思于暇时露天下做些运动，蹦蹦跳跳，活跃活跃，全身中似蓄有若干精力，极欲寻一事物发作一番，或与人角力，摔跤，打架一番皆好，家中一时对找不到什么运动器械，只好挑了一会小石子，散散步亦无聊，进屋习小字二页，又是多日未习腕力不足，写未毕三行腕先觉酸疼。字亦退步，凡事不可辍，正是"不进则退"，此为一明证也，四时许，弟妹等沐浴，屋中过热，一时心烦，遂去中央看《Green Hell》（碧落黄泉），小飞来伯、琼班妮等主演，还不错，二场人不多，亦不挤，正合我意。现在怕在礼拜日等正式放假时间去看，怕挤，好在我有的空时间，现在也有点活动意思，晚间出来看电影似亦无不可，也不似冬日那么冷不是。不料这两日所遇都是刺激我，令我不快的事，小徐与小赵十分亲密，每日二余了上课时间以外，几乎全是在一块的时候，一有空便往家跑，决不在学校多待一刻，自然和同学玩的机会更少了，那份亲密劲真是写不尽呢，他和同学所谈他关于赵的话，还是对我讲得最多，我知道的也比较清楚，和美的未来小两口，确令外人羡慕呢！昨日在西单书摊看见他二人一同骑车往南回去，又在便道上看见了王燕沟及其妻，亦是亲爱的不得了，甚至为了陪爱妻，书也不念了，成天不知都干什么，将来也不知打算如何。像庆华似的，大爷有心脏病，养病，成天在家也不知做什么事体，年轻宝贵的时光多重要，一晃过去，耽误了，后悔不及，要是他二人都存着大爷有钱，大爷好这样混过日子，则他人又复何言。最怪的是他们的父亲也不催促他们上进，真是家中一有钱的便易堕落，有资产而能力求上进者真是少有！今天下午去中央二场忽又碰见小刘和金祖儿，他二人也相识足有三四年了，一有功夫便泡在一起，也够热的，不知他二人的将来如何。又遇金大信，知庆华现在还去久松习日文，姑且去一信劝劝他，问问他病况，看他如何复我，你我这样的朋友，劝他恐亦无什大效，且尽朋友之义吧！晚饭后略息，看了会《健美的速成法》王学政编（王学政，王云五子，看报载王云五现在四川，重庆，不知确否）。忽倦甚，卧四弟床上假寐一刻，今日腰部不适觉疲，想是今辰做梦"见鬼"所致，每日作不了多少事，可恨。

3 月 16 日　星期日（二月十九）　晴和暖

呀！天气直接影响我的精神，今天的好天气，又是一个好证明！我一天到晚都是那么生气勃勃的快活着，精神也很好，全身蓬勃着青春的活力，好像找谁打一顿架才舒服似的，早上起来，首先触入眼帘的便是令人起兴奋，光明之感的阳光，于是高高兴兴之时整理一切，叠被，嗽洗，早点，等等，不似平日觉得这一切都是讨厌而消耗我多数时间的累赘了，院中温暖得很，穿一薄毛衣站在日光下，已觉暖意十分了，于是把两个多月未打开之窗户打开，门帘亦撑起，尽量的大大的开放，以便空气流通，日光射入屋中，一清多日之积郁之气，屋中也立觉清爽了许多，上午坐院中看了刻报，阳光刺眼，非载上墨镜不可，风也没有，虽然尚没有红花绿

叶，可是鸟儿争喧屋上，树枝亦皆见绿芽，不久便有花朵了，一切都显出了十足的春意，又把院中花木整理一下，把树下挖出一圈浅坑，浇上些水，做了这些事，头一便见了汗，午后又在院中稍散步，亦觉热，与四弟，五弟，小妹同作网球戏，又是微汗，进来看健美速成法，现在深深地感到健康之重要，无健康，即易生病，即有死亡之危，一死亡则一切皆完了，多大能耐架不住死，一死全完了！但既是现在还活着便要好好地活着，健康些，快乐些活着才是，处处，时时，各方面都受罪那还不如死了痛快，免得零碎受罪不是!? 在屋中一边看，一边活动，大约没有半小时以上的安静，四时半带五妹等去大光明，不料坐满，又回来，同时遇见了钟华及刘二（冠邦）夫妇。刘太太很是娇小玲珑，亦有小鸟依人的劲，和相片上差不多，很不错，似乎比结婚时瘦了，好像比小徐太太大方好些似的，他俩亦碰壁，老远跑来怪冤的，回来稍息，吃过晚饭，又带弟妹去大光明去看，是童话神话片子，由裘娣盖兰主演，名绿野仙踪只是布景道具，男女巫之神奇，小人国之情景，花木，人物变幻等等相当瑰丽奇伟，惟剧情幼稚，只适合于五弟，小妹等人看，我看了不觉有趣。买票时遇见了赵宗正，谈了一大阵子，后边一人好似曹乃文，但我未招呼他，也许他不认得我了，晚场人还很不少，似乎以女人及小孩占大多数，看完方十时半，院子为哈尔滨旧址，改建，尚好，惟坐椅不适，光线尚将就，只是偶尔接两本影片之间，稍有耽搁，手术不熟之过，说明字迹所写过小，过密，其余平平，票价与中央相同，二轮影院，现均改成楼下，不分前后排，楼上分箱座及散座二种，散场又遇志成同学马英骧，彼现在电公司供职，做了事了，归来十时五分左右，今日兴奋一日，精神觉疲倦，遂休息，亦未写日记，此是十七日补记者。

3月17日　星期一（二月二十）　　晴，上午阴雾

上午去校时，天半阴，并雾，至九时许尚未散尽，四小时后，中午回家顿又晴朗，太阳高照头上，心神为之一振，今日布告牌前立一广告，乃北平剧社，廿二日晚在本校礼堂演日出，三幕话剧，并有相片展览，票售

一元五及一元两种，中午回家吃饭，饭后看报，中午回来，穿一毛衣，一夹袍，出汗，着一毛背心亦不冷，一时五十分，出先至浙兴取了本月份存款，区区六十元，不知够何用项，且取回再讲。出至罗马看《一代歌后》，为爱丽丝费及唐阿曼契及亨利方达三大明星领衔主演，成绩不恶，乃一传记历史片，述美国名伶丽兰罗斯尔之一生事迹。Alice Faye 表演不错，此片中 Don Amche 我有点讨演他，老是那劲，所占地位亦甚少。散场至东安市场散步走走，看了一圈，终又走至丹桂商场书摊，何姓，他人老诚和气，看了半晌，买了两本书，一元，一为《朝花夕拾》，一为《回忆鲁迅及其他》，归来时已几七时，在书摊前站了不少时候，晚饭后觉精神身体两疲，稍息一刻终又振起精神来看书，晚日活动臂部过甚，今日微有酸疼，当再努力继续，不可间断，否则必不生效，今日见何姓书摊上有新到之一部新文学大系，愿以原价出售，计卅五元，身上无余资难如愿。

3月18日　星期二（二月廿一）　晴，风

春天的风，真是又撩人又可恨，不是风可恨，是风中的土可恶，但骂风似乎有点冤，可是无风不起土不是!？且我骑车走，顶风最累不过，所以也得骂春风，虽是不大可是够讨厌的，上午只一小时的《庄子》，可是也得跑去，天气的确热得很，回来时已是觉热了，看报，午后看完了《健美速成法》，有余裕的时候，买一本来参考。饭后神疲，卧床上小息一刻三时半去校，风小得多，换了短衣去校，一切动作都清爽得多多，讲了一时小时的鲁迅作风等等，大多是我已知道的了，没什么，下课与小徐朱君泽吉同行至绒线胡同西口分手，今日由学校图书馆借回三本书，一为谭正璧之中国小说发达史，一为陈望道之修辞学发凡，一为彷徨，要看的书太多了，简直是看不完，现在有许多书看了想买，可是没钱，虽有一笔款子，是大帮的，且由强表兄经营，虽是去要未必不肯给，但是三番两次麻烦，有点不是意思，反正不是自己的钱又有什么办法!？什么都是由自己来的才是真的！铸兄来坐，与彼合送一账与廖家七姐夫，本月廿三日其长子结婚于东兴楼也，座谈顷之始去，据谈，九姐夫与力大兄又因地产事将

起诉，不知如何，闻之怅然，娘今日下午去铸兄处，为彼家春来平后之第一度往访，六时半归来，饭后稍整理笔记及习小字二页，时钟已十时许矣，时光飞快，每日总未能作若干事也。

3月19日　星期三（二月廿二）　半晴和

上礼三和本礼拜三都赶上了放假，可是我根本礼拜三就没有课，放假与否对我没有关系。

九时许起来，早点看过报，无意中翻阅去年日记。去年此时，正是整日与斌厮混时，不堪回首，看了自己的记载，真有点难为情，不好意思与肉麻。那时竟会如此混迷，犹如被鬼迷，青年糊涂荒唐一至于此，不免自己对自己也要冷笑一声，可怜，可笑，可恨！往者已矣，斌与江之订婚，对我亦是好意，也可算是给我一个迎头棒喝，也许反倒救了我，对我有益，不致令我陷入更深的危险，与铸成更大的错误来。悬崖勒马，回头是岸，塞翁失马，焉知非福。因此刺激，而转变了我的一生亦未可知！又检看泓与我的以前的信，截至现在止，与泓相识说近三年，来信五十余通，去年，前年，泓来信中，亦有数语对我有情，亦热烈明显表示。前年秋、冬，弼亦曾一度对我表示好感。惜我彼时只专心注在斌的身上，注在无希望的她身上，真是大大的错误。现在回忆领悟了那时她二人的好意，可是已经晚了，一个去沪，一个虽在平，仍是若即若离的劲，知我与斌之分离后，反而有点那个劲了。好在两都不是无望，且看如何反应，好在我其实也不急之寻求一个女孩子与我订终身，我还要富裕的时间与精神来在学业上用一点心，先要维持与他们不断来信通信再说。其实泓与弼，如要我择的话，我或取后者，虽然她年纪与我一般大，但是似乎她的见解，人情世故必较知道得多，思想亦比较新比较前进，此不过自己在此本上随便一个记录罢了，将来的事谁敢逆料，我将来的终身伴侣尚不知在何处呢!？去年及以前的几本日记，大半都被斌占满了每一个篇幅，算是一部真实的我一己的初恋心理的描写，可以算是一部可笑的记录，亦无不可。看完了日记，又看泓以前来的信，略加把以往事迹回忆一下，以至到现在的情形，真如电影一般，不禁令人哑然失笑，一时心头感想杂集，也不知是何滋味。上午半晴，午后太阳也不算太和暖，至三时左右才暖起来，站在院中，一件单衣尚暖呢，树木、桃、梨、丁香、海棠等全都出芽了，我今年想在花都盛开的时候，请小徐及他太太，与泓来谈谈，赏花，不知能成事实否！饭后一边听着音乐一边誊清了《广雅》笔记，习小字二页，出至院中走走，写了一个明信片与李永，不知能否收到。一上午到下午三时，手眼没怎么停，下午起左眼又不适，至晚更利害，频频流泪不止，殊妨碍我之读书与写字，讨厌之至，五时左右去达智桥发信，斌母忽来，行走跳跃，活泼几如少女，不似四十四岁之中年妇人，小坐旋去，闻今晨罗马影院被祝融光降，可惜，晚看书并读词。

3月20日　星期四（二月廿三）　半晴，晚狂风

早上天气不佳，天半晴，上午三小时课，午后又到马永海屋中坐，谈息至二时，又至大学上课。下午又是四小时课，就是今天一天课最多，自上午九时起至下午六时，共七小时课，够受的，坐七小时也够乏的了。下午第一二时是汉书研究。讲外戚传，不知何故，刘盼遂先生忽然讲到女人穿裤子问题。谓女人之穿裤子，只是近数百年之事耳，约宋以后方有。赵吴灵王胡服骑射，谓之胡服，夷装，又名急装，武王服也。宋以前之书中每于言男女情爱之诗词，其作品中，多无言及关于裤子之事者。如秦少游之词中云："香囊暗结，罗带轻分，慢赢得青楼薄幸名存……"罗带轻分，下未言其他，可见女人是时当无裤子类之衣服也。又唐小说《大业拾遗记》，《迷楼记》等记隋炀帝之淫乱，谓风穿宫女衣上覆颈肩，下体尽露，帝见而喜之，是以一女古无裤之证。不料他随便说一句话，还有许多证据。后与朱君泽吉谈及，朱君谓刘先生之言不可靠，且是否古时女子无裤，亦非数语所能解，亦需详考。且汉杂事秘密类今存之汉人小记，皆不可信。当未确否皆为汉人之作，汉杂事秘密，即明杨慎作委托为汉时无名氏之作名，以欺人，此事亦殊有趣。又上两小时广雅下课，与小徐同行，适逢狂风陡起，黄土蔽天遍洒各处，随风扑面，全身皆土，七窍皆塞，呼

吸维艰，风向无定，往各方向皆有风逆之而来，恨之切骨，无可奈何，努力百忍，奋力归家大洗，头发已甚污，晚灯下习字看书至午夜方憩。

3月21日 星期五（二月廿四） 凉，半晴，下午风

昨日黄昏时狂风，飞沙走石，广布黄土，天地为之一色，至夜不止，吼声甚急；闻之心烦甚，不意今晨竟止，去校第一时又迟到五分钟，不该，讲了一小时半的陶渊明，总之为钟嵘诗品中所云，古今隐逸诗人之崇也，又讲了四首诗下课。遂伴朱君同行，至前内分手，路过见绒线胡东口路两旁有四五个经济露天快速照相机，当时可取，目前室内亦有，此亦投机事业之一也，缘现在当局凡出城者，以及其他一切，大半皆须要身份证明书，亦皆需相片证明，于是此类经济快速简单之街头照相乃出现，以应市民之需，亦环境产生之营业之一也。前此绝未见过此种生意，见此生意眼者，亦可谓聪明矣。十一时归家，阅报，现拟三月卅日起至四月三日止，举行华北强化治安运动周，亦无何新闻，前数日此地报载中共与重庆政府，日趋决裂，实情为何，不明，又近东巴尔干亦危机四伏，德军进驻保加利亚，美军于希境上陆，南斯拉夫态度微妙，总之英德，必加入一方，但无论加入何方，均不免战事之苦，可慨！

午饭后又去校上课，汉魏六朝文两小时，抄了些笔记，下课后，去图书馆查文选作者籍贯。古今地名，一小时，五时半出，与泓打一电话，尚未归家，遂至郑家，约二礼拜未去，与郑三表兄谈半晌，又与大宝二宝谈半晌，上礼拜六大宝去舒家，我与泓所言者，大半彼皆告大宝矣，留晚饭，至晚九时半归。

3月22日 星期六（二月廿五） 半晴，风凉

天气真是不定今天又不痛快，于是我也不大高兴，说晴不晴，说阴不阴的样子最讨厌，风也是大不大，小不小的，一阵一阵的没完。睡到早上，觉冷，又加了一条棉被，何至如此，什么时候了，还又变得这么冷，

而前两天又是那么热，怪事！成心叫人病似的，十时去西单北沐浴，十一时出又至陈老伯处看看他老人家，前两天来，不能不去，本想早点去，时间总不合适，座谈了半晌，十二时回来，等四弟小妹半晌，十二时半方开，午后天气仍是那样，一生气便不出去了，习了会儿字，看会儿书，很快便又过了一个下午，六时许去四眼井齐家找曾履谈了一刻，老八未在家，大约去真光了，我也想看，礼拜一去看，晚看书及词，补写前二日之日记。

昨日去郑家归来，一进屋，便觉一种温暖可亲的气息，因是屋子稍好一些，也收拾比较他们整洁，但总是因为终是自己家，有一种说不出的随意；安适可爱的感觉，正是在外总不如在家好，在家烦了，想出去走走，可是出去了，又想家中的舒服来，便又想回家了，人就是这么一个浅薄麻烦的动物，不然怎么会生出这么多事来。近二日报载出售关圣真迹，及据云十分灵验，专能驱邪魔鬼怪之天师符，又有某寺方丈登载去梁寺道路详细说明，以便去寺受戒者，这年头，什么广告都有。

3月23日　星期日（二月廿六）　凉，狂风，下午稍停，晚又起

狂风昨夜未息，一直发着怒吼，天气也骤冷起来了，真是特别天气，早上九点半才起来，报上亦无何新闻，尽登强化治安的消息，没什么可看的，胡乱忙一气，太阳虽出得老高，可是风儿真不小，相当凉，时光飞快，一个上午又过了，也做没什么事，中午吃面，十二时半铸嫂来，因今日廖增益结婚，大家全去祝贺，娘为五弟小妹洗面，换衣，呼喝不绝于耳，真是何苦来?! 乱了一阵子，于是在一点半钟，终于三辆洋车，真是送走了，午后还才节录了些顾遂先生的诗词，忽然孙湛来了，坐了半晌，一直等我与四弟换了衣服才一同走出。下午风减小许多，把车存东安市场，步行至东兴楼，时尚早，遂又去真光看看。片子好，早已满坐，拟明日去看。二时三刻去东兴楼贺喜，东兴楼新建，相当清洁宽敞，贺客不少，铸兄等为知宾，相当累，在新郎屋中座谈半晌，增祺当伴郎，弟兄二人并立，亦殊有趣，贺客约有一二百人，帖印

三点行礼，实至五时许新娘方到。中国人办事时间向来如此，新娘化妆并不太美，身体倒很健康，发育相当好，很大方，也不低头，不怕人看，应如此。今日亦无什么掷纸花等物，我因忝居舅位，不便如此。饭间识一小友，即旭人姐夫之堂弟，名廖能惠现在志成初三四组，年十五，不错，饭后与四弟至东安市场看看，又至廖家看洞房，亲友甚多，我小坐即归来，辞出时方七时半许，遂又至尚志医院，看看九姐夫，半月未见彼与我谈力大兄。

与之要地事，并云今日定规西院房已言妥以七千五百元售出，至八时许辞归，旋狂风又起，十时娘等尚未归来，灯下又录顾先生词。

3月24日　星期一（二月廿七）　晴，风凉

上午满堂，昨夜狂风未息，幸今晨大减，阳光虽出，但威力已大减，并无暖意，不料已是阳春三月时候，风后还会如此凉，还有人仍冬装，并不觉热，且讨厌之风，仍是发狂惹厌地带着尘土各处乱跑，四小时课后，中午归来，又是一头土，可恨，可气，对风现在没办法，将来总有制它的一天。小徐太太病了，又请了三小时假，怪不得上礼拜五一天未来，我还以为他病了呢！中午归家，不意在黄家门口碰见斌出来，便将昨日知道关于他们所住房屋即将出售的消息，令她转告她母，早日寻房为要，不知他等作何打算，我尽我心，不变当初尽可能助他等之初志，是我多余此举，还是我爱管闲事，我自己亦不明白。午饭后稍息，冒不算小也不大的风去，e.k.看电影，片名为《Broadway melody of 1940》中文名为《龙凤新配》，为一集跳舞，艺术美华之巨片，由 Faead Aitaice，Eleanoi Poviell &Gieovge Munphy 等主演。Aitaice & Eleanoi 二人合舞 taps 好极，二人都够好的，似乎 Eleanoi 没有 Rogeco 美似的，但是跳的确比 Rogeco 好，闻 Aitaice 跳的持久时间，不如 Eleanor，也许是宣传的缘故或是 Astaice 故意让她罢了。影片布景也很伟大华丽，M.G.M 公司出品，确是不凡，资本厚，肯花钱。A.E.二人有一幕合舞，如在天上，上下星光闪烁，不知如何布置者，二人跳得圆滑娴熟迅速之至，我极喜 taps，现得足观斯技，亦一快

心事，惜不能学其少许。不料 Aitaice 长那么一个脑袋，那只脚那么值钱，跳得实在妙，有机会能和他学学才是妙呢！这才是做梦呢，人家的和自己这两下子一比，比孙猴一个筋斗十万八千里差得还远。归来方五时许，路过江西会馆，现在布置之中乐影园，进去一看，一切均仍旧剧园形势，恐亦大不佳，一平民化之娱乐所也，闻已定于廿七日开幕演国片，票价仅售二三毛而已，国片现在甚能叫座，路过新新，今虽礼拜一，人亦甚多，比 e. k. 还多，国片一切比之 e. k. 今日所演之一半亦不及，国片之落后，固是科学人才落后，而无钱亦一主因也。归来看报，督促五弟小妹各作一文投新北京报儿童征文，报上仍很沉寂，战事新闻甚少，多登各地筹祝强化治安事，上海又有暗杀案，十九日又有公共汽车、电车大罢工，真是热闹，北平大不如也。晚阅顾先生词，并节录之，顾先生人甚幽默，其词尤大胆，中有用及常语与新名词者，亦于词中见其个性，拟写一文记之，晚并督四弟念美文，促弟妹大费心力精神，为兄长者，亦大不易当也，百端开导亦煞费心思矣！

3月25日　星期二（二月廿八）　下午阴

昨夜睡过晚，今晨懒起。上午只一小时《庄子》，便不去了。今日虽无风，又有太阳，可是不暖和。早点后站在院中看了半晌报，进屋来习小字一页，午后并择录顾先生词，中午得董锡鹏来一信。彼云，彼前曾与我多信，寄至学校，我则皆未收到，亦未见有。由其信中知庆昌住址，遂亟去信与彼一叙，不知可能收到，姑且试试耳，二时许去校先寄信，次去强家看表兄病，他着凉发烧全身疼。去年此时我亦正病，春日寒暖不定，最易得病，慎慎为上。小坐辞出去校，至操场走走，旋至图书馆，不意遇宁岳南这个厌物，今我气恼，甚不痛快。四时上课，又讲且介亭杂文，但不知何故，忽倦甚，几睡着。下课后与小徐同行，至太平仓遇朱头谈半晌，至西单分手。归来娘出去，门锁，五弟，小妹，李娘与我俱不得入，骑车出土地庙绕菜市口，校场口一周归来，不料娘去力六嫂处坐，亦未言明，累我等好等，旋又至西单与李娘购茶叶，八时卅分方始吃上饭，灯下又继

择录顾遂词，其中多不如意，发愁，无聊感慨者语，令人读之不禁中酸欲泪，词多浅显易明，含蓄处甚少，书多每读不过，心烦，朱君泽吉年轻有为，博学强记，过目成诵，所知，所闻，所见，倍于同侪，诚一杰才，不可多得。一生做学问，前途不可限量，其年不过廿二三，而不知其何以有若干时间能读阅若干书籍也！

3月26日　星期三（二月廿九）　凉，晴，狂风竟日

呼！呼！呼！风声老早便传进了耳中，下意识地感到一股子凉气透进被来似的，糊糊涂涂，不知不觉竟睡到十一点左右才起来，一天去了小半个了，真不该，洗面看报，不一刻便中午了，正好便吃午饭，午后习了两页小字，又看《荒原词》，《叶馀词》，都是顾遂先生的词集名，抽空又提笔写了一封信与王弼，略表出了些去年十二月廿日领悟后悔的心情，不知她明白否，还特择了四首顾先生的词给她看，看她如何复我。这两日泓亦无复信，奇怪。院子风自上午起一直没停，一阵比一阵起劲似的，真是"春风得意"，不过太得意了，扬得土满天飞，都成了黄色，人真有些受不了。风我真是恨得她切骨了，春天本是明媚的，被风一搅，全不是那回事，桃花这两天正开，这下全作了风的牺牲品了，可惜。好似北平的春天，少不了风似的，每天都有，不论大小，真是大杀风景的事！五时半铸兄来小坐，小妹夹袍铸嫂给做好，他送来，他谈："廿二日夜十一时许在南池子口电车站遇江与黄，黄大衣不穿，披在身上，且与江说笑，动手动脚，惹人注目，江态度轻薄，近似流氓。"斌从前还好，后来愈学愈不好，近来更不像话，真太浪漫了，一点不端庄，不好。好在有了归宿，一个为了能供金钱的挥霍与享受，一个爱其姿色的浪漫，双方有一方财尽或色衰时，则必有后悔不合之时。不料黄现在竟变成这么一种人也，可惜，可怜，可叹。晚饭后抄笔记，看《彷徨》，至十一时半许就寝，一日无课，在家一日，夜风小，正是"打窗撼屋一天，风势如虎"也（顾词原句）。

3月27日　星期四（二月三十）　晴，下午小阴

　　最多课的一天，不料最末两小时《广雅》陆颖明先生告假了，只有五小时。他有点滑头，凡是一到考试的前一个礼拜一定告假。《庄子》孙先生讲的十分起劲，可是我怎么也对它不感兴趣，相当干燥无味。两小时《世说新语》研究，很快便过来了，近来老头也没讲出什么来。中午饭后，拟去宿舍，不料迎面即遇李景岳，邀我溜什刹海，信步行去。多日未走，春水初泮，杨柳发绿，微波鳞绉，脚底软泥，桥下水声潺潺，又是一番风味，随口说去北海，不料李景岳竟拉我去北海。北海后门离校甚近，步行，穿过什刹海便是。多日未到北海，冬日溜冰，除降雪外，无可观者，新春毕竟不同，眼光似为春光扫荡一新。今日无风，暖日当空，太液池中小舟三两飘浮其间，亦一乐也。信步所之，园东桃林如灼，盛开皆白，又是一番情况。日人游者，多摄景于其间，今日虽晴和，但系礼拜四，故游人较少，散步其间，殊感舒适。沿湖边行，忽见一树，根在水中，尚能抽芽发枝，亦一奇也，忆前年春与王弼等多人偕游北海，犹如昨日，而斯人去矣。我游园怕假日及礼拜来，因那些日游人必特多，反失游园之意，人少清静多妙，而惜又无伴，在桃林中小行，如在图画中。李中午饭，在濠濮间吃水饺，三十，我独自游行濠濮间。自与老王来此一行以后，已有二年未至矣，时光飞速可怕，而老王卧病西山，与彼一信不知何故竟无回信与我。北海饭贵敲人，饺子卅，一元二角，每人茶资二角，加捐共一元八角五分正，正真是大头了，连大方惯了的李君，也为之咋舌不止。他饭后遂在阳光下看书半晌，舒适之至，无事可以来北海阳光下读书，对山光（远眺西山隐隐可见，淡蓝色如一长带卧于西方）水色，披襟当风，实可一畅胸怀，怡我心神，且仅票价五分而已，惜时不我与，岂奈之何!? 坐至一时四十分出，回校上课，不图今日有此一游。上两小时汉书研究，四时下课，在大学门口遇小马，拉我陪他同去护国寺走走。小马有时十分小孩子脾气，爱在庙会摊上吃东西，什么炸鸡子，回头等等，我因今日肚内不好，且恐怕污秽，故未食，后他购得大苹果二个，才三毛，很便宜。出

来分手，又至口外大街洋货等摊闲看，不料又遇刘冠文及老二（沈祖修）徐承孝等人，遂同看发现一美国货二截电石筒，且是大头，甚合我意，还价一元，不卖，正欲加价，不意为刘冠文以一元三角购去。后又南行至一摊又见一筒，与刘前所购者相同，只是反光罩稍污，玻璃砖薄，其余皆较之尚新，刘善谈谑，以一元为我购得，自己甚满意，只是不知其是否无疵，至太平仓骑车先归，看报，七时左右四弟归来，同去西院为父拜最后一个卅，等了一刻，至七时廿分上供，九姐亦来，拜过即回来晚饭，至九时接曲万方回信，文凭已收到心安，灯下看《彷徨》，鲁迅作品，文学简练，意义正大深厚，殊为不可多得之小说。惜其平生小说著作不多，一生大半精力多用在杂文方面，亦中国文坛上无形中之一大损失也。九时许因心中终不放心今日所购手电筒是否完好，遂又至达智桥配了电石，换了一个电灯泡，未坏，心甚喜，夜习小字二页。

今午去北海非始料所及，而下午又与小马同游护国寺庙会，亦非先意所之。地为旧护国寺原址，地甚宽广，而除破旧庙门一堵墙外多是残址，昔日大殿，阶前方丈等地尽设摊贩，殿舍经房皆无存，废迹约略可见，惟余最后一排房屋不知本作何用。而现为一大杂院，各种手艺工人皆有，前殿四大金刚只余右列二像，躯体大半剥落内容，草木可见，惟体态尤作狰狞像，甚巨大，亦一穷神，残臂与破颈中摊贩设账，牵绳于其上，大非造神，敬神，供神，为神者始料所及也，再前行又见一破落之弥陀，处此不如颜回之环境中，犹坦腹呵呵，亦妙人也，左右哼哈二将亦仅除其一，体尤大于四大金刚，不知其一人，亦觉寂寞否。北部有一简单之小戏蓬，周设大凳，围听一中年妇人与一化装老者捏小嗓唱《女起解》，旁有操琴者，吾等见而甚讶之，而听者固以为如听大戏，无一轻容，吾或以为此中年妇必有羞容，而竟坦然处之，南有一饰乡老头骑一驴，亦一人饰，真骑上频转走，作态滑稽。又南一少女可十二三，双颊涂红，尽力唱大鼓，真是一字一声皆血泪，不忍闻睹，北又有一唱快书者，背唱甚熟且快，一人卖力如欲接不上气者，且挤肩弄眼作态，行人笑。再北有一着一身青色旧西服系领花者为人看相算命，此为我见为人算命看相中着西服之第一人，围观甚重，观后感生活压迫人之深重，此辈人皆为生活而挣扎，而至此，岂得

760

已哉，而我国穷困同胞，不知尚有多少，真堪浩叹，吾现在之生活岂不较彼等幸福，舒适多多，更不应再生妄想，多有不知足，且值此世界大乱，政局不稳，风而飘摇之期，而能不受战争之惊惶，无颠沛流离之苦，真大幸者矣。

3 月 28 日　星期五（三月初一）　　阴凉

昨日不知都干什么了，今到一时左右才睡，今晨醒来有风，且阴冷，一烦，又因只为了一小时半的诗跑老远的怪不值，于是不去了。请一次假，迷迷糊糊不料到十时半才起来，这两天太懒得邪行，会起得这么晚，看会报，习了小字，不一刻便午饭了，午后看了会儿书到一点左右便出来，因为还早，便先到强家去看看强表兄病，已好些，又到学校上两小时汉魏六朝文，出了一个题是南北朝文学之变化，还得查书够麻烦的，《庄子》本礼拜二出了注疏题，还没动手呢，下课到郑家去，三表兄出去，二宝不许走，胡聊一气，一直在那吃晚饭，又坐到九点廿分才辞归，白谈了许多工夫。

3 月 29 日　星期六（三月初二）　　晨大雾，晴和

时光过得太快了，二年前之今日，为我最悲哀之一日，不料转眼已届二年之久矣，思之怅然痛心。早起暖阳高照，此方是阳春三月的景象，否则像昨日，既阴且凉，那会像阴历三月初一日的样子!? 上午做五言诗一首，拟古，不满意，计共念二句，意犹未尽。中午十二时半至西院上供，铸兄，九姐亦来，娘亦过去，与娘，四弟，五弟，小妹，大哥，嫂嫂等皆着白袍，拜父灵位，此迨所谓孝服三年满期之日也，脱下白袍，又摆菜上供，灵位请入祖先龛上罩红绸，一日后即可撤去，再照昔日上供办法拜祭，烧纸后即散去，今日祭菜甚多，下午大哥尚请力家诸人过作看竹，奇哉，今为悲悼至极之日，而请客打牌，殊为奇事，此又非冥寿可比！

午后二时去北平国立图书馆看书，本系参观书库，不料赵万里先生病

未来，只由馆员取出《永乐大典》一本，《四库提要》抄本四本，麻沙本一本，元版《周易》一本等约共八九本之多。去有同学七八人，约三时左右，即辞出，彼等散去，我则又至阅报室及杂志室，大阅览室等处周览一周而出。阳光甚暖，对此山光水色，神亦为之一抒，北海白塔在望，舟声波影亦另有一味，至四时左右，顺步又至郑家，不料三表兄有客在客厅，二宝出，大宝、明宝未归，只小三、小五在，稍坐即出，又赴 e.k 看《Lady of the trapic》即《热带名姝》，hedy Lmnov & Rolent Taylov 主演，相当精彩，惟末了一幕，hedy 自杀后之表情不甚合情理，亦不太明显，总之系一中上影片。七时散，未黑，至家方黄昏，五弟告我，我车捐中条遗失，虽一张小小豆纸所印，而购得非常麻烦。此一失，车捐即失效，即再上不知如何办法，殊令人焦灼之至，连日倒霉，廿三日发现墨镜遗失，现又被五弟今日骑我车去校遗失车捐纸，倒霉之至，无事生事，无奈为兄难，小孩浑马虎何!? 晚又督问各人功课，皆不知用功，不知读书，不知如何读法，烦极，心神不宁，亦不快，身体亦不适，晚尚凉，只习小字一页而已。

3 月 30 日　星期日（三月初三）　　晴和，晚狂风

好天气，太阳暖和得很，真方像是个三月的天气! 上午只习了一页小字，看看报，走到力家去看伯长。有三四个礼拜未见她了，谈了一刻，托她找的书没有，把那次去燕大玩照的相片取出看看，照的还好，但没有他们团契照的那张好，略谈即辞归，下午二时许去朱君泽吉处，约好去他家找注《庄子》材料，我去了稍晚，小徐已先至，小小一间屋子容三个人已经很不少了，约有三分之一被书占去，朱君用功之勤几非常人所及，他比我们平常同学，多看，多知，多记得许多许多，不知他都在什么时间看这么多的书，很是令人奇怪，他还校书，看书作札记，批评，完全是做学问的人，将来必成一个学者。许多书上皆有朱色、蓝色、绿色、黑色等批、注，小字蝇头小楷真是一日千里，进步多多，功力较之余主任，亦差不甚多。这种勤奋努力不辍的劲，令人五体投地的佩服，故我等有什不明之

处，凡问他者，几无不知，几无不能答，且不骄傲，和蔼可亲，喜助人之难，找完材料，又与之乱谈一阵，什么都有，对于先生或同学等批评好友聚谈亦人生一乐事，可纵谈无忌！亦快甚，朱君之书皆线装者，周围皆是，如拥书城，此诚念书者，我辈望尘莫及。畅谈不觉时速，至六时半辞出，陪小徐至其赵家门口，别归，黄昏忽起狂风，十时半始止，风后又冷，一日暖意皆被吹散。下午借来大哥钥匙，把旧书箱七个开启检视一番，把其中存书，写出一目录，《淮南子》、《老子》、《庄子》等约廿子皆有，其余书除大部史书外，关于文学者亦不少，又同钥匙付我一单，上开书名，对联，扇子，相片，碑帖等计共四十五件，殊堪发噱，分清又来要什么？当时那日立分居字据时怎不要清，此人之不近人情殊不值一理，彼云八书箱之一给我，至今不与，收帐子若干（约有百数十床）言与十床，只取出八床，且有二床至今未与，且皆单幅小者，账亦不与我看，字画箱取去，亦不与我择，父图章日记皆骗去，今又来要什祖母六十寿屏画，徐世昌，陈汉弟画林则徐对，陈宝琛条屏等，即使分开，彼一人把陈宝琛等条屏多幅尚不足，而尚来要此较有值者，而我等非父子既无分保存耶，可笑，可恨，不理他。

3月31日　星期一（三月初四）　晴，和

上午四小时满贯，不料赵万里今日未请假，可是病未全好，讲书很少，只是随便谈谈。中午去郑家，与三表兄谈及昨日突如其来之单子事，以不理置之可也，与小孩谈，他们要去北海划船，我半因心思不佳，且似乎有点不舒适，全身无力，虽然今日天气很好，但我不想去，小孩子没有决断，忽此忽彼，我则决定去中央看华丽世界，后来二宝言也许去，回家娘等已吃过大半，我吃完已将一点半，稍息换衣即至中央，人不太多，买票很从容，还有四十分钟才开演便走出，不料遇孙祁遂一同进去，寻了地方坐下，我还挂念着不知二宝来否，与孙祁谈了一刻，已快开演，见一女孩自左侧前行，远远望去，颇似二宝，遂走过去一看，果然是她，她说在外边等我半天，面有不悦之色，但后终又随我至我与孙祁处一同坐，同时

亦发现赵君德培亦在前坐，不料他还会来看电影，片中主角有雷密伦，泰密洛夫，玛瑞逊等，不太好，只是大雪那幕十分逼真，不知如何拍摄者，散场二宝与一同学同行，我招呼过二宝后即去尚志医院，看九姐夫，铸兄先去已走，已知大哥开单要物事，谈顷之，九姐夫又发牢骚大骂之，此种不知耻不知事不知足者，非严惩之不知，得便宜卖乖，得寸进丈，混不可言。五时辞出，至铸兄处未在，小坐即出，今日眼又不适，流泪，可恨，讨厌，不知何故，或因着急生气之故。晚习小字及看书等。

4月1　星期二（三月初五）　晴和

上午只一时《庄子》，因孙先生眼不舒适，未讲书，只随便谈谈关于诸子之重要性，这次《庄子》考疏证齐物论中"有始也者"前三句，查书找材料等甚是麻烦，多感不易作，头痛，下课即归来，顺途去看望陈书琨老伯，又到强表兄家去探望他病，已痊愈一半，已下床坐椅上，只是精神不足，全身无力，他未写支票，先由他垫出现款与我，稍谈，他似不喜谈，多沉默，将大哥前写之单与彼等看，皆嗤之以鼻，可笑，可叹，可恨，岂真穷疯了，又向家中想法子来耶！？

十一时许辞出，去第二附小看五弟，不料未在饭厅吃午饭，亚北及和兰均无，不知何往，怪事。又至前内浙兴取了十五元回来，家用，可是一分发，只余五元而已。饭后小憩，作彷徨读后每篇小记，卅日与小徐同去朱君泽吉家，谈半晌，朱君谓，至今日止，现代小说之成功作品，惟鲁迅、周作人、胡适之三人而已，此语信不诬也。今日算上月之账，又过百数，每月总须百廿元之谱，而每月固定只有七十元，真不知如何过得。阳光下看报颇适，今午归来，于明反购得一久想购买之大墨镜，索价六元，以五元购归，虽较昂，但甚爱之，故亦不惜。三时半去校又上课两小时，下课购墨水纸张文具等二元，晚知五弟所失之车捐已由其同学寻归，心甚慰，否则烦矣。晚灯下择录顾遂诗词（留香词及苦水诗存）至十二时始毕，每值今日取饭钱，心辄内疚，念之又当如何努力耶！？

4月2日　星期三（三月初六）　下午阴

在家一日，未出去，可是也没做出什么事来，上午起的也不晚，八点起来，在院中散步一刻，看过报，便检视国学基本丛书第一辑中可以参考的书，正待看时，小徐来了，是昨日约好的今天来取顾遂词，略坐一刻，约十一时三刻回去，因他的赵去他家吃饭，故未留在此吃饭，此时小妹五弟均回，五弟骑我车去，故回家吃午饭。午后看郁达夫等著作之《回忆》，鲁迅及其他。用两小时看完。不知娘今日为什么爱收拾东西，把两个玻璃柜子，四扇门内都钉上了布，又把门拉手也钉了半天，乒乓了半晌吵得头疼，书也不易看下去，所以薄薄一本书竟看了两小时，看完又出到院子中散散步。上午还是晴天，现在却又有点阴，天上云彩很多，有点夏意，只是还不十分暖和，进屋看了看笔记，又把陈钟凡作的汉魏六朝文学拿出来看他末了两章，可作郭师所考的参考材料，一直看到七时晚饭才看完，五时以后天转阴有雨意，六时半铸兄来略谈即去，彼云他已调回双合盛啤酒场驻场员了，已去二日，早去晚归，可在彼用饭，场甚大，为华北惟一大啤酒汽水公司，九姐夫与力大哥九哥等为地产事或可不致涉讼，拟请蒲子雅与邓芝园出面调停，明日汉书尚不知其如何考法，晚看《庄子》，并寻淮南子俶真训作注，并考他书解释训诂，这次考的很麻烦，排列及疏证大义时不易，恐大半同学皆难得作好，虽至夏历三月初，但在屋中阴处仍凉，晚尤甚。

4月3日　星期四（三月初七）　整日轻阴，上午大风

倒霉可恶的风，早上忽又狂吼不停，没有法子，只好冒风前往，到校是一身土，戴了帽子，闹了一头汗，费力可知，《庄子》又讨论了一小时如何注疏，与什么意思，关于《淮南注庄子齐物论》有始也者三句之文章，后又上两小时的《世说新语》研究，中午饿得很，吃了不少，午后到小马屋去坐了半晌，下午考汉书及广雅，汉书临时才看书，好在可以参

考，两小时写了四页，广雅容易四十分钟便交卷出来了，与小徐回来，下午风小得多，可又阴天，这种天气最讨厌，回来看过报，新北京儿童征文发表，四千多件中，取了一千余件，明日在中山公园新民堂发奖，这次大约也用了不少钱，不知他们这笔经费是从什么地方拿来的，晚上整理《庄子》及看汉魏六朝文学，还得写一气，查书，时候快得很，还未做什么事，便又到十点多了，闻过数日，有日本宪兵与警察来查户口，不知是否尚有其他副作用在内，如尚查看其他物件则相当讨厌！真是什么天气，这么晚了，还有点冷，一点不像春天的样子！早晚都够凉的，虽是中午在阴凉处也不暖和，晚上睡眠盖两床被也不热，真是天气不好，还不该暖吗？人说春风吹一阵子暖一阵，可是现在吹一阵只有再凉一阵，去年我因病了，是没有春天的，不知今年又如何，这个春天怎么打发，不知弼看了那封信怎么答复我，泓亦久无信来，不知何故？

4月4日　星期五（三月初八）　上午狂风，并雨，下午晴，晚又风

天气是愈来愈新鲜，晚夜听得院中雨声甚紧，这倒是早班，今日未起，先听见狂风又在值班，不由得心里烦起来，今日上午说不得尚须与风争战一场了，去校时是不但有风而且兼雨，不但有雨，还夹杂着大片雪花，想不到的事，接二连三全来了，气候一刹那变成初冬般冷，这种风雨兼雪花的活洋罪，若干年来倒是第一次受到！一路受苦受罪，费力不言，但终到了学校，幸而不大，考题，与预先作好的诗意正和系游北海，于是便抄上，不到半小时便出来，到图书馆去看书预备下午考汉魏六朝文，一本陈钟凡的汉魏六朝文学，与我这唯一的笔记相对照，材料已是不少，太多了，反乱了，写了半天，还是一大堆，嫌太累赘一些，朱君作了不少，是骈体文，恐怕本班中也只有他能如此作，我到十一时三刻去用饭，九时以后，院中雨止，改降大片雪花，六月雪，现在打了对折，三月飞花飞开了雪花了，奇事，少见，还好落地既融，但已冷得多了，十一时许才止，饭后到赵德培屋去坐，朱君亦在看了刻报，笑谈了半晌，至上课时方一同去大学，我一上去便急忙写，手不停挥，目不斜视的足足写了一百十五分

钟，写完五页纸，大半废话少不了，前后排的也不大合适，不管，看这次能好些否，我已尽我之力，下课又去图书馆一小时，五时半出，风午止，现又渐起，在西单旧书摊购一本《解放者》，落华生著，代价三毛，尚便宜，晚饭后觉疲甚，小卧休息至九时起，写日记，略看书。下午得泓来一复信，内有两句有意思的话，反正有夸我的话，许多我不配的好处，都加在我的身上，使我十分惭愧，脸红，她说："……我只有想同你交一个朋友，别的事一概不能想，根本就不许我想，我们在过去过程中，互相尽朋友之道，尤其是你对我帮助不少……"他如真抱定"只有想同你交一个朋友"的话，也好，我帮她忙？什么忙？我不明白！写的很有趣，有点迷离恍惚，晚上狂风又起，讨厌之至。

朱君泽吉读书之法，甚不规则。彼今日谈一日，晚三时始睡，昨日夜十一时起至今日下午二时许，未眠亦未食，作郭先生之文，计共用约九小时之久，如此熬夜不睡，努力，不怕饥疲始属少见，而彼如此不注意自身健康，亦殊不佳，即使其学识极优，身体不佳，又有何用，我等劝彼多次，终未听从。

4月5日　星期六（三月初九）　阴，竟日狂风

恶劣的天气，狂风又是一日未停，天气亦冷得很，糊糊涂涂竟睡到十一时许才起来，实在睡得太多了！不一刻饭后，看过报，昨日大武术家孙九虎及大力士千斤王等在中山公园五色坛上表演，惜昨日无暇去看，午饭看赵竹光泽列戴氏著之《肌肉发达法》，愈看愈羡慕，那些像体育家的强壮健美的体魄。下午去力家把大哥拿来的条子交与九姐，回复他我不能拿，要什么东西应在立分单日要清，何况我自立分单后，并未与大哥要过什么东西，本来应交出还有一个书箱，二床素帐现金未交出，尚有脸来又要什么！？他处有十二幅的父七十寿屏，十六幅的寿屏，一是黄秋岳写的，一是郭测云写的，还有八条陈宝琛条，七十寿屏条，徐世昌书寿字，以及其他许多字画。一人尚不知足，今尚存少许字画，我四人就不应保存留作纪念耶！实在浑的不知足，不讲理得可以。惹急了，没有好处，本来与九

姐略谈几句，还好，后来一谈此事，立刻把脸摆下来了，生气，不高兴，那可活该！涵养就如此浅，心里好笑！说完便回来了，又继续看书，外面狂风不止，伯长亦未回来，很快地就又到了黑天，下午把想与陈仲恕老伯的信稿写好，这老头子也怪，给他写了许多信，也没有一封回信，我不是就受他们一千余元的惠吗？我也没求告他们，是他们自己捐赠的，而我向来未在任何人面前低首下心，这次在这个未见过面的老头子前，几次三番的说好，说歹，别以我是贱骨头，那么摇首乞怜，献媚于人，将来有了能力，一定筹出这笔款子还他们，他们不要捐给别的义举去，决不再担这份人情，如此轻视人，也太差劲了，嘻，穷了英雄也得低头，"钱是英雄胆"，实是不错，如有一日，钱在世界上连粪土都不如时才好，使那些有钱的人也尝尝味！七日又要检查户口，不知还查别的否，讨厌之至。

4月6日　星期日（三月初十）　　晴，风

　　夜间与四弟换地方睡，不大舒服，今天天气不坏，太阳很大，可是缺点有风，又刮了起来，讨厌之至，一上午把院中各个树木上的枯枝都折下来了，弄了一大堆，丁香树许多年没人整理，所以有许多枯枝，凡是无芽的都折下来了，十一时许斌母来小坐即去，午饭后看报，习小字，至三时许去西单沐浴。天气较和，街上行人甚多，甚为热闹，洗过，去强家看表兄病，已大痊，至客厅，坐有二人在，旋铸兄亦去，我又至内室与表嫂谈半晌，小孩均在家，现在与我亦熟习，五时左右客人去，我又与铸兄与表兄谈颇之，至六时辞出，铸兄又拟调为驻双合盛主任，托人奔走，不知能否成功，又至陈老处小坐，与铸兄同行归家，我每每除照管家务以外，尚须在应酬亲友上须用相当时间，此皆对我读书上有莫大影响也，而为将来预为之地起见，亦不得不去应酬一番，如强表兄病，自是不容不去，但不料今日却耽搁半晌，晚饭后略看《庄子》，又听了一刻 Radio 中的国剧，一转眼又是十时半了，四弟今日与同学去香山，卧佛寺，碧云寺等等游玩，由晨七时许去，至六时半方归，遇小妹（力伯长），四弟在中学倒是

不白过，倒是玩一气，每年他都去西郊玩过，伯长在燕大的好环境，有许多同学一块玩多美，可怜我连一块去的同学几乎都找不出来，许多年没去玩了，太辜负了自己的青春。

4月7日　星期一（三月十一）　晴，风

《诗经》考了一小时半，答的不太满意，校勘学考一小时，其余一小时也未上，到操场转转，随便活动，自己现在觉得太泄气，在单杠上不能拔几下，胳膊太没力气了，十一点半回来，午后看过报，下午又起了风，不大，可是扬起土来特别讨厌，还是十分干燥，到了二时左右，与四弟二人骑车同去上清宫父亲坟前去烧纸，一路经过许多晒粪干的场子，十分的臭，不知他们怎么生活过来的，还有就在那住的人，一天到晚就总闻这些恶味，恐怕他们的肺与呼吸器官，一定有了毛病，至少麻痹了，感不到这种刺激了，真为难他们，正是如入庖鱼之肆久而不闻其腥臭吧！一坯土，四周的灰，已有点脱落，一切还如以前一般，只是又多了几个新坟，大哥尚未去过，拜过，烧了金银箔，又烧了几张纸钱，坟上压了几张纸钱，把祭的饭菜都倒给了小老道。看看一切人事都已做完，四周仍是和以前一般，亦没有什么可以流连，便又怀了一棵怅惘的心冒风回来，一时不知怎么，心里有个结似的，十分不痛快，还有点难过。坐在院中阳光下看了刻书，三点半一个日本宪兵与三个中国警察组成的户口调查队，都来了，这次不严重就随便看看，对对人口，也未问什么，也未看什么书信等，不到五分钟就走了，大约是看你有老有小，又是个正经人家样子，就不麻烦，三个警察也还好，没有杀人工作者，还带了一大串家小，这年头光棍年轻人最讨人厌了，检查完了，大门口帖了一张条，上印春季户口调查，下还有一个小圆图章，是日本宪兵的叫竹泽，这人懂中国话，字也认得不少，大约总会说几句，但不开口。今天开始，今年就来了，很好，省得老不放心怕有什么花招，第一天就来过了，也就算了，又在院中坐了半晌，心里一时很乱，看不下去！没钱买运动物品（现在铁哑铃二毛五一磅，拉簧八元五毛一条）只好搬了几块砖头来练力气，但是不好用，下午又拟了一个

与仲老信的稿子，晚上写好了，一下午弄了半天《庄子》，晚饭前抄了约
有二分之一，六时半，九姐叫李妈叫我去，没好事，心里就烦，才一年多
安静下来，又找事了，吃过饭过去，先说了些别的结果还是扯到了正题，
她说大哥昨天去问她谓我叫小本告大哥，谓物皆分与九姐，可去九姐处
取，她很奇怪，问我是否把她耍滑头，我听了很是诧异，我何尝如此对小
本说，小孩子传话不清，但大哥不叫他来问我，我怎又会叫他去传答话。
我说我有什么话都与九姐讲了，叫大哥问与九姐去，说过九姐知道就是。
结果仍是那一套，劝我拿出来，还有许多可气，没理可笑的废话，我也不
愿记下来，大意是说按情谊上讲大哥向你要这些东西，你择不要的没用的
拿几样给大哥她也好回复，并保无第二次此类事发生，并言一人只在家中
欺负兄姐，亦不算是什么英雄好汉，若能按九姐讲就择几样取出，不然以
后谁也别找谁，你别拿我当姐姐，我也不拿你当弟弟，话说够绝的。先说
按情谊上讲，那约字第一条大哥改写得那么决绝，还有何情谊可言，可
笑，无缘无故又写出此单字要东西，还把你做九姐抬出来压我，不拿就
吹，这也未免小题大做不值，那你这个姐姐只值得这点东西吗？实在讲
来，她的思想人品还不值呢？不认你这个姐姐又当怎样？我欺压兄姐，亲
友目所共睹，不知谁欺压谁？！今开个单子要这个我得拿，明开个那个单
子我也得拿！还有完，约字上写得明白，为什么还有脸皮来要？分家后我
和他——大哥——又要过一草一木？谁像他们借这借那没完没了，不要
脸，现在竟老着脸来要东西，本来有的东西可以拿出给他，只是一按情谊
讲，现在没有可说，二则拿出姐姐的有否来压我，我才不在乎呢!? 三则
即言分家时那么多人的面前未拿的东西得请那么多人来，那要东西也请那
么多人来，好了，本来那日言好与我的十床帐子，临时只拿出了八床，一
个皮箱，一个书箱，还有字画，单上开的林琴南画，林文忠公对（已售）
徐世昌对等，是他手置的别不害羞自己一人保有十二条文寿屏，十六幅寿
屏陈宝琛八条，徐世昌寿字等还不知足，还来要，真后悔父亲的日记与文
集稿子给了他，将来还怕他弄丢了，他是父亲儿子，能保存纪念吗？要说
不一定全拿出来，随便择无用不要的，那你写这么多是作什么，放屁！胡
画！简直是浑账，本来可以拿出，按她这么讲我就是一样不能拿出，当初

众人前说好的不拿出，没影的事，又来要，不能够，天下没有那么便宜事，还当我是傻子，小孩子，怕吓亦老实乖乖受你们压制欺负吗？急了没有好处，老小子，现在就被人撺得滚到别处去住以后的日子有你受的，乐子在后头呢！穷疯了又到我这里来想心思吗？别作春秋大梦咧！

晚看书，听一了肚子可气又可笑的话回来，我最恨最厌家中这种琐事来搅我心思，可恨，一年多才清静一下，又来惹你了，不理，办不到，爱怎样便怎样！回来继续抄完所作的《庄子》《齐物论》疏解三页，又看穆时英的《南北极》，至夜里一时才睡。

4月8日　星期二（三月十二）　轻阴，风

这一带近来动工建筑的真不少，下斜街北路西，又盖起一片房子来，隔壁大杂院的房子力工太卖了，人家又加盖重修，现在住的房子也正修缮，所以一早上乒乒乓乓的，就吵醒了，起来早，到校很从容，一小时《庄子》未上，只坐了一点钟，随便说了说，收回考卷，下课到强表兄家小坐，带图章去打了印，他已好大半，略谈即辞出，在路上遇陈书琨老伯，主谈昨日之事，老伯亦嗟叹不已，归途去欧美理发，至家不久，忽然二宝骑车来了，出我意料之外，正一个礼拜未去她家，她找来了，原来是问我何时旅行，我未决定，上午刘工不去，小徐问他赵小姐怎样下午听信，胡乱谈了半天，她又看见了舒送我的相片，又说笑了半晌，今天很痛快的便答应在这午饭了，可是只吃一碗半，饭后听了会话片，又到院中谈一刻，一直到快三点才走，我与之同行，在西四分手，她去学校，我去她家，与三表兄谈一刻，他家于今日一时许时查过了，也没事，表兄担心多日，至此放心，高兴得很，到四时我去校，考近代散文，作了四页纸，多废话的故都之春，今年古城的春天确值得记一下，确比往年不同，风是定例了，雨，雪空冷，近年却无，糊糊涂涂写了四页，下课小徐说赵礼拜五六才有空，不巧，以后再定吧！又到郑家说了，先定和她们一同去玩一趟再说，先还闹得有点不高兴，后来说开了也就没什么，凡事一沾女孩子就麻烦了，骑车去慢腾腾的够受洋罪的，归来访姐夫于医院未在，归家，闻

祖武回来拟明日往访，晚看完《南北极》，又起风，又一时许寝。

4月9日　星期三（三月十三）　阴，凉

　　昨晚虽也是一时方睡，但今日早上八时半就起来了，一半被隔壁盖房瓦匠工作吵醒，一半是睁眼看见窗上的朝阳很可爱，精神也就兴奋了，十时去看赵祖武，他们工商放春假，回平了，在他家谈了一刻，因昨日大怪去找他（大怪叫赵宗正，志成中学同学，现在中大政三）至中大打乒乓球，去了他们正玩打棒球，招呼过后，和赵宗政等到中大中山俱乐部去打乒乓球，台子不太好，还有几个中大的学生，那个由辅大转到中大的小房（名磐石）也在那一块玩，猴子也来了（猴子叫曹世泰亦是志成同学），大怪猴子二人还是在中学时那个样子，一吹一唱，毫未更改，但多少总好些，玩笑过后，多少总懂得些人事，客气啦什么的，打到十一时三刻，又到中大图书馆看看，冷清请的，书太少了，学生在那的也少，桌椅等都有一层土，一切均在想见了又与祖武去看看建成了半工的化学楼，祖武是学建筑工程的，各处都看了看出来已是十二时多了，在中大门口分手，我顺路回家在亚北买了三个面包，一点糖，午后看书、报，天忽又阴沉沉起来，愁眉苦脸的样子看了就烦，早上十时去东城买游颐和园的票，不料到下午三时才回来，说是被戒严，戒在那边了，我又去尚志医院，看九姐夫，共谈前夜九姐所讲之话，他亦嗤之以鼻，不理，断绝姐弟关系便断绝，没有关系，太不讲理，十五日太生日他也不打算回家，三时末辞出，又到郑家去，与大宝等说票已买，一听泓未在家（我上午打电话是去山海关了），四弟又有不去讯，又有点不想去的意思，没准主意不是，随便谈谈，又看了半响《新民报》半月刊，五时半三表兄沐浴回来，六时辞归，访王贻，像画子本主用，又在门口谈了半响，又到孙祁家，他明日无暇，去天津参观，他住三日，玩礼拜日方归来，遂归家，不料现在想找一个同出城去玩的同伴都这么不易！晚饭后看书，《他乡人语》及《亚洲腹地旅行记》，今日拟早点休息。

4月10日　星期四（三月十四）　晴，和，小风

去年，前年都没有出城玩，去年因为病了，今年得玩，明年一忙论文，也许就玩不成功了，前年心里乱七八糟，更没心绪去玩，日前与二宝们订好了出去玩，清早醒来虽是太阳很好，但呜呜狂风，实是可恨，于是高兴不免大大地打了折扣，便未起来，又睡到八时半，风已小了大半，尚有点小风，于是游兴又来，这般样子，尚可以去得便急忙漱洗，用过早点，催四弟一同起去，九时出家门，四弟到滨来香买了面包又到郑家去，迎面北风费点劲，到了郑家略谈大宝无车不去，遂叫二宝一同出发，出毛家湾口碰见小徐谈了几句，今天他去学校不知干什么，谈了几句，他昨日与赵及他一个什么哥哥，一同去燕大了，差劲，去颐和园不知还去否？说昨今天无空，可是昨天去燕大了，不愿和我去，便说罢了，又有什么关系，爱去不去，又有什么关系?! 说了不算作什么？不够意思，匆匆谈了几句，便分手了，一路二宝还骑得不慢，但出城不远过了万牲园一里多地，便有点累了，就慢下来又有点风，往北顶风，一阵一阵的还不算太大，一会快一会慢的，这次竟未停下来休息，一气就跑到了颐和园，存车进园，各处看看，各殿内正殿，较大的差不多里边的桌椅饰物都在，便甚破旧，多少有点，花瓶屏架等，殿有几处油饰花采一新，长廊很美丽，中国的艺术院中还有些铜牛，兽，鹤一类，还有几口大逾平常的大缸，花开的没有多少，只是桃花谢了大半，刺梅开了不少，还有一种黄色的刺梅，现在排云殿开放，亦不收门票了，于是进去看看，依山起造，台级甚高为倒入归一式（我自撰的名称）共有两层四级，上到最高顶，可以眺览全园形势，但后山被佛香阁所阻不得见，上台级多，才骑了长途车，有点累，二宝走到三级一半坐在那休息了一刻才上来，又绕了半天石洞，下来，在石舫遇见了国四的同学，他们很好，都来了，谈了几句，往后山走看见日本前赠西太后之汽机轮船，重新油饰一新者，往后山走绕行了半晌，简直有点穷山恶水的样子，没有什么意思！不料走到后大桥的地方，遇见了二宝的一堆同学，她和她们谈笑半晌，我与四弟先行，在一个独立山道中，

高阁上用餐，我只吃了一个面包，不知为什么不饿，只吃这么一点，又坐了半晌，二宝等走过来了，下来一同走，同绕嗜趣园，在一道小溪流水边坐了半天，绕出来，又到湖边小半岛边上坐了半晌，先那一堆中，有一大半坐船玩去了，玩了半天，我和四弟二宝还有两个她同学，在小半岛上，晒了半天太阳，风吹过来，十分舒服，给她们照了一张相片，四弟一个劲要划船，便又租了一只船请他们三个人一同玩，四弟划了一刻，又叫他们轮流划，我则始终端坐船尾一小时，湖面甚大，风力亦较北海大得多，幸无什风，在园中遇徐承孝及李钟琪二人，今天天气很好，太好玩了，可是玩得不太痛快，因为二宝总和她同学在一块又不好丢下她另走，人多在一起虽热闹一点，可是皆生疏，且又未经她介绍，彼此静默无言，亦很无味，二宝终于还是孩子，下了船，我付船价，那先一船的人已又不知走到什么地方去了，又等了半天才来，这时已是四时三刻了，不知为了什么二宝生气了，还很大气，大家不知为了什么，她同学哄她半天，也不成，以致大半路走得很慢，一直走了一小时多才进城，后快进城了才雪消雨散，又有说有笑了，一天风云没有了，大家心才松下来，一个人不高兴，会使大家都不痛快的，尤其是一块玩，不大合适，想不到二宝小孩脾气那么大，她总算是平安回到家中，送她到毛家湾口上我便与四弟回来了，不是为了她早就回来了，和女孩子一起出去最麻烦，带她出去，还负点责任，不然怎么见三表兄呀！到家腿倒不怎样，只是腰有点酸！回来喝了不少水，及一大杯咖啡，又吃了一个面包，吃饭是吃了不少，看过报，记日记，又看了刻书，得早点休息，多少总有点疲倦了，跑了不少路。

　　回家来，心绪又不大好，也不大高兴，所以上边的日记写得没有秩序，很不好，按说我不应该写成这样，不但今天的日记，就是近来的日记，我都觉得愈写愈不好了，完全把写日记能间接训练记事写作的技能的第二意义失去，自己真太泄气了，今天写的真乱！

4 月 11 日　星期五（三月十五）　　半晴，狂风竟日

　　上午八时半起来，全身一也不觉累，和平常一样，毫不在乎，就你昨

天没有骑车跑那么多路一般，看过报，因今日是力亲母（九姐夫母）生日，故过去拜寿，下午不想去的缘故，去时九姐夫及九姐均出，只余太一人，即归来，看他乡人语，至下午二时，看完，户外狂风不止，天皆变黄，可厌之至，遂不出去，今日闷在家中无事，穿上皮鞋，一人在屋中上下午各狂跳 tap 一阵，因风故，三时半起作文选作者古今籍贯对照表，六时许娘等皆过去，至八时四弟归来，只我二人用饭，晚九时半做完上表，还得谢谢风，不然今日尚做不完，他乡人语，叶鼎洛著，一本中皆充满了失意忧郁贫困无聊，潦倒颓废生活的记事及心情的变化，很是无味，看了令人悲观，灰色的生活的写实，对于青年的影响很不好，我因已经看了，所以隔了多日，今天又拿起来，勉强把它读完，文章也不算好。

4 月 12 日　星期六（三月十六）　　半晴，狂风

今年春天的天气坏极了，简直是春行秋令，每日皆有风，昨日刮了一天的狂风，一直连到今天来不止，又是一天到下午五时多还稍好一些，就这样子两天的狂风把前天那一点的春意，暖和劲完全吹跑了，又冷下来，如果真是清明起风，还得刮四十九天，那今年足足还有一个多月的"风"味好受，真够受的，这对我太烦了！放了几天春假，如果都因风而在家中闷坐着才冤呢！昨夜不知作了什么，活动一下身体，就到了十二点才睡，今天又糊糊涂涂到九时才起，太阳出来了，风刮的土满天不停的飞扬，天色暗澹灰沉沉的，不知是算阴天，还是晴天！厌烦之至，凡是阴天，下雨，起风，我立刻觉得一种无形的恶气候的压迫，而影响到我也不高兴，今天亦然，上午只习了半页小字，下午看了刻书，念了刻词，强表嫂来小坐一刻即去，下午闷极，心情不好，闷睡了一刻，至五时去中央看第二场《双枪将》，不料遇见了王庆华及其弟妹与同学，庆华旁边坐着一个女孩子，不认得，不知又是哪来的！起初我以为是黄哲呢，原来不是，庆华冷冷的态度，大没味，后悔招呼他一块坐，他们聊他们的，我只不语，散场后遂默默冷淡的招呼一下便分手了，神气到我这里吗？我才看不起！回来时风已小得多，一时又很后悔上封给弼的信是那么写去的，不知她看了怎

样!? 本来她认得的人很多，不料现在她还一个也未抓住，前两天听王贻说弼以前和一个姓刘的不错，可是那人去日本了，也和刘宝洗有点意思，好似刘宝洗另有情人吧！晚饭后，得朱天真复信一信，华子有信来，已安抵曼谷，今日娘去力家为二信贺寿，不在，坐了一刻回来，看见十一哥与他一个女友合携之影，大约有完婚之可能，闻伯法亦有一女友赵姓者？有趣，到岁数，都会找对了！也许在南方流落的学生多，容易找吧，娘还说我也去南方吧！谈何容易，还不知道将来去哪呢！将来的伴侣那有哪个容易找，还不知道碰见谁？现在认识的都不成，这年头混生活不不易，还是多打几年光棍好！这些人毕业以后就够我挑负的了！再往上加，那禁得起，又不是家有恒产，或有好爸爸的人，可以连妻带子一养养活个几十年！咱没有那么大的大爷命，一刮风，就不痛快，近二日更有点不大舒适，想是坏天气的影响吧！这真可诅咒的坏天气！

　　昨得松三来一信，一月廿六日发走了快三个月！不易还送到了！大约我在二月一日与他的信，在这几天内也会送到吧！今日下午看的影片，双枪将，不太好，一半也是中央光线不好，坐的又太后一点了，下午及晚上右眼又不适，流泪。

4月13日　星期日（三月十七）　半晴，风

　　风不停地吹，吹，吹，刮上没完，真令人心烦透了！早上未起来先听见风声，就懒得起来了，又是九点才起来看看报，随随便便就过了一个上午，看了一刻霸都亚纳就吃午饭了，午后风仍是不停地吹，真把我闷得不知怎么好，风把我困在家三天了，那也不能去玩，愈加恨风了！土吹得满屋，各处都是土，讨厌之极了！上午还写了一封信与泓，九日上午曾打电话，她小姐去山海关玩去了，现在大半回来了，不觉竟写了五张，她上封信表明了她对我只以朋友看待而已，表示出了她的态度，很好！我本来对她就没有什么妄想，小姐也太多心了！以为斌现在订婚了，我追她呢！其实她错了，我和斌还保存着一种友谊呀！亦未全绝交，我现在的是抱着认得女孩子就认得罢了！未必见一个就对一个生恋爱，恋爱了就必得结婚，

简直是太可笑了，如何有这种思想！下午看《霸都亚纳》，看完，共十二章三百页，李劼人（巴金另一笔名）译，黑人赫勒马郎著，描写非洲中部黑人的生活，真实深切，但译音很不易看，有的地方也不大懂，我对这本书倒不感兴味，四时与孙湛及五弟同学等骑了半晌车，又去达智桥发了信，到平民市场转转，未买物，晚风止，我高兴起来。

4 日 14 日　　星期一（三月十八）　　晴，风

今天是我的家耻，海棠花纪念日！

家中不和，现在竟变成这般了，真正是大变人心了，罪魁自然又是那个该千刀万剐的小娼妇了！事情是这样子，每年一到花开的时候便得受一番气，西院便过来几个大小浑蛋来折花了，折也不是好折，胡折一气，都是斗气的折法，丁香可以折去插花瓶，而海棠花也折了不少，我便出去告诉国国那坏小子，可以少折一点，留着看，他咕哝着也不吃果留着干什么，但是他也就不再折了，那小娼妇该万刀刮的东西，却听了此话以后倒走过来乱折一气，把花抛得满地，我看不过不免气往上撞，走过去拦她，那东西跳起双脚来骂，吵起来，后来吵一阵子，被几个小浑蛋架回去了，不到十分钟，国国拿了一把刀出来砍海棠树，我更气了，你什么哥哥嫂嫂活该，不讲理便怎么样，我即立刻奔出去拦他，那王八蛋一群随后全出来了，大大小小一大堆，我可怕!? 那娼妇一跳八太高，恨不能把我吃了似的，我瞪着眼看她，敢动我一下，我在树前一站，她拿的斧头也不知是什么时候放下的，我一下便给她抛出外边院子去，她仍是跳着双脚吵闹，一大堆人，乱七八糟我一句听不见，最妙的是九姐？ 和大哥也来了，九姐进来直奔我面前不问青红皂白、三七廿一，立刻向我骂："老二你混不混！你混不混！"我还受你这个，立刻反骂你混不混，大哥又在那边叫道："老二，你还有大哥没有？"我干脆答道："没有！"他又喊道："好！走啊！"走就走！上那也不怕你！郭家二位小姐，老妈子，门房住的，隔壁盖房的瓦运，都在旁边看这场热闹，好不热闹，一时大哥又被一群束劝出去，我便不理他们，也进来洗手了，九姐（？）说："老二，你好，看你把哥哥

气坏了，我不和你拼命呢!?"我只不屑理她，鼻子里冷笑一下，进来洗手的功夫，一转眼一群臭东西又进来了，竟跑进书房来，坐在我书桌前拍桌子喊闹，那娼妇口口声声说我打她了，打她了，我还嫌污了我的手，还不如拍我那小黑狗的头，那两个老不知耻的东西，说我欺负了他们！不知谁欺负谁!? 分家后为了一件不清不楚不讲理折花小事，来大闹，还是什么东西！好不要脸！还亏他说得出口，多少年来忍受一切的气愤，而今天还受你们的，要怎样我都奉陪！这时却要少陪了，便穿上衣服，我骑车出去，我真想去叫警察来，我一直跑到尚志医院与九姐夫一说，他说我上当了，人家找碴，定后一想果然如此，但年轻气盛，真忍不住那般样子！说了半响，姐夫说找同学说，同学中哪有人会办这种事的！又说找陈书琨五姐去说，也无什用，后来九姐夫也不太高兴了！反正求人难！他劝我忍了，将来的成功才是最后胜利的时候！我后终因放心不下在家中的娘，我怕他们为难我娘，便又回来了，回来时，王八蛋们全走了，也没拿什么东西，趁我没在家时，把海棠花终于砍了！可惜了那么好的花！

父在时最喜欢的两棵海棠花我也保不住，还被那个所谓大哥的折了，这一切都是父在时所能想象得到的吗？进屋一看，九姐夫母七十人送的两个花瓶本来摆在长条几上，混账九姐先过去把那个铜香炉扔在地下，不是人的东西也过来把花瓶掷在地下，可是只碎了一个，我一听大怒，立刻想过去摔砸一番，不是娘等立刻极力劝我，我真得一个人和他们拼了，没有父亲就应该这么欺负人吗？最坏的是那个引火的小娼妇了，其次混的是那个不通人性的九姐，是来劝架，还是来帮打架，我可认得你们是谁？还受你们的！你先不认我做弟弟，我又有什么哥哥姐姐!? 你们不知道我母亲我又知道谁!? 树也折了，东西也砸了，这是什么意思，仗人多是怎么着，后悔这一走，不然我在家敢动一下我什么东西！我如在家说不定立刻会逼出什么红光四射的事来！一个人换几个狗命也将就了！这样一来，以后还有太平日子过呀!? 这口气不易忍下去，总得想法了子回敬一下子，这几个弟弟不是随你怎样便怎样的！在家中愈想愈气！这也算是给我一个更大的鼓励！刺激！我廿三岁的人，经历稀奇古怪的事，倒是不少！人心大变吗？不错！努力！努力！苦干！将来种上多少株海棠请人来赏花！让他们看看！努力！争气！争气！扬眉吐气在后头呢！西院没一个好玩意！报应在后边呢！我说恨不得和他们拼了！九姐夫说何必！他不要活着，咱们还要活着呀！还要活得比他好得多呀！是呀！我还要活着呀！我还正在年轻呀！我还要活得比他好呀！过不了两个月便全滚一边去了！还得受一个多月的气呢！这一帮臭虫不死绝了，麻烦在后边多得很呢！那时更是谁也不认得谁呀！折下的海棠花我折下小花朵，捆了两包送一包与强家，和表嫂等谈起来，都是好笑的，出来到小徐家，没在，把花留在他家，又到郑三表兄家坐了半晌与谈此事，他亦称怪不止，不料今竟演变至此，穷疯了什么都做得出来，又与小二谈半晌，把九日照的相片拿出来看，她同学还偷着给我与四弟照了一张，我们不知道时照的，也洗出来了，一刻三表兄等正忙折丁香花等插花瓶，我看了心里难过便回来了，在西单碰见小徐，聊了几句，这小子一块玩去的话又没讯了，晚上休息，五弟忽又把鹿皮衣拉练弄坏了，真是倒霉事不从一处来！晚写日记，尽量缩减，日间丑态还写了这么多，心情稍舒，争气！努力！干！我还要活着！还要比他们活得好几百倍！将来的成功！是我们最后胜利的时候！

今天是我的家耻纪念日，永不忘掉！

4月15日　星期二（三月十九）　　晴和

上午九时多出，到尚志医院去找九姐夫，他和别人在谈话，在外边等了半晌，熟铁匠张士其亦在，谈了一刻，半天九姐夫才出来，进去谈天，说了半晌，果不出我所料，昨日午回去，一姐一兄摔了东西走了，九姐夫却极力劝我忍了，正谈间娘亦来了，旋谢道仁亦去了，不免又说一番，一刻已说了三遍！十一时许娘回去，我去七姐家，因为早上李娘已与五姐打过电话说明昨日之事，五姐在七姐处，我到时不料那臭女人亦在，我遂在厢房与七姐夫及七姐说了一刻就出来，回家午饭，饭后看一刻报，休息一刻到二时一刻出去，径赴五姐家，去时五姐未归，坐候，与河先少奶正谈，顷，五姐归来，又谈半晌，问五姐早上那东西说什么，被五姐七姐说服了，倒怕我没完了，三时半辞出，跑到 KeA 去赶场《红骑血战史》，已

开演一会，片子中所谓大明星不少，但剧情不太紧张，没有多少战争场面，不太紧张，Coaker 还是那一贯沉着幽默的作风，末了那句话对照之下，尤为可笑，各人均当称职，cioddad 饰那种野性未退很似，散场归来，又去铸兄家，不料未在家，进去稍坐，铸嫂请我吃黄白薯，正有点饿，遂吃了一些，一边和她谈昨日家中之事，又说了些以前的事，正谈顷，铸兄归来，遂又与之再讲一遍，他亦唏嘘不止，正不料家中变至此种情态，时已宴，遂留我在他家吃饭，我亦不便过于推辞，他二人又忙一气，我甚不过意，铸嫂现和面，弄卤汤，切面，弄炉子，铸兄还买了二毛小猪肚子，一切弄舒齐了，好，就是我一个人吃，铸兄不吃，铸嫂亦不吃了，等于为我一人忙，我早知如此早就回家了，铸兄把酱油醋胡椒等全拿出来了，足招呼一气，不知是怎么了，铸嫂，弄，切，煮，又涮又洗，手脚不停的作半天，铸兄真是娶着了，在这时候，能够如此在家每日做吃的，受寂寞，能干一切的女孩子太少了，跟男人吃苦操作，真不易，娶个什么都能抓得起放得下的真不易！也就满足了，宽裕时享福，紧时受得起苦，才好！回家来又说了一阵子，今日早上，李娘因昨日生气，闷在胸中，胃又发胀，今日吐了不少血，我知道了吃了一惊，又喝胶水凉水凉稀饭等，还是不好过，不放心得很，怪不得今天早上出去打电话时脸上颜色那么不好看，也不说等我中午回来才讲，又卧在床上休息了，还不令我下午去五姐处不要讲，晚上回来也不冷了，进到院来，轻微的送过一阵花香，丁香盛开，梨花亦比往年多，今年该结梨了，今日无风甚和，才是个艳阳天的景象，哪晓得昨日院中那一场热闹也，出了事却使我"跑断一双腿，说破一张嘴"。

4 月 16 日　星期三（三月二十）　晴和，下午风

不料今年放春假十日，本拟可以畅玩一番，却会出了这么一桩新鲜事，又搅得六神不安，心身不宁，倒霉到有又出尖了，这便是旧礼教社会制度封建思想所赠与我们作姨太子女的礼物吗?! 连日说破一张嘴，几乎气炸一张肚皮，没有一天舒服过更那有什么心情来念书!? 极力想暂时忘

掉这件事，上午看报，阳光下很是暖和，十点多先出去到鹤年堂为四弟小妹咳嗽去买药，十一点去广安门外双合盛啤酒汽水厂去找铸兄是昨日约好的，出城又是一番野意，城外风光，至少比都市清静得多，精神为之一振，全身也松爽起来，但广安门外的同光似乎终比西直门差一些，双合盛没有去过，打听一个警察才瞧得，城外的大米庄棉籽等一切杂粮的仓库，堆积处，大转运公司，实在不少，广安门车站火车忙得很，不停的调动，双合盛在中国的工厂中间相当的大，闻全国亦仅有其一家啤酒公司，兼作汽水，皆以五星为牌，销行全国，买卖甚大，找着铸兄后稍坐，即由一贾姓工友带我参观各处，惜无专门技师指示，只凭贾某在彼半年所知之常识此作何用者而已！计有五六个直径丈余之大铁锅，人放作啤酒之原料，有三座三层楼，完全系作啤酒机器之工厂，原料系大麦，大米粉，酒花及水混合而成，先蒸煮，混合过滤等工序，由上最高层楼，辗转周折而下以大皮管相连，有瓶子厂，有上盖工人，有洗瓶器，又看原料场，所存不算太多，每日用去甚多，约二千零六十五公斤麦和大米料，酿成酒花及水混合，可出三百箱啤酒。原料在制作以前尚须焙制，用水泡过大麦，再置阴凉地下使之根发芽，再用暖气焙干，再去其根芽，然后再与米粉酒花等混合制酒，发芽室，焙干室，皆参观，皆在楼中占地不小，且有多间层子，地下室中藏有制成之麦酒以约六七尺直径大小，长约七八尺之大桶，围地下室中，计约有百余桶之多，后置有方形大铁箱，较旧式大筒好多，地下室凉气森森，地亦潮湿，因酒用冰镇化水之故，上有暖气，似此可再设冷气，更较便利完备矣，电水不求于人，则冰又须自制，造冰窖何如以冷气代之，亦便利多多，绕行半晌，约行大半，酒制成尚须以热水煮之，煮后又须以凉水拔之，然后再上纸标贴花装箱运售各地，闻每日平均约可出酒三四百箱，每箱四十八瓶，每天纳税近千元，月以数万计，年可收数十万元，其规模之大可以想见，故统税局以任双合盛厂为华北第一之好缺，但今以日人统制故，每日需以半数以本价无条件售与日本公司，其贴上日本太阳牌实皆双合盛出品，每日铸兄在厂殊悠闲，公事亦不多，且自由之至，每日白用三餐，居住在彼亦可，有报看，有汽水啤酒喝，又有人侍候舒服得很，自不愿回局受此拘束，参观毕回其办公处休息谈天，旋即用

饭，今日不巧非吃饭，乃食葱花烙饼，大葱段，红萝卜，黄酱六七张烙饼，油还不少，有稀粥相佐，亦不客气，进二枚大半个，甚饱，又坐看报，乱谈一气，广安门车站车辆调动甚忙，与其办公楼相隔仅数武之遥，车过，楼房皆为之震动，且双合盛本厂运瓶子小铁轨上之小车，来往火车，亦吵不绝于耳，二时左右，有一杂货舒束家来，托铸兄买啤酒，他方进厂不足一月，（约只半月而已）竟能在此各方面紧迫中要出八箱不易，郭姓铺束，原即系教育系郭镛之兄，人比其弟强，办清一切手续，运酒走去，我又坐至三时半亦先辞归因在彼亦无事甚闷也，下午小风，远望双合盛烟筒耸立，四周绿柳围绕，亦不恶，厂中空气甚劣，其中有一捷克（约五十余岁）人，一德国人，前者为正，后者为副，月入薪六七百元，每售一箱酒有其一毛五分，其利实大极，且一切器械材料，原料亦皆由其经手买入，其间利又不小，每月约合数千元之多，中国人不努力，科学不发达，竟至于此，可叹，归来天空甚燥，今日天气甚热，归来看书，院中花开甚盛，无风，极美，困小睡半小时，五时左右孙湛来与弟妹等同玩排球半晌，至六时许始止（得去双合盛参观亦难得）。

　　晚饭时五姐七姐来，先去力九姐处，次去西院最后来我处，谈判又开始，我知其二人系护我爱我，仍是保持面子关系，（其实大家已抓破面子更有何面子情谊可言，老思想仍不除什么大哥大姐，做哥姐就如此对我，当初对众人允应交出之物至今不拿，未言之物三年后尚须叫我拿出，太讲不通，凭什么理由!? 也亏得五姐七姐讲得出口，我们一提什么东西，便算了，不要了，他要的东西，就得多少拿出来，我这个弟弟怎么那么没出息?! 我自己都看不起我自己呢! 我现在一边想起，一边写时，都气得不得了! 没有理由的事，还得迫我办，有理由的事，不能答我，不让我要，算了! 受了委屈，天知道，那做兄姐的为什么不受（臭女人更不能做什么人类，不必再污我本了）点委屈!? 总之三个条件，五姐七姐进来的意思。（1）回拜徐家老二，这倒没关系，他来拜我，好说好讲，来硬的也不在乎，怕谁!?（2）去力家看九姐，不要不理她。（3）随便拿一些书给大哥。2、3两件事，含糊答应，也不能那么快，那么痛快好事拿出来过去，但七时许西院请五姐七姐去吃晚饭，后我愈想愈不平，又着刘妈请五姐七姐吃完饭来，我是说我的意思，不怕她俩生气，不要以为哥哥，姐姐，五姐，七姐，都五六十岁人，来和我讲怎样便怎样，不过比我多活些年，早些出世罢了！又有什么新鲜！什么也得讲理，树折了东西摔了，人骂了，没事！无头无脑，我现在还得由他单子中择出书来与他，是何道理，他承认以前分单还是不承认？一个人把着许多字画还不知足吗？做见证人的五姐七姐应该劝阻他——大哥——不能再向我要东西，却反来劝我要把东西拿出来给他，是何理由？东西我也知道是没多少？都卖了也值不多少，但我留了卖了，买吃的，要活着，情理难容!？太浑蛋！太欺压人！一切都是看在情谊分上，给大哥的面子！那么分单第一条谁写的？又有什么情谊可讲？只顾了哥哥姐姐的面子！那我，弟弟是不要面子的！没有脸皮！顾面子，那么多人对我这般恶相，我可怕他们！如果以为姨太儿子不应承继父亲的遗产，何必他开什么单子，进来随便都搬走就是了，我们母子五人走出去就是了，现在大家都这般欺压我，我现在也是很重要的人，将来的担子重得很呢！我不怕他撒赖诬人！一切都奉陪！五姐七姐被我问得一句话没有？她二人只有极力说我将来有希望，现在吃点亏受委屈不要紧，将来争气，总让步也应有个地步不是，这次东西再拿了，还有完没有？第三次，第四次准保不再来麻烦我吗？让他看你二弟也太好欺负了，树折，东西摔了，人骂了，没事，一切还得赔不是！天下可有此理!？我实际上，精神物质全受损失，你们事外人，只会嘴皮子动动，算了，忍了，受委屈，让他们争气而已！都怪自己所谓命运不好！会生在此种家庭！而为姨太子，令人看不起，太年轻，不能自立，无权势受人欺压，看我将来翻身之日，十时左右此破地方一个车影也无，跑到了老墙根西头才找着车，还是东奔西跑了半天，才寻到了两辆车，活受罪，要两毛，拉到家中五姐七姐坐，比他要的还多给些才肯，少有的事！心情乱极没有写日记，此是十七日补写的，晚一时方睡。

不意我年方廿三岁，而在此三年中生活之变化如此，所受之经验，气怒至此之极，生活的教训，旧礼教的礼品，受人歧视欺压，努力挣扎，这种种的刺激，都是我向生活路上奋斗最好的上进针！

4月17日　星期四（三月廿一）　半晴，狂风！

　　春假放了大半，仅仅玩了一个不大痛快的颐和园子，倒霉到家，出这么回事！眼看假又完了！甭玩了，成天为了不清楚可恨的臭家务事，与浑蛋们打交道，还不够我生气的呢！那还有什么心情去玩！什么生活！早上去银行取那六十元，顺路去铸兄家，他已上班，嫂未起，留花而去，又去朱君家，未在家，亦留一捆丁香花而出，至浙兴取了款子，绕西单，为李娘买了茶叶并去第二附小看五弟，一院子小天使，跑跳闹叫嚷笑叫，十分天真可爱！我真太羡慕他们了！我几乎想要大叫出来，跳起与他们一块玩了！愈大愈苦恼，尤其是我，更要装起来，不久就要担起永久的责任的担子来了，他们主任下课和小同学比试力量，我看了不禁笑眯眯起来，真忘了一切，看孙世庆先生五六十岁，笑眯眯与小孩子一同玩，看着那一帮活泼小天使那般慈爱，只有笑得合不上口的份了，成天和一大群无忧无虑纯真无邪的孩子在一起，十分快乐！我将来能创建一个小学校多好，一时灵智通明，觉得全个院子都光明起来，一切一切都是那般可受，环境一刹那间把我一切的哀愁都赶跑了，伟大的力量！但我终于只有依恋不舍，怅怅地离开了这个小乐园，又回到我那烦苦的生活圈中去，回来时又起狂风，沙尘蔽天遮日，大杀风景，大好的春光丽日，霎时变得黄地黄天，愁云惨雾，好不可恨，尤其可怜院中盛开的丁香白海棠梨花，吹得东歪西倒，好不可怜，好似美人在一狂暴动汉子臂中挣扎一般，恶劣的狂风不休不止的刮，一直到晚间未止，一阵比一阵厉害了，可恨可恨！下午困书卧床上，竟睡至四时半方起来，出去到达智桥一趟，买了一点东西回来，平民市场货摊都收了，风吹的，北平最可恶的春风，下午补写昨日日记，气得写都写不清楚，文字也不通顺了。晚七时许铸兄来座谈顷之八时许始归去，晚狂风不止，心情又不佳，十分不快，假期眼看过去，书既未看完，哪也没去玩，倒霉，昨日七姐说大哥有意搅我不能安心念书，使我们生气，细思之，亦颇有些道理，不愿着他道儿，可又受不了气！晚看书，看完《健康之路》。

4月18日　星期五（三月廿二）　　半晴，风

上午九时出，至西单买了一包水果，苹果、橘子及一罐蜜饯山楂回来即送到黄家门口，交蒋妈拿进去。今天是斌（十九岁）的生日，送她的，了却一件心事，这是 Last time。以送水果始，还以送水果终！回来看报，到十点半去徐家老二处，多少年来这是第一次正式拜访，就住在玻璃公司隔壁一个杂院中，两间屋子，屋中陈设破旧，尘土盖满各处，壁纸隔成两间，进去时尚微嗅有大烟味，进去笑容客气之至，谈了半晌，毫无问题，到扯起别的闲话来，聊了一阵子即辞归，午饭后，出至郑家，在西四见赵宗正，在街上谈了一阵子，他怪物，到现在还有点怪，可是见了老同学很亲热，还是那么好诙谐，他问我他明日去天津不知有事否，旋即分手，他真有瘾，从西单一直追我到西四才追到，到了郑家，他们在采花，整理客厅，三表兄近来面色不和，不知何事，是我常去打扰？他每日中午方起真成！他又整理旧书箱，我在客厅看了半晌《新民报》半月刊，本与二宝约好同去北大理学院图书馆参观，不料她没有车没去，在那和她们又胡聊一阵子，本来好好的天气，后又起风了，可恨，至六时三刻归来，鹿皮衣自十五日五弟弄坏，拉练松了，不好用，烦甚！换一需十余元，晚得轻易不写信之朱君信一，谢送其丁香，赵君祖武亦来一信，托我为其工商生活写通讯，斌处送礼后无反应亦好！

4月19日　星期六（三月廿三）　　下午阴，凉

这两日闷闷殊无聊，有点混日子的意思，不好！一没有风，院子丁香花开的东一簇白赛梅，西一堆比雪，花香阵阵，微风拂身，太阳光沐着全身煞是舒服，快感，大院真不错，今天又懒了，到快九点半才起来，太阳出来，又没有风，精神为之一振，才着好衣服，还未吃早点，狗吠出去一看，不料黄家三小姐驾临了，久违了！自夏历正月初来后这是第二次，不易，来了是谢谢我昨日那一点小意思的，说来惭愧，那么一点薄礼！她穿

得薄薄的一件花单旗袍上罩一件浅蓝色毛衣，足着一双时兴式的通花条皮的细高跟鞋，身体总是那么瘦弱！也不胖起来！娘少不得又和她谈起礼拜一的事，又笑了气了一刻，她手中拿着浅红毛线在打毛衣，坐在那里是有点少奶奶味了，现在也无什么好谈的了，她看见桌上一张小的泓的相片，她说："哟！这是舒令泓呀！我都不认得了，可漂亮多了，也会修饰了！"还又和我谈一些关于泓的话，什么在几年级了，要毕业考那个大学啦！她还似乎含有别意的笑，她爱怎么想便怎么想，反正与泓只是友谊关系而已，现在泓对我已表明态度，很好，免得泓误会，耽误了人家女孩子宝贵的时光，太对不起人不是！这也可了却一桩心事，和斌没什么可说的，我要说的多得很，但皆不愿讲，说了又怎么样!? 无用！无聊！于是沉默中过了不少时候，她说昨日什么也没预备，所以也没有请我，我也不大方便过去，而也因为过去了反而不大高兴，没有去正好，坐到十一点去了。我不知为何，好似心中放下了一块石头般长舒一口气，搬了一张椅子，坐阳光下看书，午后继续，没风，接触大自然很好，所以多在院中坐着，下午阴起来了，好在我今天也不打算出去，二时多进来，录"健康之路大纲"，五时，五弟回来，稍息，我至平民市场找前两日看见的那个 Made in USA 的手电筒，遍寻不见，不知何在，也许被售出了，可惜，可恨那时手中无钱，一件便易货当面失去，买了一些东西回来，晚饭后，在院中步行休息，与小妹竞走！又进屋休息，不知何故，今日未做何事，竟甚疲倦，今日亦只看了一些《小说旧闻钞》鲁迅辑的五本书，只看了三本书，弟弟妹妹在一起走，玩，说，笑，多好，多么可爱的弟弟妹妹，我为什么不疼他们，为什么能把他们的权益，轻轻拱手让人！只要我们兄弟能够争气，成功，将来才能扬眉吐气，给你们这般看不起姨太儿子的人们看看！我也许还看得见臭女人的报应！今日阴天又有点凉，鬼天气，夜步院中，花香阵阵，沁人心脾，真是好极，可惜花香又能嗅得几日呢？不知何故，近来的钢笔字，自己特别瞧着不顺眼，写得那么坏！为什么泄气，写得那么不好，难看！

4月20日　星期日（三月廿四）　下午阴，狂风至夜未止

　　四弟今日又与他同学同去颐和园玩去。我因心绪不佳把余票一张给了他，又把我车骑去了。早上八时半了，他同学才来，一同走去，我亦起来。天气上午尚好，没风半晴，上午为了身体多接触些时空气，穿了浴衣，一直到十时多才穿好衣服，在院中走走，看会儿书，报登巴尔干战事，南已于十八日降法，希亦危，半个日可以解决了巴尔干战事，不知欧战与中日战争何时解决，此种高压生活人民何堪！老妈昨日下午告假至午未归，可恶，助娘弄菜又助不少，什么都不会，心情这二日甚是芜杂无聊，糊糊涂涂又过了一个上午。下午一时左右天气当好，本拟带五弟小妹去公园走走，不料不久天又阴下来，五弟来二同学坐一刻始去，斌母忽又带文昌阁胖小弟来，一晃他已三岁，去年斌抱来，睡着我抱回去，今年竟会走了，还相当胖，只是蠢得多了，不如小时好玩，起初认生，后来渐渐好了！出来与小孩谈笑半晌，已三时，天又阴遂不去，想查日记中今天来的那个胖小弟的生辰，不料没有找着，看了好多页的日记，去年的，前年的，一时而感杂集，自己也不知自己的心情是什么样。去年今日，今时，与今年竟是如此大异，更不知明年又是何样？也许我可以看见斌的小孩子吧！那也很有趣的一件事呀！晚五时许忽起狂风，黄土蔽天，至夜未止，四弟归来，全身皆土，晚作《南北极》之读后录，并看他书，窗外风如虎。

4月21日　星期一（三月廿五）　上午风，下午晴

　　许多天没有早起了，自己也太泄气，总未早起，早起实在好，一来早晨好天气时十分美丽悦人，精神也清爽。今天早上可不大好，昨日下午的风一直连夜里也未停，到今天上午还是不住的刮，可恨之至，不知何故今年风会这么多，没有法子，只好咬着牙，推车出去，往北少不得要费一番力气的，果然风还是西北风，往西北走便顶风，往东南便顺风，这一趟自宣武门到太平仓真够我和风较力的，费了比平时四倍以上的力还不止。风

最可恶，把我可累着了，干着急，用多大的力不往前走又有什么法子！结果还是迟到了五分钟，诗三百卷子今日发回来，我本意考得不好，不料批的还不错，是："不标新，不泥古，语多可取"。出我意料之外，这两堂又引戏来做例，令人喷饭，但讲得实在好。如顾先生为文作批评戏剧之文笔必可另创一派也，两小时校勘学，赵万里现在是有点愈讲愈臭！今天没有写多少笔记，中午回来尚有小风，至家力二太来与娘及李娘二人正谈天，又谈上礼拜一之事，后并及力家之事，现又因田地之事，又生纠纷？谈至三时方去，旋去力家，本人愿去，五姐七姐力言方去，去时九姐夫与九姐正在堂屋中谈其家务事，遂与太在院中谈天，顷之伯长与森滋来，遂与之谈天。又一刻九姐夫亦出，立院中谈天，看院中布置等至四时半辞归，九姐在屋中未出，我亦未进去，反正我已去力家矣。归来一时兴起，舀水盆中遍浇院中地，及花、树、绿竹等，五弟归来相助，至五时许住手，院中洒水后，阳光西下，顿觉凉爽，至黄昏微有凉意，六时许忽郑大宝骑车来，乃因其家中仆妇今日辞去，无人，托我等代找一仆妇，谈半晌七时辞去。晚饭后看南洋华侨，对南洋常识得知大略，及以前华侨开发之苦功，与历来之演变，今日南洋繁盛至此，皆我中华侨民之功也！

4月22日　星期二（三月廿六）　晴和

今天是个标准好天气，没有风，当得日丽风和四字。上午起晚了刷了一小时的《庄子》，十时许带五弟去尚志医院看耳，忘了今日九姐夫不看病，他去协和看他自己病去了，五弟白等半晌。我又去五姐家，上礼拜五抬我去，我未去，今日抽暇前往，见了面反正又是那一套，她亦知现在与七姐叫我如此，是欺压我也，但因不愿家中拆散，如此较易解决，但我委屈，大家都晓得的，又谈了半晌，坚留我在那吃饭，又值何先亲母（三姐）膳祭之日，午饭菜尚佳，正用时，忽九姐夫来，至五姐家，此实稀客，饭后至客厅见九姐夫，又稍谈，旋去，我亦辞出，又至七姐家。七姐尚好，欲搬家出售杂物忙半晌，其媳家舅爷在，旋去，与三叔及柳庆宜（增益妇）谈半晌，至三时末辞出，至于上课，又至郑三表兄家，小孩坚留在彼晚饭，小二又言，今日下午至家中找我未在，与娘等谈半晌我与泓事，彼等不知我最近与泓之二封表明态度信，不知泓看后作何感想也，与小孩谈笑顷之，至八时许辞归，顺路去铸兄家略谈即辞归，今日又胡跑大半天。

4月23日　星期三（三月廿七）　　晴和

这两天天气晴和，正常了，是个春天的味！其实是因为今年有闰月，所以现在只好算是夏历二月底罢了，怪不得二月还那么冷呀！今日无课，上午一懒，十时才起，好天气，院子暖得很，看过报，又看一刻书，便到中午了，五弟由校回来午饭，十二时半带他去校。我又至谷忧医院去看王兄树芝，他因有 T. B. . 由香山移入城中，日前来了明信片，早就想去看他，因家中事迟至今日始去。不料下午三时方能探视病人，遂至北平图书馆去看看书报。忽然肚子不自在，为了手纸跑到西安门大街去买，今日天热竟出微汗。在北平图书馆上厕所倒是第一次，很清洁很舒适。上楼找书本找到二时许出来，在院中走了半晌，有许多日本小学生在写生，有许多小孩画得都够意思，我画未必比他们好，他们那种耐劳顽健天才的国民性，很不错。靠东岸有许多日本人在钓鱼，看了半晌，耗到快三点出来。今日两目皆不适，频流泪不止，至医院找到王树芝，谈半晌，四时许辞出，时有志成同学许宝驹者，亦去是屋看其同学，又至陈老伯处谈半晌，又至黄松三家访其母。适有四五位太太在彼处打小牌，我与伯母略谈告其松三有信来即辞出，泓未回家，遂至西单书摊看旧书，值二宝同学徐某，未招呼，旋即归家，两目不适，至家觉全身乏甚，晚饭后作祖武信并为其"工商生活"作辅仁零讯二张稿纸，又与泓一信，方封好，不料得其一信，并未怪我前信所言各节，出我意外。

4月24日　星期四（三月廿八）　　阴

才晴和没有几天，今日又不大好了，幸而没有风，上午上了一小时的

《庄子》，余主任两小时《世说新语》，请假了，于是便回来了，顺路洗了个头，不太满意，午饭后一时许便去校到小马屋坐了一刻上课。下午四堂，两小时汉书研究两小时广雅，这四小时我算没有得着什么，也不感觉兴趣，广雅今天才开始真正讲广雅，上学期和这半学期都没讲，讲的是训诂通论，今天仍是干燥之至，觉着十分无聊，真不爱听他这一套下学期决不上小学的课了。今日忽出一志成校友排球队的布告，也有我名字，不知谁写的定二四五下午四时至五时练习，徐护民不知什么时候也上过志成我则不知道，今晨起来抽暇还与泓写了一封信，因昨夜写一信与她，才封好就又接其一信，于是今日晨又写一信，同时发两封信与她倒是第一次。下午下课去郑家坐了一刻，七时许回来，晚记日记，近一二日觉乏甚，不知何故，小徐未婚妻赵小姐相片黄老五未经人家同意，将其相片登于《沙汉画报》上，小徐与我谈甚不高兴！真差劲，未得人同意将人家相片胡登，谁都像她们那么爱臭美，把沙汉看得怎么样呢！今日买了一本沙汉一看，吓！松三照的志成女子排球校队相片也登上了，前三年的了还登了呢！真不要脸，自然又是那位社长的未婚妻的赠品了，还有一二张那人的同学的相片，简直是她同学也倒霉了！这事办的十分差劲！多无聊！她自己或还以为很得意吧！？

4 月 25 日　星期五（三月廿九）　晴

近二日自己也不知都干什么了！上课时心都不安静，听得也不大感兴趣，今天早上八时有课起晚了，竟迟到廿分钟硬头皮进去了，也未听什么，孙老头装羊，又什么嗓子哑了，又听女生的话，才九时五分就下课了，少上四十分钟差劲！今日起得太快，眼被阳光刺激，一日又不大舒适，下课被朱君泽吉与小徐拉去一同到大水车胡同徐光振家，好，他家也走半天才到，一门内有六七家，屋中还清楚，院子甚乱，屋内摆设古板旧式家庭风味十足，到那朱君已去多次甚熟，光振尚未来，昨日打牌睡甚迟，见光头太太聊一气，不如他口中说的那么粗土，还好，配得过光振，胡聊一气，光振与朱兄老谈各种书籍，并论及版本，他家有一点书，我和小徐便不好多插口，他太太还与我们各倒一杯茶，似乎很服从光振，不似新式太太那么神气，到十一点，是我要走，于是小徐朱兄也一同走了，分手后，我去西单裕华园沐浴，全身无力，懒洋洋，归途买了些吃的，到家午饭，稍息，一时半又去校上两小时汉魏六朝文，无聊，小徐告我他和他的赵昨日午因赵的相片被黄老五登在沙汉上不快，而小徐怪她不应随意送人，而吵了起来，生气得很，下午小徐未去，今日中午也未去徐家午饭，小徐对他俩感情那么容易起冲突很抱悲观，我极力劝慰他，稍好，下课去操场闲步，看选拔田径校队，并大中学赛垒球，操场很热闹，大多数人活跃得很，我自己太不活动了，不努力训练太泄气了，与小徐同行，顺路去郑家，与二宝谈数语即出，至西单与小徐分手，晚饭后去刘家小坐，与曾颐略谈，并打一电话与泓，晚看书，近数日心绪总不佳，且无论家中家外多不如意事，每日多生气，加以弟妹们皆不懂事，不大肯努力用功，故一思及辄烦苦愁恨，每日心情不开，食亦不多！且近三四日精神不佳读书甚少，全身懒散无力，稍感不适，别病！

朱兄说女人，女友，是"劳民伤财"，实际究之，有点近似。交女友，得会体贴，陪小心，相当的经济力，赔时间，要有耐心烦，缺一不可，女人是个神秘的东西，少了她觉得多少有些缺陷，小徐说"女人是可爱又可恨的"，他写条告我说近来很痛苦，感到生活的乏味，女人！真是可怕又可爱的东西，没有女人生活似乎缺少些什么，有了女人却又增添许多烦恼，你说，怎么好？也许人就是这样的矛盾的动物，不然就是我在修养上有很大的缺陷！以前我也与他有同感，但我能脱离情网达一年多之久，久不受"爱的烦苦了"，有时除了家庭与经济的烦苦以外，一个人各处独往独来也颇逍遥自在，有点快乐，不受任何拘束！朱兄今日告我朱元璋（？）曾说过"我若不是妇人生，必定杀尽天下女人"。此亦是一种反常受刺激的话，而朱君亦与之有同感！一笑！

今忽觉人生匆匆，一日之中一切动作不知有多少无用者。如每日之起来，卧下，吃，拉，走，跑，站，坐，卧，穿衣，脱衣，一切一切，觉得都很无聊，每日得照例机械的动作演习一番，实是无聊，现在觉得有些可厌，麻烦。难道这个现象，就是我厌倦生活的表现吗？实在的人一天的行

动中只有极少数之中算是有意义的动作而已，难道这一切，只是演戏似的无聊生活，每天演一番便是生活，人就是这种无聊的，可笑的，浑混地过着这种许多相对矛盾的生活吗？可恨！真是个谜样的生活，生命匆匆来，匆匆去，每天只是为了吃点东西而忙碌一切，每天在家中只觉得一天到晚总做的是这维持活着的三顿饭了！而人吃饱了，又该怎样！真无味！

4月26日　星期六（四月初一）　　阴滴雨，下午四时晴

　　昨日下午多云，所以今日竟阴天了！一懒竟到十点多才起来，近来自己不知何故十分懒惰，浑浑的，无心绪做什么事，上午看看书报并做些琐事，也就过了中午，午后天仍是阴沉沉的，并还下了几滴雨，不由得我心中也罩上了一层淡灰的雾，本来泓今日约我一同去万牲园玩，不料今日竟阴天了，可恨，不遂人意，不知我运气不好，还是泓运气不好，已是一点半了，可是天还掉点，心中迟疑不决，到了快两点了，才决意去找她。去了几次，她家当差的已认识我了，泓似乎等我有点急了，一点半过了我还未去，谈了几句，为了天气还有点不决后来她二姐出来了，一劲怂恿她去，她才下决心去了。她二姐有喜了，肚子今天更显了，我想笑硬忍下去，与泓一同出来走在路上忍不住和她说了两句，使她也忍俊不禁。今天泓比较活泼，一路上雨点又掉得多了起来，心里更有些烦，晚时怕下大了，便先到郑家去，带泓一块去，在客厅里坐了半晌，大宝和二宝一样说起来哩哩啦啦的没完，三表兄又在整理书箱，小三，二宝一在助理，说了半刻，三点多天又转晴，露出了太阳，精神为之一振。正催大宝同去，她换了衣服出来，不料，她同学王淑洁来了，又扯上了半天，才走，于是在郑家足耽误了有一个多钟头。一路平安直出西直门安抵万牲园，此外亦有多年未来了，记在志成初中二三年时曾随校来此旅行，今旧地重游，当年学伴，皆不知何在矣，东南西北，异地难逢，正是盛会不再，既已亦年岁日增，非昔形态，园内境致如昔，惟虎象皆死，狮在栏内频吼，不甚雄壮，想系困久之故，观其无可奈何之状，殊有英雄无用武之地之感，动物飞禽饲养可算市中首屈一指之处，其所以能引游人来此者亦在此处独有各

种动物故也，此地原昌清三见子花园，民国后充公改名万牲园，增添各种
兽类，至近年又更为农事试验场，其门口长人亦三易矣，今立该地收票
者，较前似略矮，亦不如前之雄伟，抑昔吾小视其大，今吾大，不觉甚伟
也!? 不明。园二老猴生一小猴，其亲昵爱抚之状，一如人类，泓、雯喜
看，流连半晌始去，一大猴为另一大猴捕蚤，旋彼大猴又为此大猴捕蚤，
小猴顽皮善闹，一如婴儿，各种状态殊有趣。闻该场经费不足，狮常空
腹，肉贵，喂不足，犁牛及其他物亦多不能食饱，皆瘦弱不堪。过桥达幽
风堂，忆昔日父曾携我啜茶于此，当年盛况与今相较，倍觉凄清，转过停
云轩过牡丹圃尚未放，已含苞，绕土道之西，折回，园内新建一五陆，谟
克堂三层大楼一座，游人止步牌高悬不知何用，因泓恐过迟，西边及动物
标本室皆未去，即出门驶车归，城外骑车珠快意，一进城便又杂乱矣。城
外荞麦草青青，野色可人，一路泓又谈甚由山海关归平，至车站与检查员
吵闹事。与雯分手后，与泓行，彼去欧亚取相片，她用莱卡照相，技术不
坏，很清晰，陪她走至辟才胡同东口分手。我又至铁框店订制一镜框，置
泓二姐结婚相片者，归来又顺路去铸兄处，铸兄未在，进与嫂略谈。铸兄
即回，谈顷之，嫂正食毕，尚余十余饺子，又非留我在彼用饭，又出去买
菜回来，做炸酱面。他夫妻二人一齐忙，只为我一人忙，我殊不安。至八
时三刻归来，今日下午双目又不适，晚更烈，遂亦未看书。日记廿七日补
写者，三年左右，泓今天是第一次她自动约我出去玩，吾等此语久矣。

4月27日　星期日（四月初二）　晴风

今天果然晴天了，不错，只是有个缺点有风! 讨厌得很，上午九点半
出去，到亚北买了些点心，瓜子，糖等类，已出了三元多，回来十时左右
整理屋子各处掸，扫，擦，屋中娘床上，与四弟等床上亦换了清洁布单，
各处整理一番，修饰一下，焕然一新另有一番气象。午后把买来的东西由
娘等摆好，因为前日说了一句今日请几个同学来谈谈天于是娘与李娘便忙
了起来，一直说到今天上午，买这买那! 怎么预备等等，说得我都烦了，
可是那份关心与殷勤，实在感我，午后看刻书，心中有事，也看不下去，

到两点了还不见一个人影，风是一阵一阵的，并未停多少，心里有点烦。我本来是最讨厌风的，出去看看也没有，于是与四弟拿水把院子泼泼，已是三点左右了。朱头第一个先来了，接他进来，聊天，把瓜子花生豆拿出来请他吃，他便一边看着书报，又谈天，又吃，不一刻小三先来了，说他大姨去找泓去了，不一会就来，又一会，先传去看电影的二宝忽然来了，洗了个脸，她去看电影太晚了，便跑到这来了，又一刻赵淑兰与小徐来了，迎出去后又叫二宝出来陪她，可是未曾说什么，我拿出一堆画报来给赵看，她便看起来了，和她讲话便笑或并不答复你，说亦是简单的一两句而已，想是认生吧！于是便只好和小徐与朱头谈笑甚欢，此时小二又走了，又不一刻大宝与泓来了，泓被狗截在绿门了，我急把狗引开，陪她进来，请进屋子与大家介绍过，随便谈天，只是大半初次会面，不大说话，我与朱头说的比较多，赵与同惟、舒郑等亦无何话，没办法，可是有时与小徐小语，别人都听不见，什么话然后再由小徐转达，谈了半天，舒等来了，便令预备点心，煮了咖啡，请他们进来吃点心，又在娘屋坐着，座位还得让半晌，才坐定，不知是咖啡他们煮的不大好，还是怎样足一用糖，点心糖等等属朱君吃的最多，不客气最好，小姐们都客气，只吃了一点，咖啡也只喝了一些，朱君不知何故，今日足喝了有六七杯水，用过点心，又听四弟弹了二曲 guitar，又听了一张话画片子才出来，到外边又谈了一刻，朱君还抽烟，彼出语多幽默，令大家可笑，此中以朱君谈锋最健，但似乎有点反常，至五时半赵与小徐，朱君三人先告辞，送出去不意碰见行俭，小徐把太太哄好了，还能请来实不易，今日赏光实亦出我意外，他们来的都晚，起初我以为被风把他们吹回去了，不来了呢，那可有点扫兴，不料竟都来了，我真高兴！尤其是泓，还是三年前来过二三次，今隔如此久又来了，不知她心中作何感想！他们三人先走，留大宝、小三与泓三人再坐一刻，娘等出来，与泓座谈，问这问那，可笑！大宝不知何时，把我日记翻出来，硬要看，看吧！泓亦要看，又要看以前的，这似乎不便，因我日记并未预备给别人看的呀！可是昨天的日记她们看了，泓把我以前做的两篇不像东西的文拿回去看，又在院子站着聊半天，郭家三人都在窗间窥视，又有什么好看，差劲！六时半她们三人才走，送到宣武门归来，今日以朱君最随便，健谈，神气，泓今日甚好，她以前那种爱害羞的神气去了一半，也不大认生，大方多了，我希望她渐渐会更大方！今日光临面子不小，和我们似乎更熟习一些了，晚饭后休息，忙乱了半天，看了刻书记日记，十一时寝。

4月28日　星期一（四月初三）　　晴下午阴，又晴

礼拜一第一时第二时的课是顾先生的，我喜欢听他的课，今天讲的不多，可是说了许多话，也是关于《诗经》的，不免他所谓的"跑野马"题外的话也有些，无形中却给了我二个以前疑问的答案，顾先生说死不是完了，不是结束我们的生，乃是完成我们的生，又因人有厌旧喜新的心，才有进化。由古代进步现现在还说了些别的，我不愿在这多记下些什么，我预备把顾先生说的话，合我意的，觉得多少有几分理的便另纸写下来。又上了两小时的校勘学，赵先生有时神态甚臭。下课归家午饭，今日只着一衬衫一大褂亦不觉冷，今日报登一中年孀妇，平日虐待其前妻之子，日前竟操刀将此二子砍死，一子十七，一子仅十二，实清时杀子报后又一奇情，灭伦大惨剧也。下午又整理文选作者古今籍贯表，因郭老头还要加上作者生卒及每一省之人数及人名，殊无味之至，又誊清《广雅》笔记，至四时半去中央看《雪地麑兵》，描写苏俄与芬兰一九四○年之战，内有伞兵自天下降之镜头殊新奇，内前有世运滑雪大比赛，片内亦有多幕大片无边白雪上飞驰如鸟之奇景殊美丽。男主角不熟，女主角亦不重要镜头甚少。此片甚短，前加有三四个短片，皆世界发明，及新闻殊有益知识，片内有忠勇国家之将兵，一队人去炸地道，结果一个连一个个皆阵亡，而尤以一己之死亡不顾，将身同敌之机枪同归于尽，又以受伤之身，力敌敌兵，以救同胞助其前进，幕幕紧张，令人心血俱沸，殊增长吾辈之爱国意志，为国家牺牲一切，忠勇之男儿可佩也。归来七时许，天尤甚亮，晚饭后略散步，写完笔记，又略看书，转瞬又将十一时，每夜皆必至十一二时方睡，但业未做了什么事，我今年早就想请昨天那几个人来家中，赏花谈天，不料一年不到半月的好花期，却被那坏人所扰了！昨天来了，已只余

残丁香，又得待明年了，时光如箭，明年此时又不知是何景象矣，今日殊思泓，并盼其来信，更不知其昨日归家，心话何念！我已受过一番刺激，教训，不要又是理智不能约束自己，谨慎一些吧！否则自己荒唐，自己吃苦不说，也害了别人烦恼，又是何苦！顾先生说得好，恋爱是刚恋时甜蜜，正恋时也好，只怕结了婚，因为人皆有喜新厌故的心情，结婚，当然是二人极熟了才接近，结婚，但熟极了，一块未免有点腻了（其实或有例外，如二人真心精诚互爱，绝无厌恶对方之一日）。什么事都如此，自然恋爱也不能例外，所以外国人说结婚是恋爱的坟墓，想来亦有几分道理。所以熟极了的人，极易起烦了的反应，小徐和赵近常口角，恐便为此，我与舒之友谊，不料竟能维持至多如此之久，恐亦系不常见之故，叹?! 顾先生说若是结婚后二人不能另造一个小世，环境生活，则定糟不可言也。

4月29日　星期二（四月初四）　晴和

好天气，于是我精神亦比较活泼，上午只一小时《庄子》，但亦须迨迨跑去。下课后到图书馆查书，约一小时，十一时与朱君同行归来，午后阅报，忽精神十分安靡，一时半午睡，竟睡至三时许方起，本拟不去，后思每周仅二十小时，如再告假，未免过闲，天气甚好，走走何妨，春日不知何故如此易令人喜困耶!? 今日天甚暖，中午出汗，空气干燥，颇有近夏季之意，大好时光，被我睡去两小时，该打。人生不满百，即使能活百龄，则仅五十年生命而已，一半耗在床上，再加上醒时偷懒不务正，沉思，胡调，妄想，午睡，病倒，则大半生涯，皆在床上过去，思之可笑亦可怜。晴和快意，微风，疾驰去校方三时四十分，街上行人甚多，天气日暖女孩子们春装新奇，薄衫短袖，裸臂腿者亦大有人在。春深夏临，将是鉴赏女人肉体美的季节，女人恣意解放的时期，夏日女人穿得少，如教育适当，健康美之自然 Live 实令人可爱也。近日大灾频生，暖后，恐软性新闻日必增多矣。中学放学，大学操场中亦有人在玩各种运动，而我等四至六还要上课，此时殊不适当也，但朱先生今日只讲了一小时多，五时十五分便下课，被小徐拉了同行，只好回家，继阅鲁迅编之《小说旧闻钞》，择录三页，不觉已是十时过半矣，每一念及读书用款之来源，心极不安，汗颜无地，而我知非做学问中人，毕业后尚不知有何事以维生，弟妹等尚皆不知用功，令人烦甚！

4月30日　星期三（四月初五）　晴和

天气是一天比一天热起来了，中午暖意十分，晒了一天的太阳的院子里，到了黄昏还郁着闷热沉滞的空气，大有初夏之意，院子反比屋中暖和，阴沉的屋子，白天都微有凉意，怪不得冬日那么凉了，多大火也无用！

八时半才起来，收拾清一切，今日精神比较沉着，不似那几日，心总是不安宁浮躁得很，什么事也做不下，晴和的太阳，于是精神立刻也就振奋，偶然忆起廿六日晚娘与我的谈话，谓斌将于阳历六月初与江汉生结婚，现在正忙着买这买那的，并助家限搬家的日子，只有下月一个月了，今天左右无什要事，便走过去看看她，不知她可在家。在路上先遇见出来买东西的她家仆妇，知在家，走进去一看，好，小姐还未起呢，起来过了，可是又躺下睡，真成，真和猪似的了，成天睡不够，年轻轻，大好春光，就这般堕落。被我吵醒，她不承认六月初会结婚，说过年才结婚呢，搬家屋也未找好，谈来谈去，左不是些无谓的事，她那脑充满了消耗，虚荣，享乐，摩登修饰白吃白喝，享受而已，还能谈什么。订了一个有点子的丈夫，新衣，新鞋日日增，还把她最近买的得意的高底鞋拿出来给我看，她脑子里恐怕只充满了这些。可怕、可怜！竟全与一年前，三年前变了一个人，那种什么都不知道浅薄的神气，实在可笑，成天吃饭白呆住闲来玩，乐，闷睡浑吃混日子，可也不觉得她胖起来，大半身体不大好。我看不惯她的神态，口气，语言，便辞别出来了。三年前，认得的她早不知何在，想不到她竟变成这么一个没有灵魂的行尸了！回来自己也觉得自己可笑，想不出自己怎么忽然会跑去看她！不知怎么过去，又不知怎么回来的，好笑！午后掇了摇椅，于院中阳光下晒太阳，舒适安静的看报，又把看了头疼，怕看不完的一大厚本的小说《炼狱》拿出来，只看了三章，还有十一章没有，看今天无事，便决定今天把它看完，于是安心坐下专注的

看起来。弟妹们都回来了,太阳光西移了!我还在看,已看了共有十一章,已是五百多页过去了,灯下又接着看,终于看完了,每页五号字排印,六百字,六百多页,足有卅万字,真不少,里边多少也有些不妥,不实,不近情理之处,次序编排穿插也不大令人满意,描述可算中上,不算得好,内容比矛盾子夜范围复杂扩大了些,周楞伽作者,在我并不是一个熟习的作者,内容虽有许多缺点,但能以大毅力,用一年的时光来写在这部长篇,亦很可观,写得如此,亦可佩服,卅万言洋洋大作,在中国作者的长篇小说中,实在少有,我看过的,现代小说中国人作品中,恐还是以此为最长了,这篇给了我许多现在社会的缺点,与国内各种人类的缩影,并提出了不少问题,青年们值得一看的东西!

5月1日　星期四（四月初六）　　阴午风,下午雨凉

天气就是这样子不得人心,方晴上雨天,暖和一点,令人痛快一些,昨日下午便又阴了,一直阴到今天早晨,中午起了风,不久便夹了雨丝,竟下起春雨来了,春雨贵如油,可是又是暮春了,不知尚可贵否?原来昨晚的闷热不是什么好现象,下下雨也不错,润一下空气土地,免得尘埃跳舞,实在受不了,但是下了雨气候立刻凉下来有如初秋了!今日课最多,但下午四时皆不甚感兴趣,但即往迟了,也不得不上,下午下课小雨仍未止,不知什么时候才停,于是冒雨而行,到了强表兄家取了支票。又有仲老复我一信,草字实难识,又谈一刻家务事,强表兄速言岂有此理,大哥太不像话,东西一样绝不可以给,否则以后没完了,陈启润先生亦去,又看表兄作画,病后方绘十余幅,据云尚需两个月方能绘就,再裱,再售,本钱,时间,精力,亦大可观,开一画展亦大不易,更不知能否售得动否,谈顷之,雨止,遂辞归,晚看报,一时兴起,整理旧存之相片,家人合摄者,与同学合摄者,亲友者,昔日境恐又现眼前,尤以同学之影片,更增人伤感,如今已大非昔比更不胜令人低回往复久久不置也,整理毕已十一时半矣,一时兴起,遂与王连璧去一道试询孙炳文及方杰二人之行止,今夜又未看何书又是很迟方息。

5月2日　星期五（四月初七）　晴，风

我从四月一日起开始作些柔软运动，因为缺少辅助运动的器械，所以一个月过去以后，并无何特别显著，就是因为运动不能加重的原因，这个月中决定先买一对铁哑铃来练，我将努力不辍的锻炼下去，一直到自己对于身体的强健程度自己满意为止。

昨日下雨又凉了许多，今日一晴，土又干了，加之又起了最可厌的风，觉得空气又是那么干燥了！上午疾驰到校未晚，总迟到多不好！汉魏六朝诗讲左太冲咏史八首，又接讲阮嗣宗之咏怀，九时半下课，与小徐及朱君同去司铎书院去看恭王府的海棠，到时孙蜀丞先生亦在徘徊，只见有四株较大之海棠，花早已凋谢，只余枝叶，无花亦无甚奇处，与孙先生略谈，他看不起郭则云，谓之为歪诗，旋出三人同行，我因去浙兴取款，陪朱君到家，归途去看九姐夫，日前病甚重，喘甚，左眼皮甚黑，数日未能安眠故，座谈慰顷之即辞归，饭后精神疲甚，连四五日皆如此，不知天气尚未暖和竟如此喜睡午觉，一时许去校上课两小时，与小徐及赵同行，至西安门大街分手，我去看陈老伯，因近不适，尚未痊愈，谈顷之，出赴西单遛书摊，食用之物，五光十色不言，即书籍而言，皆甚昂贵，数本数书即须十余至数十元不可，只可望洋兴叹耳。前日尽半日之力看完六百余页之书（约卅万字），昨日睡晚今日起早，下午看书摊费力，两目又不适！

5月3日　星期六（四月初八）　晴和，风

连日两目不适，所以今日晚起了些，约十点才起，天气甚好。上午看报，又与四弟在外院向墙，打了一刻球，天气已甚温和，并微出汗了，午后带五弟去校，并在西单打了一个电话与泓，问她没事，想和她谈谈，因今日看报，近日报载大惨杀案，一妇人郭华氏夜杀二子，其前妻所留之二姐妹，一在津，一在平，在平者在女一中高三与泓同班读书，竟至如此巧，于是为好奇心之驱使令我去找她询其经过，见她亦未有何新闻。只反

证明报上所载过实，将郭培夸大过分，且知其生母在津并不理会其前女，妇人心狠，此姐妹二人之命，亦真苦矣。今日天气温和，出门竟出微汗，大有初夏之意，本拟去看赛马，后因去访泓中止，她性情沉静，不喜各处跑，只在家中，她会喜看《吾友》，自第一期起至现在皆有（每逢一，四，七出版，与三，六，九相对），第二十六期，三月十四日者有其一篇短稿，又与之闲聊，什么都有，有名梁世铭（？）者印有一九四〇年各大学试题，内有董行佺帮忙其找材料之名，其二姐有喜，我与之谈笑，彼亦无法，至五时许，其姐之同学来三四人，我遂辞归，将被泓拿走之二篇破文取回，不料现在却变得常来泓家了，辟才胡同在压道，灵清宫也修柏油路，六时左右，又起风，没的可买，也不敢买。多日虽未去王家，一想起庆华那幅嘴脸便懒得去，不料回来接剑华由沪来一信，说她一天胡忙，晚写《炼狱》读后，未写完。

5月4日　星期日（四月初九）　晴风，晚止

天气倒是不错，就是惹厌的风，还是舞个不停，使得我连院子都懒得去，一上午本拟去中央看早场《孤星泪》，后又没去，在家看完了一本南洋丛谈，是日本人藤山雷太著，冯攸译的，译的不坏，内容极力言南洋各地之丰富肥沃，并地广人稀，除华侨外，各国力量较小，尤以爪哇一地言之尤详，南洋各地以米、咖啡、香料、橡胶、茶、甘蔗、砂糖、果类为主要产品，记载各地之情形，出产等简而赅，极力劝日本青年努力去开发，投资，殖民，因日本国土小人多，皆多仰仗外物以补不足，日本人之苦干之精神，处处皆有其人民资力，种种事物皆有研究，阅后感喟殊多。午后拟继作文，一时心血不来潮，未成。力大嫂来坐久久始去，下午风终未止，讨厌之至，至四时许一人去（Tietor Theatei）大光明去看冰树银花，由 Jone Cruiupozd and pamer &temard 主演，还有许多溜冰，名将在冰上起舞翩翩，殊美观，诸演员演的冰术实不坏，冰上歌舞，华丽动人，美女数十，翩若游龙翔若惊鸿，末后一幕，冰上歌舞，为最精彩者，且加五彩，五花八门，万紫千红，十分美丽动人，不知在何处找到如许之溜冰名手，

难得练得如此整齐熟习，内有一幕，十余美女饰成黑鸦形，而由一小女孩独以黄白色饰小乌鸦，殊有趣，大光明二场人亦不少，屋内空气极污，且热，多西城一带中学生，女生几过半，亦一奇事，晚看书，今日过得无聊。

5 月 5 日　星期一（四月初十）　　下午半阴晴，风

天气总不能使人满意，晴和了一天，定得换来几日阴霾或是风天，可恨！今日诗三百，顾先生没有说什么他题外解释底独特见解，赵万里近两个礼拜闲话特多，正经书讲的不多，午后二时去中央看贾利古柏主演的《孤军血战记》，前半没有什么，后半打的热闹，才一显他主角的本领，捉土人，盗踪受人暗算的美军，打死奸细，炸开水闸，救土人，支身驾木筏回塞救全军，赖其机智，恰好保全要塞，一时十分紧张，亦可见其英勇。然在此片中饰一军医，不大合其身份，而其不过一军医竟有此机智猛勇矫健身手，岂非出人意料之外，女主角不漂亮，此后乃系述当时美军由西班牙手中占领菲岛后与恶善恶战之情形，实够悲壮，近我忽对南洋发生兴趣，将学校图书馆中关于南洋之书借中观看，此史实片自不容放过，况又系 Gzzay Cooper 所主演者乎，Gzzay Cooper 之表情其两目甚有神，且富幽默，两眼微瞪，光辉四射，其心中之决意，与毅力即可表现于外。且表演是允文允武，虽多饰美西方之士，然作现代装与美人言情，如第八夫人一信，可算极幽默讽刺喜剧之能事，表情与柯尔柏实再好没有，真多方面之大明星也，实难怪其红紫多年，至今尚未失大多数观众之拥护也，甚喜观其片，其素以高闻，辅大友人马君永涛可堪与之并列，归来有风，偶尔心血来潮，久未去王家，信步至门，庆华未在家，其母亦未在遂未入，风可厌之至，虽不大，土甚多，归来看书，至晚匆匆将山口武所著之《暹罗》一册看完。日人精神可佩，十年前关于南洋者，吾人尚须记其人之作，而我们同胞在南洋在几过土著之数，反无一书示于国人以介绍或研究，即有，亦简单之至。而日人研究调查，观察，注意之密，处心积虑发展海外之心，已非一日，由此可见一般，然吾人亟应效法努力。下午斌母来，谈

久之，约言房贵，无资租，什物皆寄存他人处，今日下午出门过其家门口，见一排子车拉花树家具等，斌站门口监视，我猛一视之，几不视，不似她，疑系其母，何以觉如此苍老。归来于宣武门电车站又遇见，而是时，换装时衣，戴白边墨镜，又几不识，尚她先招呼我，我才看出，人容颜如全仗化装亦可哀矣，我下意识觉其身体较前衰退多，体愈疲，神色亦不佳，过于活泼天真所致欤!? 想不到她竟变成这么样一个人! 可怜社会上又多了一个白吃享用的废物，没有灵魂的高等玩物! 其母亲，其外祖母，因其母生日今日始回去，我一翻月份牌，一时晃然，不料上礼拜三，偶尔信步过去小坐，不料那日即其母之生辰也，怪不得其频问，尚有他事否，何以不下午出来等语，我竟忘却!

5月6日　星期二（四月十一）　晴和

近来睡多甚晚，而早又起较早，今日急急忙跑去学校，不料上午仅一小时的《庄子》，孙先生竟告假了，而第一堂还上来着! 简直有点和我开玩笑! 我算是在早上做自行车长途运动呢! 不能白来，到学校图书馆中去借书，出来与小徐同行，到他家小坐，谈了一刻，又在外院子打一刻墙网球，没意思，便回来了，天热了，出了微汗，不料家中因我本不回家午饭，没有预备，又现在外边叫了饭吃，午后看报及书，正在想继写些《读炼狱后》不意陈老伯来，老人家病方瘥，如此热心关顾，老远来看我们，坐顷之辞去，三时半去校天气好，没风，街上行人甚多，别人都下课了，我们才上课，大学课就是这么排的特别，四点到六点只上了一小时半，下课去郑家，因来校时遇见二宝，一个多礼拜未去了，所以去看看，与三表兄聊聊天，七时许又在那吃了两碗炸酱面，晚与小孩（大宝二宝）聊天，神扯一气，不觉意到十一点多才辞归，晚上很暖和，一点都不冷，大街上人甚少，而到了西单骤又热闹，原来长安散戏了，到家全都安歇了，我一人刷牙，洗足毕，在院中遛散半晌，晚又阴，缺月末隐云后，光殊惨淡，又在院中活动半晌，觉微冷，方进屋，一时半方就寝，亦不觉太倦，每日生活平平无什成绩，实不妙。

5月7日　星期三（四月十二）　半晴下午阴，风

　　一天无课，便放心大胆，一直睡到十点才起来，看过报，又看了刻书，院中梨树今年结的梨可不少，去年算是休息了一年，可是树叶有许多被虫所蛀，于是拿了把剪子，把树的坏叶子剪了许多下来，还有不少，真是糟心，午后又剪了一地，午后看了一刻古文观止，真是可以念的书太多了，三辈子也念不完，旧有的不算，新出的更不知有多少！三时多，一时精神又疲乏了，泄气，于是又卧在床睡了，竟睡到快五点子才起来，下午天晴，露了太阳，这时忽然斌及其母相继来了，我正忙着洗脸换衣服，因为约好五点去泓家给她送书去，这时我的钟已过了五时，斌来送还借去年余郑二宝们的衣服画报，只是匆匆说了几句，我便走了，她亦回去，她是变了，眉目之间那股子劲，实不敢领教！天气一热，屋里阴与院子的温度至少差两个月的时间似的，暖和的空气包着，令人身体那么懒洋洋的全身都无力气，不知是何缘故！？到泓家，她客厅还有一个同学，姓高的叫淑仙，像个小孩子，不知是我长大了，还是现在小孩子聪明，高三了都不大，低头一旁坐着也不言语，后来她终坐不住，进去了，只余我和泓，交给她三本书，并与之谈半晌，至七时归来，晚饭后看书补昨日日记，院中又阴，起风，讨厌之至，归途去西单遇马永海，谓学校反校节又移至卅一日之讯，他看生死同心，归校，说好，近来不觉常与泓接近，但甚少与之出同游！这样也好，隔些时候见面，免得生意见打架，或许亏了如此间隔会晤，与通讯尚能维持友谊到今，亦殊非我始料所及，连她都时常奇怪呢！大宝和二宝两个孩子，有时怪惹人怜爱的，我十分同情他们的环境与心情，正是有时有话无处诉吗？母去世，父不在，此随着叔叔过日子，总不大如意！但望她们常快乐，少烦恼！

　　今天斌来了，我对她，恐是近一年来，内心对她最冷淡最不注意的一天了。也随口应着和她谈着，一边不停地换我的衣服整理我的东西，而中心只是惦念着是否太晚了，泓或会奇怪我怎还未去。奇怪自己不知今天会是这么一种心情，拿了书，匆匆便去了，更没有点为了斌来多停留一刻之

意，更下意识的感到，不愿陪她多谈一刻，而去泓那里送书去，正是无形中报复了她历来大半年前对我的行径！也许她会默觉得我是去什么地方。我离开她，一路上，心神两方面都很轻松快意，说不出是怎么一回事，什么样的心理！我现在愈感到斌的生活之无味，无日无夜地睡在床上，只是吃喝，间或出去玩乐一下，不知她这是什么生活，并且加上改变后的思想更是要不得，成天充满了享受，衣饰玩乐而已，尤其是那股子神态，与前直如二人，怕看她那面孔。

5月8日　星期四（四月十三）　半阴晴

一早上匆匆，取相片，寄信，结果晚了十分钟，上午三小时匆匆过去，两小时世说研究我也觉得很无味，不知老头研究这些玩意究有何用途？午饭后在布告牌前择录一些预备为祖武学校工商生活中写稿子的，看看报，及以文会友中一年级同学的作文展览，有的颇不错，真比我强，心中十分惭愧，中午去找小马未在，出来遇见李培，他令我在后天宿舍夜中作文牍负也不能听听看看，不是什么好差事，没一定干呢，到时溜进去再说，上课时代他写了三十多个红绸职负条子，两小时汉书简直没听什么，第三四时的广雅先生请了假，大合我意，本来就不愿上呢！小徐去东城买东西，我在操场走走，本拟看赛排球，却总没人，遂回家，一路上，大街纷乱芜杂污秽，十分可厌，还是泓的主意对，在家闷着好，家中总比外边清静，自由，舒适，平安得多，而且免得看见许多更加使我心烦不快的事物，更省得花钱，一出门多少总得花钱，家中院子不小，有绿的树，青的天，白的云，飞的鸟，树下安坐读书是最快活得了，又没有车马的喧闹，偏僻自有偏僻的好处，晚上月光普照是我最澄心静虑欣赏大自然美的时候了！下午为父亲的祭，拜供后晚饭，一时心绪又如乱丝，我如今五弟大时（十四）父办七十大寿，是日是何景况，恐系我知事以来我家最鼎盛之时矣，而一瞬几十年（九年）地仍此地，屋树一切景况仍旧，惟人事大变，泓信中谓三年后我家仍如昔日，却不料外表勉强支持如前，而内空，且我失去世上唯一挚爱之严亲，此大损失，终失不得偿也，念及惘然，今日月下徘徊，不胜今昔之感，月光穿窗入布案上，老父地下有知，亦知我在此追念不已耶!? 每日匆匆而过，成绩毫无，亟应努力，实亦读书外琐务过烦之所致也，小妹小心灵尤脆弱，易伤心，今拜父像后，又泫然欲涕，幸月未瞥见，父晚年甚钟爱妹，年幼性厚念念不忘老父至此，父爱之亦不为过矣。晚得李永兄来一信，二月廿三日发，五月八日到，收到那大不易也，今日上午发一信与泓，内并附有小妹相片一张，她来信要的，不图通信维持友谊至三年之久，至今方渐渐与泓见面次数频繁，渐次接近，去她家次数亦加多! 泓心中必作此想，谓我以前喜斌，而斌订婚无望后，又转而之她，若彼作此想，她可鄙视我之人格而不理我，实她若作此想，（恐彼亦不会做此想）则误矣，虽然三年来，即至今亦由我二人前信中互相表明之以友谊态度相交往耳，不过以前疏，今较密耳，看彼之神态固亦非厌恶我者，盖在一年前，我已深感到斌受社会虚荣心，重享受，好出风头，那种一切浮华心理，受此毒害日深一日，几次警告皆归无效，故自一年前即渐渐与之疏远，敬而远之矣，非自其今年阳历二月一日其订婚后起也，此因事实俱在之明证，更无诡辩之必要，事实在，人共见，吾之日记亦可证明，因有此先见之明，故能洁身引退，而未自陷苦恼深渊中，其终生之问题，既定，惟窃喜其终身有托，对我之影响甚少也! 此苦衷岂又外人（指我自己以外之人）所知耶!? 晚又偶翻，廿八日未发面交我的大宝写给我的信，他二人（大宝二宝）对我和泓的友谊十分热心，每次谈起都是极力赞美拉拢我与泓交好，他们的好意我很感激，其实泓之为人，三年来我已早有认识，但我每次和她们谈起来，多故意逗她们急，又怕她们屡次关心至切，引起误会，遂写了一封回信报之，不觉又写了不少! 今天一下午看完了一本沈从文的《石子船》，共是六个短篇，写得都不大好，不似他的文章，他在后记中自己也承认是近来（1921）写作不似以前，退步了，所以我不满意。这本沈从文算是没落期不得意时（他后记中言很穷困时写成这几篇，并在末一篇一日的故事中，可见其当时之生活情形。故可称此数篇为其没落期或不得意时的作品，这两名词，是我杜撰的）的作品，匆匆看过一遍而已。

因为近来深深感到健康之重要，对自己身体方面也略加注意起来，故

近两个月来大半多注意看关于体育的小丛书，文学书倒放在一旁了，计看过的有王学政的《健美速成法》，赵竹光泽的《肌肉控制法》，《健康之路》，《肌肉发达法》等。《健康之路》比较普通，文字亦颇激励人，故介绍与泓看。

5月9日　星期五（四月十四）　　阴晴不定

去校路过郑家，把昨晚一时心血来潮作的信交老赵交二宝及大宝看，到校上了一小时廿分的汉魏六朝诗，下课到操场去玩了一刻，近来很少走到操场去，更不用提到跑跑跳跳玩了，愈来愈小大人样了，真惨，学生时代那种活跃的精神，日益颓废了，可不好！十时到国去图书馆去查书，补写文选作者生年时日，到十一时三刻，找出了大半，午后看看报，并到宿舍去看小马，当初与傻李景岳，一句戏言，代他借董事会船票，我根本未去张思俊处，那借去！他就不高兴了，大P长大P短，有钱是你的，有钱你自己花钱去划船何必要董事票，神气什么！大P我才伺候不着，后来他说花钱不神气，董事会的船神气，可是他又得配！虚荣心真可怕，女子有，男子亦有！他一来批评别人讥笑别人不好看，可照照自己那个狗头似的脑袋，臭气冲天！午后又上两小时的汉魏六朝文，讲杜预左氏春秋传序，白文，无李善注，下课一时兴奋好似积郁在怀，教室只余我与小徐，遂引吭高呼，随意发疯以发泄感情，出遇王光英同行，小徐等赵去东城，至西单与王光英同去大光明看最末场之《Comrades》（《生死同心》）。片子相当悲壮义气，叙三好友之互助，其余二人助一人之恋爱，尽力之所及，殊能感人。与好友同看，甚佳，不图今日今与王光英同坐看此片，在路上感叹，同学中学五载，今又大学共一校，转瞬三天再毕业再分手，再欲相见恐不易矣。归来饭后在院中小步觉微凉，天时不正，此时夜间有微风，尚如初秋时节，今日一日精神极不佳，早上第一时已不好，午后又思睡，现晚饭后又卧床上小寐至九时起，困甚，精神坏极，不知今日何以为如此，勉强马虎做过柔软运动，亦来写日记，来看书，即洗足预备就寝，一时活动以后，精神又渐恢复，遂又至院中小立，此时四处俱静，唯有清风明月，万里无云，清辉普照，院中树木甚多，疏影遍地，颇有自然野味，斯时斯景，独立庭前，不感寂寞之感，遥念伊人知否此情此景，低回往后久不能已，如此时能与知己玉人密谈，又快何如之，平生最喜月夜，雪夜，今能独赏美景，满怀心事，一时排遣不开，立久觉凉，遂于无可奈何中返屋休息，不知何以近日精神颇不振作，心情亦多不怿，或因昨日睡晚（一时半）今日起早之故欤?! 以致今全身懒惰之至。

近日家计有窘无已，米又将尽，每日日用皆不足，东挪西凑，日前娘又当物，以维家用，殊令人忧急，而弟妹等年幼，皆浑浑然无知，日忧日用一切，正不知如何是好，家无恒产，值此时坐食，大非了局，今亟拟在课外兼一小事，冀以挹注家用不足，但无机缘实无办法，而因思勤奋读书，但每日家事梗在心中，闷闷不快，心绪不佳，精神不振，又焉能专心去读，以致买书多日未动，每一提笔为文，偶为俗务家事所扰，文思不灵，只可废笔而已，每一用饭，食之心酸，将来重担不知我尚负得否。

5月10日　星期六（四月十五）　阴，风

五月一日前一夜，又风又雨的吵了一夜，昨日又刮了一夜的风，今年天气坏极，虽是闰月，亦不应夜凉如秋令了! 上午睡多十时方起，近日愈来愈懒，功课少，闲暇多，不但功课没有怎么念，即课外书亦看得甚少，友人书亦多日未覆，心殊歉疚，自己亦不知自己每日皆做何事，睡眠时间增多! 而晚睡时亦未曾多做何事，殊不解何以近数日懒散至此! 上午阅报即午饭，午饭又觉困，不知为何如此喜睡，小卧一刻，起振起精神速作三书，答弼一，永兄，松三兄各一，而其中以与松三兄者，写时念其人，壮其志，一时心情十分芜杂信文写得芜杂异常，简直不通，字迹亦草率文更忽文忽白，但亦听之令其于字里行间，亦可突窥见我心绪之一般也，松三字有殊致，文亦风雅可观，绝不类纤纤武夫者所为。其人允文允武，亦一人才也，其前途光明正未可限量!

晚饭后，七时半赶到学校，因今日宿舍夜游艺会，李培令我帮忙，我因等家中饭迟迟至此，将车存至第一宿舍，到大学一看，礼堂楼上下早已

满坑满谷，不意人竟如此多，礼堂外且有无票之人许多，盛极一时，我由后台进去，找到李培在后台闲看了半晌，帮点小忙，又走到前台，见楼上一人举手招呼，乃是大马，上楼一看，因人多坐满行道上，无法过去，只得遥遥招呼两句而已，楼上亦满屋内热甚，女士小姐不少几过一半，故一时粉香汗气，迷漫一室，人过多椅不敷坐，沿墙倚立者甚多，前场先有音乐会独唱，以张国龄较佳，口琴以李培等表演尚佳，吴少华小姐之钢琴独奏《Aeoha oe》，有秦鹤昆君等之 Saxphone Lui 表演，钢琴三重奏由陈，任，缪三女士合弹一琴，手法熟练合作，均不错，其中我以为最满意精彩者，厥为 Hawaiian Music 彭亿愉（物三）君弹 Guitar 弹得甚好。张伟，张国龄，郗润生，黄卓人弹大小琴伴奏，相当美妙悦耳，或系我个人之喜悦定此。末了口琴三重奏毕，即告结束，口琴三重奏前 11 点时又添了一个董世祁的独唱。音乐完后，国剧开始，闭幕锣鼓一通后，即有少数人掩耳，或不喜国剧者即走去，场内空气为之一变，个人情绪亦由安静变成流动，于喊好弦，好之声不绝于耳。首先出场者为刘祖植君的《花园赠金》，述薛平贵彩楼配前，遇王宝钏之一幕。刘君吃稳，台下同学虽大开哄，亦不饶。继之第二场为吴洁清吴似丹二女士之《游龙戏凤》，饰正德者台风风流潇洒，面部表情亦佳，嗓音充沛，毫无女子风味，实甚好；饰凤姐者亦稳练口齿清脆，身段玲珑，想二女士必平日练习有素者，故能毫不慌张，诚难能而可贵。大轴于《放曹》上，特请王永昌饰曹操，胖大逾人，嗓音洪亮，声震全堂，过瘾之至；饰陈宫者为同学马明慎君，嗓尚够用，几个拔高皆应付裕如，唯因系近视眼故两眼如未睡足耳，又其身段欠佳，手势不美，本来旧剧中之手势甚难，此亦应原谅马君者也，总之一切均不易也，至杀伯奢后即完，时已一时左右矣。观换场后无论新旧人物，中西人士，皆危坐不动，亦可见旧剧于亦中入人处力之深矣，北京市之大，千余人，霎时四散不见，午夜腹饥者，颇不乏人，于是小摊及刘记买卖又忙乱一气，归途与刘曾颐王贻结伴同行，在路中谈知王庆华去津玩已三礼拜，有钱大 P 皆如此过青年时光耶！？日前与王光英谈，闻王燕海每日念念英文，成天陪太太，也不念书，有在家之五年计划，诚为此二人惜也。与刘胖子压柏油路，出宣外大街，奔菜市口，折往西，经张仪门大街，又往北进下斜街而归，一路夜静人稀，明月在天另是一番风味。一时精神兴奋毫不觉困，今日在校遇庆璋，不料行侪亦坐其前，至家门口开门时又过之，何其巧也，皆未搭理，混人不值一顾也，钟鸣二下，略作运动，卧床上无睡意，平生喜月夜，雪夜，今日月色极佳不忍舍之入梦也。

连日心绪又不佳，按理，春已暮，夏已临，又有何可烦，此固其他，乃环境与心情另造成一种人为之不快耳，国事蜩螗，世界民生不安固不言，切身利害之家庭用度殊大费周章也，每月不敷应用，而人多，无进款是以多愁，虽知愁无用且伤身，又之奈何！

5 月 11 日　星期日（四月十六）　　下午半阴晴

昨日睡晚，今日又起晚，近来少得早起，泄气！不好上午仍是看报及略看书，午后因心绪极恶劣，颇不快，遂出去，至车铺，适甚清闲，遂看四伙计擦车，油泥，福华由家归来，结果换后中轴各一，又去四元左右，但一切修理过，骑上轻快许多，想骑车所省之车钱花钱修理之实不冤也，等至三时方修竣，打一电话与赵祖武家，他未回平赛乒乓球，遂不去找他一人赴北海，遇向云俊及王书田，寻四弟不见，遇葛头等人，各处游人甚多，因天气尚好故也，奇装异服，男女老少，各色人等俱全，北平市人类装束展览会可至北海一观也，茶座买卖兴隆，坐天隙天，绕了两圈一人殊无聊赖，遂出园而归，近有时厌人多之地，宁处安静，如此游园，反不如言游人较实际也，至家中，院中花木扶疏，静寂无哗，树荫下坐观书亦殊一乐事也，惜悔多出外一举，正每感好景一人独处，偶忆泓如能共语，又是何情，惜其不知，亦不能应念而至也，坐看赵竹光著最新哑铃锻炼法，至暮止，晚饭后，有感于衷，招二弟一妹来，谈话告以为人之道，如何努力读书，创造新的理想的家庭，改造自己，帮助家庭，孝母，并语吾之志愿四则，共同努力向此四目标迈进！谈话方式或对弟妹等比较责骂，有益多多，父故后已举行此种谈话四五次矣！

5 月 12 日　星期一（四月十七）　上午阴，下午晴

　　上午四小时课，近两个礼拜顾先生没有发表他的宏论了，校勘学赵先生今天讲永乐大典编辑及散佚之经过，以前在校长课"史学名著评论"课上听过，再听一遍也不错，中午晴天了，午后看报，自己节制自己不许睡午觉，就是饭后那一刻不睡，也就过去了，补写了两天的日记，足写了四页，又写了一封复陈仲怒老伯的信，已是四时多了，一个下午过得太快，又看一刻书，五时许出去寄了与同学的信，又到尚志医院去看九姐夫，出去诊病，遂打了一个电话与泓，她那边电话不知何故忽而听得见，忽而听不见，问她上礼拜四给她的信收到没有，她会没收到，怪事！我自己放在甘石桥邮箱中的，真是想不出是什么缘故，里边还有一张小妹的相片呢，真是令人听了不痛快，回来一路到各铁铺想定做两自由加减重量的铁哑铃，不料许多铁铺都不会做，在车铺遇见铸兄，六时半归来，晚饭后听王杰魁说包公案，王已六十余岁，因经验宏富，故说得亦特别动人，大家都静坐听他在 Radio 中传出的声音，很好！晚上因信寄了会丢实在奇怪，忍不住又与泓发一信，越想越想不出是什么缘故，晚上这两天又有点凉，灯下看书，还有一个多月便又考试放假了，真快，四年级毕业同学，廿六日就考，明年此时我还不知怎应付呢，可怕！快乐的学生时代的时光只有一年了！

5 月 13 日　星期二（四月十八）　晴，下午风

　　今天还好，生活比较紧张一些，精神也没有前些日子那么颓废，上午上了上小时《庄子》，并发一信与泓，不知此信会丢否，奇怪，本市寄信还会丢！真想不出是什么道理，下课到学校图书馆中费了一小时多的时间，将郭琴石先生所要作的文选作者古今籍贯与生平表就再重写一过就成了！中午回来到期永丰德买了些文具，走到单牌楼北边遇见了泓，在大家遇见她这倒是第一次！又绕回去陪她走了一段，匆匆说几句话，下午又不

上课了，去电影公司参观，她倒不错近常参观各处，什么电灯公司、电话公司等地很不错，有这种机会到各地方参观实不易，近来自己有时心中很乱，闷闷的，连个谈话的人都没有，弟妹太小说也不懂，偶尔便又想到泓身上去，但不能时常会面的，信一来一往至少也得两天，而且还有限制说得不多，费许多时间力量才写得那一些，又不愿常去她家，自己要小心不要那么容易动感情，给别人伤心，对自己加重创伤，找苦恼，今天报上又登一前辅大物理系同学名孙嘉琪又吞毒自杀，在中央公园，经送协和置铁肺中一书夜始苏，闻系因家庭社会环各种恶劣之影响而悲观自杀，自幼至今（廿三）已自杀四次之多，亦一怪人也，因日前有一辅大历史系同学康荫璞因脑充血神经错乱而缢死，一前一后，皆辅大学生亦一奇闻也，午后看报，但觉孙未免过于懦弱，应与恶势力努力奋斗才是，骤而自杀，自身固无痛苦，而与生者以无穷之痛苦，直接家庭受甚大之损失，国家亦间接相当之损失，午后略整理零碎，由校中借书多册均未动，急需努力快看，抄书半响，所抄乃观古堂审刻丛书第二集中之素女经，系由日本抄回者，外间稀见，且量甚少，故拟数日内抄出。至三时半去校，上了一小时许近代散文，朱先生讲《且介亨杂文中》三人言可畏一篇，述前电影明星阮玲玉之死，闻昨日自杀之孙与日前自杀之康系十年好友，一年以后，自杀，真无独有偶之事，孙救活后谓康因家中困难求学由亲友所助，今年应毕业而其论以成绩不佳，未被通过不能毕业，一时愧对诸人遂萌生死念，我闻见之下，不觉亦动于心，甚同情其遭遇，我现在亦受人资助方能读书，明年我亦至毕业，如果论文亦不通过，不能毕业，以前车之鉴也，我又应如何自裁！敢不及时努力，否则悔恨晚矣，一念及此真不寒而栗，我现在真怕自己毕不了业，作不成论文，口考试不及格不能毕业，心实不安，真不知毕业后干什么好！近来社会新闻发生了两大件动人听闻的事，一是孀妇杀前妻之二子，一是二大学生自杀，一死，一被救，巧得很，一是与泓学校女一中发生关系，一与我学校辅大发生关系，社会的恶劣直接侵到学校中来了。可怕！下午晴风干燥得很，归来抄书，看书，晚间又凉。气候似与白日相差半月，怪！

5月14日　星期三（四月十九）　晴和，微风

　　早上起来不早，看报及看完赵竹光著之《最新哑铃锻炼法》。一个上午过去了，今日报载德国国社党副总理、希特勒之继承者黑斯忽于十一日夜独自驾机飞往英国，降落于英国之苏格兰，伤足。德方新闻官方发表副总理失踪，系有神错乱阵，值世界大战近东紧张，德欲攻直布罗陀，且欲上陆英本土而黑斯忽独自驾机去英，真不知其中又是何微妙原因，真是耐人寻味之问题，事情发生之奇特，真全局外人不知高深也，国际舞台愈来愈奇，互相演变牵扯之关系愈来愈复杂。午后抄完《素女经》，看了大半张资平之《蔻拉梭》，内为短篇小说。末二三篇内容颇能动人，做半晌事，到院子走走，今日天气甚佳，天气晴和但我整日在家那也未去，五弟骑我车去上学，五时许正拟将文选作者表继续抄出，忽然大马来访，殊出我意料之外，欢迎他进来，聊了半天，他仍很忙，因今日来教子胡同救济院去看一病人取捉虱子，一时忆起遂顺道来访，谈济华，学校等半晌，与好友畅谈实一快事，大马比我高二年，而竟能与我交好甚笃亦有缘也，他来更是难得忆两年半前曾与华子同来午饭一次，一晃多日，而华子今已远在数个里外矣，至六时半他辞去，因家中无菜，亦不便留他，送他至下斜街北口分手，大个晃晃悠悠走去，晚继写文选作者表，十二时止。

5月15日　星期四（四月二十）　下午晴，晚风

　　一天坐上七小时的课，只是坐着会觉得那么累，不自在，尤其是下午的课无味，都不喜听，精神更坏得很，很无聊地过了一天。中午到小马屋待了一刻，广雅真是干燥无味之至，还不早下课，回来已六时半多了。回家来又与娘等谈及家务，不觉一想起来便愁烦之至，本来每月六七十元，在此时生活程度如此之高，只够苦过的，零七八碎的用项，一切米面房租等皆无着落，食衣住为三项大宗，皆无办法，而又无额外进项，每月非典当即卖物，以维家计，每月不足用，精神实极烦苦，而家无恒产，又值此

时局又有何妙法?! 至佳之法为发二笔横财,买马票,买奖券皆无把握碰命运（?）之事! 除非现在我便去谋事,但是只差一年就毕业,在这种恶劣的环境中,我的成绩同心绪大受影响,要好真难也,恨我不幸,遇此时艰! 恨我年幼,负此重担! 如早成年必能早将此时之困难基础打固,脱离学校,乍一谋事,难得好职、大薪,此乃定理,非实行可知之事。故家中前途,个人前途,自己虽抱莫大希望光明,但又极渺茫,实不敢想。今日频念泓信,何以今晚尚未到,岂礼拜二晨所发之信又未收到耶! 心殊不安,信寄不到实一怪事也,晚又起风,实可厌之极。

5月16日　星期五（四月廿一）　　晴,风

自己也不知是哪一阵子心血来潮,也起来了,也吃过早点了,但是没有去学校上课,因为觉得今天早上似乎可以写点东西,老远跑去只上一小时多,便又得跑回来,来回费力费时所得无几何苦来,于是索性不去了,安坐在家中一早上或可以做一点事,于是坐在书桌前抽出稿纸。写了一篇《辅大宿舍夜的素描》,追记五月十日的事,不觉竟写了五页之多,封了预备下午寄与祖武去,走到院中散散步,天气晴和不错,但是上午风却刮得不少,进屋来继之把以前写了一半的读贤明的聪明的父母文章,继续写完,可笑自己一点点意见写完了,没得可说,但是翻开俞平伯先生的原文觉得很好,每一段的意见都好,于是缩简的又抄上了不少,结果后边大半都是原文了,愚笨的我一直到中午才弄完,哩哩啦啦啰啰嗦嗦一大串,自己也知道自己文章太麻烦,太不清楚,太不简练,能够扯上半天,没说出一句正经意思来,近来写东西,常觉不得意,时时觉得太不好,愈来愈退步了吗?! 下午一时半去校风小得多,两小时后,我又在郑家与三表兄谈天了,五时左右三表兄去沐浴,四弟亦去,与二宝谈了一刻,她约我礼拜日去男附中与另外一队作混合赛,并托我约泓也去,七时归来,在亚北打一个电话与泓,她竟慨允了,出我意料之外。归来斌母自送喜帖来,订本月廿四日下午二时斌与江汉生在正昌饭店举行结婚礼,有了归宿,不错!

5月17日　星期六（四月廿二）　　晴，和，风

讨厌的风，一阵大，一阵小，不停的刮着，连着这几天她又成了照例的公事了，可恨，上午九时左右方起，弄清楚了一切，不得不出去了，得去银行取钱家中度日用，五弟自左耳被小妹刺伤以后时常闹病，头疼，头晕，呕吐等小症，近三日又未去学校，于是趁今日决意带他去尚志看看，到那九姐夫方起来，他只问问，并看看身外边，就说耳后内耳道有脓左耳后是肿了，但需开刀，叫我带他到附属医院去看，五弟在彼等我去浙兴取了款回来，又到背阴胡同附属医院，此处是第一次来看病，虽然在北平住了如此久，挂号仅二毛，女看护及练习生很多，去求诊的也不少，等一刻才看到，连五弟鼻喉全看到了，先由一个中国大夫看，又经一个日本大夫看，名山畸，是该科主任说五弟扁桃腺发炎，须割住院，一听可麻烦了，暂时先回去和娘商议，再说，每月六十元，值此高度生活，七八人用项零星开发尚不足，用别的更不用提了，而弟妹年幼无知，不知自爱，一病在身，医药费尚不知出自何处，中午归来热甚，心烦口燥，午后看报，精神疲倦，中午归来身体亦觉累，何以如此不中用，卧床小息，未睡着，孙湛来，言孙祁明日去颐和园，无暇同打球，坐顷之始去，坐抄书半晌，四时出，去泓家，坐久之，至六时三刻归来。与她神聊乱七八糟复杂之至，谈后又悔，似与彼不应如此乱谈以扰其心，斌结婚帖与她看，因她以前问过我，取回书二册，晚精神又不振，今日不知何故如此懒散，无力，更无精神看书写字，天热之故欤？！不可解，今日泓总叫我批评她，不知何意，我与她接触的机会太少了，怎么能够批评呢！日前看张资平之《蔻拉梭》一书，内收六个短篇，但大半皆看过，内有《末日的受审判者》一篇，看后亦深感我自己的个性有时也很卑劣，自私，近于残忍，对弟妹等之要求有时过严苛，固然自己是有时知道自己什么时候应该干什么事，自己去做不用别人操心，但自己也相当大了不是，自己有时就以为了安慰自己为家中奔走的疲劳而去娱乐自己，想买点用品，而总迟迟不决，但到想看一个好电影片子时是会毫不犹豫地拿出所需的代价，我只喜欢看电影是真的，

便也可算是一笔消耗，不好，好在近来近于什么事都减少兴趣，又没什么好片子，而忙于看书，抄书，作表，作散文，忙计划家中用度等等，对电影的注意力也少了许多，所以近来亦看得少了，恐怕这在五月中不会看什么片子了，泓不知为什么，不大情愿与我一同出去玩似的，我曾说过几次与她出去玩，和到辅大去看话剧等，她都以考试为辞，婉拒未去，那是她正经的理由，没得说，今日约她去大光明她也没去，只以怕晚为词，其实这时七时半也不会黑，而且她家又离得近，也许因为小郭在四月廿七日曾约她去，她来我家未去，那么这次我约她去，自也不好意思去，我不愿勉强人，泓既不愿，我也就不再打扰她，除非她自动声明，如去万牲园那次似的才去。

5 月 18 日　星期日（四月廿三）　晴和，午后狂风

二宝前两天不知那一阵子高兴，约了一个混合队来赛球，找这找那，约定了今天早上八时在男附中场赛球，有她两同学，及大宝，其余皆为男士有维勤兄弟及我与四弟，孙祁，泓等，泓不愿去，因无人伴其去，孙祁伴孙翰文等去颐和园避寿，我遂叫孙湛去，今天早上醒来已是八时廿分了，迟了，急忙弄清楚，孙湛又来了二次我们，快九点才到，在路上遇见维勤，他早来，见无人遂至师大找一同学，其弟亦来，二宝同学二人，即前在颐和园见过者，只识我与四弟，其余均不识，大家集在一起，也未介绍，我只将维勤介绍于其二人，彼等已等半响，遂亟聚齐来打，对方人数甚多，女孩子一大堆足有廿多人，分三队大约都够，我们这方面东凑西拉，只九人，可怜，又全不识，未在一起打过，幸维勤邀来二同学，四弟邀一同学，我叫孙湛代祁才将够，我本不愿来打，只是好在也没事，也不愿令二宝等不高兴，遂来了，九时多了，好，大宝二宝尚未来呢，于是大家站好，刚要赛，她二人方姗姗而来。对方人多，人头亦杂，胡吵胡闹，没有一个好评判，吹得马马虎虎，许多球吹得都不对，四弟同学丁铮铮之弟丁瑢瑢打得还不错，二宝同学大个不成（姓穆），姓程的还好，也比较活泼，她姐比伯长高一班，现在辅大经济系三年级，换着人，换地位打，

没有人，我竟打了 Center 的地方，丢了不少球，许久不摸球了是不成，今天是二年来打球时间最多之一次，玩的时候丢开一切还好，可是今天头排有二男的，我们这方简直只有一个女的，竟看男的打了，对方女的不少，常换，有几个打的错，一共打了五场，第一三赢了，二、四、五都输了，末一个其实赢了，评判太糟心，以廿四比廿二结束了，今天热得很，打完已十一时左右了，又和四弟跑了一圈，疏忽让他一点竟被他占先，久不练此是不成，泄气了，又在操场闲聊半晌才与二宝大宝维勤弟等分别回家，赛完维勤及其同学就走了，二宝二同学亦回去，简直是胡闹了一场。到家出我意外斌及其母皆来，纵声谈笑，如往日。下礼拜即是新娘，毫无羞涩态，且畅谈无忌，真是大方。至十二时始去，午后看报，忽觉身体精神皆甚疲乏，遂卧床上休息，迷迷糊糊中睡去，似睡非睡，似醒非醒，家人谈话，行动，时间多少皆知道，惟懒极，赖在床上不肯起来，直至六时左右方起，下午起狂风怒吼，沙尘蔽天遮日，声势如惊涛骇浪，闻之可惊，此时尚有此大风亦甚奇怪，今日不知何故竟如此懒散过此一日，今日白天可算近数月来最懒惰一日矣，起来振作精神。略事布置家事，抄书三页，晚饭后，开始誊清文选作者生平表，至十时半风吹坏电灯，蜡烛光下完成之已十一时许矣，今日一昨写字又不少，右手不适，玩是玩，尚有许多书未看呢，收回心要瞎想，念书是念书吧，斌结婚送何物尚未想定，今日问彼亦不语。

5月19日　星期一（四月廿四）　晴，和，微风

上午满贯，中午归家用饭，今日赵万里先生又发狂态，夸言大家随便问他什么书，什么问题（当然是中国古书的问题）他都能答复，并且自称他得意独知之事甚多，每一提及某问题，如《诗经》、《永乐大典》、《四库全书》等，他皆谓所知之多绝非他人所及，有某古书名藉在某人手中，辗转流变之情形，他谓许他都见过，每一言及，辄摇头晃脑得意非凡，丑态逼人，令人忍俊不禁。他年方四十出头，而所见，所闻所知之书等实不算少，彼有其机会，为北平图书馆之善本书主任，他亦有瘾，如上海或某

地有什古书珍籍发现，他必亲自跑去看，或托人借观，此种精神亦可佩服，惟知识尽管丰富，眼尽管广，而又何必如此在嘴皮子上吹得山响，也只好向我们年轻人吹恐怕不见得全中国就没有比他知道得多的人吧！人好，在别人说，不在自夸，自己一夸自己就无味了，何况还有人讥他尽夸大口，只不过是个背书皮子而已，谓他见书多，见书之装订，款式，纸张，书口，刻工等问题而已，他各书之内容有十分之九都没有看过，如此而已。午饭后与娘商议家中款事，仅有之定期存款千元，今日到期，因家中每月开销不足，而外面尚忽略撑场面，不可过于寒酸，故什物大半典卖殆尽，于是不得已动此款，我本意不动此款，因我明年如能毕业，尚不知即能有事否，且能否足够赡家之用，实皆系大问题，欲经商又苦无资本，故计划将此款到彼时再言，而今年竟不得不更动，实令我心痛之至。娘意全数作为活期存款，此实不可，我知家人毛病，小孩固不懂事，而娘亦浑浑有钱即花而无钱时，什么也不花也过来了，但又不能动，于是我与娘商议结果将半数改为活期，余仍存定期。略息二时，即去浙兴办此手续，约等一小时方办完，归途至尚志去看九姐夫。问五弟病，欲割扁桃腺，他在整理药品，旋即辞归。与娘言明后，四时又出，至西单买了两个扇面拟请辅大先生书画者，又至华东行去定做了一身西服，白布的，代价卅七元，较去年贵许多，后悔去年没做。四时半去大光看《乱世忠臣》，情节壮烈，可哀可泣，忠臣报国，舍生忘死，终达目的，老母牺牲，全子之职，悲壮之处实在感人，好片子如此。我国男儿实应多看此种片子，以激励志气，启发爱国思想，座后有三中学生，所谈不过玩，闹，追密丝，不用功，逃学，昏天倒地的过，虚掷家中财物，此种无知之学生不知多少，实中国前途一大病也。他们来看此片实在有侮此片之价值，耳后聒聒不休，实厌恶之至。散场遇邢普，归来未黑，晚饭后坐院中半晌，心绪纷乱之至，今日取回钱连日家用，今日购米半包，面一袋即去大半，真不知如何是好也！人多食众思之可怖，晚娘不知那阵子高兴去新新，带五弟小妹去，至十一时方归，花钱看那种无聊影片殊不值，弟妹等皆不懂事。

5月20日　星期二（四月廿五）　　上午阴雨，下午晴，凉

　　早上阴雨一烦便没有去校，好在只一小时课，想起家事，用度浩大，实亦无何浪费之处，而来源无路，实令人焦急，而弟妹等尤无知，要此要彼，不知此时不能与他人相比也，而此时如不努力，将来自受困苦，受人讥笑悔不及矣，恨我自己，何以多知许多事故，于是无事便好想何事应该如何办？劳心费神，弟妹等无忧无虑，唯心之所之，屡诫之自己应做何事，殊不见效，而我岂命该受此，多知使吾当家也，不明，每一念及许多事皆未做便焦灼异常，今已礼拜二矣，而吾送斌结婚何物，至今尚未决定，因精神受环境之影响有时十二分的烦苦悲观，而身当此责任，不能旁委，若长此以往，恐我将易早显老态，近已觉不似方廿出头青年人矣！上午在家抄完了《洞玄子》，整理出来补写昨日日记，做完了一些情，心中的积压减轻了许多，午后看报，一时左右过黄家院中花木已搬一空，屋中什物亦有数件移去，余物一如常态，不似将办什么喜事毫无忙迫之状，斌又大床上午睡，真行，真稳。起来胡乱谈了一刻，反正都是无关紧要之语，问她要什么我好送她也不言。她还是那一套可笑的思想，除了睡、吃、穿、玩、乐以外，她别的全没有想到，一边谈着，她一边修饰着，又要出去了。二时半我即回来，到家又看了看书报，至三时半去校，先绕至郑家门口把 Guitar 借与大宝，未进去。至校上课，下课与小徐在操场看辅仁与振亚赛球，以三比二失败，归途至华东试衣样，裁缝很是留心，比看了半晌，归家途中又至久大看蓝布裤子，很便宜有五元八毛一条者，旁边曹少堂家开之振信新药起门面来，不日即可开张，又至平民市场略转，旧书索价昂，未购。寻访陈光杰未在家，去新民补习日语，陈在中学颇有志气，今亦不得不学日语矣，时势使然也，归家已七时半，晚饭后略息，阅完一册《沙漠》而寝。

5月21日　星期三（四月廿六）　　上午晴，下午阴

　　懒惰了我，上午又是十时方起，看过报略整理过东西，便拿起南洋旅

行漫记来看，一直到午后三时多，共 133 节，我已看了 40 节，内容嫌琐碎话多一些，但关于华侨人物，工商情形皆有叙述，也令人比较感有兴趣。因为偏重教育，所以内关于华侨之教育记述较多，因此也比较有趣，更可明了中国不强，外国哪一国都是欺负中国，中国人的天下老鸦一般黑，只是各人所取方式不同罢了！有的地方看了令人真生气！近来除看锻炼体格方面之体育小丛书以外，还看了些关于南洋的书，我因对此两种感兴趣，健康固是人生最主要之条件，而我学生时代之生活仅有年余，将来瞻家生活之职业毫无着落，是以多忧，而仗亲友之助，力总有限，不若自己能够有志趣向一方向努力为上，近时局做事不易，谋商无本亦艰，而华子兄现在南洋，面对南洋亦憧憬有日，故极愿将有机缘，先去南洋一行，一度异地风光，变换生活环境，扩大眼界见闻，亦一妙事，且近阅关于南洋之书籍，华侨知识多浅近，富足数千万者有之，而贫无立锥，终生为猪仔，客死异地亦有，中国人之团结力太小了，而主要之中国本身不强，不能保护同胞，而同胞教育不发达缺少知识，而无进步，尽受他人欺凌，我如将来有机会去南洋，决意扩展学校，组织合群有力之团体，提高文化，铲除一切恶习，但不知将来能否实现千万分之一也！

下午四时写一信与在数千里外故友刘济华君，他出国后尚无信来，时以为念，早拟与之作书而心绪不定终日胡忙，迟迟未写，今日提笔，欲言过多，不知孰是以致笔不达意，乱甚，近日不知何故，每与友人作书，语多纷乱不畅，殊达己意，不知何以至此，字亦草率难看，勉强尽一页，五时许发出，邮资五角整，至西单北裕华园沐浴，身心为之一爽，推车步行，以活筋骨，路遇四弟同归，孙湛来旋去，晚饭后又看书，斌之婚期在即，而连日思索，不知送她什物好，今日从娘言送去喜敬四元。连日心情不宁，烦躁不定，故散文尚无一篇，预定下礼拜一定交上，就在此数日中赶出。有时自己亦觉自己好笑，一个人有一个人的生活，各种不同方式的生活便组成了这个繁复的社会，我有时觉得自己的生活太无味，无聊闲在，可是有时又十分紧张，自己的功课或多少书没做没看，又有什么人要去看看，家中什么事要办，于是便忙得时间都不够分配，其实有意义有价值的事实在有限，乱忙得自己一直糊糊涂涂过这一天一天的日子。

5 月 22 日　星期四（四月廿七）　晴，和

今日公教瞻礼，学校放假二日，但是昨日我便无课所以今天连着两天都没去学校，一上午看书报，一时灵感也不来，心绪也不想做文章，于是也没提笔，把广定笔记抄写完毕，午后换了衣服出去，许久没有到东城了，今天有空走向那边绕绕圈子，先修了车再到前门，又绕至哈德门，往北至东单只觉很热闹，日人商店甚多，东城洋味浓得多，亦因接近洋人租界环境之关系，路上行人的衣饰神气都比西南北三城不同，洋味十足得多，且女孩子亦大方，不怕羞，裸大腿在大街上骑车飞驰，毫不怕人瞧，比西城女孩子既裸了腿又怕人看，风一吹还要遮遮掩掩的劲彻底得多，本来既裸了上大街就不怕人看，怕羞就别裸或别出来在家好了，否则出来惹别人瞪眼自己受罪何苦，进东安市场绕了一圈，东西什物不少，便对我所需者没有多少，有大量钱则可大量用载重汽车往家中搬东西也。国货售品所及中原亦然，送斌结婚物迄未选得，因自己经济力有限，只索罢论。国货售品所有便宜货现正大减价中，购物人甚多，遇王光英，无钱不必去市场是我之主意，看了又不买，何必！在东安市场书摊看了半晌书，真有许多想看的书，想都搬回去慢慢看才好，站了半晌代小徐购回书一册，顺路又至中央公园绕了半晌。好天气，游人不少。看黄二《南舌书》，只是花石而已，山水甚少，虽不见佳，但以一舌而能作此实不易也。遇姚志义，出来在走廊遇见本系女同学王善端迎面来，她与大约是她家人，她就是同学与我相起哄着玩的对象，她低头而过在校既谁也不理谁，在外也不交谈了，她在她们同学中沉默寡言，与她名字相符，架子端的十足，谁又那么爱巴结她呀！我却对本系本年纪之女同学实无何意，又在儿童游戏北坐憩了一刻，有几个打扮像是很高贵的挺神气的由几个西装男士在照相，瞧着实不大顺眼，何必如此打扮中不中，西不西。五时多六时归来，自己也不知是那一阵子高兴跑到东城绕了这么一大圈，天气很好，微风，天气很是干燥，还不太热，回来坐树阴下一看书，又觉得家中舒服了，晚饭后又继续看黎绍文之南洋旅行漫记，知道了许多常识，有时好笑，有时骄傲，有

时快意，有时羡慕，有时想笑，有时生气，有时羞惭，有时愤怒，外国人欺我侨胞实是令人气恨，第 81 节中曾言及有荷兰属地不愿中国人入境，多方留难，尤其对读书之中国人，萨君隆（不知是否即隆实老伯）在充北京教育部委员到南洋群岛视察华侨教育，在爪哇被拘留三个多月方放回本国，其余他地各种各样留难侮辱中国人之方法实令人发指，且历年过去红河等惨案，现在猪仔之活地狱皆待吾人之努力铲除。晚娘、李娘、小妹、五弟等皆过黄家，娘竟谈至十一时左右方回。

5 月 23 日　星期五（四月廿八）　　下午阴，黄风

特意早起来，不到七时半与四弟已走到西单了，果然走到舍饭寺北边一些迎面遇见了泓，她骑车往南我往北举手招呼而过，早上时间有限，与四弟到春合他买了一双特别厚底的胶皮白帆布鞋，代价八元，他喜欢，他便磨烦娘非买不可，像这种只专心到这种外务上又有什么大用，如果此种注意力与专心，用在书本上一半就很不错了，真是早班，到校还有十余分钟才上课呢！诗仍是上了一小时半就下课了，朱头今天会迟到廿分钟，下课，到图书馆借了一本书便回来了，到家看看报，忽又困了，卧在床上小寐了一刻，午饭后略看看书，即又去校下午起风，黄沙尘土遮蔽天地皆黄，可称为黄风，上课两小时，下午精神仍不大佳，因风故两眼又不大舒适，且下午阴而且闷，气压甚低恐将落雨，下课后去郑三表兄家略坐，他在画寝，不一刻小孩相继归来，二宝方由北海归来，为陆方介绍一个女友，今日他家空气又不大好，好似又有何不快之事，我亦无事，遂亦不便多坐，六时许即辞归，其实郑家大宝二宝等有何可烦，什么都不要她们管，也不要她们操心，一切自有三表兄去承当，也许是少女的烦闷，时常嚷："烦极了！"念书，玩，我想不出她们所以值得她们烦的理由，归途取回订做之白布西服，样子还不错，至家孙祁亦在，谈顷之，他竟亦送黄家二元礼议，约定明日一同去，晚饭后至孙家打电话与泓谈顷之，她不去，因为黄家没请她为借口，不便相强，又与祁谈至十时归家。

5月24日　星期六（四月廿九）　晴狂风，下午稍止

　　天是晴天，只是狂风大作，飞沙走石，比昨天大得多，尘土飞扬空中，十分讨厌，上午看书——《南洋旅行漫记》——补写昨日之日记，为了下午去应酬黄家喜事，娘一早上忙这忙那没有一刻停歇，午后便急忙换了衣服，娘与小妹先去，我与四弟步行去找孙祁一同去。今日穿昨新做好之白布西服，做得不错，样子还合体，步至电车站电车适来，一路迅速尚不挤，到了正昌楼上客已到有不少，一大片，我也无暇一个个去看，略招呼了人便走到男客一边，屋内十分简单，摆一大 U 字形，展桌上置盘刀叉，男女分坐两边，中置一大座白色喜糕，前坐一中国牧师，看长袍马褂。江汉生在门口招待着礼服，每客赠一朵鲜花，我择一白色者，因身上尚有二月之礼服故也。二时左右，宣告开始婚礼，伯贤由陈伯瑛伴出，即大厅侧小套间内，步至桌前与江同立于牧师前，由牧师读圣经，又问二人做成夫妇可愿意，互相爱敬等语，二人答以愿意，又念祈祷文二节，宣告礼成。贺客皆随意入坐用茶点，同学李景慈君亦去，招呼随意谈谈，人倒是很和蔼，奇怪的是在学校倒不大招呼在外边倒谈起来了，此时伯贤又换了一件红闪缎的衣服出来招呼客人。不一刻话匣子音乐起，她与江二人起舞，后又与其他客人同舞，江亦与另外二女客起舞，人太少，一共三对，男的会舞的多，而女的会舞的少，不大有意思。三时一刻即辞出，此时客人亦皆陆续辞散，今日不知是伯贤没看见，还是成心，招呼了我旁边的孙祁，没有招呼我，我倒不在意，以后永不理会我才好呢！我只觉得今天的一切有点新奇，但又没什么意味，眼里一大片人而已，谁可也没看见。出来在大街上迎面又遇见了九姐，没法子，硬起头皮招呼她一下。宗教仪式十分简单，也十分省钱，总计今日大约三百余元可以完全包括在内。与娘步行至王府井大街，到国货售品所买了点东西，又到东安市场去绕了半晌，也没买什么，孙祁去孙翰家，去而复转，又在王府井大街遇见，在南口又分手，我与娘等（四弟小妹）又坐电车到西单下车，今日甚侥幸，来回电车都很松，不太挤，又在西单商场看了一刻，四弟又买了一件衬衫，

顺路走西单，在欧亚照了居住证相片，每人六角，又在亚北娘买了点心与五弟，因五弟今日未去，因娘久未出门，所以陪娘多到各地走走，在西单道上忽迎面遇见了伯贤母与伯慧，二人又与平常相似，不似三小时前嫁女忙之人。伯贤与江今晚去天津度新婚之夜，亦是新鲜事，归家已是七时，别无他累，只是腰有点酸，晚看书，并记日记，看今日报，我自己觉得很好玩，会去参加伯贤的婚礼，本来不想去，后因好奇心所驱而去，只为去参加一个一般朋友的，已是毫不能与我什么影响了！

5 月 25 日　星期日（四月三十）　　半晴，晚大风

早上九点多，自己一个人跑到中央去看早场，有半年多没有看早场了，今天一阵子高兴去看五彩炭画《小人国》，画的真不错，当然一切剧情人物等都很幼稚，是比较适合于儿童看的。小人之动作，与平常人之比例，大小悬殊十分可笑！遇孔伯华（名中医）之侄孔祥玑，他与我同坐，并看见了庆华三个弟弟，他告诉我庆华昨日下午回来，今日下午又要去津，所以决定散场去看看他去，因为好似他从上海回来以后，添了许多令人看着不顺眼的大P脾气，于是便懒得去看他的神态，便有一两个月没有去家了，简直是去得极少，十二时差一刻到他家，走到门口恰好他出去也才回来，他的面部表情并不以他这个老友，久不来而突然来看他而奇怪或表示欣喜的态度，也许大爷劲与尊严使他如此。进去时见过父母，王贻亦在，与其父坐在院中聊天。我亦与他父母亲谈天，原来才知道庆华现在天津新华信托储蓄银行当行员，每月可得薪水百余元左右，于是又神气得很。弼本在光华大学并兼一个家馆，现在有意不必念书，做事，在工部局谋一事，月可得一二百元之谱，试作此四个月，本系有人，因原来女职员生子，例假四月，如生后不来，弼即干下去，如果来，她再念书，先赚他四个月八百元再说。好在光华大学校长是他们的亲戚，再补考一下便可以了，他们家亲友多，各处都可以帮忙，活动得多，去一趟得知他们点消息也不错，只是神气大得很的庆华瞧着不顺眼，也就是王贻以那种嘻嘻哈哈，油头滑脑的劲来对付他，不一刻已是中午了，总不来，来了就打扰一

顿，吃的水饺子，南方人吃东西秀气得很，包得很小，饭后又了一刻不觉已是两点三刻便辞归，与王贻同行，到宣内大街分手，庆华因明日还须上行，所以昨日回平，今日下午便得回去，忙人！有好父亲，母亲，好环境，经济宽裕，就大爷享福吧！天气是阴不算阴，晴不晴的讨厌天气，并且是近数日总起风，讨厌之至，以至空气干燥得很，每出门回家总发燥，到家看了刻书又乏了，卧在床上休息，迷迷糊糊的被人推醒，原来是黄小弟来催请我过去他家，才四点左右忙什么？去年定做的米黄色帆布鞋不知何以竟小了，穿着左后足跟疼痛，换了衣服，又看了刻报，小弟谈今日下午二时左右，他三姐才回来，昨日他母很不好过，想女儿还哭了，四时半过去，外屋力家一帮已打上了一桌扑克牌，进里屋汉生与我握手道谢，他二人相靠，斜倚在床上，想是昨日太辛苦了，那么多人也毫不在乎，喁喁情话不绝，何必当人如此表示亲热，肉麻。郑辰元之小子，亦来，前年看其出世，今转瞬三岁已能行步学话甚有趣，今日与我不认生，与之玩半晌，又与五妹等玩扑克牌打五百等，地小人多，无什意味，吃饭小孩一桌先吃，五妹六姨夫亦在，人很有趣。到了吃饭时，汉生伯贤无人让，自居上位，半高等流氓气，谈笑自如，不管大家中吃开，毫不客气。我只闷声不响吃我的，饭后稍息，因此种空气不惯，加以足疼，汉生等回去，我亦趁机辞归，至家便卧床看书休息。洗过足后稍好，小弟找不到我，尚跑过来找我，旋去，晚大风，可厌之至，黄表嫂住平七八年，此为其首次请客，地小人多，虽又叫了两三个仆人帮忙，亦是忙得一团糟，连日忙得她够瞧的！到晚上，一气把所余下的书看完。

5月26日　星期一（五月初一）　晴，风，土

　　本礼拜是四年级同学毕业考试周，果然我料的不错，今天上午去晚了，可是第一二时三百篇顾先生监堂，没上，于是同同学闲聊便过了两小时，上过了两小时校勘学，下课跑到司铎书院去的顾遂先生，正好出来，我拿出扇面，声明意思，先生笑容满面，全答应了我，这么赏脸，却出我意料之外。中午归来，又是大风，扬起满街尘土，北平的风，土，人，

情，我真都领略够了，到家午饭吃的也比平时少了，看过报便又觉得十分爱睡，卧在床上，一觉竟睡到了五时半左右才起来，自己近数日不知何故十分爱睡太懒了！一个下午又不能作什么事了，可恨自己，就这个混日子吗？随步走过黄家去，因为中午黄表嫂又来借斧钳子等又不知忙些什么事，为了她大女儿出嫁事，出帖子，请客，忙之忙那，全是一人跑，瞧着怪同情的。小孩子太小，也不会帮忙，那位宝贝大小姐就知道顾自己，坐等结婚，就可怜忙累了她母亲一个人，里里外外的不易，多少年来，养育子女，招呼应付一切，一个妇人实不容易，难为表嫂。看她提着斧钳等物一人回去，又怪可怜的，又不好十分助她什么，家中无大的男人实是一个问题。要搬家了，还不晓得把她家搬成什么样子呢！今天早上就来了一趟，说："她好似丢了一件什么东西一般！"本来一个好不容易养育大了一个女孩子，却送到别人家去了，女孩子终究是得归到别人家去，就是这点太伤了父母的心，她说完那句话时，眼眶又红红的，要哭了，还是娘劝她说："反正在北平，要回来就回来了，难过什么！"所以想过去看看她到底又在家整理什么，我能帮助一些否，信步走去，她妹丈与她妈妈都未走，正吃点心，预备七点半回天津，谈起来知表嫂妹丈姓诸（？）与伽宇同事，六时半他即带了他小孩坐车去车站了，此时李娘亦来，我即辞归，把李娘由东城带回的鱼送与铸兄，小妹相片一张送与铸嫂，铸兄未在家，旋即辞归，晚饭后得弼来一信，厚厚的有三页，内并附近照两张，本来我怕她生了我那封冒失得很一封信的气，所以来信只是淡淡的几句平常话，也不算多，原来她是因为学校功课及亲友方面忙，所以少来信，现在月考过后才复我此封比较长的信，两张相片，坐着那张比较好，她似胖了一点，也不觉改变什么，更比本人美了，现在比在平时又美了，女孩子是常变的，本来我对她点失望，不料这封信又令我有点迷惑起来，不知她对我到底是何意思！不禁又回溯到与她相识及与她相接近，同游玩，她对我好意我未注意，及她去沪后，不时通讯至今止，真是一个好机会白白被我丢失了，后悔亦来不及了，如今相距如此远，不知可有机会再相晤否，毕业如能去沪，则或有机缘再见，但一年后更不知又是何等情形，我佩服她在现在女子中有独特前进明白的思想，实在是女孩子中少有的人，如能得其为终身

伴侣当然很好，但我想这层很难的，第一是我与她贫富相殊，二则她与我同岁，生日月份想必一定比我还大，三则我结婚必须要我能独立以后自己力之所及方能想此，而我一年后方毕业，更不知多少年后方能结婚，她即使愿意与我结婚，她能等我如此长久吗？那些岂不误了她的青春?! 这一段不过是自己片面的如此想而已，世事正难言，人事更渺茫，我不过如此幻想而已，嫣然求其必定能实现呢？也许她不久便订婚了，便结婚了，谁又说得定，天下好女子固不少，而有出息比我强得多的男儿，也正无数呢！我与泓之间，似乎总有一道隔膜，不能彻底打开，想将来亦不过是朋友而已，我更不望其他，泓为人实是"不错"，但似乎与我总不太合适，过共同生活，我现在谁也不想，也不奢望别的，先念书努力打根基是真的，结婚在男子方面总不如女子那方面那么重要似的，拼开一切，不谈恋爱，努力干干吧！将来是光明的。

5 月 27 日　星期二（五月初二）　　下午半阴，风

弟妹等全走了，我虽卧在床上，但亦半醒，大约八时左右，忽然门帘一响，进来一个女人，迷糊望去，不觉一怔，还未看清时她已先开口，才看出原来是伯美，她怎么会突然光降，真是特别的事。我未起来，满心狐疑不知何事？仍是她自己开口说明来意，并未由我先问，原来是托我代为打听我们学校售书室代售的书名，说了一阵子才去，也未坐，只是站在我床前，我躺着，我当时，只奇怪她这突如其来的拜访，所以也忘了起来与让她坐。末了说定，我下课顺路把书单送到她医院的号房去，她还不过意似的便走了，我总觉得她来的奇怪，果是无事不来，而这打听书事，对她自己一定也没关系是代别人打探的。伯美这孩子实在不错，学问也有，人才也有，蛮漂亮一个人，会喜欢上了明翯那么一个怪家伙，不知他那一点值得她如此着迷！初中毕业就能考上了齐鲁，毕业以后做事至今，不算不能干，不料以前那么好一个人，自与明翯交游后性情日变，至今终于闹得与全家都不合适，甚至不与家人交谈，实亦怪癖，可惜好孩子，耽误了。好与明翯结婚，就与父母言明，也不说，如此拖延岁月，年岁老大，转瞬

之事耳，总是如此也不像话，不知他俩作何打算？想现在伯美亦是卅出头的人了，实在不小了，如此糊糊涂涂，亦不是事，不知以后如何了局。被这位奇疏的客人底奇异的拜访，出乎意料的刺激一时兴奋，便也不睡了起来，用过早餐，看报，为了交近代散文的日子愈近了，不能再偷懒，不得不写一点了，一上午写了四页随笔，午饭后带五弟去校又跑回来，来来去去慢慢走，才用了廿分钟，下午天又半阴气压又低得很，风一阵一阵子的不停，讨厌之至，弄得空气十分干燥，下午又写了五页的杂录，三时多去校先到大街上摊上看看，因为今天是护国寺，看见了有卖背心等的，一元不卖，又有一美国旧手电筒，亦是一元二还不售，到校上了一小时半课，讲了半晌的杂文，小徐今天下午仍未来，知道一定是病了下课与刘二一同去看他，路过大街上小摊，先两摊已没有，算了，不卖还省我钱，到小徐家，赵亦在，他果然是病了，小毛病，已起床，问我东西带来没有，我茫然不知，原来他昨日与我一信，但我来时尚未接到，他屋凌乱得很，他与赵二人面色均不大好，因为他还要出去，我亦有事，坐了十多分钟便辞出，至西四与刘二（冠邦）分手，我顺路到北大附属医院，将书单交给号房，即归来，在西四北道上遇见燕大蔡良格，举手招呼而过，他骑车回校，在西单又遇见了郑小三，回家晚，得小徐信，要《文选》作者籍贯表，李国良未还我，晚灯下又写杂录数页，玻璃砖下看见弼的相片，坐着笑眯眯的那张很有点甜味，令我看了不禁又很想念起她来了！远在沪上的她，未必知道我这番意思吧!?

5月28日　星期三（五月初三）　　晴，狂风竟日

虽是早上已醒了，但是因懒九时左右才起来，一早上总不能做出什么事来，看过报等等，不知不觉便过了一个上午，一天没课，但是一天没出门，整整在家坐一天，一下午决定写出点散文预备下礼拜二交的，于是午后便坐在桌前，铺了稿纸，由以前想写的材料大纲上来选择，发挥，今天脑子似乎很迟钝，半才写出一段，从一点多，坐、到五六点，就似坐脑子里往外挤东西似的，那么想，写出来一段后便起来在屋子里走来走去，或

是到院子里走走，还算不错，终于还写出了些东西，大约又写了八段，十七页，长短不一，也未拟题目，都算是随笔，一，二，三……那么排下去，文字写得我觉得实在不好，还不如那两封信呢，生硬，幼稚，勉强得很，不是那阵子心血来潮时写的东西，自己总不会如意的。今天下午总算做了点事，不白过，看见了玻璃砖下那张笑眯眯，很有点甜味，很 Smart 的 GuiseFriend 弼，不禁令我对她十分喜欢起来。我觉得我现在十分需要她，十分需要她的温语安慰，她是个聪明的人，听王贻说，她也是在情场中伤过心的人了。过去的一切不管，我一想起有时便恨自己的呆笨，与错过好机会，当年她对我种种的好意，我全忽略了，后悔莫及呀！我预备写一篇文来追悔，纪念这件失去的好机会，并想写好寄给她看看，不知她会起什么反应吗？还会对我起好感吗？晚饭后不知何故乏极，小卧至十时起，又写了段随笔，至一时半睡。

5 月 29 日　星期四（五月初四）　　晴和，小风

今年天气特别，说显了有闰月所以热的晚，但是现在已是五月初了，晚上一点热意也没有，而近两天更是每日必有小风，尘埃特多的古城简是雨土一般，尤以昨日一天真是摇窗撼屋一天，风势如虎，声势之猛，烈不亚于严冬，黄土飞扬满天又如浓雾，可把人烦透了，好天气就没有继续过三天以上，今天天气够做面子的了，风小得多，又是大太阳，上午在家走到晚子，阳光晒着暖洋洋的还好，中午就有了点热意，上午又是稀里糊涂的过来，没做何事，四弟等中午回来说是热得很，我则走时带五弟去，又到前门取了四十五元预备过节还一些账的，又绕路回校，时间富余便慢慢地走，到也并不觉什么热。两小时汉书，只看了一点书，广推只上了一小时，归途到欧亚取了全家每人照的居住证相片，因为是人多忙，没修版，不大好，反正有影像就是了，没事生事，为了这破相片，花去了三元，在西单与小徐分手，到家略事休息。天气不错，无人做伴，不禁又想到弼的身上去，人家不定喜欢我不，自己也太把持不住了，人在千里外，想又有什么用?! 到家，车铺，铁铺，医药菜钱等一打发，四十五元已是开发一

清了，每月用钱不足用，真不知如何是好，今日上午得伯法寄来一航空信，复我。

5月30日 星期五（五月初五） 下午半晴，热，大风

今日端阳节我们不放假，别的中小学校全放假，辅大就是这么特别么！好在今日上午只上了一小时半，下午课郭老头不上了，因为本礼拜是四年级毕业考试周。我们的功课表与他们四年级的完全相同，于是有的考试先生监堂，我们就不能上了，所以这礼拜只上了十一个小时的课，下课伴小徐到图书馆去查了刻书，又到郑家去看，大孩子不在家，坐在屋中看书等着，不一刻，二宝先回来，去取相片去了，接着大宝亦回来了，正谈着维勤亦来了，今天穿了一身新西装，衣冠楚楚的神气的很，我倒是第一次看他如此整齐，他很活动，现在恐怕除了念书以外，还有点收入，不然八十九元的西服穿在身上，他老爹也绝供不起他，不一刻十点左右，三表兄亦起了，谈了一刻，因家中尚需上供便辞归，大宝二宝等下午去同学家，但约我下午三四时在北海划船，把船票交我先去，中午回来小妹一人去中央看早场青鸟，十二时许尚未归，菜热等上供，令四弟五弟二人骑车去找，小妹一人行归，他们会没有看见，又等半晌，四弟方回，小孩一人也让她去，闹一肚子不高兴，又不放心，说了几句，娘也不高兴了，便忍气不说，饭后休息，带五弟去北海划船，今天天气甚好，热甚，阳光迫人，大有夏意，到北海时，忽渐起风，游人极多，甚失游园本意，穿人群中疾行，至船坞取了船，上船时风已够大，五弟力小，不顶用，够不远，一阵风将所戴白帽子穿落水中，好容易又拾回来了，

已是全湿了，这已是与我一个警告，可惜我那时本在意，便又努力划去，顺风往南，还是划不好，不知是自己划船技术太不高明，还是这船或船桨有毛病，总是在水上横着，不然就是走曲线，不走直线，费力得很，划到南边过桥，往北，此处水浅又曲折，甚难划。往北过拱桥，彼处风大，浪大，船又多，地狭水浅，全聚在一处，一时好不热闹，可是总也划不过去，一来便横，费了半天的力仍是无济于事，只好又退回

来，一个船四个人在浅水处滞住，助他们过来，后来往北想从原路回去，此时风狂势猛，水浪颇大，一人独力难支，怎么样也划不动，没法子，只好尽力先靠在一个小码头上再说，否则真要在水上过一霄了，如果风不停的话。可是这是特别船不是营业船，不能丢开走，必得送回船坞去，以此风势看来，我一人是绝对不行的。于是没法子，正好有一个公园采藕的，没有事，便请他助我一同划回去，蒙他慨允，还是多一有力者相助，一路辛苦努力奋斗，好不容易才顶风划了回去，到了酬他三角，他姓宋，还直不要，人满和气。交了船才长吁一口气，心才放下，先头被风阻在水中，实在担心生气，今天真倒霉，玩出一番担心来，幸而大宝二宝等没去，我倒不太气，只是两只手掌疼肿自己划船技术太泄气，这一点风浪便没了办法，而那些在大海上大浪上，大浪中冲着划小船的水手们又怎么划呢？如此大风在水中划船此为第一次，没想先头危险情形，有点怕呢。我一人倒好，只是五弟年小出了点事，怎么招呼，如同四弟，或可一同划回，他力小又有什么法子？五弟又跑到白塔上绕了一圈下来，上岸来风小了许多，只是拱桥下浅水上还许多船在那挣扎，许多岸上人，站着看笑，看船上手忙脚乱，费了半天力，船还是划不过去，或是好容易顺过来了，又被他船所阻，或是风给吹横了。岸上人还有拍手而笑的，真是中国人只知看热闹欣赏的态度，可恨，不知想法子帮助船上人，想起先头自己也被困在此，实无何意味，便出园回来了，因大风游人多半被吹归，大减，与五弟又到三表兄家送还船票，骑上车才觉得累，大宝二宝尚未归，于是和三表兄谈了半晌，至七时左右辞回，五弟在西四坐电车，又大单牌楼倒电车，在宣外等了半晌，下至八时半才到，急忙带他回来，已是快九点了，没车太不方便，晚饭后因乏，卧床上小憩，起作运动，未记日记及看书遂休息，但已十二时左右矣，今已五月底力家限搬家之期已到，连日黄家忙这忙那的搬家，一天跑来好几趟求李娘助这助那，看她只一人，忙此忙彼实不易，老三出门竟不知帮助，而其一子一女又年幼，不懂世故，不知帮忙，看着又可怜，但我虽欲相助，亦无有所施力之处。

5月31日　星期六（五月初六）　下午半阴，风，闷

昨日受了些累，今日便又起来晚了，泄气，上午又没有做什么事，上午总比下午短似的，我太会利用上午了，以后要早起才好，但近来似乎有点成了习惯，每日皆过十二时多才睡，下午坐大桌前决定了写完一篇电影与国剧，今天心里不知何故那么烦躁不宁，总不安定，一个下午间断了许多次也没写完，其实也没什么奇特的文句，就是脑筋太滞笨，总不灵活，弟妹等均不听话，下午说了他们半天，四弟半学期考试英文与文字学不及格，竟不拿与我看，亦不言语，今日下午又跑到先农坛去看赛排球，实是混虫之至，晚饭后大训一顿，尽所欲言，二个弟弟，不知如此方能教育得好，说软的，不听，硬的亦不怕，实在可恨，自己如不努力，不念，就不必念就完了，也不必我这么费力训诫劝告，白耗金钱时间，做哥之实不易，这份责任亦大不易尽呢！晚继续写，结果本来仅想写三四页的上短文，不料竟写了十二页之多，自己近来脑子很乱，文，信，写的都很不好，笔下不能达意，累赘不清，不知何故，昨看李永来信，寄予我挂号信，寄到学校出我意外，原来没什么事，且附一西装近照，字，文皆美妙，大进步，自愧不及，闻西院亦忙搬家，黄家已搬东西多件分存各处拟先住其女婿处，老五寄居力六嫂处，小弟寄寓其二兄文昌阁，简直是拆了一个家，乱得很。

6月1日　星期日（五月初七）　下午阴，风，旋晴闷热

昨夜睡的不早，可是今天却起得甚早，五点半左右便起来了，这么早起来是近半年多没有这么早起来过，弄清楚一切，在院子走走，清晨的美影与清洁的空气是很久没有领受到了，深呼吸活动，活动，十分舒服，早上把昨天挤出来的文章，看过一遍，又略改数字，总觉得写得太坏，不像东西，暂且交上凑数吧！七时半左右，表嫂来辞行，我走过去一看，各屋已经都搬得干干净净了，小弟和他外婆已先走去，五妹骑车与她母押两辆

大车行，表嫂坐在洋车上与她说了几句话，一晃不觉他们在此住了八年多，大家平日感情就不错，觉得依依不舍，表嫂五妹小弟等全都恋意甚深，对这块地方，这个房子，这些亲友，这些一草一木，都是熟悉的东西，看他们走远了，望不见了，才回来，心头不免怅怅，有点难过，老墙根这一帮难得搬家，这一下子，去了多少热闹，生离的味道是不好尝的，临行时，几句话，还是把小弟叫到南池子北库司胡同与表嫂一块住，否则分在三下子，多不好，回来在院子看一刻报，中央今日早场是什么万能博士，一时兴起，带了五弟小妹同去，原来是什么狗场血案，乱七八糟很无聊，糟心得很后悔不迭，还不如去大光明看乱世忠臣去呢，中午饭后，因早起疲倦甚，卧在床上休息一觉竟到下午五时方起，五时半出去强家在大门口遇五妹小弟来玩，在强家坐顷之，又到陈老伯家去小坐，他上午来托我去辅仁为之借华商学志，不知有否？小坐即出，

归家已七时半，路上遇飞驰回去之小弟唤住与之冰棍一根，略谈而别，到家，五妹未去，孙湛孙昭弟兄，伯英姐妹皆在，聚于院中打排球，九姐由西院出，忍气叫彼一声神气冷淡之至，神气什么，不理拉倒，以为我那么爱巴结你吗！别装蛋啦！晚饭后在院中闲遛，又略整理物件笔记，算上月账竟用了二百余元，实不得了，近来懒甚，且乏甚，近日辄昼寝动辄二三小时，殊不大好，后当力戒，更改晚睡之习，而养成早起之习惯，表嫂一人忙里忙外，顾此顾彼，实大不易，亦累甚，此半个月之生活，嫁女搬家，也真够受的了，子女小，不会帮忙，看着可怜，自愧无力可助，多日不雨近旱，连日风不息，虽阴不雨，闷热真如夏日，而幸早晚尚凉快，且闻陆宗兴这个老不死的东西，还要求雨呢，笑话！

弟妹等不懂事，且每日浑浑然生活，不知甘苦，更不以家中经济前途日趋窘迫为忧，此固年小之故，但平时好习惯难养成，好逸恶劳人之常情，且多不知用功，近深感读书一事，非自知去努力不可，否则他人如何劝导，心不在焉又有何用？故欲尽为兄之责任大不易，百般恳切劝试，煞费苦心，隔数日必须费相当之牺牲精神，气力，时间去向弟妹训诫劝导，有时实以为苦，但责任在肩，又不能旁委，为人实不易也，今日仆媪又去，此时无零钱无意外收入者绝不干，用人亦难，娘与李娘亲自操作一切，心良不忍，亦极不安，并深愧己之无能所以致此。

6月2日　星期一（五月初八）　　阴雨，下午晴旋阴晚风

这两天的天气特别坏，晴，风，阴不定，旱了多日，甚至有要求雨之举，尚未实行今日天忽需然降雨，但是不大，未多久即停止了，上午在校代陈书琨老伯借了一本华裔学志，甚贵重，平时售卅六元，今在北京饭店法国书铺中售百余元一册，甚厚，虽是原文著作，亦皆翻成英法德等国文字登上，印刷甚精美，中午冒雨送去，幸旋又止，匆匆说明后即辞归，午饭后，看过报，到浙兴取了本月饭费，遇见了力六哥，出来径赴 e.k 去看《Edison The Man》，述美国大发明家爱迪生之黄金时代，惜《幼年的安迪生》一片未看，全片述爱一生之奋斗与发明之坚苦卓绝之精神实能动人，此种伟人传记片，能与青年以极好之教育力，观胜读十本书，但总觉此片之感染力，不如保罗穆尼主演之万古流芳。述发明种痘之法巴斯德氏一生之事迹动人之强烈，但斯赛厥赛氏之表演，亦深刻精湛之至，其老年时之化装术甚佳，老人状态亦惟妙惟肖，出至市场看看，又到国货售品所购物数事，本拟去黄家新搬所在去看看，后因天晚未去，归途去看九姐夫，今日在公园请客未遇，遂至商务购书二册，书价照定价加八成贵甚，到家已七时许，晚饭后又觉乏，身体弱得很，精神亦倦，书未看完，文未写，信未复，每日时间不足分配，多日拟去看王树芝兄，不是无空，便是无车，每日胡忙，且并未做多少事，实在可恨自己！不要胡糟蹋宝贵的光阴！

6月3日　星期二（五月初九）　　下午阴，闷

连日忙着写几篇散文，书也未看，还有许多事也没有做，今日上午又未去校，只一小时课，便不去了，上午灵机一动，又写了一篇书简，原意是写与顾遂先生的，上午看会书报才开始写，中午写完，饭后又写了一篇很短的文章，原来意思很多，一时不高兴，又怕胡扯反而无味，于是只写了二页而止，又复了同学几封信，已是三时半了，遂到校去上课，上一小

时半，朱先生也真能说，两篇小文就口不停止的说了一小时半，不是易事，下课到图书馆去借书，又到操场去看了一刻赛垒球的，与中大赛，等小徐修理车半晌，不料半路又坏了，于是先回来在西单遇见了大马与他的F. W在买东西，匆匆即别，不料车座子前大簧忽又折了，到了车铺也没法子，到平民市场去找也没去，后经德兴隆告我进源在菜市口摆一车摊，有两个，于是我立即跑到那找到了，换上了一个，立刻又如新的一般，还有一个我也给买来了，以备不时之需，他还很客气，给了他一元他就不要了，我因为我很幸运，上次坏了，将就用了一时，折了时恰好老王找到一个，这次坏了，心里想这又麻烦了，因为这种大号座簧甚少，不易买到，所以多买一个，后我因很高兴，遂又给了他五毛，他直不要，终于被我强给他了，看他似乎很欢喜，回来已七时半左右了，饭后整理笔记。

6月4日　星期三（五月初十）　　下午阴，微雨旋晴

愈懒的我，一天没课，又是九点左右才起，总是未能早睡故而亦不能早起，真是不好，上午总是不能做什么事，多是空空放过实在太不好，这个习惯，午后看报，二时左右，开始写信答复弼五月廿二日所发来的信，我因为赶散文，把应复的信全都搁在一旁，现在却开始来回信债了，我预备这次写一封长信与弼，果然提起笔来，左一阵子感想，右一阵子心血来潮，才扯起这个，又想起那个，于是写了许多，一共是七大页，十四面，一直到六点左右才写完，足用了四小时，如愿以偿写了不少，本来下午要去出一趟，结果阴天下了一阵微雨，加之信写完已是六时多了，于是出门之议打消，信重看一遍，实是不少，里边又附去我的相片一张与她，晚饭后看了一刻《两地书》。

今天大部的精神都用在了复弼的信上了，不停地写，手指都写疼了，今天预备早一些睡，明天早起，可惜一天过去书没看多少，仅仅写了一封信而已，太不经济了，前与祖武信一并且附有稿纸数张，至今未得他回信，就是忙，也不至于如此，不知他到底接到否，五月廿九日转与伯长一信，亦至今无复音，不知为何他们那们不爱写信，我预备写一篇文章，纪

念弼的，虽是也想写一篇较长的东西，来纪念与斌交往的过去情形，而一想起现在改变得那种令人呕心，便不想写了，晚听无线电中广播四郎探母，唱者石鸿霖，嗓甚高吭，似刘派。

6月5日　星期四（五月十一）　　下午阴雨不定

《庄子》内篇七篇今日讲完不再进行，下礼拜即不上课了，主任的课始终也不令我感到什么兴趣，中午邀了同学李君国良一同往游什刹海之荷花市场，每届夏日，此处即有一定期之两个月期间小市场，茶棚及各色平民化之食物俱全，往年卖艺者亦极伙，近已渐无有矣，今年添数书摊，步行一过后，今年不甚热闹，与往年较冷落殊多，与李君在一名海丰轩之大棚中用午餐，足下板缝可见海水，四望碧绿，亦是另有一番风味，吃裙褷火烧，苏造肉等每人八角余，又往南行至小摊食扒糕凉粉，豆汁等冷热齐来，又在书摊购得一本《鲁迅论》，北新初版者，李何林编，朱肇洛先生介绍过，学校没有，归来至小马屋稍坐，他们正在整理屋子，旋即上课，下午阴闷热，令人精神不振，疲甚，下午四小时皆甚干燥，到了四时左右，竟降雨，并响雷，昨日雷声为今夏第一声，连日各庙等求雨，今竟降雨，真灵！但连日天气好似和人开玩笑，阴一阵晴一阵，下几点便止，今日下午便闹了二三次，真是斗人，下课把辅大招生简章与历届考题，顺路与泓送去，小坐即出，又就近与松三妹书琴送一张去，彼今年在欠满毕业，未在家，与其母略谈即辞出，至正风与青年会等地打听代人打英文者皆无，不料如此难找南城雨较大，晚因火吃甚晚，九时左右方食，晚稍理些事，重查文选表已十二时左右矣。

6月6日　星期五（五月十二）　　下午晴，雨不定

上午一小时半后的课，我因懒于回家，便到学校图书馆去看了一刻书报，并把文选作者表中所遗之人名的生平表查出，到了十一点左右与李君国良同去会仙居小饭铺吃饭，在辅仁几三年了，护国寺大街西口这个小饭

馆还真是没有吃过呢！这个小饭铺尚洁净东西分量也足，吃得很饱，午饭时不觉把我以前与女孩子的交往与国良谈了一些，中午到郑家去小坐，方与三表兄略谈，即有客来遂出与小二聊天，彼亦方归，我用过饭，等她饭后又与小二闲谈，又把我近来得意之问题"生与死之真义"宣传一番，后来随口又谈到现在女子问题，一时走口，说得含糊一点，不料惹得小二大不高兴，极力反对我的意见，说得很是激烈，一时到很不好意思，到真像是开辩论会似的，我又很喜欢她那种天真的，不顾一切尽量发表自己意见的坦白态度，我倒不觉得难堪，幸而维勤之弟去了，无形中解了此围，又谈顷之恰好我要上课了，遂去校。小二托我代作一篇文章，是意大利与法西斯蒂，这真有点叫我为难，我却不会扯这些玩意，到校郭老头子又写开了笔记，我补写了遗漏的人名等交了那表，又到图书馆去查现代语辞典看法西斯蒂的释文，抄了一页，下课一人独去中央公园，路途遇雨，到后旋止，游人不太多，先去水榭看画展什么青年画家华效先画的，看那人好脸熟好似在志成上过的，后来一小学同学蒋毓田去去，我未招呼，他亦未见我，华画的还不坏，出来又转到北面去看程枕霞式所办的中国历代妇女服装展览会，内列十六尊腊像，向唐宋以这明清，颇有趣，唐时有一二服装颇似朝鲜妇女装束，发式亦异，清末民初时之服饰亦颇有趣，民初海式妇女装束腊人前，有一日人在作彩色写生，腊人面部骤视之，犹如生人，腊像只闻法巴黎博物馆中有之，后在腊像阵列馆之秘密片中曾见过多数美观如一之腊像，出往北行，绕半干荷塘，过春明馆，内有十余人围坐下棋品茗，以中国人之习性，消遣高尚方之一，雨后初晴诸物皆新，茶肆竞布桌围揽客，至雪庐国画社主办之时贤画展，一室中满悬扇面，书画俱全，琳琅满目美不胜收，眼花缭乱，不暇应接，有一幅张大千作之扇面，标价一百八十元，亦一奇货也!? 过后河游人甚少，因下午连阴小雨二次之故也。又至格言亭小立，出往南，偶步至监狱售品所，昔年父携我来购物时，数问屋皆摆各种物品，今只余中间一屋且四壁皆空，只售手巾与布二种而已，且为数甚少，余皆为空室，状殊凄凉，出望新民堂参观优良家庭用具展览会，由日本家具商店联合展览，书桌、椅、柜、台、床等皆有西式者，日式者俱甚精巧，中国人木匠行研究大不如也，了到董事会看金协中画展，比华氏者似老练，题字亦佳，六时出，又至尚志看九姐夫，稍谈即出，七时许归来，晚觉疲乏，早息。

6月7日　星期六（五月十三）　　下午阴雨，凉

虽是没有课，但是今天去小徐家，陪他去找朱肇落先生的，关于他作论文的参考书要借借不知有无，上午七时左右起来，早餐后看过报，出去理发，不料今日上午已经满座，稍等了一刻，理完发已是十时许了，小徐已等了一刻，出来又回去，他拿东西，结果又忘带了手绢，这人也有点马马虎虎的，一路跑到朱先生家，幸而在家，还是那般样子，小徐不认得，我是去年来过一次的，故认得，朱先生正在编讲义，我们却又打扰了他，看了半晌书，只找到了四册书，不觉已是十一点多了，便辞归，与小徐分手，南北各归家。近日来不知何故，大查车捐，果然被他们查了许多漏捐的车，又有一笔意外收入了。午后不觉又很疲乏，午后且又阴天，小雨，天气凉了许多，热意大杀，三时许起来，五妹与小胖忽然来了，在院中与小妹等谈话，老五一身，衣、鞋、袜似乎都是她三姐的东西，一个个都长成了，四时半去大光明，第一场尚散，等了一刻钟才散，不料遇见了杨桓焕与何美英，我没看见他，他招呼我在一起谈了一刻，今天片子是叛舰喋血记，老片子了，不坏，值得一看，嘉柏尔、贾利劳顿等表演皆甚好，人数甚多，场面亦伟大壮烈，海上惊涛骇浪尤惊险，中有一女配角，颇似拉摩，不知何名，散场购物数件即归，闻铸兄力六嫂均来座谈顷之始去，晚督四弟念英文，又训诫半晌，我现对为兄之责尽可能皆办到，于心无愧也。

6月8日　星期日（五月十四）　　下午小阴

八时许才起来，上礼拜五，不合贸然允代小二写一篇什么意大利与法西斯蒂，我那会作这类的文章，她礼拜一就交，至今还未作出，心中总有这件事梗在心中，不大舒服，于是起来，便急忙写出，不料竟写了三页，不好，因为家中经济每月窘迫不足用度，故拟于暑假期中谋一短期小事，

来得一些微报酬，挹注家用，此念已存心中甚久，只是苦无机缘，无法结果，只好写一封信与新北京报社会服务栏，希望由其帮助，不知有事否？午后看报，换了衣服去学校，因为今天是返校节，热闹得很回去看看，顺路把信送到报馆后，到郑家去，因为大宝说要去辅仁参观一番，到那时，六表兄表嫂亦在，略谈，大宝处有同学，等一刻方走去，约三时许与她一同走去，路上土不少，二宝不去，到了学校先领她到第一宿舍转了一转，到小马屋未在，李景岳在，当中屋内桌上杯盘狼藉，显系早晨来人甚多，水果糖也吃完于是他开了一瓶橘子水，略看看便出来，又到李培屋中去，不料他与他的爱人在屋内找什么书呢，因为他屋子特别，所以进去看看，不料大宝竟认得李培的女友，是叫什么刘乃酥的，女一中毕业，长得怪得很，李培怎么会喜欢她，怪事。出来到大学去看，在门口又遇见了大马兄弟，大马身旁站定了他 Friend、Wife，杜小姐架子大得很，神气！不大爱理人，下次也不理她，长的也不好，很老似的，大马怎么会喜欢她，又是一个怪事。进楼内第一层，心理实验室，教育系办之夜垫工友成绩展览不错，图书馆中绕了一圈，又到神父花园走了一圈，到处都是人，真是热闹得很，各处开放，家长也有，小孩也有，女孩子也真多，各式各样人俱全，同学一个个打扮得整整齐齐，领了女朋友到处走，洋洋得意神气。由一楼绕到二楼，又走到女校去，因为有教授与校友作拔河比赛，布告上载有文，理，教育各院名教授，校长院长秘书长各系主任俱有，亦一热闹特殊节目。往年重心在下午，今年男生没有运动会，女生有，却在上午，我亦未来看，许多都未看见，实在遗憾，后悔上午没有来，女院心理系也摆了一些实验仪器，小巧如玩具，与男方又是不同，又到女生宿舍去看，因我没有认识人，所以不过是随着人随便看看。房子散乱，许多地方都走乱了，还有一处很是破旧，大宝碰见不少她的同学，我却仅只碰见十余位同学，刘二与她太太亦去，小徐今天未来，由女校出来，又到三楼去看画展，下来又到附中看看，出来各处差不多皆走到，路走得不少，于是便又走回来了，四弟来了，与小三骑我车去艺文看赛球，等了半晌才回来，归途遇见刘曾履，小徐，晚饭后倦卧床上休息，九时半起记日记后寝。

6月9日 星期一（五月十五） 阴微雨

昨天返校节，大家欢乐忙一天，所以今天放假以资休息，上午一懒十点才起，娘身体不好，昨晚稍受凉卧床上吐了几口污水，今早勉起为弟妹煮粥后又卧下，发烧，十一时许始起，起来过晚，看看报便到了中午，午后贴了一小时多的，剪下来的报纸，又看了半晌的《力之秘诀》我现在颇注意体力健康，自己身体向来不曾注意过，现在才大大感到自己身体的瘦小，十分羡慕憧憬那些大力士强大美丽健壮的身体，我将努力锻炼身体，使其尽量发展，但是锻炼身体时是需要器械的，这却要相当的经济力才能办到，像现在二毛五一磅的铁，数十百镑，也要一些钱呢，这却使我十分为难，不易办到，总做轻运动，总不能发达最好的，我将来志愿之一，是要兴建一所体育馆，廉价入内，预备一切健身器械，以资普及一般人增进体格的健康，四时许冒微雨去大光明看埃尔佛林．哈蕙兰，路赛珍等合演的《Fons's erowd》（《游击恋爱》），胡调胡闹一气，这种作风，倒是埃的新改变，当中自有不少笑料。在影院遇见李庆成，王光美，赵德培等，回来雨止，晚誊写广雅笔记，下雨，天气便凉得多了，好似初秋毫不像五月中旬的天气，虽说是有闰月，也不热！怪！

6月10日 星期二（五月十六） 下午阴晴不定

上午《庄子》结束，所以也就没有课了，可是自己一疏懒，竟快十点了才起来，接到赵祖武君寄来的工商生活两册，内容比较辅仁生活，丰富得多，亦有文艺，校外通讯等栏，主要皆是工商新闻，我写之辅仁通讯一束及辅大宿舍夜素描，占了大半页，在最后一页，因为一早寄去一信问他工商生活事，故中午又发一信告他工商生活事，故中午又发一信，告他工商生活已收到，午后，因带五弟去校，故未十二时半即出去，先到陈书琨老伯处稍坐，告以华裔学生不能续借，代向各处打探无人代打英文文件，出又至小徐处，他尚未用饭，在等赵，一时许他们才吃饭，下午辅仁女附

中要开什么会，有赵等跳舞，又去整理头发，一时二十分赵去，我与小徐闲聊，他近来有钱买了许多书，今日中午在西单购了四本商务洋装陆游（放翁）全集三元五甚便宜，得意非凡，他二人皆小孩子脾气，三时赵又回来洗脸，擦粉涂脂化装，换衣，三时廿分一同出来，在太平仓分手，我与小徐先到什刹海市场走走，遛遛看看书摊，遇见赵大年与徐光振二人，小徐买了一本书，我请他饮了一瓶汽水，又回校上课，上一小时半后与李国良刘冠邦二人去遛，结果将身上所有四元三角皆购书，计共十册，归来人遇徐赵二人在床棚间坐，在西单又遇徐赵，归家灯下看报及记账等每日欲作之事，甚多，而时间不够，多日无仆妇，一切均娘及李娘亲自动手，娘身体不好，已累病，今日又找一新仆妇来，一切从头教，麻烦之极。

6月11日　星期三（五月十七）　　晴，下午多云，闷

总想实行早睡与早起，但是总未能实现，连日仍是起的不早，睡的亦不早，今日又是十点左右方起来，看过报，看完了一本工商生活便过了一个上午，午后习了半页小字，大退步，无论什么事，一搁下便生疏，便退步，这是一定的道理，时常接触，便熟练，又看了半晌，两地书，是鲁迅与景宋二人从师生通讯起至恋爱为止的信件，内容并不是亲爱呀！花呀！肉呀的一套，而都是讨论学校风潮刊物等等而已，二人所写的都有风味，文字都不错，间或亦有幽默风味，但是没什么意味，所以只看了一部分，以后大半只是随便翻翻而已。不出去，只在家中屋中，院中走走很是烦闷无聊，虽然有许多书没有看呢，又买了不少书，但是烦闷无聊的时候也不想把那些没有看过的书拿来看看，正要把力之秘诀拿来看看，不料七姐忽带了她新娶的大儿媳柳庆宜来回看娘了，让进来坐了半晌，又谈了半晌，左不是说西院搬家之事而已。柳很大方，谈了一阵子学校事，五时许陪她二人过去到力家坐，九姐及太在家，九姐见我仍是不大理，冷冷的也不说话，我要不是七姐要我去，我才不去呢，坐了约一小时，又冲了杏仁粉（藕？）我未吃，六时许七姐等辞出，我亦归来，整日皆觉无聊，天热人

懒，晚略看书。

6月12日　星期四（五月十八）　　晴，热

天下的事物没有完全的，冬天冷，处处不方便，生火费煤，费钱，人穿的衣服多，臃肿不便，大受拘束，夏天，不用生火，省煤，人穿的也少了，大解放，十分舒适，但是蚊虫等咬，痒得难过，天热不得不花一笔冷食钱，且天热起来，无孔不入，令你成天懒洋洋的没有精神，没有气力，只是喜睡，什么事都懒得做，且因热而出汗，而污衣，而洗澡等亦相当麻烦费时……亦多不好之处，故太冷太热都不好，不冷不热之时又不长，没有那么多如心如意之时季，事物等别的一切均如此，人就在这多方面的不舒适下生活直到死。

去学校之先，先到浙兴取了十余元，又绕道去校，不料在什刹海西边路上遇见了朱头及安笑乔，他二人泡个什么劲!？到校上了两小时的《世说新语》，主任征求我们意见，下半年开什么课，今天闻有我系有欲开本系男女生联欢会之讯，四年级擦油，不知能实现否！中午请朱头到什刹海午饭，吃褡裢火烧、苏造肉、肉饼等。才二元许，便宜，又稍遛，十二时半又往家中跑，一时许到家，全身皆汗，今日太阳可热！稍息二时又去校迟到廿余分钟，汉书未曾告过假，没关系，也不大听，讲了一小时许，略谈些别的这才结束，未上，与梁秉诠、李国良、李进修三人去什刹海闲遛，吃了一碗豆腐脑，一碗豆汁，李梁请我与进修，我又购徐懋庸之文艺思潮小史及燕大出版之鲁迅各一册，归途在亚北又进冷食，今日炎日下跑路不少，甚疲乏，卧床小息，坐院中看报，并听 Radio 中放王杰魁说包公案一小时，晚看书，身边各处借，及自购之书甚多，大半未看，暑假中一定非要解决一部分不可！

6月13日　星期间（五月十九）　　晴，闷

一上午只上了一小时多的课，本来考作五首的咏怀诗，今经某位女同

学之要求，竟减至三首。不知哪位同学心血来潮，今年放假后，又要举行聚餐联欢会，会前两日已是酝酿了一番，只是今年有了女同学，有人提议与她们联欢，但是合班一年，互不答理，亦不交言谈，又何从联起，今天经李国良、刘镜清、朱泽吉、刘冠邦、李进修五人积极努力之下，竟在下了课以后，女同学都要走，经二刘出去拦劝，又都回来坐下了，余立任千金淑宜小姐竟走了，和老头子一个倔劲。王善端和另一位本已走了，大约后来觉得不是味又回来了，李兄不赖，竟上台发言了，说话很清楚也稳并未烧牌，不易，我却办不到，大意是我们每年有聚餐联欢之举，今年仍要援例举行，征求女同学同意，问她们愿否与我们一同聚会，后经议决，是女同学们商议后再答复我们，下课后，到马永海屋坐半响，卧其床上看报，至午出用午饭，又到马屋休息，并小睡下午又去上课，两小时郭老头子，也没人有心听，糊糊涂涂上了一小时半，闲聊了大半堂，出来，与小徐去什刹海遛书摊，今日闻马永海言，今年辅大教员在什刹海用饭者甚多，且有教授，提大皮包坐豆汁摊大吃，并进烧饼麻花而已。什刹夏日荷花市场，北京地道各种食物几皆完备，拟在放假前将该处所售食物完全吃到了，喝豆汁吃烧饼麻花，亦一别有风味者。小徐购书一册，即同行归来。在西单又遇刘镜清，男女间之"情"字，实一神秘不可解之谜，其具有极伟大之力量在焉，无论结婚未，订婚未，有无情人，一闻有与异性相接近之机会，必皆兴奋异常，亦大有趣味之问题也。故二李二刘（皆结婚），朱君未结婚，先泡泡一个也是好的，故近常与安笑乔小姐（已与一李姓结婚）接近，连在热恋未婚妻之小徐也大感兴趣矣。归来阴天，并降微雨，风已止，天气又凉快许多，晚饭后忽又乏甚，卧床上小睡，至九时半过方起，不知自己近日何故如此疲懒，任何事皆懒做且极易疲倦。今日未做何事，亦未多跑路，上午休息大半时，且在小马屋卧睡半响，下午在课室亦舒适，且未用脑力，不知晚又何以如此困倦，天热之故欤!? 恐亦不至如此，此尚早，且今年尚有闰月，现亦未大热，下午厚沛忽来找我，问华子地址，他请我吃冰棍一根，橘子水一瓶，上午吃刘冠邦香蕉一根，昨日下午赵德培亦请我喝汽水，吃冰棍，回去道上，自己在亚北又吃冰棍，连日冷食可吃的不少，前二日尚担心自己冷热齐来，胡吃一气会生病，不料竟无事，现在下礼拜即考，病了可糟心。

6月14日　星期四（五月二十）　半阴，晚风

求雨，各处皆求雨，因为今年干旱，近一个多礼拜，时时阴天，可是就是不下大雨，也下雨，小得很，下点点缀意思，反正是下了，不大管事，今天半晴得一天，却不下雨，斗气，晚又起风，又有点凉意了！不知自己何以如此疲乏懒倦，又无何特殊现象与变化，今日竟快到十一点方起，自己都有点恨自己了，看报，并记账等琐事，一个上午跑了，午后沐浴，天气不热，洗后十分舒服，看了半晌力之秘诀，又是一时意之所至整理半晌，可是费了许多时间，并无用处，十分后悔，本想整理一下，拿去装订，不料大小不一，十分麻烦，一生气又收起来了，弟妹们不懂事，处处费心，费力，费话，处处惹你不高兴，生气，如此操心，恐必短寿十年，操心家务，管弟妹心不得闲，不得舒适，不得休息，十分忧闷，书怎念得好，做大儿，兄长实不易为也，欲尽为兄之责任，非相当费心力不可。非徒只是张口兄长如何，闭口兄长如何即可，为兄长之责任即尽者可比也，应负起兄长之实际责任方是兄长，否则非兄长也，为弟妹少不了淘气，晚略看书。

6月15日　星期日（五月廿一）　阴雨（凉）

整日的阴霾密布，不时的降雨，沉闷无聊的天气，使我更加抑郁无味，上午九时起来，阴沉沉的天气，暗沉沉的好似下午，七八点的时光，令人十分不快，昨夜便开始降了雨到十点左右才止。但是一天一阵一阵的下，只是不大，近半个月来，也只算此次是降的量数最多了，田家又可大喜，不必再求雨拜神了！上午看完了［美］Earle　Liedemman 著，赵竹光译的《力之秘诀》。看过报，午后看书，二时左右忽又疲乏了，不禁又卧在床上不觉睡着，一下又卧到五时半方起，真是疏懒之至。连日既未多费神，更未多费力，不知何以如此爱睡喜乏，自己何至如此不中用，年轻轻

的，更未做何劳力，难道有什么毛病！可又没有什么不适。今日看《力之秘诀》倒数第二章（十一）说人运动过度会有此现象，不但不能进步，而且反而破坏有害，或许我是因此之故吧！但我的每天运动也不过分，过重过累，且休息数日，略停止一下，试试看是如何，下午起看一刻文选中之诗，晚灯下又看书，并习小字一页，多日不习，丑恶甚，自己疏懒之至，字迹潦草歪斜甚难看，不像廿多岁，念了十多年的大学生底笔迹，实惭甚，仆媪去，多日一切粗细皆由娘与李娘亲自动手，我又未能助作何事。每一视及，心中殊不安，更不忍，闷在家中，既未做何事，实烦甚，暑假中甚长，拟寻一事做做，不知可有机缘。前阅祖武兄由津寄来之工商招生简章，内有国际贸易系，甚悔，从前未考此系，此比国文系出路好多之也，悔亦晚矣。国文系全在自己苦读多看，否则课程甚松，对甚无何益处也，轻松自己不干，便无聊赖矣，明日起考五日又放假矣。

6月16日　星期一（五月廿二）　　下午阴，上午雨

老墙根，火道口一带真是难行之至，平时土没脚面，而一下小雨，便成了泥塘小河，简直是不像人走的路，早晨下雨，弟妹们全都冒雨步行而去，要坐车七八毛还未必拉，一闹天上学实在是个问题，以前下雨一个个皆有车坐，不徒今日却如此苦法，实则亦不算苦，好日子在后边呢！九时出门已不降雨，先至陈书琨老伯处，取书未取回，约定明日再去，到校考校勘学，答全唐诗全唐文内容之探讨一题，不甚得意，中午归来，路过小徐家，进去看他新由沪购来之中国新文学大系十册，心甚喜之，亦拟购十册，拟托王弼买不知可否，中午归来，饭后看报，西院搬走后买主已收拾房，忆前尚埋于树下之一小洋铁筒中有志成月刊等数册，遂请门房人挖出，筒全锈，打开一看书因地下湿气，亦全糟朽，只少数未坏，整理半响，又看汉书贾谊，董仲舒二人列传，困卧一小时起在院中小步，院中多日无人整理，树枝多芜杂，地下乱草，今日外院经门房中寄居之父子，打扫清楚多多，俟放假后，将院中各处整理一番，必又另是一番面目也，灯下习小字一页，稍好，又看《中国新文学的源流》。

6月17日　星期二（五月廿三）　晴

考过《庄子》，便到前门浙兴取那点款子，六十元是月用，另提九十是买米的，昨日竟闹成家中米无，钱已无，恐怕本月仍不足用的，又到五弟学校却找他，带他到西长安街小饭馆吃一顿午餐，我也吃了一点，就去了一元多，东西贵，钱简直不是钱，到家又略进午饭后，看书报，有时十分讨厌弟妹，但有时自也十分喜爱，关心他们，这年头作哥哥便应尽做哥哥的责任，不尽义务便享权力，没有那么回事，而且弟妹们此时我不来负责，不来管理谁来招呼，下午三时多，到校考近代散文答的尚满意，发回了我交的课外散文，朱先生谓我有一篇书简，是与顾随先生的，在七篇中较好，出我意料之外，归途到郑家（毛家湾）去坐一刻，三表兄处有客人，小孩子因下礼拜考，都忙着在念书，待了不久便回来了，晚上自己又把一礼拜中赶出的东西（散文）拿出来看了一遍，因倦未作日记。（廿四补记）

6月18日　星期三（五月廿四）　晴，暖

第一、二时考诗三百篇，昨夜决定把那篇本来要写给顾先的书简，带去并与顾先生看了，他也交还我的扇面，他给我写的是帅字，很好，可是那面是他弟弟六吉画的画，不太好，有点俗气，也许因不相识，所以马马虎虎的应付而已，今年六吉在美术系毕业（辅大）了呢！我不满意那半面的画，顾先生与我的面子真不小，他昆仲合作的扇面，却甚可珍贵呢！《诗经》考的也还满意，交卷时，顾先生还我的信，并写一简条子与我，谓他不赞成社交公开，会影响学生学业，师生联欢亦无用，谓是旷时失业，至于教育问题，他却未答我，但告我暑假中燕大 E 先生开一课为"人生问题"，我可去一听，他自认很老了，及其健康不能恢复等种种原因，有的许多话，却大出我意料之外，他亦是认为自己老了，不行了，暮气沉沉，实令我不赞成他这种念头，下课大家讨论开茶话会聚欢事，女生确拒

绝不参加，我们仍要去开的，不能因她们而停止了，推定了发起人李国良、刘镜清、刘冠邦、朱泽吉、李进修诸君负责办理一切事宜，每人交三元，定于廿一日下午旧七时在北海，原为五龙亭，后改仍为道宁斋，去年旧地，十一时去 153 教室与储先生谈半晌，至十二时散去，指导分数不要，中午归来午后，看报略思，即去 c. k. Theather 去看《Novthwest passage》，译名为《西北英雄》，由 M. G. M 公司出品，B Spencer Tracy 及 Relest young 等主演，为去年度十一名片之一（冠军？）且为五彩片子，场面伟大，表演变精彩，述一青年画家与一少校率民团二百余人，深入西北去铲除为害人民的印第安野人，弭干祸乱，受尽千辛万苦。其中叫大家曳船越山邱，及做人作成桥梁而渡急流两幕甚为伟大，夜袭土人部队，以火攻塞，枪击肉搏一幕亦极为紧张惊险，可称为一流影片，亦可见创业之艰难，散场至市场闲步，乃至书摊看书，新目，港沪等地所印出之新书甚多，虽皆甚想看，但无多量经济与之交换立二书，摊看了半晌书，亦未买，不觉已过二三小时，又到一书摊看半晌画报，至七时许方离书摊，出市场归来晚看《世说笔记》，至十一时许（20 日补记）。

6 月 19 日　星期四（五月廿五）　　阴，下午降大雨，凉

世说老头出题为论许子将、郭林宗，并及当时风气参考笔记等。写了一篇半，小徐弄不出来，一劲发急，又犯小孩子脾气，中午与李国良去什刹海午饭，仍是苏造肉、肉饼、火烧、褡裢火烧，又加了一碗汤面，不料一个人竟用了一元三角。吃完便回学校，略看《广雅笔记》，便各去宿舍找同学，在小马屋待了半小时，又到图书馆去看了一刻书，在新文学大系，鲁迅编之小说中有一篇《失踪》，署名顾随的，不知是否顾随先生之作品，下午《汉书》考的也很无聊，今将《贾宜传》中之"治安策"缩写隐括出数百字之短文，实在麻烦，两小时太短时间，答的不大满意，继之是《广雅》，反正是个抄，甲组同学还许好点，材料多的关系，而朱君即是例外，虽在乙组，其所知所用的书恐比甲组还多，后看许多同学答的简单的很多，不料答完却下开雨了，还不甚大，大家等雨，在廊上坐看闲

聊，谈谈，廿年夏天的故事（西苑）很是有趣，后来等了半晌，与小徐同走，邀我至其家，取书，遂至其家，转瞬而忽变大，且久久不停，出我意料之外，霎时天即垂幕，遂在其家休息，并与小徐畅谈往事，黄，舒，王三人之友谊经过说得甚详尽，口不稍停，一时感情甚为兴奋，不觉霎时即八时许，因为来得仓促，不速之客，并无何备，遂另买面，只小徐与我同食，饭后又谈，这个那个，没有准，不知不觉竟是一时多了，遂各自上床安歇，他屋另有一单人空床，为其兄仁长在燕大回来时所睡用者，此时正空可以容我，因雨甚大，且天黑，家中又甚远路且十分难行，故不得已勉强在其家睡一夜，好在他家人口简单，一半瘫的父，伯母照顾病人，已不管他，只我与小徐，故一切均甚方便，我生性喜有规律，整洁不反常，生活平易无什变化，而今日却忽至小徐家睡一夜亦一趣事（21日补）。

6月20日　星期五（五月廿六）　　晴

因为今天第一时就有考的，昨夜睡得晚，又不是自己家中，又因昨夜应该打一电话回家，也未打，恐怕娘不放心，所以今天一早五时就醒了一次，而六点又醒了。七时与小徐一同起来，睡的还没有什么不惯，出来到院中吸吸新鲜空气，他家养有鸡，狗，猫，兔，鸭，一清晨此喊彼叫吵个不停，也不容你不早起，别有一番风味，小徐他洗脸不用肥皂，也不用热水，洗足亦如此，上午我亦用冷水洗面，草草漱过口，又吃早点，他买了六套烧饼做早点却让我吃了四套，一人一杯几口，我一夜一早，却恐怕委屈了他两次肚子，他还说委屈了我，差十分去校，只用了五分钟，早上是有点凉，诗这次考的是咏怀，自己一懒没作，周中力君代庖，也只是平常而已，不料为刘镜清抄了半天他的诗，女生在前边围着孙先生不知在说些什么，又到宿舍去一趟，还人书，因恐母不放心，遂决定回去一趟，到家，幸而娘未十分担心，以为我昨夜在郑家，昨夜豪雨，家中我书房南边西墙坍下，幸未伤人物，玻璃砖日前误为我无意中弄坏，铁哑铃新借的，也被小妹与五弟弄断一个，家中用款过多，才二日又去大半，一时多数不

如意之事，便自己十分烦闷，心绪不佳，故拟作之文选作者名籍表序列，也未写成，饭后到校 11 点时据早上写的大纲，写了一页半交上，下课与李国良，梁秉诠，刘镜清，刘冠邦四块大人（因彼等均为已结婚之人），五人同至什刹海遛湾。后二刘先去，我请李梁二人吃了点零食，竟去了八角钱，又买了二毛的油酥火烧，才四个，带回家来，至家略息看二日的报，旋进晚饭，晚饭前身体忽感倦卧床上小息，晚补写上日日记，至十一时止，今日考完又混过了一年，全身为之一松，但时光过得极快，转眼明年即将到临，论文如何，前途如何，时刻为念，而今一切未曾动手，一时又不禁十分惊怕！（21 补写）

6 月 21 日　星期六（五月廿七）　　下午阴晴不定

上午九时去校转了一圈，到地下室赵德培屋坐了一刻，校中无什么事，又到小徐处坐一刻，取了遗下的散文，并他还我的书册，略谈，他与赵拟在暑假中去大连省亲，其双亲，但现在请领什旅行证，入国证等十分麻烦，尚不知能否顺利如愿，谈至十一时半回家，午后看报，并擦自行车，又补写廿日之日记，下午四弟无知，又去游泳，因同学送他票一张，五弟小妹去中央看万年尸魔，没有什么意义与价值的片子下午天气忽阴忽晴不定，并降微雨，幸后终于转晴，五时半黄小弟忽骑车来，我因今日下午七时，本系同学大家约好去北海开茶话会聚餐，所以我一人提前早一些吃饭。正吃时，忽斌与其母及五妹皆来，彼等先生力家，又来此，一进屋斌与其母即频问我何以总不去其家，并连拍我肩不止，并谓在家等我一天不止。斌似略胖，我吃完又与她们略谈，现在似乎与斌见面，没得可说了，时已不早，约六时半，我遂换衣服欲去北海赴会。斌母等亦因此已六时半亦辞归，又到西院空房子去看看，我则先行，今日对斌颇冷漠，她似乎颇不高兴，但这却没有法子，我现在又能对她表示什么，只能维持普通友谊而已，况且我对这番转变后的她，大大失望，逐渐淡薄。天气渐热愈晚，在黄昏时，气温降低，于是大街上人便加多起来，很是热闹，大有十分升平景象，走到西安门内大街遇见了周力中，遂同行，到了漪澜堂已来了大半，北海游人甚多，因今日礼拜六故也，唯今日不大热，大不如去年热甚，梁秉诠或宁士育操琴，他二人一唱老生一唱旦，李进修还唱黑头，徐光振也来一段大师李鑫平说一段笑话，不错，后又唱一段单弦岔曲，风雨归舟，嗓子不大好，可是味很够，已甚难能，朱君为我扇子，由东城跑到北城来迟廿分钟，小柴（青峰）辅大国文系教员写得不坏，拟手不及顾先生者，买的瓜子糖花生，糖果，蜜枣，小鸡蛋卷等等，甚多意吃不下什么，虽努力吃也没吃下多少，人多势众亦未吃完，八时许大家入座，其实茶水乱七八糟已是灌了七成，坐下点心甚不好，不过都是一样的，有水果和杏，颇大，有汽水，又开了啤酒，像徐光振，赵大年，葛松龄，宁士育，殷晋枢，李国良等均善饮，又倒了个全桌子，一时谈笑甚欢，东西仍是随便吃，大师又讲了个故事，也很好，肚子零七八碎存得有些，末后，每人不有一杯冰激凌，肚子涨满了各种各样的东西，虽有许多东西但是吃不下了眼看着也没法子，葛君来迟，先罚酒数杯，并歌逍遥津一段，高亢入云，实在够味，唱的很好，大家报以如雷之掌声，其音高处仍有转折，只数句而已，本系除唱洋歌以外，本国一切玩意总算人材皆有，长条一桌又是去年景象，而以坐在西头赵大年，葛，殷，徐那一帮人十分热闹，频频传杯递酒，后李国良与梁二人又各说一个小故事，去年每一人说一件故事之例无形取消，大家庭互相谈笑，至九时半遂告解散互道珍重并互问通信处而别，在末后徐光振兄出一扇请众人签名留作纪念，亦一别致者，我亦想到惜别时才想起已甚迟，在七时半左右，女同学亦有数人来北海安并找朱出去谈了数语，真可以，二人打得厮熟了，女生不参加我们也会举行的，给她们个颜色看看，结果用去伍拾余元，酒饮的不少，不然足够，东西可已买了十余元，无形中不足廿元左右，又是他们发起人代垫出来，却不大公平，个个似乎都很高兴，时光如飞，明年此时再一会，便劳燕分飞，再见颇难矣，出来时与朱，周，徐（小徐），赵大年，同步出北海前门，赵大年似乎有点醉了，出园来已是十时左右，晚上还很凉快，一点也不热，在西单遇见了刘曾履遂同行，到这十时半左右，因疲倦休息。

6月22日 星期日（五月廿八） 下午阴

　　早晨八时半被弟妹们叫起来，早点后，整理东西，写二张明信片，一与朱天真嫂者，一与延龄皆复信，多日才说的，旋孙祁来，代其购一本辅大入学历年试题，交他，略谈彼即匆匆辞去，又习大字半响，多日未写了，中午上供，乃是"脱孝服"本应礼拜三举行，因弟妹们考，提前三日没关系，供菜上香于父遗像前，稍后即换着罗绸等衣再拜一遍便完了，以后什么衣服皆可穿了，此不过都是无用的传统的迷信的方式，不过是略表生人纪念这一点意思而已。午后甚热，风亦和，习小字一页，并写日记，至四时许天忽又转阴霾，午得泓来信内附有代我剪下之鲁迅传，女一中将有欢送会，因不招待外宾故我不能前往，仍是问我考那个大学，匆匆一日已过大半而什么事未做，暑假如过竟如此混过则大糟心，书，事，应办者甚多，努力！至少这一星期内，无论什么事也要做出一点来，虽是才放假的第一个礼拜，也不能令其白白放过，下午五时天又转晴，带五弟去欧亚照相预备考学校用，而今年他考上师大附中最好，既便宜，距离亦近，他校车饭二者均大不方便，一路上遇见同学二三人，只去北影，他处皆未去，即归来，晚复泓一信，不觉已近午夜。

6月23日 星期一（五月廿九） 晴热

　　昨日夏至，但今日方热起来，今天预定是去东城各亲友处去探视一番，平日难得去东城的，于是九时半起来，洗头发，看报，便过了一个上午，十二时半五弟还要去校，上午骑我车回来，还得带他一程，急促中换了衣服，便出来，因尚早，便到 kef 去看 Magic & Music 译名为《雏凤初鸣》（应是《音乐之魔力》），为新小女歌星 Susanra Foscer，由 Allen goocno and Mangart Lindsag 等助演，S. F 并不太好，只是其中以全国儿童音乐夏令营学校为背景，其中儿童大小俱全，大乐队中乐器亦全，其中有二拉提琴者，一男一女，一女弹钢琴皆甚好，将来必能成为音乐中之钜子。末演歌剧时，有二乐队对台演奏，亦正如时下合作戏名伶，各有各之胡琴一般，亦殊别致有趣，前边加演有跳水各种姿势之表演，俱可称为标准姿势，其中且夹杂有滑稽角色之表演，有数镜头以柳树为背景律美之人体飞跃其间，殊为美丽，散场方二时四十分，遂冒烈日往北穿东四，过猪市大街，至弓强胡同去看五姐，睡午党，被我搅起，谈顷之，有沈燕侯之长子由沪携妇来访，坐顷之而去，至四时许我亦辞出，至三嫂处小坐，随便谈谈，并煮面一碗与我作点心，宝钧曾归来，因价二元，已去天津玩耍，大弟下月初来平，至五时许辞出，又到南池子南口飞龙桥去看七姐，及七姐夫，谈半晌，旋增益亦归来，握手甚热烈，某新妇颇婉顺，谈顷之，至亦时一刻出，又到附近北库司胡同一号沙漠画报社去访黄表嫂及斌，进门闻彼等谈话声，呼之，先在办公事坐，已下班，正在整理事务，桌上有多捆分票，表嫂勒令换了二元，旋汉生由外换钱归来，遂又到跨院中坐，到表嫂屋及斌住之屋，皆甚简净，斌住室北有一小间浴室，浴盆砌在地下，有二层阶级，如小型游泳池，亦别致，因是西屋，窗外虽有花树叶仍甚热，出至院中坐旋即开饭，环坐院中食，菜亦是简单，家常而已，有饭、稀饭、烙饼、烧饼等，谈笑甚欢，汉生调皮犹如小孩，唯闻笑声不止，至八时辞归，至家已暮，跑了一下午倦，十一时半寝。

6 月 24 日　星期二（五月三十）　　下午阴，小雨，闷热

　　一放假无形中仍是很懒，今日一贪睡，稍为多迷糊一刻睁眼一看便已是九时多了，急忙起来，大太阳好天气，够热的，上午看报，昨日报载廿二日上午德突对苏宣战，展开二千五百余公里长之战线目标，在乌克兰，国际上的危机与变化，真是愈来愈微妙，不可言状，日本松冈上次的游欧苏，这一下子全归泡影，而义继之亦对苏宣战朋友可大为难，没有那么痛快，以前不久苏德结不可侵条约，并由苏供给德以各种原料，而今日竟打起来了，这真是有点令人惊奇，大出人意料之外，什么信用，由此更是显足的露毫无用处，德国雄心壮志也实足惊人，希特勒此举才是一鸣惊人，以往攻无不克，战无不利的横行全欧的德军，看他这次在苏联领土

内走得通否，老俄苏军一切宣传多年实力十分雄厚，这次看他卫国御侮的能力如何，愈来愈热闹的欧洲舞台，我们也是蹲在火沿上看着火。今日报载俄军失利，德方并预料二月可以结束此次德苏战争，咱们都拭目以观这幕如何结束吧！午后看小说半晌，又看完了燕大 1936 年学生自治会出版的《纪念鲁迅先生专号》？（封面已无）又习数页大字，晚看日本新兴文学选译，今日偶动念，拟与同学组一习字会！字写得好一些的太少了。

6月25日　星期三（六月初一）　　晴，暖

昨夜睡的不算早，但今日起的不算晚，六时三刻起的，早点后整理东西纸张，六点左右土匠早已来修理坏墙了，乒乓乱响也睡不下去，送报的来了，多买了两份别的报，这两天国际变化甚大，德苏也打得甚是热闹，可是看了半晌也没什么特别的新闻。习了一页小字，习了两天，已渐恢复，有点样子不似前数日写得那么难看了，继之是看了半晌的报纸，五分钱新民报两大张实在值，纸也买不来，午后又看了刻报，并把一本日本新兴文学选译看完，很薄，很少，张一岩译，星云堂出版，我觉得也并不怎么好，四时至五时，睡了一小觉，起来又习大字数页，窗外，四个学徒小工整弄了二天，今日已砌得将要成功了，惟墙后缝子加土过多，竟一下又倒下来了，前功尽弃，烈日下辛辛苦苦的工作，看着实在可怜，大家看着正在做着的成绩已要完成又倒塌了，十分惭愧，难过，惊愕似的，叨念着又要被掌柜的骂了，白费了两天的工夫呢！五时半出去到西单绒线胡同等地绕了一圈，车前带又破了，修理车又等了半晌，到家已是七时半了，今天也够热的，晚上尚好，院子本可乘凉，惟时有恶味袭来，实令人吃弗消，亦一大煞风景事！

6月26日　星期四（六月初二）　　晴，暖

八时起来，用早餐时祖武来访，想不到他这么早会来了，本来今日

也想打个电话去问他回来没有，谈起来，才知他礼拜日便回来了，每次差不多都是他由津回来先来看我，这倒有点心中不安，谈了一阵子，天津学校，将来拟令四弟考工商土木科，他并允借与书用。前报载工商乒乓与排球来平比赛，实皆无其事，皆未来，怪不得我皆未看见他二人。祖武拟在暑假中补习英文，陪他去报子街西城青年会要了简章，七月三号才开学，在西单分手，因偶阅新北京报，载有北平京新民会总会，招考临时事务事，为期只二个月大约系七月至八月，暑假甚长，此末一个假期，三个月呢，拟寻一小事做做，此亦一机会，本尚游疑未定，后决意姑且一试，成否，去否再说，故与祖武分手后，即去西长安街，入内一看，各处人员甚多，皆甚形忙碌，房屋亦多，不知哪来那么多事，靠此会吃饭者不知多少，男女中日职员皆有，报名处中国人甚和气，现已有报名六十余人，规定25—35岁者，我以廿三亦见报名，手续简单不收何费用，因人多改期考试，约取五六名，每日工作五六小时，考些普通公式之类，亦有趣，一半是体验新奇事务，增加阅历，一半是尝尝做事滋味，尤以在新民会中看看都是什么玩意，但是报名者不少，约合十名中取一个，亦不甚易，出又经府右街入运料门在中南海走了小半圈，找到怀仁堂南，国语速记传习所即在中国辞典编纂处内，找了半晌才要了一份简章归来，中南海内，新华社政委会下所设立之各种机会真不少，各处办了人亦皆不少，附属在华北政委会下吃饭者不知有多少人，会钻门路的，这么多机会，哪还不能找件事做，中午归来不太热，以礼拜一我出门那日最热，午后看报，二时许困，一睡三小时，五点才起，懒极，下次不睡，一睡便过多，误事甚多，每日办不了多少事便又晚了，起来不久，铸兄来毕顷之，放下本月份助洋十元而去，家中每月不足用，取六十元归来三天即时完，今又告竭，此十元，八元付房租，一元五弟考校摄影，一元报名又全完了，其余半月多尚不知如何过法，想起实可怕之至，无事将把家中无用什物整理出出售。五弟一骑我车去校，我便什么事不能办！什么时候还要上学，二弟不知用功实令人焦灼，且生活日高，分文进款皆无如何是好，将来去向人海中奋斗挣扎能否得一碗饭吃，实无把握，前途渺茫，不堪设想，唯有努力，奋斗耳，入夏日渐炎热，蝉已鸣，夜灯下众虫群飞，亦在求光明求生也。

6 月 27 日　星期五（六月初三）　　晚，暴风雨

　　放假后，无形中疏懒甚，上午十时许起，看报，下午看书，借自小徐处之《十年》并习小字一页，大字二三页。大字不佳，久未习练之故，四至五时小睡一小时，晚饭后，天阴彤云四布，至八时许雷声隐，自远而近由疏而密，旋即闪电连亮之下，继之以狂风，风势绝大，大有拔木倒屋之势，飞沙走石之力，且此时际天黑如墨伸手不见五指，而风势摇窗，撼屋如虎，声势惊人，端的不同平时，约二十分钟后，风渐止，而满天布满闪电，一亮一大片，全天皆白，刹那间一如白昼，实为奇景，风渐小而暴雨继其后倾盆直下珠沫四溅，顷刻地下皆成小池，风起后不久，电灯即灭，只可摸黑，提前休息，暴风雨至九时半左右始止，暑气全消！下午并写作。

6 月 28 日　星期六（六月初四）　　晴，晚阴

　　早上竟被黄老五来堵了被窝，（她在力家寄居）上午习大字，并看书，报至下午才来，因昨夜狂风石景山送电线路损毁，故印刷至午方峻事。下午 2 时许至西单代五弟取了考试相片，秃头，傻头傻脑的样，总愁怕他们考不上师附男中，又到毛家湾郑家去，三表兄在昼寝，被我惊醒，在那报纸找了几页鲁迅传，连着二日又未登，大宝二宝请同学，茶点联欢，六时许辞归，晚仍无电，在院中散步休息，未做何事。

6 月 29 日　星期日（六月初五）　　下午阴，雨

　　八时多起来，天气热，十分懒，醒了还觉得全身赖弱无力，好似作了什么劳工以后似的疲乏，吃过早点后，看了一刻报，四弟来二同学，邀同去中南海游泳池，不知甘苦，不知深浅，不知家中现在是何情况，他成天只是玩而已，我上午去师大附中代五弟报名，遇黄培圃在为师大附中招生

处办事，他还认得我，出来在操场碰见了李准，他今年在附中高中毕业了，还是很瘦，并且个子长的也不算大，立谈了一刻，又到尚志医院去看看九姐夫，坐了一刻出来，午后看报，并看书，三时左右，天阴，雷声隐隐，下了一阵子雨，因精神倦且无聊，遂小卧，未半小时即起，黄小弟来，其母在力家，我旋去孙家，因孙祁祖父过去（廿七日逝世）享年八十九岁，不谓非高年矣，而老年人岂皆如不能过九，便登极乐世界耶!？此"九"关，亦一疑问也！今日接在故去应酬一下，因相距甚近，且又知道，祁等俱着孝袍，丧钟哀鼓益增悲情，令我又忆起老父故去时种种景象，来吊者人不少，我坐顷之即辞出，进城至西单旧刑部街大光明影院观 Enol Flyvn 及 Bette Dives 及 Anmila Lovies 等合演之《三姝泪》（The Sisters），不太好。遇袁呈吉，略谈，七时归家，灯下看《十年》，一日一日过得极快，瞬又入夜。

6月30日　星期一（六月初六）　　下午半阴

天气热便觉得十分懒，身体各部都懒得动作，且周身发软没有什么力气，一出汗更不舒适，上午看报，今日力椒南大哥生日，送礼未收，人必应酬到，九时半过去，椒南已去医院，不在家，向大嫂贺过寿，又坐其屋中漫谈，仍是大哥呀，姐夫呀，等等，又谈及阿九，谓在津甚困苦，其妇及子时时闹病，租界中蔬菜甚贵扁豆售一元二一斤，黄瓜七分一条，其余可知，但肉仅九角一斤，亦一怪现象也，谈至十时半归来，看书，午后仍看书，并听无线电中音乐，又午睡约一小时半，四时许小刘（曾泽）忽来访，彼已约有年余未来，送还文学季刊一册，而又借去《中国的一日》一厚册，并谓明日与曾履同去青岛参加华北运动会乃选上为北京市之排球选手，曾履已休息数年，此次出击，出我意外，略谈即去，下午闷闷无聊，又打不起精神做事，欲出门又无处可去，且天又阴又有雨意，求雨求得上天大降慈悲连着好几天都是时常阴天，不时下一阵子雨，不大也不小，在家闷着既无事又不知出门上何处去，十分无聊，晚饭后，步行往访曾履不在家，遂至力家看伯长，娘下午去力大哥处，又曾至九姐夫处，与伯长谈

顷之，四弟亦在，坐顷之，又与伯英谈一刻，至九时许归来，伯长不适谈甚少，我看书，逗小孩玩而已。

7月1日　星期二（六月初七）　　上午半晴，下午阴

上午八时半去访赵祖武，到他家他尚未起，被我搅醒了，看看书报，他也便漱洗早餐已毕，谈了一刻，打了一个电话，给叶宅，于政尚未回平，不一刻，大郭亦来，祖武表兄杨沛林亦出来，一同谈笑，杨学会了算命，已经为别人算了不少，今天又与大郭算命，又要为我算，但我不记得是什么时辰，所以没有法子算，又谈了一阵子别的，杨不过才廿七岁，但是头顶已秃，且很瘦，并且很油亮，为人态度，言谈都很幽默，很有趣味，不知不觉已是十一时了，遂辞出，大郭亦回家，上午天气半晴，有点闷热，这两天似乎还不太热，午后看过报，便整理清上月账目，遂与四弟等，把院中杂树，无用之物，清除一番，扫清院子，阴天不很热，但也出了不少汗，洗过手脸，便继续整理旧书，写所有书之目录，这两件事本业是早就要做的，放了一个多礼拜，一点未开始，于是今天决定开始做，否则永远不会做事，整理书到五点半，便又出去与弟妹开始清除整理竹树，竹树约有十余年无人管，有许多新生的嫩条，还有七八条，生在了池外，根部生了许多小枝所以不能长高，今天与四弟一努力，用斧子大加清除，下面芜杂的部分为之一清，如此或可长得高起来，有的枯死或死了的便除去，弄了半晌，还未全弄完，明天再作，晚饭后休息与四弟下了两盘象棋，许多没下，不料他却都输了，今天劳动出了两次汗，觉得很舒服，动作而使身体出汗，比闲着无事被郁闷的天气闷出汗来舒服得多，祖武见我两次及大郭今天都拿舒来问我，其实我和舒只是保持到朋友的情分上而已，并无他意。

7月2日　星期三（六月初八）　　晴热

连着几日阴天，今天却是个晴天，上午看报，四弟同学来两个，说笑

一阵子，约十一时方去，清晨小妹等每日皆去河沿遛早湾，五妹伯英伯瑶（小胖）等回去，十时许五妹又来。旋去，午后，令四弟五弟二人整理书桌抽屉，二人既不整齐又不清洁，十分杂乱，看着头疼，且污秽得很，从来不知自动整理，不知是何性情，为了弟弟妹妹等，不懂事，没事找出事，生麻烦，不知多费多少精神心血气力时间金钱，去指导保护训诫教养，一个儿童长大，教育好了，实非一件容易事，也许是他们还小，每每我对他们的期望太大，过高，往往令我对他们现在的一切表现，十分伤心难过，失望，时常除了家什无着以外，为了他们而亦使我十分苦恼着，就是四弟十七岁了，也往往是现出那么一幅幼稚的、无所谓的、茫无所知的神色！令人可气又可笑！真不知什么时候他们才能助我共同维持改进这个家庭，使成为一个新的进步的面目，而不久的将来，我便得负起重担向那无尽无休的路途迈进了，恐怕至少还得有八年左右的日子，我们才有好日子光临！努力！咬牙去奋斗，预备去和"将来"竞争吧！

午后二时多，正是热的时候，小妹来了三个同学，不一刻，五妹，伯英等也来了，五弟又去孙家借来了排球，小孩们都在院中边天真无邪的笑嚷一边来打球玩，我也加入一同玩，出了两次大汗，又进屋休息了一刻，五时左右，她们走去，上午五弟去第二附小，行毕业典礼，领回了毕业证书，他算是高小毕业了，还得念十年，早着呢！晚饭开的早，六时半我吃完便出去，大街上因渐凉，人很多，西单很热闹，到了郑家，小三在门口，告我大宝、二宝已去北海划船，已去一小时多。三表兄有客在我遂未进去。上礼拜六约好今日同去北海划船，我因天热故晚来，不料已去，且未吃饭即去，我遂又赶至北海。入园后，顺西边走，过乌猴坊不远，便遥见水中一舟上有二人，颇似大宝二宝，因对日光耀眼看不真切，正要招呼一声试，不意二宝已看见我遂与我招手，后她们划到双虹榭接我上船，她二人坐着，谈着，她们怨我来太晚，又谓今天她二人十分高兴，令我猜，我一人划着，桥到了漪澜堂，大宝口渴，又划至两边，她二人喝了两杯汽水，饮后又发胀难过，结果被我猜着，原来是她们二人的生日，我本来尚拟打听哪日是她们的生日，原来是今天，放假前，她们本来要在七月一日

请同学开茶话会，后提前，又约我今日来，我问何事，未告我，来得匆匆，也未带着钱来，也未能请她俩，心中十分不安，由二宝又划了一圈，八时一刻，助她一同划回船坞去交了船，步行出园，陪她们走到西四南，南北分手，归家途中大宝与我谈孙祁事，二宝面上似乎有些不快，不知何故，在北海，她们碰有四五个同学，我往南，在西单一带推车遛了半响，夜间行人甚多，在路上遇见王燕埡、王光英、宗德淳三人，立谈片刻而别，至亚北吃了四根冰棍，遇见了李森滋、玲颖兄妹，竟叫我小舅舅，招呼后分手，又在楼下看见小郭（道编）兄妹（郁文）二人，略谈，他二人先去，我沠红九时四十归来，夜间北海游人多，甚为凉快，街上亦好，夜有风殊凉爽。

7月3日　星期四（六月初九）　晴热

许久没有早起了，今天又被遛早湾的五妹来找小妹所搅醒，才五时半，于是便也起来了，清晨的空气十分清爽，也凉快，令人精神一振，阳光照人十分明耀清新，与人一种别一番感觉，很久没有享受此种愉快了，在院中兴奋的呼吸些新鲜空气，漱洗过后，便也骑车到河沿去转一下，看他们每天都做什么，他们竟一下跑到了那头去，不过沿河行走而已，那里又有什么可玩的，值得每日去流连！我旋即到达智桥德兴隆车铺去修理车，买了些点心回来已是将要七时半了，早点后，看了刻书，又习了数页大字，因昨夜睡的不早，所以又困了，于是又到床上去假寐了一刻。午后看报，又看《十年》今日看完了一半，333 页，二时许五妹伯英来玩球，真大瘾头，也不怕热。又谈笑半响，五时半始去，连日天气突转酷热，早晚尚凉爽，惟白日热气闷郁，令人精神不振，喜睡无力，动一动便出汗，每日时常是全身都粘粘的，十分讨厌，每天都得擦一遍身体。夏日白天做事实不易，晚灯下又有蚊虫侵犯，实在讨厌之至，晚半缺月高悬，微风徐来，院中又成清凉世界，白日炎威全去，大院子即有此好处，晚作信三封。

7月4日　星期五（六月初十）　　晴热，晚风豪雨

　　昨夜贪凉，睡晚，八时三刻方起来，因想要姑且去艺文应试事务员，但是急急忙忙的漱洗完毕，不料差五分九点了，赵祖武与董锡鹏来了，这却出我意料之外，去年光宇来了一趟，匆匆走去，且连日下雨，只晤了一面，即回津，今日之来，令我惊喜，握手言欢，欣慰之至，谈顷之，光宇无何变更个子，仍是比我稍高，我因九时尚要去应考试，但老友远道来访，不容抛下他往，便与他二人说好，等我一刻去去就来，遂飞驰而去，跑了满身大汗，到时已经九时卅五，幸尚允考，遂入试，应试者各形各色俱全，因急忙故亦不遑详视其他，坐下，提笔作答，写在黑板上共四题，每题限为廿字以内：（1）新民会运动是什么运动；（2）新民会之四大纲要为何？试述其涵义；（3）兴亚献机运动之意义？（4）联合协议会之效用为何？遂就平日看报所知随意答了三题，第二题不会，遂未答，未半小时即考毕（皆是些违心麻木可笑之言，实是委屈了自己）。交卷便又跑回来，因身上家中适无分文，遂亦未买何东西回来，赵董二位尚未走，老友亦不相怪，又谈顷之，约十时许方辞去，因尚去他处，未留午饭，午后，昨日午后，打开两扇上边窗户并看书报，至四时许，伯英五妹来，与四弟等院中打排球半晌，出了一身大汗，背心全湿，热甚，运动运动也不错，洗过脸，休息一刻闻伯英处有一本《罗亭》，遂过去看看，力久哥六嫂俱在家，小坐即辞归，晚饭后，训诫五弟一刻，不知努力用功，如考不上师院男附中，则各方面损失皆大，而彼混浑不明，今又去第二附小半日，不知何事，令人愁急焦灼之至，浑弟弟殊受不了，四弟去理发，小妹亦去遛大街，杨善政、陈九英二人来找四弟未在即去，前数年小孩，现在皆比我高，后生家实不可轻侮，我八时半亦出遛大街，白日炎热甚少出门，早晚尚好，车存德兴隆，步行至西单遇四弟，同绕商场，遇王炜钰交错而过，又遛书摊看看，有许多书值得一买，惜无多余资本，行半晌，又到庚辰打了一小时球，站久觉腰乏，十一时许遂归来，电光闪闪，且降雨点，幸未下大，取车归家已十二时左右矣，到家洗擦身体，顷刻变天，狂风大作，

继以暴雨如注，约一小时方止，卧床上看书一段，一时许始入梦，今日因乏停止运动一日。

日子是沉闷的，无聊的，平凡的，我也是个平凡的人，所以也是就只是过着这种日子吧！日记中是充满平凡毫无意义，内容更是贫乏幼稚无谓得可怜，就是字迹也不正经写了，笔也太不好用，一切只有令我惭愧！

7月5日　星期六（六月十一）　晨阴，雨晴，不定，下午晴

虽是昨夜睡得不早，但因为今天约好去伴光宇一同出去走走，遂于六时半便起来了，本来担心昨夜雨下大了，今天会去不成功了，幸而出门了，土路渗了一夜已经能走，天气热也蒸发了不少，七时半才到报子街口，未到西单便看见祖武和光宇已经走来了，遂一同到中央公园去走走，虽是阴天，也去了，买票进园景象一新，因为今天恰巧赶上是兴亚运动的庆祝第一日，公园门口，新民堂前札了新牌楼，并由红白布条由大门口，一直挂到了会场去，外边还有四个特别场所，有点像电塔，花了不少钱，费了不少事呢，祖武因为没有吃早点，便到尼美轩去吃点心，那时才八时来，游人虽有些，但多是工人忙乱的匆匆走来走去，而吃东西的顾客却极少，早晨恐怕火还没有生好，一大堆茶房伙计还在那大声说笑，乱作一团，像我们这么早的客人，实出他们意料之外的，祖武吃过点心，光宇饮了一杯牛奶，我却要了杯口口，吃过便在园子转了两圈，处处充满一些热闹忙乱的气氛，各会场，似乎还没有完全整理好，上行是招待特别来宾的，下午十二时以后，才是市民们随意参观，而我们绕到了后河，由后边走过去，却随喜了一番，没人拦阻，也做了一番暂时的"小要人"。天阴一阵，晴一阵，下一阵，止一阵，天气倒是不太热，随意所之，又去了半晌，水榭还有兴亚第二会场，但是没有进去，十时半左右，一同走出来，工商学院今年建筑系毕业的同学，天津基泰建筑公司全体聘请，在天安门内新翻修两边房子内办公画图，光宇去看他们都干什么，于是我们也去看看，一同走去，问过人才找到，门是旧式大合叶双扇门，全是小方木格子，还没有糊纸，更没有玻璃，不知道的以为空房子，南边接着公园的地

方正在修盖，动工没有做完，可以望见公园里边，进那间，简陋的狭长形的特别技术室，有异样的感觉，设备极简单，两张小办公桌，放置一些文具等，一个女职员在座，没有事情静静的看报，后边立着一个立柜，里边青年有二十余个似的，光宇祖武等和他们打过招呼，他们两人或一个人有一张大木台，上边都钉着和木材差不多大的白纸张，用尺，仪器，铅笔等在画图，各种各样的全有，很有趣，图精细的地方，十分麻烦，不易画好，还有全图，平在图，部分图等，立体图等于写生画，有一张据说是他们工程师，也是他们的先生，张叔农绘的，现在也在基泰做事，画的一张立体哈尔滨坛外表图，很好，美术系毕业，恐怕还不如他，据光宇说他彩色画的比谈色还生动，法国毕业生也没有他画得好，也没出过国，只是东北大学毕业，这也得有点天才才行，后来看见了那个张先生，白白胖胖的中等个子，样子也不过方卅出头而已，那狭长的屋子内，有几个人在拿着算尽，铅笔本子，沉静的算什么，材料成分？有几个，立着弯腰，用心在画图，有几个在和光宇等闲谈，不有七八个围在一起，大家在裁纸，嘻嘻哈哈乱成一片，显得热闹，把这间屋子也点缀得有点生气，活泼，不那个沉闷，纸是一大卷，一大卷，在旁边放着，用多少现款裁，多得和一匹布一匹布似的，纸有厚薄，据说好的德国货，贵得和西服料子似的，甚至过了都有，红十一时许我们辞出，我觉得学工将来实是大有用途，我学得太空泛了。他们房间没有什么，觉得很简陋，但很凉爽，只是那么空气，确有点办公忙碌的神气！中国这种建筑公司太少，四弟如学工，以后合开一个公司也不错！书店有机会也要设一个的，十一时三刻一同回来，在西单之下分手，明天光宇要回去了，下午看报因倦睡了三小时，起后又看报，九时许出门，在西单三星买了点东西回家已是十时半多了。

7月6日　星期日（六月十二）　晴，暖

生活总是平凡，无谓，板子一般平坦，毫无起伏波折，别人或以为福，青年的生活不免无味，今日一日之生活，亦甚简单，上午至下午皆在家，天甚热，五弟去师大附中考试，亦不知能否录取，中午尚回来用饭，

午后又去，四弟伴去，但无用，他却去玩，问五弟题为何，已不记得，惟云"会"而已，在家阅报，习字，下午看书，略整理物件，下午五时许，五弟又因谎言不实，在娘前责打其臀部数下，后又甚悔之，每日每月家用不少，而无分文入门，实在有些吃不消，用一文少一文，真不知如何是好也，少数存款，用完，不知又用何钱，每日花钱买菜，一切零用算在内，大约皆须一二元之多，而一切皆不敢动，且甚清苦，物价涨高不已，实一大苦恼事，六时即用晚饭，食后，换衣出门，先去强表兄处小坐，后去陈老伯处已有三个礼拜未见，谈半晌，今日晚甚凉爽，明月半悬空际，晚尚有二灯光之飞机飞翔空中，不知是庆祝兴亚欤？抑防备千万欤？九时又到郑家，小孩在家，三表兄出门，与大宝二宝等谈半晌，坐了院中神聊，东拉西扯，不觉已是十二时，出来车前带忽坏，无气不能骑，遂推行，月半街上人少，甚凉爽，推车步行且可赏夜景亦一妙事，因时已将中夜一时，故商店皆休憩，无处修理遂径推车一直步行归家，悠悠竟用一小时之久，因生活平淡，屡思变易生活情况，拟以日为夜，以夜为日过一二日，今日是机会，故不慌不忙而行，尚拟至街头吃夜宵，今日虽在单牌楼屡有所见，腹亦甚饥，惟终因不好意思，而止，饿腹归家，至家睡时已二时一刻矣，大门未关仅虚掩，不知何故，此门禁亦实一大问题也，因乏又停止运动一日，今日上午得桂舟回信，嘱我去找他。

7月7日　星期一（六月十三）　晴暖

连着两天，天气倒是不太热，在屋子坐着可以不出汗了，近数日的报纸上篇篇页页全登满了庆祝兴亚与展览的各种言论，实无什么意思，老看这些差不多的文章实是有点头疼，看过报收拾些零碎东西，上午收到泓来一信，叫我去她家玩，我又习了数页大字，午后修脚，弄了半晌，又补写了昨日的日记，看了刻书，四时许到达智桥，昨日车坏了，不得已，令我推车回来，今日一看，前带好似放炮了般，坏了一个大洞，今日亦只好推车前往，一生气换了一条新的内带，发了一信与弼，因天阴欲雨，买了些东西便回来了，吃些点心，一时心动，附近饭铺叫来半斤炒饼来吃，晚饭吃的面，仅用了一碗，晚看完了《十年》，开明出版夏丏尊编，前后集廿七年十月合订本初版，一共 629 页，一大厚册，里边有《娄和篇》甚好，晚甚凉快，有月惜多云。

7 月 8 日　星期二（六月十四）　　半晴，晚凉爽

这几日都不大热，很是舒服，尤以今日，可以说是够凉快的，好天气，天热便怕出门，今天可以出门找人的，为了天气凉爽，好睡，不觉九时才起来，老想早起又未起来，忙着看看新闻报，写了一封信，看看书，及习了一页小字，午后吃完饭已是二时左右了，到前门交通去取统一丁种公债小小的只二张的利息票，不料又改了办法，北平交通办不了，改在天津办理了，连号码单都没有来，真讨厌之至，才五元多钱的少数还不够来回的车钱呢！还得麻烦朋友，多讨厌，出来到西交民巷去访朱君，恰好他在家，又在整理书，满屋子，书桌上，床上全堆满了书，真是坐拥书城了，小小一间斗室，真有点闷热，他正好今日在家，以前各日多不在家我可谓为"巧"了，东拉西扯一谈，说了半晌，甲组赵（又彭）大年，葛松龄（幼农）二人成绩不太好，女生亦不强，不知乙组成绩如何？周力中上午亦去访朱君，赵德培亦有信与朱君，问贾谊新书之参考书，真着急，论文还没讯呢！朱君的论文，以前已经着手不少了，他的论文是"诸子"要把汉书艺文志中所录之今存诸子书，就其每一门类，各志之记载批评，版本，真伪及各家读书笔记，杂记中所及者皆一一录之，至少亦有廿余万洋洋大著，此等繁复工作，亦非朱君莫属也。我辈所学之工力，与朱君较，实望尘莫及，难以其次背于万也，恐怕此次同学之各论文，必大半皆有求朱君之助矣，谈至四时五十分辞出，径赴北极阁协和医舍去找大马，不料他已搬出不知何往，遂在休息室中稍息看了看其中所摆英使馆所赠之欧洲各地战时新闻照片，并 Look 及 Lile 二册画报，出至王府井大街遛遛，下午忽阴忽晴不定，又到中原公司去看看，现正减价大赠奖，里边内部亦加扩充，改异，加多一部楼上及冷食部，略看一周而出，路过南池子，遂进去至沙漠社去看斌母，斌及其人二人在院中坐，汉生与彼等商议印物

事，不便打扰，至表嫂室中略谈坐，来要相片仍无有，不送拉倒，小坐即辞出，至西长安街一小饭铺吃饭，仅进包子十个馄饨一碗而足，下午此时特别凉快，微风近面，间有凉意，今晨甚凉快，很舒服，理毕，走到西单因天阴甚遂又驶归，下午跑了半晌，至家稍憩，晚凉爽，在院中运动后就寝，今日归家，弟妹三人向我提出抗议，谓我不准他们胡花钱，而我连日皆买烧饼作早点，昨日下午并购一盘炒饼而食，且购物不分享，皆食言之举，心一时甚愤，而自己亦有不对处，实则上有想面食之意，而屡屡压抑克己，昨日偶用，便遭抗议，心中不觉十分不快，而今日是尽义务即享用权利，我忝为兄长每日筹思家事，为家中生活计划奔走应酬，岂皆为我一人之故耶!? 而凡此等事，弟妹们皆不管，我偶享略丰，已有烦言啧啧，人实大不易为也，一时甚为灰心，后又觉弟妹们不过善意相讽，遂亦冰释，且为兄者正宜为弟妹们模范也，以后惟努力谨慎训谏克己是要也。

7月9日　星期三（六月十五）　晴，暖

天气不太暖亦不凉，真是好天气，早上一凉爽贪睡，今日竟睡到十时才起，真太懒惰了，急忙起来，弟妹等赖在床上也才起来，因为自己先不争气自也不好，说他们什么?! 真是自己要时时克制自己，管束自己，给他们作个样子才好，不然一年一年大了，也不好管他们了，只两小时，看报，看书，随便走走，便过了一个上午，两个弟弟只习了习小字节便拉倒，下午看书，写昨日日记，又略看报，因天气不错又不算热，便换了衣服去舒家，到那，他家门口仆人辈态度倨傲十分可厌，后来一想，不必和那般无识之人生气，也就算了，进去她好似正在念书，桌上摊着理化代数之属，奇怪的是见了她面，也没什么可谈的，沉默的时候多，泓不知何故，大约是天生的，较黑，今日一见令人不起快感，也没什么可谈的，拿了一本自制同学录，有校景，先生相片，本班同学相片，每人下有简略介绍，全部相片皆泓所照（她自己那张除外）照的都不错，想不到她摄影技术很好，不一刻她二姐出来，她五五妹抱了小孩出来，刚生不久的小孩当然没有什么好看与否，样子似乎像郑，和她二姐倒是胡乱谈了一阵，她不

在乎，我也不好意思，总和她开玩笑，郑快回来了，泓的五妹才胖呢，现在也不避我了，不知不觉已是六点了，泓的堂姐行三的又来了，来考高中，回来看见了，有点粗蠢，六点一刻辞归，太阳还老高的可不太热，出门走到西单才想起扇子忘在她家，也懒得回去拿，在洋货店买了牙膏回家，晚饭后稍息，骑车去琉璃厂青连阁买毛笔，普通的从前卖二三毛的现在全卖五六毛不一，稍好一些全是七八毛以上，实在连笔都用不起了，回来到铸兄处去看看，他不在家，铸嫂在家，她娘家弟弟来了，才十五岁可是粗粗的，个子不小，来考初一，四存已考上，闻行佶（小本）亦考上，旋铸兄回来随便谈谈，谓他为其妻弟忙了数日，又为他去文明斋问作文，恐事未果，回来又到其家小坐，谈到九时半辞归，浴足后听 Radio 中放出五琴生之奇冤报，以一大夫能如此，已不易，嗓略嫌仄不宽，晚记日记后，运动完，舍明月就枕。

7 月 10 日　星期四（六月十六）　晴

昨夜贪看月色一时方寝，今日晨六时许又被小妹吵醒，他和五弟请娘带他俩去公园，娘答应去了，叫我也去，便是我后起来，后赶去的，不到八时就到了，园内游人已是不少，新民堂前因争要彩票号码，都挤在一起，好似在发赈一般挤，警察把棍子打门板打得山响，用棍乱赶胡挤的人，丑态百出，这就是中国无知民众的表现，为了抱小妹下来台阶，把右小腿碰伤了一块，不料在新民堂前又碰见了小郭，后来走到外边先看看，华北电之，交通开发，电信等四场，我用那免费电话，打了三个，一个与祖武，他病了去看大夫，于政尚未回来，泓未在家，去考学校，不知今日去考什么地方，她去不痛快，不告诉人，此时票已发完，随便什么时候可以进走，便到里边看看，什么各地的进展情形，日本的进况，有一部分是德议的情况，报纸的印刷情形，飞机连络路线，北大医学院的成绩，还有许多模型，都费不少精神心思，金钱呢，有一明日之北京模型，表现出幢幢楼房，一切纯为现代化，能建设到这般实不错了，但要是中国人来建设新中国才好，出来绕西边过万花坞，到水

谢去看第二展览现场，有三间屋子全都是陈列看中日中小学生的字，画，不外兴亚等意义，正北一屋中完全陈列着现代日本各种进展情形，有学校生活相片，有种科学工业等照相，令人佩服的是工业电机各种工作内，皆有女子参与其间，中国不要说女子学工，有一两个已是稀见了，何况日本都有大批的人员呢！学校注重普及体育的效果，儿童小国民的身体确是一般强壮得多，看完，走过一桥，两栏尚宽，有许多"中国人民"卧在上边睡早觉，那不能休息，偏上这来睡，那么多游人也不怕难看，柱子上尽管贴着"请勿躺卧"而下边尽自屈肱高卧，洋洋不采，十足表现出中国那种随遇而安，风流雅士，放荡不羁的劲头，让外人看见不由得不暗暗点头称许佩服呢！我也是看了摇头咋舌叹息而过，此所以人家开得成此兴亚会之主因，中国人之国民性，实在是够愚迷呆笨的了！夫复何言！儿童体育场一大群妇人，小孩围坐在栏杆上，立着，懒散悠闲，无聊地在听着台上一个人在唱单弦抑是大鼓，我却似逃跑似的出来了，走在西单娘等去亚北，我回来，在路上遇见志世义，谈了几句而别，到家方十时半，洗脸擦背，看报，午后，因倦一睡到四时起来，看书，六时许过去访陈献丁大姐夫，未在家，去维纵大兄处，给他祝生日去了，他搬家不告诉我，搬到什么地方去便也不去，和伯沨谈了一阵子便回来，饭后整理一刻园子，污土杂草去一点，一天整理一些，便慢慢好看些，沐足后，在院中小憩，记日记，又到院中散步看月活动四肢，晚月色甚佳，且微风拂体，很凉快。

7 月 11 日　星期五（六月十七）　下午半阴

昨晚睡今日起来已是九时多了，真糟心，遂未出找人，太晚了，决定下午如不大热下午再出去，一上午把志成月刊整理清楚收起来了，又把家中旧存书籍想弄出个书目来，打格子，写撰者姓名与刻印出版处很麻烦，弄了半晌，才写了半页多，中午休息，午后看世界短篇杰作选《果树园》，鲁迅等译，至三时左右去兴盛胡同找李准，他搬家后没有去过呢，胡同曲折，幸知门牌号数，才找到，房子不坏就是小一点，谈约半小时辞出，又到祖武处去看他，因昨日打电话知他不舒服了，到那一看，他在床上卧着，脸色一病立刻不大好看，他身体不好得很，以后得劝他运动才好，坐在他屋，及其表兄杨沛霖（26 岁大师大文牍课办事）胡聊一阵子，约一小时许天阴此时又半晴，辞出又到谷忱医院去看树芝，早就想去，因为懒，怕热及胡跑，老没去看他，今天决意去看看他，先头，二时多，先到蒲伯扬医院打了防疫针，此时却稍肿，到那一看，仍在西屋，换了床位，哧哧，他身上胖了许多，胸腹肉多得多，脸也胖了许多，肺病真是耗钱费时的病，每天不吃什么药，每日总是吃喝拉撒睡而已，轻不一动，多静卧床上，又神聊了一阵子，他也对此种生活安之若素了，不料在五时半看见大宝和二宝由院中走过，同着一个护士，就是那个天天去她家，为他们什么王七姑打针的张护士，看我出来，也是一怔，不料在此巧遇，她们是来取药的，说好一同走去，遂又进屋与树芝谈天，他送我一张小相片，脸上很胖，看他吃了一刻饭遂出来，找到了大宝二宝等一同陪他们走到西四买了东西回去，又留我在那吃晚饭，三表兄去洗澡，在院中神聊，孙祁想认识的女朋友黄丽娟的果然认识了，现在并且很好，两人热得很，久不与大宝等会面之黄丽娟，突然在礼拜二与昨日皆去访他们，一坐便是大半天，说孙祁好得很，并问了许多关于孙祁的话，可是孙祁现在去石实习了，祁在女朋友方面，真是苦心，孤诣，努力得很，如能用在学识上，下 1/3 之努力，定必不错了，吃饭时，大宝等即在陪着那张看护在聊天，看样子好得很，却被那花言巧语的嘴所服侍得安贴，还要请她们去大光明呢，我与小五，明宝，小三，一同吃的，烙饼，九时左右那看护方去，来了不执行职务先聊一阵子，差劲，电灯不知何故灭了一刻，十时许三表兄归来，我旋亦辞归，一下午说了不少话，渴得很，去了三处都没饮水，在郑家喝了两小碗冬瓜汤，在西单遇见了四弟，一同归来，到家觉乏甚，休息，沐足后仍一人在院中作过本日运动功课，方去睡觉已是午夜十二时许矣，今日在郑家待得才无聊，和她们左不是随便谈谈，家里除了客厅一切乱得很，听着他们心烦意乱，白白误了许多时间，不能做事，下次自己不可如此胡耗时间。

北平日记

7月12日　星期日（六月十八）　　上午阴晴不定，下午晴

　　早上七时半多起来，连着数日，几乎无一日不出门，而亲友各处尚未跑完，什么事没有办，心里总惦念着不能安然，而一天一天飞快的过去，自己事没做多少，家中未整理出什么，而日子已过了不少，真是心急得很，时光太宝贵不可匆略，吃完早点又是九时了，与朱头约好今日上午八时左右去找小徐，于是急忙前忙，不料跑到那小徐已于十日去大连了，这小子糊里糊涂，答应走时给我信，不言不语就走了，令我白白跑一趟，于是一不做二不休，又到学校去看看，恰好今日赶上辅仁附中考新生，学校还热闹，在学校转了一圈出来，去找桂舟，果不在家，索性穿什刹海荷花市场往东去炒豆胡同去看张兄，幸而在家，让在客厅中坐，我有点怕进他家客厅，全是古式家具文玩字画，琳琅满目，有点美不胜收，目迷五色应接不暇，且东西甚多，怕碰了什么东西，他老头会喜欢这些东西，可惜屋子小一点，座谈一刻，还算我面子大，本来他想休息，告仆人有人找谓不在家，因我老远跑来不好意思，张兄还未上台，就染上了名人习气，后来吴学谦（聋子）亦过来，就在张家后边住，有门可通，往来甚便，又进去参观他父书房，摆设简单，只是靠墙一排大书柜子，有全部四部丛刊等并不算多，而靠窗新置备六十箱之热带鱼，一小箱小鱼各色皆备，鱼体亦较大，很有趣，只是此亦不过有钱人方能玩得起，闻此六箱发即二千余元矣，他家物件甚多，甚是唬人，家具多旧式，古朴，想其三世单传，家道殷实之故也，老张有个好爸爸，一人将来承受这份家当，够他坐吃不尽也，而创业固难而守业亦不易，受外界勾引挥霍极易也，而张兄比较老诚或不致此，又到其花园中小坐，约十一时半即辞出，因久不至，一去便借船票不便，遂未拿，又到安定门大街马将军胡同去看小杨子，他出院后尚未去看他，幸而尚找到他的门口，进去坐了约廿分钟，他仍黄瘦，一人在家闷闷无味，辞出十一时半，又到小苏州胡同乙五号去看看刘二，他家未去过，他一开门原来是我，也和小杨子一般出他意外，他家院子房子狭小，筑的形式也很特别，他小屋子不大，摆的完全是新式家具甚是醒目，

与张家气派又是两样房子还有新的味，结婚不到一年呀，他太太个很小，当得巧玲珑三字，很老实，在家朴素只着一件竹布大褂而已，小两口子，屋子布置得还不错，怪美的，他太太说话是一口天津味，坐了约一刻钟便辞出，顺皇城根而归，未去五七姐家，因正是十时许，去了有赶饭之嫌，太阳出来了，此时又至阴云内，不热，微风拂面，还有些凉爽，今日跑的路可不少，由西南角跑到了东北角，差些便出了安定门，去年亦约此时，记曾伴斌来安定门大街考市立第一助产学校，至今不过一年，而彼已出嫁，今其妹又来考，时光变化人事至此，更不知明年此时又是什么情形也，可慨，一人顺大路而行，柏油路好走，不知不觉已行到西单在西药房买了点阿摩尼亚而归，泓这两日正考燕大，能上燕也很好，可以改进她的习性，大方些，到家后天便转晴，还是我的运气好，跑了一日也不觉什累乏，也不大热，午后看报，二时半铸兄来坐，至三时许回去，我小睡两小时五时方起，记日记，晚饭后天又转阴，连日不算怎热，于是也便跑了许多次，老出门也累了，打算近数日不出去，多在家做事，休息，看书，晚上天转阴，甚是凉快，而阴天时早晚尚微有凉意却何不加一件布衣服在身上，晚饭后四弟去铸兄处，娘被小妹及五弟磨着一同去公园散步去了，家中只余李娘（音娘）及我，她坐在院凉快一刻便去睡了，我进屋来听了一刻音乐，一人灯下看书，颇清静，感到一种无名的温暖与舒适，我开始觉得这个家庭之可爱，尤其对于这么大的庭院，发生更大的喜悦，也许是弟妹们在家总得说这个说那个，一天说个不了，精神上总是不安宁的，难得都出去了，于是无形中觉出了平常终日在纷乱中所觉不出的家庭的美点来，自己也十分满意现在的生活，总算知足，不是有不知多少人大不如我吗?!因为近日来晚睡惯了，到了十时左右尚无睡意，到了十一时多才渐渐来了，卧在床上睡不着，惦念着尚未回来的娘等，一直到午夜十二时多才回来，真成公园中挤不动的人，不知有什么意思，值得留在那里那么久。

7 月 13 日　星期日（六月十九）　阴晴不定

昨夜睡晚不安贴，到今晨九时左右才起来，生活有时太不紧张，太松

懈，太懒散，便易变成无聊，可是舒适生活谁都喜欢，但是总紧张，机械的生活过长便也觉勤劳不息的痛苦。总之，我仍认为我那近来一贯的看法，世上一切都是相对的，矛盾的。

上午仍是阅报，习小字，又巡阅旧书一遍，午后看书，看完了两本书，一是西班牙小说选，一是意大利小说选，两本薄薄的，也不算太好，有时外国人的习惯，外国人说话的次序都不习惯，且有时叙述描写的句子太长，太累赘，看着太别扭，三时许何继鹏来小坐，忽一小孩来谓六段令住户去捺指印，不知何故，他这皆是警察来家中，而我这却是特别奇怪得很，跑去一问果然是，明天去捺，娘可不去，等警察来再说，晚在院中略憩，晚记日记，天阴，甚凉快，书还多得很，还得不停的努力看，弟妹等仍是多不懂事，每日自起至睡总是终日呶呶不休的训诫说他们，每日真是费精神力气不小。

7月14日　星期一（六月二十）　晴

清晨报来五弟果未考上师院附中，早已在我料中，而五弟不知是浑，抑是糊涂，他不着急，亦不害羞，真是无知的小孩。看过报，九时多李庆璋来了，神聊了一气，那孩子，受他哥哥传染，神态语气皆涉轻浮，恐亦难望学好，中国青年好的太少，真令人忧愁，他谈起王燕序助中大同学，在新新戏院扰乱打架，行径简直是同流氓一般，成何样子!? 看他谈起好似还很羡慕似的，一直到中午方去，中午时育英来信，四弟竟因时文（文字学）、英文、日文、数学成绩过劣而留级，一看我不禁心中有物堵塞一般难受，一切希望都冰冷了，还有何脸面去见强表兄，用了他人的教育费，却教育成这般成绩，有何言讲，这两个弟弟都不肯用功，真是令人伤心难过，不知母兄期望之切至如何程度也，气得我一时亦无话讲，此时尚有何说!? 平日什么话都讲尽了，气得我见了他二人便头疼，不知怎么教育才肯用功! 我伤心、难过、失望、惭愧交杂而至，难受得很，感到了这个兄长大不易为，而尽责尤不易，反正气得我够受的，午饭亦未吃多少，四弟午后跑到育英去问到底是怎么回事，因为他觉得他自己很有进步，考得不错，并且曾谓我将得进步奖学金，我尚私心窃喜，不料却是大相反，如此现象，亦出我意料之外，想不到每日督促结果，成绩如此之糟，有此又可证明一人凡事物是不要先说，要做了以后再说"事实胜于雄辩"；"行动比空言有力量得多"！午后看书，小睡一小时半，九时半去中央看"四羽毛"美国片子不错，战争场相当伟大逼真，有彩色不难看，散场看见沈兼士院长（辅大文学院）亦去了，出我意外，在取车处遇曾履同归，他去青岛一礼拜，晒得甚黑，而谈话间神情冷淡，意不所属，不知何故，亦一怪癖人也。晚饭后坐与四、五二弟谈，告以不可只注意体力健康，亦应兼及智力而应用功读书，因此时之各复杂之生活，亦非仅仗强健之体力而能生存，尚须有丰富之学识以应用也，生活是自己创造出来的才是真快乐，此时正是另创一个新家庭的绝好机会，我时时理想一个美满快乐的现代化的家庭，希其共同努力改进，而首先仍应以整洁为先，此二字以前不知说过多少次，二人总未实行，糊里糊涂，马马虎虎的生活，太松懈不紧张，没有秩序，末仍醇醇以家庭生活经济困难，为家庭为个人将来生活立足社会计，皆应努力用功，所言不少，情不谓不纯挚，为兄者所知者，所应说者，以前至现在我已皆尽我所知所能相告，中夜扪心，已尽我努力尽我为兄之责，自问不愧矣，而能否生效力，能否从此改过自新，努力上进，则皆在其二人自身，吾已尽所欲言，如再不觉悟，吾实亦无法办矣，今日为彼二人学业之事所搅，失望，难受，惭愧，着急，交集脑中，头疼一日，实在不好过，而今日又有一事出我意料以外者为娘闻彼二人学业失败事均未动大气，仅平心静气，缓缓训诫之而已，我不禁暗暗称奇，似与平日娘之脾气大不相同，或因气极，反而不言，内心伤心失望必更深切，藏在心中不成，我反恐因此积忧，加以白日操劳成疾，至今已几二月无仆媪，夏日炎热实工作乏人也。尤以娘自己动手为我等洗衣，熨衣服，十分劳累，而此际生活太高，雇人工资少，无零钱皆不肯来，不意至此时雇人用如此不易，而看娘工作一切，只能助小忙，心终不安且不忍，而只有恨己太年轻，不能奉母安逸而至此也，我年轻太小，尚未大嫌钱，我又应怪谁！夫复何言！? 为人难矣哉！

7月15日　星期二（六月廿一）　晴热

　　早晨跑到孙家打了个电话，约泓下午去看《Great wally》。买了早点回来，吃了三个烧饼不大舒适，上午看报，新民会前捡考之事务员至今无讯，大约吹了，新民机关报，连日记载兴亚各地情况，实在无味之至，为五弟问阅书课半晌，第一日之功课即未能完全作完，因昨日与今日为四弟五弟二人之功课失败而生气，着急，失望，因而头疼，精神感到不适，中午菜有油味，闻觉腻即未多食，勉强进一碗许，饭后卧床休息呕恶心欲吐，幸食仁丹数粒而安，躺到一时半，因上午与泓有约，遂起来，换衣而出到大光明，人不多，坐外边等泓。到二时一刻来，一同进去坐定，谈谈说说，不久便开演了，未开前一回头看见五妹及小胖坐在我后边不远。片子实是不错，有许多名曲，有数十个镜子头，十分美丽，如维也纳树林等等。歌声悦耳，女主角主唱者嗓十分高尖，运用自如，实为难得，有几个场面亦极伟大，音乐亦尽悠扬激昂雄壮动人之能事，实非一般音乐片中穿插之可比拟于十分之一也，且偶或亦夹杂有幽默情味，三主角中除露易丝瑞娜为已成名之大明星外，其余一男角，一女主角（唱歌者）皆新进明星，而女角似仅在此片中一露，至今尚未见过其在他片中演出也，亦一奇事，休息室一回头又见朱美玉亦在我等座位后不远也，散场阳光热力突转烈，晒背甚热，陪泓回家，至其门口而别，我又去祖武家看他，因他病尚未痊愈也，座谈至六时半辞归，因身上不适觉未除去，晚用挂面，三子尚未吃完，坐院中片刻，督促弟妹三人一同整理庭院清除积垢，整洁以后视之亦觉畅快也，劳动筋骨亦一有益身体之事也，因身体觉不安适，今天决定早睡一些，连日夜间日机频飞，上有灯光，远望如飞萤，不知是忙些何事，庆祝兴亚运动欤?! 抑是防卫欤?! 示威欤?! 不明，夏天天热，白天人每精神不振，不大喜欢做事，而早晚尚凉，可以做些事，而欲早起，必早睡不能享受夜凉，而夜晚看看天上明月，变幻不定的云彩，微风拂体，十分爽快，而太晚了，不能早起，且有蚊虫打扰，不小心甚可受凉，人生一切都是矛盾的，有好处，也有坏处，鱼与熊掌是不可兼得的，而人生就是在此矛盾世界中生活着。

7月16日　星期三（六月廿二）　晴热，晚凉爽

　　十时许警察与公益会处会合前来打手印，郭家亦在我屋处来打，弄了半晌才打，我却在十一时许换了衣服去孙家，因为今天是孙翰祖父开吊，到那时人却不算太多，但总有人来，不请和尚，却请了许多喇嘛来念蒙古经，叽里咕噜的，和外国话似的，嗓音低得和琴音一般但不大悦耳，孙祁实习去石门未归，幸与孙湛谈谈天，到那不一刻就吃饭了，上午起来到今，精神尚好，不太嫌油腻，但也就仅吃了一点而已，应酬和那些不相识的人在一起吃饭，相当别扭，饭后本来因无事，且人多不识，无人谈天无味，想早回来，后闻孙翰今日午由日回来，由津抵平，已去车站接他，遂又等他回来，到十二时半左右方回来，握手甚欢，他长高了许多，比我已矮不了多少！？他三个母亲都看他，大少爷，大哥等一阵乱称呼，三四个人一齐侍候，神气！他换了孝服，拜过棺木，吃过饭才出来，与我略谈，看他去了日本九个月，长大了些，那些娇纵的孩子气已减去不少，慢慢就好了，因白事不是什么好事情，而人家又不能陪我尽自瞎聊，二时左右遂辞归，到家卧床休息，添写好居住证，又贴相片，四弟拿去不料贴错了，还得从来真气人，午后睡一小时许起来，整理园庭，昨日来一仆媪，尚好，已定下，没出来过，现教麻烦，晚又觉不大适，晚饭少用，晚间天气甚凉爽。

7月17日　星期四（六月廿三）　阴，凉爽

　　北平终是在北方一些，天气热起来固然是很热，但是早晚也够凉爽的，算起来今年真正热的天气并没有几天，而且几乎没有一天晚上是个闷个不可耐的热劲，多是很凉快的，而且多是凉快得有点凉意甚至不得不多加上一些衣服来遮寒，虽然黄昏后不久还有点余热，初睡时也许还可不盖什么，一过午夜便可加一床薄被了，我就是约在一个礼拜以前晚上贪凉，

有两晚上没有盖被，到快破晓时觉冷才盖，我在以往是很谨慎的，不论是多热，睡时总扯一个被角盖上肚皮的，这次疏略了两夜便出了毛病，近二三日，因四、五二弟学业失败得出我意外，加上气和急，于是便闹了一点小毛病，头有点疼，肚子不大舒服，一阵一阵疼，早上泄了两次肚子，下午阵痛，胃口不佳，见油腻不愿食，只进清淡者，且吃的甚少，想不到自己受了些凉就如此泄气，因为病精神不大好，上午代病先跑到了西河沿裕隆银号取了这第七次公益侥幸中了末奖十元，又换了四张，取了陆元，拿那些钱买了一本肌肉发达法信封信纸等，用在商务三元，又买了些物件，出裕隆，到浙兴取了那可怜的六拾元，顺路去找朱君，不料在街上遇见他，他去校，陪他走了一段路，在道上匆匆谈了几句而别，我绕道琉璃厂买了书便回来了，适孙家今日出殡，在长椿寺很近，走去看了看，午后习小字，看报，看书，落华生著的《解放号》，里边有两篇的故事内容很离奇，有点令人不信，天下会有那么巧的事，而且是个悲剧，《东舒先生》那篇写得不错，只是不明何以偏偏要这个主角的名字，染上了十足的日本味呢!? 四，五，二弟事已至此，一学校令其留级，能否补考挽回或考他校尚未定一学校一个尚未考上，下半年上何校亦是问题，而二人仍不知用功，每日胡耗时间，荒嬉时多，如何劝导训诫皆不生效，不料二个弟弟如此费事，如此令人失望，顽石般不领悟，不知自动努力，实无良法，而亦尽我为兄之心力，中夜扪心殊无愧，对他俩今后成器否仍责在他二人自己身上，别人实无能为力也! 晚看完《解放者》还有许多书，还得努力看!

《解放者》末附独幕剧《狐仙》，很好，立意与描写都不平凡，取材和含义也很好，穿插，讽刺都不错，一篇特别的剧本，很有一种风味，对于男女的爱的解释也有独到的见解，内且有些简练的句子，作者，作家，确不易，能应用巧妙的笔法，造出美妙流（利）的句子，现出美的涵义!

7月18日　星期五（六月廿四）　　下午阴，晚晴

为事不慎，偶受夜寒，加上气急，竟闹了小病，今天仍未好，人千万

别病，一病最难过，上午与娘弟妹等一同去第六段打手印，娘带五弟小妹去买菜，四弟去校我则回家看报，旋孙湛来坐，到午方去，我则因腹病不时如厕甚以为苦，胃口不开，不思饮食，中午吃挂面，今日吃稍多，不肚疼便尚好，但因腹部不佳，精神不适，全身软弱无力，下午看书，并略息，又在院中走走，甚是无聊，病了懒懒的，也提不起精神来做多少事，上午习了些大字，下午看书，并习中体字一页及小字半页，每如厕，欲泄无物，而口内口疮未痊愈，热咸刺激生疼，甚以为苦，连日天气不热，大不似夏日气候，且每日黄昏及晚上，无阳光时，不久便降低温度，微风吹来有微凉意，在小病之我感如初秋风味，晚仍进稀饭与馒头一个而已，晚得欠资条一，不知何人寄来者。

天气热，院子大，真爽快，我真喜欢这个大院子！太敞快！

7月19日　星期六（六月廿五）　晴暖

连日早晚似初秋，今日稍热，亦不算热，上午去邮局取来欠资信原来是天真嫂寄来的，她忘了不印地名的邮票现已无效了，里边附有华子由泰寄回之相片数张，还是那样，没有什么改变，看报，记账，中午习小字，日本内阁昨日近卫辞职，此次又由近卫组阁外，内藏，原生，无任何等相皆换新人，陆海二相皆一仍旧人，这微妙复杂变化万端，莫测高深的现在时局，实不易应付也，午后读白香词谱，并整理写出存书简略目录，弄了半晌，写出来只是一点点，少得可怜，肚内不适，一天到晚总是不大舒服，身体赖赖的没有什么力气，精神亦不振，骨节似乎有些疼，卧着看了一刻书，下午看完了介川龙之介小说集，写得不太好，六时多只用了两碗稀饭，便出去了，到西单转转，买了一点东西，到长安问问，戏曲学校学生的戏前排售三元九角，不便宜，吹了，不看了，到泰亚商行去问 Walerman 的笔头，售廿二元五角，普通的还卖九元多，许久没有去鲁家看看了，遂到他家去看看，北奎兄弟及其妹皆在家，其母出去应酬未在家，他家正吃饭，且谈笑甚欢，又在门口坐半晌，到八时半辞归，稍憩，沐浴而寝，舒服，午夜天晴，星眼满天，很有趣，有点凉意，大自然真美，我现

在喜欢并且希望具有一付健美的好身手，能够有机会多多欣赏接近大自然，我对健美康强的身体与大自然的美，都起了一种有点迷惑我的爱好，我将要继续努力，不间断去练自己这副瘦弱的身体，要冬夏不断的努力练它三年，开学后每天早就到学校去练。

7月20日　星期日（六月廿六）　晴热

四弟五弟二人对学业就不知道着急，每天仍是悠然的过而我总觉得一天一天过得太快，而一年一年也是很快地便过来了，明年此时已是个大学毕业生了，而毕业论文，现在却一点也没有准备，没看，也没开始，一想起来，这两天便着起急来，真得加油开始看吧！不然空自着急是无什用的，明天想去学校而朱君如能同去，则拟与之同去看主任，问问宋人评话题可以否!? 连日小病，肚子总不适，昨日下午出去走走，到鲁家转了一回，好似病已失去，而今早又小不适，不一刻便好了，今日是七姐的生日，跑去拜寿，一早九时左右就到了，怕七姐又像去年一般跑走，他们都很奇怪，不料我会这么早便去了，七姐在换衣服，因是礼拜日，故大家都在家，坐半晌，其媳方出，盖尚未起来，本来他们想一早就出门，而却未起来，增祺毕业了，又考研究院，他认识了一个同学，长得不错，社会系的，今年亦毕业了，因他们要躲出去，于是我也辞出，送他礼未收，被我去了一嚷，他们住的同院也知道了。出了瘳家，尚早，遂决意去东安市场内，早就想到怡生去摄影，今日便乘此前去，上午人少方便，到那照了一份二寸半身弧光，不知照得如何，又转了转，没有什么可买的，便出来了，已是十一点，在取车处遇见了"洋枪"（杨恒焕）吃午饭跑东安市场来了，神气! 因顺路，遂又到庆华去看看，他父带其三弟去北海玩去了，遂与其母及其二妹聊天，他母倒是什么都和我谈，并言及弼在沪情形，她已在工部局做了二月，治华暑假有三个家馆，大家都不闲着也不错，伯母并言，弼懂事，多成天忙的多是他人的事，自己事倒不注意，不在意，都廿四岁了，做父母的也替她着急，去年去问她的条件，到底要什么样人?! 她说很简单，并不太苛，年岁要比她大一些，家境相貌不甚重要，有钱与

否无关，必学理科，且功课甚好者，而主要者为性情相投为第一条件！她
至今不着急，在沪仍无朋友，而其交游在平时颇广，四海各地几皆有朋
友，而且多通讯，其来往信件极多，豪爽坦白耿直处如男子，甚且过多，
令须眉惭愧，为人对友极端热心，重义气尽其力之所及助人之急，金钱衣
物等身外物，毫不吝惜，大方如此，禀性豪迈非常女子可比，且知事明理
思想正确，其二弟远不如她，岂为长子，女者皆自知周思预明一切以应付
一切欤？！其母又谈她看不起上海人，上海人轻浮油滑，她并且富竞争心，
知奋发图强，知足，知甘苦，知体贴，温柔，有十分之自信心，自立的雄
心，好强，不求人，不依靠人的雄心，且有新知识，真是一个难得现代的
好女子，少见，不易找，将来必是一个有益国家，社会的好青年，好妻
子，贤母的女人，不知何人有此福分娶她。

中午归来午饭，今日病好大半，用饭仅进二碗半，午后看报，午睡一
小时许，起习小字，练练杠子，今日新民报天地明朗版，登有一篇署名孟
德作之新诗，题为寂寞，我本不喜新诗，根本有点反对，自不欣赏，甚且
不看，今日偶阅及内容有大半意与我今日听庆华母谈后自己所起之杂感相
同，遂剪下来，晚又练哑铃，与四弟摔跤，胜之，饭后沐浴，记过此日记
就寝，今日下午百感交集之想写的一篇纪实回忆录，决定此数日内动手写
下来，晚约略将大纲列出。

白日为了听见弼母一番话，不但失望之心未增加，而仰慕想望得到弼
的心情，反而强烈了。她母对我到不见外，谈话是什么都说，关于她们家
的事，孩子的事，没有什么隐瞒，今日当听完她母述完了弼所述的对象条
件以后，不禁心中感到一种莫名的惆怅，与轻微的失望。回家后因想起她
以前对我的种种好意与别有心情的暗示，可恨我全都忽略过去，而被那么
一个浅薄的女子——斌——所迷惑了，令我失去了一个绝好的机会。如果
这个机会此生不能挽回，则我将遗恨终生呢！忆起这个不平凡女子的种种
不平凡的优点，愈觉得有得到她的需要，（她够得上是一个标准理想的现
代伴侣），且如果我能得她和我一生合作，她必能助我，而我的一生的前
途与这个理想的家庭必会大放光明，发扬光大，振兴起来是无疑的了。为
了弼，现在便极想在明年此时有机会去找她，看机会必要向她表示此番意

思，不知明年是何情况，能否有机会来决定一下我这终身大事呢！我愈想愈觉得弼各方面都太好了，更是非得到她来合作不可，我是太需要她了，她此时一定不会晓得我是如此热望着她吧！但不知她能否等待我到明年此时呢！但愿我能有此幸运而不失了她！如果——这是个幻想，可笑的幻想——我能在八月中了奖券，不，不论那月，在今年阳历年前，或是明年阳历年五月以前，中个"头奖"则我可以在毕业后早些结婚，不使她再多等我几年，而一切问题也易解决了，于是又联想到了其他一切，一时眼前大放光明，种种美丽的愿望奔凑眼前，一时十分兴奋，遏止不住，在床上提笔写了点字，辗转到一点才睡。

7月21日　星期一（六月廿七）　　晴热，晚暴雨

今天大半天跑了不少路，上午起来，九时许去找朱头，不在家，一人去校，今年招考新生，热闹得很，遇见几个同学，庆成也去了，沈正仪亦去告我于政病倒沪上甚重，拍电来平令家人前去照应，今年不能回平矣，去找桂舟两次均未在家，寄信约定不在可恶，中午未见泓，上午在校图书馆与王光英一同看了半晌外国杂志，寻泓不见，遂一人去什刹海午饭。随便吃吃便是一元余，饭后尚早便去庆成家小坐，他尚未午饭，谈了一阵，听了半晌话匣子，很好听，有几张是孙翰的，庆璋出城去玩，到一时多才回来，二时了尚未吃饭，他家，他父管的甚严，每人无事皆得回家午饭，怪不得日前欲晋他，他偏不肯呢！原来如此，可是管束虽严，其奈不用功何!? 在他家打电话告祖武于政病事，又打电话到孙家翰出去了，到二时许辞出，车后带又坏了，真气人，在鼓楼大街补了坏带，又得换新里带了，又跑到弓弦胡同五姐家看看她，又是二时多，五姐在睡午觉，又打搅了她，不便久坐，半小时后出到东安市场，去怡生看相片样子，不料昨无版，今日没底版，自无样子可看，等于未照，简直是开玩笑，令我昨日瞎摆了半天，真可气，这么大一个照相馆，却这么马虎，尚好不等用，如果等用岂不糟心，令我真不痛快，差劲，照相馆人一劲说好的，便也不愿多费话，允再与我补照，遂取车欲归，在门口遇李正谦，遂于他一同往访朱

君，我是顺路，不料到朱家，他又未在家，却累李君白跑了趟，到家觉乏甚，下午略阴闷热，略憩，看报，卧床上正欲小睡，忽小刘来了，座谈半晌，给他用尺带量量身体，又借去书二册，孙湛先来，六时左右先后走去，在院中看报，四弟回来，谓数学分数查明及格写错，其余不及格，或可补考不再留级，闻之心中略慰，八时许天阴黑降暴雨一时暑伏热气大消，凉如初秋，甚舒适，晚习小字半页，记了本日日记，夜来灯下虫类甚多，可厌之至。

7月22日　星期二（六月廿八）　晴热

中国的节气真准！昨日暑伏，立刻便热，黄昏暴雨后凉爽，今日仍是热，下午尤闷得很，上午阅报，大小报下月皆涨价，习小字半页，旋得赵德培来一信，弼来一信，弼现在沪工部局做事，每天调查工厂工资，够忙累的，这种生活，又可使她得到许多花钱学不到的知识，这样一个要强能干的女孩子真是少有！令人钦佩，中午到下午整理剪下来的报纸，又贴在各本上，弄了半晌到下午二时多才做完，继之便答复德培与弼的信。德培来信写得不错，很好的一篇近体散文书札。给弼写信，这次多少显出一些爱慕她的意思，看她是怎么答我，有时她很聪明，亦很狡猾，避免正面答复甚至好似没有看见我写的那些别的，这种不即不离的神情，实是令人捉摸不定，今日信上说我如果去上海，她也一定招待我，不知言外有意否，六时出去把信发了，因车后带坏了，换了一条新的四元呢！比以前一条外带还贵！到家闻陈书琨老伯才走，走人家太客气，大热天偏要来，晚饭后看书，茅盾写的《创作的准备》内容很好！

7月23日　星期三（六月廿九）　晴热，晚雨

不知何故，近二日早晨起来觉全身酸软，好似做了什么劳工以后觉乏，实在没有什么异象，上午七时半起来，早点后习小字整理些东西，十一时就用午饭了，午后听那许久没有用的话匣子，不料才听了六七个片

子，里边机器坏了，不能用，遂用器械拆开来自己收拾里边小锤钢条断了一个，上条的齿轮松了一个，弄了半天也未弄好，反污了两手的油泥，一身汗，且费了两小时的时间，起来后在院中走走，白天不是叫弟妹们念书，就是吵得也不能做什么事，想写点东西，总没有写一个字，总没决定开始应怎么写，书也未看又是一天过去了，晚小雨，凉。

7 月 24 日　星期四（闰六月初一）　　晴热

起习小学后，看新购回之《肌肉发达法》，本来学校图书馆中有这本书，已看过了二遍，为了多加明了起来，便买了一本，关于健身的知识是知道了一点，看了书，作者所说的一切，愈看愈感兴趣，愈加强锻炼一个坚强的身体底的决心，现在是被一种健美的期望心所迷惑了，只一上午的时间，就重看了一遍，午后看报稍憩到三点半出去，先到铸兄处，他尚未回来，把车灯送还给他，与铸嫂略谈即出，去看九姐夫，未在回家去了，又去找朱头，幸而在家，和他谈论文事，他允为我再想想看参考书，谈了半小时左右辞出，往北到西安门大街谷忱医院去看王树芝兄，把找出的旧书，带给他看，有八九本，与他谈了一阵子，仍是那样没有多大变化，在医院养着，也是没有多大效果，自己病如好一些，而成天与同屋的其他病人所染亦麻烦，我就怕自己被院中病人所传染，此亦我不愿常去看他之原因，出又到强表兄处未在，与表嫂略谈即出，顺路去陈老伯处，他老人家太客气，昨日特意来看我，今天顺便还他小姐四弟借用的书，看看谈谈，半小时后辞出，晚饥，到亚北吃了面包，胖子赵老板还认得我，适才天阴，此时转晴，六时半归家，白日虽热，晚间甚凉爽！不似暑伏天气，连日撤去床席子，盖棉被亦不热。连日拟追写与弼相识经过，虽开始处未定如何写法，迟迟未曾动笔，而连日相思弼不止，不时脑中浮出她的情影，她才是个现代的女子，实践十足够资格的时代女青年，值得我的"敬爱"的一个女朋友！不知将来有福享受她，与之共同合作一生否?!

7月25日　星期五（闰六月初二）　　下午阴，微风旋晴

今天一天的生活太平凡无味，也是自己太懒散自己了，上午看报习小字便过去了，下午本来预备去东城访孙翰，不料天又转阴，并且下起微雨，到雨止时，已是三时多，误了我预定的计划行程，遂未去，孙湛来找五弟，四弟玩，旋伯英亦来连小妹四人在院做弹球戏，多日未玩此戏，一时技痒，与他们玩了刻，技术不大如前，进屋来继续写那篇文章，没有能写出多少，因心情未能沉静下去之故，且看了二遍，很不满意，还得大加删削改过方可，小孩又在院中捉人为戏，看着，不禁忆起儿时种种，真是不堪回首话当年，此时又是另一番景象，晚饭后与母弟妹等皆坐院中，母并亦作举哑铃之戏，旋天又转阴，不一刻东南两方闪电频作，此次不如前数日之大，而奇亮，且风声亦作，雷声隆隆，声势亦盛大，雨如注顷刻地上皆水，电灯因雨，风，亦灭，遂早寝，李娘去东城，十时半方归来。

7月26日　星期六（闰六月初三）　　上午晴，下午阴

四弟交涉补考事，跑了数趟皆无结果，今日为其校长约其再去听回话，决定一同去，决问出结果后好定行止，早晨八时许与他一同去育英，育英我还未去过，这是第一次，因他校长未在办公室，遂先与四弟到他学校各处走走，参观一番，房子不算少，比志成大，可是没有那么整齐似的，有许多房屋皆应修理，有几座楼房，皆不甚大，房子零乱无次的很，小学亦去看了一遍，分院亦去看过，分院是严嵩旧宅，房子相当大，雨后低温之处甚多，只是骑河楼体育场未去，绕了半晌回来，育英校长尚未回办公室，等得不耐，此时已是九时半了，遂一人先去看孙翰，四弟在校等校长，到孙翰家尚好在家，亦我运气好，他已出门一次又回来了，谈谈说说，他弟弟买了一个像匣子，照一二七一半大的，他给我照了两张，他做了一件白上衣，软料子的，不知叫什么名目，在日本做的，样子很好，我等穿了亦合适，他那衣服样子我很喜欢，肥肥的，却很有样子，前边虽是

对排扣子，却开得很大，只扣一个即可，穿着也十分舒服，自己这件直直的，较瘦，且如不是白布的，这样子还好，这回却又失计，穿着有点像捆起来似的，不大舒服，有富裕钱了一定再做了些孙翰那样的，他们有钱的公子哥儿，不明甘苦，每日玩乐，无所事事，更不知用功，只会多花钱。闻近日国际情形变化，东北有战讯，日本国内恐亦将有变动，孙翰下月尚未必仍去日本，据云日本便宜之物件极多，惜未带来，亦未多买回来，言下有恨恨之意，其去日之目的达到与否似不在意，此岂非即一般有钱自费留学生求学之通病欤!? 十时半辞出，与四弟到东安市场怡生为补照，翰为我在日买了一个手提包，很大，才六元二角，真便宜，在北平买恐怕至少得拾余元方可，我很满意，出怡生又到前内浙兴去取了廿元补家中不足，中午归来不太热，午后看报习小字时铸兄忽来，坐半晌，至三时方去，休憩至四时许出去林清宫看林笠似四兄，未在，该胡同口正翻修为柏油路，甚是难引，只好推车而行，了来又到郑三表兄处又未在家何其不巧之至也，看见桌上各片知其在华北编审委员会中当了一名干事比无事白待着强多多，稍坐因大宝有人送她今日赛排球票，遂要我伴她去看，我亦无事，遂一同去看，人不算少，总有三百多人，排球是振亚与北新，振亚胜了，小孔与张振华是打的真不错了，篮球亦不坏，育友队员有二三个很滑稽，连嚷带叫，对方虽不知名，亦不甚弱，分数相差不多，站半晌，腿都有点累，遇凶王贻，谓今日下午庆华会由津归来，在艺文碰见不少熟人，那些看赛球的，虽不相识，但皆面熟，因爱看赛球的总来的，散场后，我去王家，庆华并未回来，其母携其弟妹去长安听戏，只其父伴其祖母与一弟在家，遂坐院中与其父间谈，在院中坐，晚天阴甚凉爽，据其父谈，津市不稳，传有拉夫之举，故暂不令其回平，俟下礼拜再说，其父谈了甚多，为人方面，求学方面，小孩方面，交友方面，做事方面，且对其家中以前与现在亲友概况我亦不揣冒昧谈过，亦有其母与我谈过者，亦有未曾谈过者，尤以其家世，与其父之大兄，二兄，三兄之情况等，亦略言及，颇不见外，且甚诚恳，令我甚感，且切一西瓜，只我与其父，其弟，祖母四人共食，吃甚多，闻系门口购者仅八角一个，甜甚，因其家中我来时已用过饭，故我遂亦称用过，谈顷，已有饥意，充量食瓜后，涨甚，已不

饿，九时左右，老太太，小孩相继就寝，院中只我与庆华父促膝谈心，静谧中正好畅谈，一直到十时半方止，其父热诚可感谆谆教导后辈之意，溢于言表，得益匪浅，我今夜在其父前，多方赞美了王弼种种之美德，不知其父觉出我言外之意否，其父所表示对于弼将来希望对象之意思，似与我相较亦合格，但我不便直言，私心稍安，亦自慰而已，到十时半兴辞而归，到长安街，尚有小饭铺未封火，遂进入进包子十四，面一碗，略添饥肠而已，为此晚吃小饭铺此番尚是第一次也，到家十一时矣。

7月27日　星期日（闰六月初四）　上午阴平晴，下午又转阴雨

上午起来，九时许去大光明看早场，片子是十字军英雄记，片子好，所以带了五弟小妹去看，人多极全满，各色人等俱全，人头复杂，空气不佳，幸天气尚不太热，内容精彩处虽不少，但是亦剪去不少，到十二时方散，人真不少，自行车都快存不下了，午后习小字半页，看报，载英美于廿五日夕，与廿六日晨分别发表封存中日在英美之金融，近又传闻釜山车不通，北戴河车亦不通，日本将车皮大量调往东北作军用，且有云日已与俄在东北边疆开战，不知确否，国际情势愈来愈复杂矣，午后天又转阴，雷声隐隐，又降小雨，三时许方止，下午预定行程又为雨所误，卧床上略憩四时许冒阴天出门先去东城看昨日所照之相片样子，不大好，不知何故我摄影未尝笑过，此次又是整脸子，面部表情且不佳，或者修版后方好，又到书摊上看了半晌，新书不少，许多我喜看的，只是没钱买，发财了，有钱时，把这一摊书全买回家去慢慢看！有一个外国人，（大约是美国人）忽然走过来问我道"Can you speak EngLish？"我虽懂得这句简单的话，只是不习惯的我一时蒙住，我因自己英文程度太差，更不用说了，说了反而令他笑话，遂回答他 No，他好似很奇怪我不会，而会答 No，便仍请我过去代他向售旧西洋杂志者翻译其意思，无奈遂过来，经他说完以后，我听明白大半，意思是令售书者代其捆包好，送到大街洋车上去，代其译后即分手。自己一寻思，自己亦未免太泄气，其实，这么两句话，倒还应付得来，只是没有经验的缘故，一时着慌，闹了个手足无措似的，继而一想，

如果英文不大佳，会话如好亦强，遂拟于今后将注意努力英文会话一途，但此非有机会与西洋人常说不可，当时又想起，外国人最易交朋友，想起先头那个外国人很可以与他谈谈，问问他姓什么，在那住，愿否与我交换语言，再回头找去时，他已走去，又是一个好机会失去了，于是想以后再留心这类事情，又遇到我身的决不放过，剑华现在沪工部局做事，就得用英文会话，现在必已说得相当好了，我真惭愧，大不如她呢！我想在此一年内，要尽我所能地来努力学习读念些英文，与练习会话，开学后找找何神父，想与他多接近练练会话，或由他转介绍一个西洋朋友交换语言亦可，时腹忽饥，近日不知何故，肚子消化即不甚佳，今日大便早晨干极，费力实不少，亦少有之事，而又谗甚，总拟食较好之物，而家中又无雄赀，故今日只好去五方斋进鱼面及光面各一碗，烧饼三枚已七角余矣，出又到朱君家，已六时许矣，在书摊看书谈半晌，借来《醉翁谈录》与《全相平话》，谈半晌至七时半辞归，午夜方憩。

7月28日　星期一（闰六月初五）　整日阴午晴，下午小雨

八时左右起来，觉每日时间甚短，而自己欲作之事甚多，时间不敷用者，所谓知识愈多，愈自谦和，愈不敢自满，唯知愈多，则知自所未者实太多，而知且未看，或应知而尚未知者亦多不可胜数，则益自警惕，自不敢以为足，今我略看书目既觉有许多书应看而尚未看，或自有或借来而尚未看，或早就出版，近始知而未看者，或已学未精深感用途之大而且重要，有注重自习之必要等等，于是每日欲作之事太多，而每日浑浑匆匆一日即过，而实亦未能做了多少事，实着急之至，上午习小字半页，阅报，因国际情形变化，足金行市一日飞涨达三十五元之多，此非常时代之畸形现象也，因是之故，米粮连日亦飞升不已，民生又不得安定矣，略事整理旧书物，纸张，与前习之小字等，看有，有用者否，拣看半晌，到午后二时许，杨善政、宋宝林来座谈顷之方去，四弟亦出理发，并去何家，他们走后，我洗胸背及头发，读白香词谱，我不会添词，但甚喜读词，因其中颇有美词佳句，且有颇美丽者，且亦有颇耐人

寻味者，五时许降小雨，磨墨习大字数页不甚如意，四弟七时半方归，谓从何继鹏母携彼等去中山公园，亦吃过点心，明天并拟去通州潞河去玩，不懂事不知用功至此，殊令我失望伤心，晚并教笨五弟算术，费力得很，忙乱一日，未休息多少时间，却仍未做完我自己所预定之事情，正经书未看，亦未念，只写了几个明信片而已，下午得小徐自大连来一信，又得光宇复信，谓我托他之事，于一礼拜前已办妥，托人带到祖武处，而祖武亦无信来与我。

7 月 29 日　　星期二（闰六月初六）　　晴热

晨九时起来，习小字后，看了一刻英文基础一万字，四弟一早出去，我竟不知，中午看报，日对英美报复，亦封存英美之存日一切财产，荷、印、爪哇，亦封存日人之资产，新西兰且与日庆叶通商条改等，国际情势一变，恐日美不免一战，因此之故，平市足金亦受投机家之操纵影响，今日竟涨达四百元下地，而最显著之物品为食粮立即涨价，每石米涨达三四元，面粉一袋亦涨约一元余，民生真苦，更不知如再真起战争，美澳面粉不能来时，安南等地米亦不能运来，则那时更难矣，真不知如何办法，午后拟去寻祖武，又嫌热，拟去中央，又不想去，每日要做之事极多，又心烦不愿做，每日实亦未做多少事，便过了大半天，家无恒产没有保障，实不能不令人心烦，我因心情复杂，注意力不能集中，精神所及之处过多，故每日拟做之事不能有何成绩，近日更无准主意，办事总犹疑不决，优柔寡断，不好，午后小憩，三时孙湛孙昭来玩，我冒太阳出访祖武，邀其一同去中央公园，在行健会待了一刻，他打了一刻乒乓球，出到新民堂看漫画展览会，有的很好，有的标价过高，有一人学蒋兆和画法，甚似，六时许因祖武回家吃饭，遂出来，在门口遇王庆华母招呼而过，在新民堂祖武遇光宇托代我带回奖券之人，亦可谓巧矣，到西单与祖武分手而别，晚饭后又倦，小憩，晚灯下，蚊虫甚多，不好做事。

7月30日 星期三（闰六月初七） 晴热

上午起稍晚，到快九点才起来，小字及看过报，已是七时许了，惭愧，今天就没有实行了自己规定的方法去实行，因为上午十时半左右接到弼由沪来了一封信，她是在中午休息的几十分钟内赶着写了两面一大张，还是真不少，她每日既忙且累，唯一仅有的那一点时间，还要与我写信，她这种孜孜不倦的精神，真可令人佩服，大热天的不怕累，不休息的干这干那，更非常人所及，本来自廿六日晚与她父谈过后就想与她写信，这次意外又接到她来信，一时兴奋很是高兴，要说的话很多，遂立即抽笔纸作答，写起来言语奔赴腕下，不知怎么会那么多，由午前十一时多写起，除了中间间隔与午饭，饭后并在院中掘花草约半小时，两肩晒太阳治皮肤小疙瘩病，出了全身大汗，我认为晒晒太阳，劳动劳动对我自身好，便这样做去，进屋来写信，不知哪有那么多说的，竟写了六个中国页，两面写合12 pages，不算少，一直到三时多才写完，休息一刻，便令四弟扫扫院子，我便整理了旧日的报纸，不要老用手和脑子，与来活动体力，老坐着也不好，把丁香树丛下小枝，污物清除一下，又扫扫两边地下花土等，费力，又是一身大汗，娘与李娘带五弟小妹去买米，我遂洗了一个浴，十分爽快，今日有点热意，出了不少汗，且有闷热之意，送米来了，又说了半天才弄清楚，讨厌之至近二日因国际关系，米粮大涨价，真倒霉，每次都是涨价时才吃完旧米非得买呢！今日想办的事，规定的有五样没做，真不好，晚上记账惊人，问四弟英文，又不太熟，还不知用功，亦不着急，真成。弼今日寄一张相片来，照相馆照的，不好，后边写毅弟，永存，下书，大姐，剑华赠，不知是否她看出我信中的言外之意，而以此来暗示她的意思呢。

7月31日 星期四（闰六月初八） 晴热，黄昏时狂风大雨

想不到今天会和孙翰在一起跑了一半天，而每天意外之杂务忙乱得我始终未能作多少事，生活在胡矗的忙碌中过去，便是我的生活了，一上午

看过报，习小字一页，又得泓来一信谓我辅仁考得不好，很失望，遂即提笔复她一信，十一时半出至达智桥发信，昨日与弼者一同发出，至五条去看孙翰，略谈，被留在彼用饭，今日为其祖父五七之日，甚亲友与李家等在一起共开二桌为西安门大街某素菜馆，九个菜八元，味美价廉，众人皆赞不绝口，而因菜作法，看之似荤菜，故其菜名皆以荤菜名之，非入口不辨荤素，且味美亦令人疑非素菜，在座中得识翰父及其二位叔父座上唯闻品许菜名，味等喜笑之语，另是一番景象，饭后在厢房与翰父等谈天，年虽六十，精神蛮好，人亦和蔼得很，到三时许，邀孙翰到家中小座，家中垂帘四面，且高大颇阴凉，座谈顷之，请他吃西瓜，上午在门口购者，很好，翰谈谓拟作外交官，必穿得讲究等等，不过皆外表之言而已，他拟考外国语专科学校谓系上了大学，言下眉飞色舞，得意非凡，好似他已上了大学一般，其实，他连名还未报呢，思之不觉其幼稚得可笑而已，此亦皆不过是其父交游广认识人多，写信托人强收而已，考取亦不光辉，如系平时，那一个大学恐他亦考不上，他父亦是令其在此混上三年二载，再自费去日本研究院混上一年回来便开始其小官僚生活了，大少爷一个，懂得什么事，玩乐还来不及呢，念书？做事？他父有钱，有势，且不管他，尚有何说，三时许与四弟翰同去西单高岛屋去看看，在第二屋绕了半天，我倒看中了一件短汗衫，正我和所理想的样子，料子亦很厚，代价四元五角，买了回来，出来又到亚北，翰请吃冰棍，五时左右回去，四弟去看赛排球，我则无意再去，遂回来，翰又邀我去他家坐，进去又值他们大家吃点心，烧饼，我亦用了两块，与其父母等谈了半响，老太太等和我倒谈得来，且皆和蔼可亲，其父颇健谈，说他老还不服气，大有老当益壮之意，七时许又留在彼晚饭，在院中吃，不意黑云自西北来，有雨意，大家急忙用毕，雨意益浓，我遂辞归。出门即遇狂风，飞沙走石，尘土蔽天，不见人物，倒霉，弄了我一身土，急忙上车，冒土雨中归来，狂风大作后电灯泡皆灭，北平市如此，每次暴风雨，电灯必全灭，可厌之至，不便之至，到家洗脸又进饭一碗，电灯没有光，做事不得，略事布置，活动身体后即休息，大半日与翰家泡了过去，今日不无收获，其父，叔，母等皆认得我，留下个印象，以后方便多多，预定之事未做，整日闷热，幸晚暴风大

雨，暑气消了大半。

8月1日　星期五（闰六月初九）　晴热，晚大暴风雨

自己的毛病改不了，而定自每日着急时间不够用，每天看报，用去时间过多，实在不好，今日在桌上不停的做仍未做多少事，上午仍未能看书，急得我将抛开一切不管先来看些书再说别的，习了小字一页后，看了看英文，二弟一妹，每日念一点书，便累死人，下午整理报纸，本拟做之事件甚多，现在改变计划，决定专一心力精神，做完一件事，再做一件，今日整理择出近日之报纸，下午五时许又把院中稍加整理清楚些，寓目便清楚些，下午闷闷，去艺文看看赛球，白白与师光，白白中有贾肇和及育英数人，前排齐增矩下球甚快，师光为前师大毕业老将亦不是的，不料今年柏芝蔚先生亦在师光队，（柏在辅大教体育）他身体在众人中独显强壮、健美，臂、背、腿、肩等皆粗壮，练杠子练的，他打得不错，二排还扣一气，相当好，结果这边是老将虽有秦亚和柏芝蔚，终以人少力微难支大局，而以三比零败北。散后方六时许，甚早，晚饭后，天上又是阴云四合，不一时雷电交加，密如贯珠，闪电频作，布满天空，狂风大作，雷声洪大震耳，白日即有干雷，振窗格作响，风力极大，声亦惊人，狂风暴雨，几如欲天翻地覆，风助雨势，空中如一片白露，雨声之大且密，较昨日尤大，且风力亦大数信，院中有大树，更显风势，且方向往西南，而北屋北窗，十余年来，此为第一日漏雨，后架什物半数且湿，而尤以平顶小屋为甚，南边大半皆漏半为雨过大，修理不全，半为邻居日本小儿在上践踏游戏之结果，可恨，水漏如小水注下，以盆等接漏不一刻即满，而电灯又无电，处处摸黑十分不便，幸家人俱在家，如在外未归，则真十分担心，风雨之势实在骇人，树枝飞舞不止，闪电亦不停，且布满半天，光亦绝亮，炫人二目，院中顷刻即沟满渠平，一片皆水，幸屋尚结实，未为风，水所倒，但因屋有漏处，亦甚担心，无电光，做事不便，院中大槐树上吹下一大枝幸未伤人损物，当大风雨时，景物极壮丽伟观，情势希见，亦有趣，惜秃笔形容不出，否则真是一篇好文章也，声势情景状况，甚似

台风，青鸟之状况！因无灯不能做事，遂皆早寝。

8 月 2 日　星期六（闰六月初十）　晴热

今日上午只习小字半页，因狂风暴雨，电没有，自来水亦停，没有此两样，一时到觉得十分不便。早就想整理的后边堆物的架子，总懒得动手，昨夜漏雨，弄湿了物件，于是搬了个乱七八糟，今日便不得不清理一下，不要的杂物全都扔了，清爽多多。继之问四弟英文，回讲四弟仍是一切马马虎虎，除了吃，穿，玩以外，英文一问便是念了，而再加详一追问便是有许多讲不明白不晓得的地方。一个四弟的英文，一个五弟的算术，真怕问他们，一问多半不会，不明白，不知怎么学的，各人亦不知努力去求知，主料不着急，真是令人失望，伤心，叹息。午后继续问四弟，问得我一肚子气，只好不问了，请他自己再去念。继续把余下的旧日报纸整理完毕，心里少了一件事。总在屋中坐着，不动亦不好，便走到院中去，外院因无人管，弄得杂草遍地，如野地甚是难看，于是现在便下决心去拔掉它，因为雨后，土松，很是好拔，偌大一遍的杂草等，一时也不顾污秽，用双手努力去拔，不一时，小弟，五弟四弟皆出来助我拔草，未一小时半即全拔清，又为之悦目，虽然累得满身大汗，却是舒适的。洗过手，休息一下，因尚无电来，遂提前用饭，六时许即吃过。寻思一刻，终想出去走走，遂穿了衣服，到庆华家去看他由津回来未？到王家，全在家，大卢小卢亦在，二人神啦呱唧的，那么大了，去那也不是和谁泡，大孩子和小孩子胡闹打交战，多没劲，他们还未吃饭呢，我吃过不打搅。庆华母还不信，庆华已经不回来了，过些时才回来。近日时局不靖，有拉夫做工之举，甚是讨厌，谈了一阵子，他们吃饭，我代王宾写一封请求允许住宿的信。又坐了一刻，恐天黑，无灯，我那边不好走，遂先辞归。在西单买了东西，一路，忽有灯光，忽无灯光，此番风雨之灾，损失不小。到家了，心中一动，又去刘家，与曾履谈半晌，不一刻胖子回来了，吃饭吃面包，自己做什么西红柿，我一时有点饿了，也吃了一点，他又买了三张话匣片子不错，唱着听，曾履作了一个曲子，要求他表演一回，不错，他

们弟兄之音乐修养大约以曾履为最深，都懂得点音乐，也全玩玩。和他们谈了一阵子音乐，不觉谈谈已是十一点了。曾泽回来，又聚谈一阵子，还吃了一点西瓜。曾颐已是睡了，他那阵子神气有时有点大爷脾气，别看他长得那么五短身材，胖胖蠢蠢的样子，有点傻气，书念着，白吃，白花，白玩，妻子父亲养着，儿子亦是父亲养着，大爷一个，神气！十一时许他家蜡尽散去，到家全睡了。我觉有点乏，遂亦急急漱口，浴足而寝，午夜方入梦。

8月3日 星期日（闰六月十一） 半晴，闷热

有时想及自己的亲戚朋友各有各的家庭环境各有各的生活方式，各有各的心情与一切，每日在各自的小世界里过生活，形形色色，各不相同，冷眼观之亦十分有趣。我拟有暇，将一一为之各作一速写素描，亦可见各种不同之中等家庭之生活方式，而此不过是我所见闻所及而已，其余许多组成社会之各种人物，都搜集来，那才是集生活方式之大观呢！定有趣得很。

想不到自己在暑假中还不能尽量的大批来看些书，身前身后，身左身右，每日总堆着许多借来的买来的而尚未看的书。每日除了读书以外的杂务太多了，因为电力供给没有，一直到今日午后尚未来，今日晚上，不定有没有。报今日上午才送来，昨和今天的。记载因雨故，电灯，今市皆无，而树倒屋塌，人畜伤亡，电毙等者甚多，天桥中南海等地水深过腹亦一趣闻。此种狂大风雨，实亦近年来少见之事！一上午起来稍晚，看过报，便又午饭了。午后补写上日的日记，到二时去大光明（Victor theater）看《勇冠三军》，原名为其中之主角人名 Rit Canson（John Hall 饰），甚为壮烈，其中数幕颇为悲壮惊险，末后，其二好友代之而死，可称义烈，结果女角视其丈夫与爱人同去远征，亦非普通习俗套例，此片可称为水平线以上者。影星中我以为除了韦斯摩勒以外，即以 Lohn Hall 饰之为最合适。前于南海潮中（三年前）与桃乐赛拉磨合演过一次，在该片中曾一显其过人健美之体格，并一露其优美之游泳技术，以后久未再见其主演之片，一

直到以后，其体格面貌皆甚似韦斯摩勒。人甚多，热，空气不佳。散场后去艺文看赛球，遇数熟人。曾履告我今日有消夏，结果没有，他也不知，白跑一趟。大宝与黄丽娟亦去了，黄丽娟近与孙祁好极，今日方识其人，身体颇瘦小，似不甚强健，还不难看，恐亦系一花瓶之流中人物。今日有文队与健队决赛，看球的女孩子不少，打的还不错，我们好似老了，二年没打球了，真不如这一般小女孩子们活跃呢！六时多，与曾履同行归来，晚饭后，因热，搽了一个澡。电灯今晚方来，一时大放光明，痛快得多了。晚上可以做一点事，每每胡混，又过来了一天，今天实未作什么事，不好！

8月4日　星期一（闰六月十二）　上午阴，晴热

起得晚了一些，除了习小字后，看过报便已是中午了。上午天阴沉沉的，好似又是要下一场大雨，但是只下了一阵子小雨，中午十二时许又晴，又热。到十二时半午饭后一人去东城芮克看密探《巨盗大斗法》，前后集一同开演，其演四小时，全屋竟听枪声，汽车声，拳斗等，相当于热闹，但有许多赘复无理处，当然没有什么意义。小孩子看着有意思，多花几毛钱便多看一倍左右时间的电影亦不错。休息二次后方散已是快五点了，又到艺文找大马。今日消夏赛球，不料他们对方体友未来，弃权，他们在场上玩了一刻便也换衣服去了。我与大马一同走，陪他边走边谈，又请他到亚北吃了一点凉食，一直伴他走到西四北太平仓分手，约定七日去找他们。我即去郑三表兄家去看看，又是一个多礼拜未去了，想和三表兄聊天，有三个礼拜没见他了，因为去了他不在家，现在他有了职业，有华北编辑委员会干事，每月二百四，不少。国际情势社会人生，没有范围的那么一谈，又在那晚饭，一直聊到夜间十一时方告辞归来。在亲友中谈天，最随便，谈的范围最广，一切最坦白，几至无话不谈的即为与郑表兄一人而已。归来又听一刻无线电中放的谭富英、金少山唱《失街亭》，《空城计》，《斩马谡》，比昨日杨宝森的好。到家觉疲乏，遂停止一日运动，又跑了大半天，没做什么事。

8月5日　星期二（闰六月十三）　　晴热，晚阴雨

今天更懒，上午起的又起一些，又是看报习小字过了一上午，午后不知为何那么倦，又睡了一些时候，到三时多起来，补写昨日日记，五时去访朱头，不在家，下午也出门了，回头顺路去看力九姐夫，亦不在去公园了，七时许庆璋来小坐，晚饭后去刘家至午夜归。

8月6日　星期三（闰六月十四）　　中午晴，晚雨，凉爽

连着两日，不知何故，竟疏懒之至，生活散漫，亦未跑多少路，更未做何劳心力之事，而精神不振，全身更觉软弱无力，精神亦不佳，懒极，不喜动作。昨日一时兴奋，夜间看书至一时半方止，今晨又未能早起，九时半方起。前雇妥，未及一月，又因子病辞归之，田妪又去，于是连日一切杂务又需娘与李娘亲自动手经理。今日起时，娘已整理事物不少，心甚不安，自己深感克己功夫太浅，即思早起一事，至今未实行，实深惭愧。今日生活又极简单无可记述者，上午习小字半页，看报后，以换换脑筋故看了二本昨日拿自刘家之无聊画报，又看了一本以前看过之侦探小说，午后继续看《浮生六记》。此书闻名已久，为清时散文小品中之佼佼者，以前未曾寓目，亦昨自刘家借归者，文笔俊丽流畅，有时活泼可喜，不同流俗。尽一下午之时间阅毕之，名为六记，实仅四记，内中二记已佚失，不知何在。书为上海启智书局印行，自其中多误字。看书一日，亦甚妙，每苦终日读书以外之事过多，匆匆经过一日，但愿与我暇日，终日坐拥书城，观所喜观之书，阅所欲阅之籍，其乐又何如也。且有暇幻想，辄为自私心过重之表现，几皆一己私人之幸福或亦只家庭中享乐耳，鲜及于社会国家，自私自利心未免过强，每一念及辄惭而红及双颊也。晚灯下略署二弟之课业，仍看书一刻，晚又降雨，不大，而晚风吹拂，已微有凉意，夜雨敲窗，孤灯独坐大有秋意矣，时序催人，斗转星移，青年我孰可不及时努力欤!? 近每与亲友谈天，辄及将来出路职业问题，每戚然以为忧，

真不知择业以何为准，更不知自己会作何事？而能否一毕业即有事，事之报酬能否顾及家中用度？且事是哪一类，我会办否，在北平抑在何处？种种问题齐上心头，不胜愁烦，而日月如梭，转瞬即将至毕业期，而论文尚未开始，时时着急，真不禁忧心如焚也！国际情势，变化莫测，而燕大有下半年停办之说，育英等校亦有同样的结果之传闻，不知确否，且我校之前途，更不知有无影响。且闻九月一日起，北平市开始食粮统制配给，如今有富余之款项，即可多购些用品，但无余款每月垫补不足之现在之生活，焉有余资去备余粮，而将来之变化更不知又到何种景况，如何麻烦，生活实大不易为也，思之焉能令人不忧急哉。而此一年能否平安渡过，至我大学毕业也，而明年此时时局政情，又不知变成何种情况，对我极端不利，或反对我课事发展有益，皆在不可知之数，冷雨敲窗，独坐默念，真不知如何是好也。

8月7日　星期四（闰六月十五）　　阴晴不定，闷热

与马家兄弟约好，今早去燕大找他们玩。上午阴天欲雨，幸至九时许即晴。一人出得城来，又是一番景界，远远的青山，近处的土丘，绿树，丛生的杂草，一派野景风光，颇为舒畅心怀。在城市里住久了，便想领略郊外的景致，尤其是我很喜欢好风景。青岛也令我十分向往，夏日的奇云，在天空构成各种形状，十分美丽好看，并且奇幻有趣。一路行来，虽是一个人，但我却尽力的纵目四望，尽情地骋目远瞩，眺赏周遭的野景，心神俱爽，很觉痛快。如此走马观花似的游看郊外景物，不知不觉便到了燕大。由燕南门进去，径直赴燕南园六十一号，去访马家，幸来过一次，一切皆还记得没有走错。永海在家，座谈半晌，屋内摆设西式风味浓厚，但也有中国味在内，又在屋外小坐，一片园地种着蔬菜，不算小，在燕大这个好环境中，一切近现代的设备享受，优美的好环境，实令人羡慕。十一时永涛回来，一同聊天，旋其父亦归，与永海谈知其父仍于日本明治大学毕业，后又去美一次，其母亦去日过，与其父在日相识者，而供职于燕京，却非一般人所料。午饭时，全家皆信基督教，一同祈祷半分钟，我惟

有枯坐而已。中国人信外国教，殊无味，我却非但外国教不信，即中国教不信，与郑三表兄同志，一无信仰主义者而已，一切亦不过皆系遵从中国古礼教而行耳。饭后休息，看看报纸，稍聊天，于二时多与马氏兄弟三人一同出来，我本拟欲去燕大各处走走，大马住此腻了，不愿走，且急进城购物，遂未去，一迳出学校大门与永海，永清分手，他二人去颐和园游泳，永海几乎每天去游，多美，路中与大马谈天，他说燕大亦没什么好，他说北平就没有什么值得他留恋的，人就是有个喜新恶旧的性情，住在一地明明是个好地方，但住久了，也不觉出其好来，也许他另有伟大抱负。他告我本月底将赴沪，此一去，再见面却大不易矣，闻之怅怅，好友多星遣云散，再想重聚首一堂时，惟有梦中相晤耳。进城后，至辅大略停，又去东城东安市场买菜，又到青年会，交由车夫带回，再回去艺文。第一场两边弃权，而继续来观者不少，皆慕"消夏"与"育友"两队之名而来。今日消夏队员来皆甚晚，五时一刻方来，大马着急了，育友早已严阵以待，换衣后，我为"Lines man"。两队大战，精彩时出，消夏终以士气不振，二排两翼软弱，以三比二而败于育友。观众甚为拥挤，盖代士亦去看，与大马行至府右街而别。他回家恐亦将八时许矣，到家晚饭后，又与五弟去孙家看他们六七破地狱，并去看孙翰，到那时有八个和尚在念经，院中纸糊一四方形中空之城形，每门左右各立一鬼，上书，地狱东南西北门，中糊一长袍马褂之小纸人，代表亡者。和尚与孝子孝孙等绕城念咒，叩头后由和尚念经，饰地藏王破其四门，孙翰亦在，与我那日所摄之相片，不坏，只是衣服不清楚。不意孙祁回来了，方到家不一刻，巧得很，原本定十五日回平，现临时改提前一礼拜回平，接晤甚欢，至十时半辞归。他们仍围着纸城在转，在叩拜，晚闻天晴，万里无云，明月一盘高悬十分光辉耀目，很是可爱，月色极佳，惜无余力再去他处赏月，因乏就寝，又停止一日运动。

8月8日　星期五（闰六月十六）　　立秋，阴晴不定，闷热

今天一天生活更是平凡无聊，懒散之至，自己身体实是差得远。昨日

多跑一点路，今日起来晚了，上午只看看收报，下午小憩二时许接得小徐由大连来一信，谓已定于十七日在大连行结婚礼，这却出乎我意外之事，心中好笑他以前所谓毕业后尚拟等赵毕业后再行结婚。在院中与小孩子玩了一阵子排球。偶阅报方知强表兄今日在稷园董事会开个展，这却不得不去一次，本拟在家休息，又不可能。四时许去公园径去董事会，参观者不少，进去与强表兄招呼以后其言顷在北京饭店遇大哥，未招呼，董昨日为林志可娶大儿媳妇，于北京饭店，未与我帖，故我不知。周览强兄作品，全部装潢于镜框中，大小不一，一裱装即甚可观，多件几不识，大半且甚好。布局笔法，设景，上色，且颇清新悦目，大费一番功夫，三四个月之成绩，亦不大易也，定价颇低，每幅仅由六七十元至百四十元，最大者售三百元而已。来观者络绎不绝，其同事朋友居多。我在彼至六时辞出，已订出一二十件，成绩不坏。绕五色土坛过遇孙翰之母及甚恩娘。（其父之大姨太）绕春明馆，涉土山而至水榭，茶棚树下各色人等俱全，中国人消夏之法甚多，其悠幽岁之态度非他国人所及，所阅各色人等俱全，而与我之印象与感想与昨日大不相同，昨日崇拜迷醉于大自然伟大之怀抱中，今日厌恶这般市井景象，是以有时多不愿出门，盖受到外界环境之种种刺激也，因夏日之人身体大解放，时代女儿，夏日成了她们的季节，出门到处大腿飞扬，实感一种威胁与压迫（一笑）而又不能熟视无睹，更无柳下惠之不乱而无动于心，实难矣哉夏日之出门也。（又一笑）在水榭看溥儒之个展（心畬）每三尺小幅即售五六十元不等，普通四五尺者皆过百元，数可惊人，而有谈墨数笔或仅一物，一树一花而已，固有名气与画家之气度亦未免过甚，艺术本无价值，为此近日画展之风皆视为高尚之有利事业竞争起为之，此停彼展，皆大获渔利，大失艺术本来之价值矣，可慨也夫！归途顺路去访朱君，略谈借得一书而归，又到医院，看九姐夫，小坐即辞出，他人喘息不止，病总不去，大苦，晚灯下枯坐，百感交集。觉已是午夜矣！晚月色亦佳，且凉爽。

8月9日　星期六（闰六月十七）　阴晴不定，闷热

昨日立秋，而连着闷热三日，身体愈觉自己不成，今晨睡醒，而仍疲

甚，好似作何劳力之事，至十时左右方起，看过报不久，未习字，又是一个上午去掉，身体软弱懒散可厌，而连日着急，什么事未做，太不好，午后补写日记二日，觉闷热甚，看看书，拟去理发，三时许出门，欧美人满，在西单遇祖武，略说两句，南北分手，后在西单北购小实报一份，上有辅大新生名单，上无泓名，前来信谓女师学院亦未考上，不知她上哪，于是一想便不必再往学校那么远跑，便到艺文看了半晌赛球，小孩打得没什么意思，女子文队（有力伯英在内）与稚队赛得胜，稚队比文队人还小，输了不难看，后有一场友谊赛，为振亚与联银，不太精彩，遇王贻，七时许回来，本欲去工家，但此时去赶饭似的不太合适，不知庆华今日回来未，遂一径回家，拟理发，亦未理，糊糊混混的又过了一天，真不好，晚得德培一信，写的不错，字亦不坏，晚看书，再跑几日，绝定到主任处通过论文题后便杜门读书，不可胡跑了，时光一去不回呀！

8月10日　星期日（闰六月十八）　　阴晴不定，闷热

自己是简直这两日有点太没出息，太懒散了，一点正经事没作，虽是放了假，可是自己应做的，想作的，和挤到头上得去办的却不少，每天胡忙一气，今天过的未免太逍遥，应给自己记上一过才是，九时起来，忙着跑去中央看早场片《血洗黑狱记》，由杰姆士凯奈、乔治赖甫德等合演，不太好，杰姆在片中向饰确角，此片中并未怎么打出手，令人不满意，午后卧床上看报，未看完两张，竟疲乏起来，不觉睡去，到五时半方起，懒到家，急忙看完报，五弟看我睡了，他也走去，在家不看着尚且如此，而不在家更可想而知此二位弟弟念书之不肯自去读书，实大费我心力，真不知如何教导方明也，不一刻又届晚饭时矣，母与李娘自田媪去后又是亲自操作，大热天，汗流浃背不顾也，每天弄厨房忙三顿饭，倒桶，扫帚拭屋宇，洗衣，熨衣，一切一切均娘与李娘自己来，我等甚少帮忙，而每日悠游之时反多，心极不安，每反射自问，扪心默想惭愧无地，娘等每日劳苦又为谁耶？我等如再不努力，生又何为?! 夜卧床上观书至午夜方止，看光一册欧风美雨，宇宙风丛书之三，得以略知欧美各都市之概况，虽皆科

学昌明，但皆人工化，机机化，无中国自然之美。

8月11日　星期一（闰六月十九）　晴，热甚

想不到立秋之秋老虎如此厉害，热得比前些日子还凶，在屋内稍为动作便大出其汗，可厌之至，八时许起，阅过报，小报本一张半今又缩减四分之一，报纸贵，涨报价，还缩张，真没法子办！上午一半习小字，一半抄《醉翁谈录》，至午后二时止，方三页，慢得可怜，天热，心烦躁，令人不快，每日拟作之事甚多而读书以外之事又不得不去，强表兄在稷园画展四日，我只第一日去了一次，而今日为末一日又得前往一次，否则太不方便，每一念及欲办之事甚多，则颇躁急，午后作一信答复小徐，他定于本月十七日即在大连结婚，本拟先拍一电报去祝贺不料自八月日起凡交际电报停拍，非重要事件不发，于是只好等小徐回来再贺他了，四时出去，先到欧美去理发，幸今日人不多，理的也快，不到一小时便峻事，五时多，冒阳光之炎热，又跑到中央公园去看看强表兄画展，今为末一日，不一刻已是收时了，六时左右即有的分送各处，有的在整理，力九姐夫今日在来今雨轩有礼拜一会，亦去略看，计画展售出三分之二，六十幅的售四十幅，成绩不劣，除开销想约四千余元左右，六时一刻辞归，到家晚餐，夜阴微雨，仍闷热甚，人亦因之而躁甚，近来晚间因蚊虫扰乱，书信数封而已。

8月12日　星期二（闰六月二十）　晴热甚

热，热，热！走到哪也是热，全身包溶在热的气流中，实是不好受，烦闷热，心中便急躁，两星期前与孙翰文润宇谈天，谓前三十年，北平没有这么热，夏天只穿夏布衫裤即可，何用赤背，裸腿，全因南北交通频繁，气流交换游动，将南方热气携到北方，故交通愈发达则气候变换亦愈大，此话诚不虚，在讲地理时，亦曾言及，新加坡本热极，现在自筑了一条铁路直达越南后，气候已经凉爽得多，想若气候亦受人类文化交通之影

响，若干年后全球之气候将为之一变，寒带范围或更减少！亦未可知。

今天热的总算可以了，这才算是热呢！才是夏天样子，可是已经立过秋了，上午本拟看些书，不料向云俊兄来访，来坐半晌，东拉西扯，老朋友谈起来却也仍不生疏，一直聊到中午方去，午后看完报，又不知是因热，抑因懒，竟困得睁不开眼，怪事，不知何以自己会如此疲倦，虽是自己着急知道许多事没作，但是精神来不及又有何办法，只好走到床上去睡，这一躺又是五点才起，糟心，呆一呆，愣一愣，转转走走，又是晚饭时候，听完说书的又是八时半多了，灯下蚊虫多，虽然晚上稍凉快一些，也够瞧的了，看书却得躲在帐内了。

8月13日　星期三（闰六月廿一）　上午阴，下午晴热

今日起的还不算太晚，上午把郑振铎著的插土本中国文学史第三册中《话本的起源》看完，又节略的，写了一个大要，是预备交与余主任看的，十时许去找朱头，不料他出去了，想是忘了和我约好一同去主任处的事，只好告诉他弟弟约定明天再来，为了这么个论文要通过题目，不知已跑了多少路，即已出来了，不能白出来，好在上午天阴一些，昨晚雨后至今仍然凉爽，遂去多日末去看望的树芝处，往北到西安门大街，谷忱医院，他还是那样，谈了一刻已是十一时半了，遂辞出，顺便到陈老伯处去看看，亦是多日未去了，谈顷之，至十二时辞归，午后阅报，满纸皆是强化治安，运动，与剿共消息，十六日起将开始检查居住证，每天得带着十分麻烦，讨厌，日前报载许地山四日病故于香港，不知确否，许笔名落花生，为中国文人能通梵文者仅有人才，年前此间报载张心张莹等病故事，皆不确，此次消息，又不知真否，惟印度现代大诗人泰戈尔于本月七日亦逝世，享年八十五岁，实世界文坛一大损失，二时许去中央看《缅甸风月》（《Moon Ones the Burma》），不大好，散场后至欧亚取了相片，又到郑表兄家去，未在家，小孩亦出去，小坐即出，归来得其一信，记我代购煤球，晚去问，又涨价，仍有涨讯，因时局关系而一切均贵，生活日高，无进款实大苦。

8月14日　星期四（闰六月廿二）　阴，凉爽

懒！懒！懒！连日好拟犯了什懒的毛病，又有点像什么大爷似的悠闲的度日子，身体之懒软，又有点像什么疾病，为了生活，为了家庭经济的不裕，为了自己的论文题目便不知多着急，而一种无名的毛病上来，便又那么悠闲的懒起来，自己也不知自己连日是在怎么生活着，天气热困得午睡，而阴天凉爽正好读书做事也午睡，这似乎有点说不下去，何况自己并不是一事不管的家中闲负的学生少爷大爷呀！自己要办，应办的事多得很，自己真该打，而没有做什么劳乏的事，身体全身会那么软，而无力，倦乏的不得了，不知是何缘故？可恨！为了国际情时局等种种关系，生活程度日益增高，而家中人口众多，进款毫无，每月用度甚大，至以为忧，而我以末一年能否安然渡过实成问题，为了生活问题，自然牵扯到经济问题，为了此事，而烦苦着我，已非一日，实难令人快乐，于是此时读书兴趣，受此影响，大为减少，而每日斤斤以金钱为计，日思中奖发财，勿笑财料头脑，此时实亟须要金钱，而金钱在此世界中万能诚非虚语，种种美梦，空言大话，好听理论，幻想的生活也只是在做学生时代，毫无生活社会常识经验与责任历练的幼稚谈，等到他一踏入社会，到处碰壁，希望成空悔之晚矣，不重金钱，活不成，于是此时，一见亲友辄谈到我前途职业问题，年纪轻轻，刚一出来做事又值此乱世实难找到适当职业，问题又很多，我自然不希望在平，而离平手续，旅费，异地客居的一切，均是问题，种种皆是困难，而我与旁人又自不同，我最好是一毕业便有事，因为家中期望我处正殷而生活亦正仗我去挣扎，奋斗，起码便要二三百元，实大不易为，刚一出去，有百元就不错了，而此在那尚在不可知之数，而我将来是个哪界中人，亦在茫然中，一出马，便得有负起家庭生活的数目，实职业前途中一个大困难，所以现在有时想得头疼！经济与职业前途两问题把我烦苦的闹得昏乱极了。

上午七时多没起来时，朱君便来找我，匆匆梳洗起来，没吃早饭便伴

他去中大孙人和讲左传，不料老头有讲书的瘾，男生约廿人，女生有十人，辅大本系女同学丁玉芳亦去了，老头的话，还是听的不大懂，他女儿也去捧场有意思，有三四个女生在一旁老说笑，不知来此何事，中大的学生是活泼的很，十时多出来，在门口遇唐宝良，说了两句而别，瘦弱得可怕身体，恐他活不长的，同顾朱头厚实的身体，虽不算壮，较之唐君，实是生气充沛得多，行至绒线胡同，各自分手回家，那张话本说明，得从头别一过，到家看报，午后奇怪的懒病又犯，睡到四时方起，可恨自己没出息，不然至少又可办一些事，看一点书，起来后，又看了刻话本，朱君叫再写一回，真麻烦，在先写的上边注上大纲名目，明天拿去给他看，懒得再写，否则又得抄一遍，太费事了，下午什么事也没作，只是在屋中睡，坐着，肚子又饿了，这年头，肚子真不好对付，提前晚饭，吃完才六点，下午阴，天凉快，坐在院中看刻书，又进屋去听王杰魁电台上说七侠五义，只是磨时间，废话太多，一天一小时，说不了多少，灯下把日前剪下的报纸贴了一点，十一时许睡。

8月15日 星期五（闰六月廿三） 阴，闷

上午看过报，没什么意思，继续看完了一本旧杂志天下事，午后抄醉翁谈录，天气又阴下来，比较凉快多了，只是闷得很，抄了半晌，四时多换了衣服出去，找朱君，不在家留下条子和书，又去王家庆华九日没有回来，明天或者会回来，二卢又在那，这俩家伙真成，没事竟上那去泡，他父母皆未在家，小孩子正和二卢在腻，我便出来，天气较凉快，遂绕道去看向云俊，恰好他才回来，他现住房在前五公厂五号，本为黄松三家产，现归他们，他家父母在南方，他初在太平湖时我没去过他家，今天算是第一次去，家道还不错，现在住者仅其兄嫂与他三人而已，房子很多东西摆满了，他带我各处去看看，我已都来过，只是现在收拾较新，一切布置较有条理，前院一大架葡萄，只是与前主人已换，令我又起感叹，松三多日无信来，不知近况如何？坐顷之，六时半，韩天佑来，又欢谈顷，出门来又遇何泽宁，老友相聚（诸人皆志成同学）实不易，一种友谊的温情袭上

心头，明年分手，再见更不易矣，六时三刻归来，晚饭后记日看杂志而憩。

8月16日　星期六（闰六月廿四）　阴，闷热

今日志成第二次考新生，四弟一早送五弟去了，九时许我亦去看看，庆璋等亦在那玩，遇见几个熟人，王光英被赵先生叫去助监场，谈了一阵子，闻王燕匀要去美国了，有钱的大爷跑吧，混吧！十时左右去找祖武，光宇来信与我，在祖武处，谓托其购奖券事，他又托人带平，该人马虎至今未交来，向我道歉，祖武又邀我同去天安门基泰公司绘图办公处去找那个姓魏的，他又没带来，祖武为此事还跑了多次，实在抱歉，坐了一刻便辞出，姓魏的言一两日内即送到祖武家去，由他们由便门推车到公园去，行健会处看有六七个女孩子和三个男孩子在打排球，瘾不小，所谓健球的是，遇辅大今年化学系毕业金熙增，一同打了一刻乒乓球，出了汗，十一时半归来，在西单与祖武分手，到家不料二宝已来半晌，一同午饭，没有好的，因不适与热，吃甚少，饭后，娘又家长里短那一套，说个没完，出来听了一刻西乐，看一刻报，不意三时许黄表嫂来，座谈顷之又去力家了，娘等又与二宝谈半晌，四时半孙湛孙昭来玩，五时四，五二弟回来，五时半与二宝同出，至煤铺交与煤钱，伴其在宣内电车站归去，我则去找王贻未在，至庆华家询其未归，遂亦未进去，至西单略转即归家，院中小孩七八个在玩捉迷藏，七时许晚餐，晚八时许陈九英来座谈顷之始去，与娘等聊天，什么事未做，这一天又白过来了，近数日似乎有点不适，精神身体两方面全不大舒适，全身软酸无力，没有精神做事，胃口亦不佳，公益奖券亦未中，连日家中分文皆无，亦一因也，非至十七日不能取款，祖武谈其今年去中南海游泳出我意外。

8月17日　星期日（闰六月廿五）　下午晴

真是有什么毛病不成，莫非整日混着过吗？早上九时多才起，看看报

和杂志，便是一上午，午后何继鹏送来广德戏票两张，但我不愿去，只四弟去了，卧在床上正看着书，一时又困了，从早上起到中午才三四小时，就又乏了欲睡，这岂不是有点毛病吗？这一睡马马虎虎，虽未全睡着，即一直到四时方起，别人家是一醉解千愁，我却是一睡解千愁！睡着了，真是不管一切，不知一切，忘了一切，超脱了一切，但可惜是短期的，不久又醒了，复回到现实这个受洋罪的世界上了，今日徐仁熙与赵涉兰在大连中国银行结婚，并在新北京报上刊登启事，惜路太远，我等不便前往，预先去了一信道贺，五时许去访朱君，他代我写的评话大纲，尚未写好，又白跑了一趟，求人不易，可见一斑，谈了一刻，遂辞出，腹饥甚，归途购四饼，晚饭因胃口不开仅进二碗饭，一碗稀饭而已，灯下抄《醉翁谈录》二页。

8月18日 星期一（闰六月廿六） 晴，有风，和

昨夜有风兼雨，但我睡熟不觉，今晨醒来落叶满地，阵阵风儿吹来，全身不禁皆起了反应，下意识的，令人感到了寒意，秋老虎过去了，这才是秋意呢，一阵秋风秋雨后，更是一阵寒一时了，今天起的算比每日皆早一些，六时三刻便起来了，清晨阳光也分外清新可爱，不觉得炎热可怕了，空气也十分爽朗，不由自主要深深多吸两口气呢！八时多出去，讨厌的风又起来了，这个可厌的风季节，春秋两季轮流光降，这下子又回来了，真令我心烦头疼，今天忽然又起了，扬得到处是土，冒风去访朱君，在家，他似有过人的精力，每晚睡三四小时，白日不睡亦不困，除了出去以外，每日孜孜不倦恒清晨四五时起，到中午不停的读书，不洗脸漱口，亦不早点，每日且必过午夜，甚至通宵不寐，无时无刻不在求学中，此种精神，实非我等所能及，苦干的求知精切的诚心，亦皆非常人所及，我几每日必须睡十小时到十二小时，白日尚常觉疲乏，真与朱君较真愧杀，朱君为人热诚，知无不告，告无不尽，友辈皆敬谨以师事之，为人和蔼，因其学识过同学倍之不止也，且友朋多喜与之交往，求教之者，实不乏人，故朱君每日为他人忙之事，占用相当时间精力，亦其致力学问上一大阻碍

也，但朱君未尝出怨音，乐为人助，亦能者多劳之故也，今晨去访，昨日约好，宋人话本简略说明，已经代我改写完毕，谈顷之，到九时许辞出，至浙兴取了月款，区区六十元，可怜此数够何用度，又到东安市场转转，取回前半月照之相片，面部表呆板不自然，好似有多大气似的，不满意，可说呢，每次在摄影室照相时，没有一次面部平和自然的，不知何故，一到了摄影机前便不自然，要平和下面部的表情竟不自主，活该不应去照相吧！为了时局关系，生活程度又高，日常用品亦多涨价，桂香春、稻香春二大店皆无白糖，亦一怪事，缺货，有货高价，将来恐有恐慌，或购买时加以限制，亦未可知，诸物昂贵不敢买什便归来。中午得松三来一信，风云寄二张纪念邮票，并属与一张给伯贤，不知他收到我告他伯贤已结婚之消息否？他倒还未忘掉她呢，别看他人大像个老粗，志气高，还写得一笔俊秀的字，文词雅洁美丽，极富文学天才，他如学文学，一定成绩不坏，说了许多我也不明白的话，午后看完一本天下事和两份报，已是三时左右了，小孩三人，玩的玩去了，找同学的找同学去了，一个也不在家，静静地倒好做事，把朱君改的说明一气抄完，天气凉多了，坐在屋中，风吹进来，大觉凉意，眼看又要冷了，真快呀，一年一年的。晚看书。

8月19日　星期二（闰六月廿七）　阴小雨，凉甚

　　北平大陆性气候，今年变的也未免太快一点，前一个礼拜还热得坐着都能令你出汗，而今天呢，坐着几乎能令你战栗呢！昨夜有风雨，今晨凉得很，秋的气象已是十分，空气的温度已显然的告诉了人们秋来了！昨天虽出了大太阳，晒在人身上也还有些暖意，但一阵阵风儿吹在身，完全不是那么一回事了，前几天是暖融融的，令人迷惑欲睡，昨日已是凉飒飒的，不大舒服，而是个冷的刺激了，使得那些无知，终朝在昏迷状态下的北平市内的人民，感受了一种异样的反常的刺激，下意识的觉受到，这亦不是夏日那么温暖舒适的风儿了，恐怕北平市以后的生活也将要和气候一样，逐渐变得冷酷与不好过了！连日日常生活用口已是有增无已，前途的暗礁还不知有多少呢，气候也和时局似的，变化莫测，想不到今天会这么

凉，老年人大可穿上薄棉或是夹衣，我至少比前七天只穿一件单衣服时，多加三四倍的样子，一点也不觉多，上午只是看书报，中午吃汤面，因为是小妹闰月的生日，吃得较多，胃内有点不安静，而近日胃口总不佳，午后陈九瑛来座谈其学校事，劝其暂定上志成为佳，二时许出去，街上亦显出秋日萧索景象，先到志成与赵先生谈了半晌，陈九瑛事因高二学生多，无把握，暂等月底方能定夺，又到久未去看的黄松三家，与其母谈顷之，三时许又到前边舒家，幸泓在家，告其辅大有特别生一途，办否随其自便。她总是那么羞涩，沉默，怩怩，不活泼，不痛快，不大方，有点近乎黏滞性，对之难得令人起快感与兴趣，于是在她不大说话下，我的话也就少了，不是沉默的对坐在椅上，我间或亦只好抬起眼来，浏览一下屋顶，或是其他一切。已经看过的其他的摆设有几时竟觉得很别扭，甚至窘迫，于是这种沉默的空气难受不少，就只好辞出，我并不想令我近期内再去的意思，而她本人固执等等的性格，始终令我对其本人没有什么兴趣！或是因为没有考上学校而羞涩，但从前也和此次差不多，会面后的印象，往往令我不快或失望，换句话说她不能引起我的注意力，或者这是她的缺点，她在朋友交往方面的失败处，她如果永远如此，恐她将要接近自个造的悲剧中去，我却始终以坦白的友谊与她交往相对，别人虽然时以他语相讥嘲，今天最有趣是松三母，告我泓没考上辅大，并云其母主张其女高中毕业后即可结婚，而不主张上大学，并云泓常与小郭来往，而他二人似也不错，二家大人亦有意，且二人之父同事，将来他二人或有订婚可能。松三母并云，时常见小郭在其家云云，其母或并不知我与两家皆识，我听了唯唯而已，心中颇觉有趣，且私念，如果她俩能有订婚之讯才妙！才合我意，省得别人乱言，我早就想着如他俩能够言归于好多好！小郭似乎还有点误会我，好似我也有点和泓好起来，天晓得，我有此意否，我纯粹以友谊对他——小郭——还在祖武面前说说我和泓怎的好，一天一封信等，我却淡淡一笑置之，不言可否，没有什么值得辩驳的，我却早愿他俩有个准讯，我此念，恐非他二人所能想及，今天去了，大约有一个多月以前还去一次，我想这个暑假去此二次就可以了，告她特别生办法后，又没什么谈的了，她拿出她二姐的相片本，内有其近摄其二姐之子相片多帧，至四时一刻即辞出，出大门遇其大姐携三子来招呼后分别，阴天闷闷无聊，心绪亦无兴致无处可去便懒洋洋的回来，阴天实在可厌，九瑛已去，孙甚等来，旋去，阴，大不觉早晚，五时半即开晚饭，饭后方六时左右，坐灯下看书，不知何故，心中十分烦躁，坐立不安，又看完一本天下事，至院中散步，夜黑如墨，其凉如水，雨湿遍地，虫鸣草间，风声萧索，令人觉寒，真是一派初秋景象，夜凉许多，灯下蚊虫大见减少，只有飞蚁犹有舞飞不停，有时秋雨敲窗之际，孤灯独坐，回忆往事，百感杂集，过去如梦，人生不过如此，不禁失笑！

8月20日　星期三（闰六月廿八）　晴

天是晴了，但因昨后半夜又降雨，地下都还湿湿的，早上九时半出去，街上已干，胡同中尚有泥泞，怀了一颗奇异不安的心情，拿了所以说明去找余嘉锡主任，请问他可否通过，到时递进名片后，即被请到离门口甚近之客厅中坐，墙上悬有字画镜框，有听诗斋三斗大字，有徐广年八十犹岁育五经一遍一中堂，又有何绍基与洪亮吉对子各一，洪字为失线篆体，室内一方桌上置一大坐屏，数包书纸之类，两椅，两几，两小式硬木太师椅及三沙发，中一短腿几而已，甚简单，同学谓老头堂下和气，今日确稍好，但脸部仍板板，见面无话可说，遂问好后，即提出论文事，送过说明与主任看，未看完一页，即择二错处谓语句不妥，实则此不过随便一写以后还得改过，幸看完认为可以，并告无罗振玉编之敦煌掇琐抑零拾中或什么砰往中亦有唐人小说之材料可以参考，话已说完，没事，遂即辞出，承老先生送到门口，我即跑到学校去看看，没什么事，原来西门房，售书处改为室内电话机交换室，正在装设机件，又到图去看书，我找了半天说没有，中午方出来，径到郑家去，三表兄顷之方回，请其为五弟保证人，又略谈，在彼午饭，菜中有洋葱，即喜食之，食后味反上，欲呕，胸部不快者半晌，因昨夜二时方憩，下午频打呵欠，六表嫂在，其人频甚，不知趣且俗甚，可悲，聒聒不休，亦中国妇人界中典型人物之一也，见之实头疼，因精神不佳，遂亦不欲多谈，至三时许辞出，顺路又去强表兄家

看看，他正在午睡，与其小女儿强涵芬（甚姐名静芬，与五弟同年，其兄名）谈天，她方六龄，乖巧伶俐，口齿清楚，甚为可爱，一直谈到其父起后方去，与表兄谈天，谓此次画展，约可赚得千元左右而已，本约千六百元左右，又言及四弟学校事，因育英过贵，有令其回志成之意，谈到五时许回来，在亚北买了些物件即归家，中国人穿中国衣服鞋还不惯却是一好笑事，鞋为家中又重做者，脚夹疼，到家晚饭后，听 Radio 中说《包公案》，王杰魁说得太啰嗦，太慢，有意耗时间，不然谁给这碗饭吃，卧床上稍息，起抄书二页，十一时寝，今日虽晴了，但是热不起来，总是凉飕飕的，真是秋劲啦！晨发一简信与伯贤将日前松三寄予之纪念邮票寄去，别无他事。

8 月 21 日　星期四（闰六月廿九）　晴

七时左右方起看看报而已，近来报似乎没有什么事看的，日前英美发表共同声明，避免谈及远东问题，似乎最近尚不预备与日起冲突，将在俄莫斯科开的三国（英美俄）会议，传中国亦要参加，今日报载陈诚将去。何继鹏与杨善政二人来，至午方去，午饭又乏，小睡到三时许起来，近二周左右，似总不舒服，全身无力，精神亦不佳，懒极，今日天气又晴和，又不热，凉爽，正好读书，偏偏十分不耐烦，浮躁之至，毫无心绪做什么事，无奈写了数信复同学朋友，恰好韩天佑与向云俊来谈半晌，五时半至平民市场看看，分手后，购一些水果而回，晚饭后继续写完与赵德培君信，又抄书三页。

8 月 22 日　星期五（闰六月三十）　晴

自己也太泄气，平凡，不紧张，无什意义的生活，却不能改良，今日上午又在四张报纸中打发过去，但还抄了三页书，今天午饭吃的晚，吃完已快二时，又抄到一个段落的书，预备出去办点事，而又快三点了，时间已迟，孙家小弟兄又来玩，四弟又去找何继鹏取车去艺文看赛排球去了，廿五、六日补考算什么！小孩子在院子玩的热闹，天气很好，不冷亦不

热，总是如此才好，可惜不成，太阳虽有却不热得流汗，正是秋高气爽的
季节，想想又没地方可去，实在懒得了去，在家做点事，看看书多好，好
时光，出去胡跑没有意思，便又在家，把以前的成绩单拿出来算算学分和
成绩分，一共是多少，计除去体育的等不算以外，三年其念了一百廿学
分，二百廿九个成绩分，与学则规定比较学分尚差十二个，成绩分尚有
余，多出卅一个，十二个学分，这末了一年，怎么也念出了，算完不着
急，现在只专注在毕业论文了，看书一时精神又不振了，在床上小卧，小
孩子进来吵醒了，伯英孙湛等又谈及我管弟妹们严厉不好，他们都幼稚错
误，不懂事，只知玩乐而已，说了许多话，他们才不言语了，吵说到六点
多才走去，我出去发了与赵德培的信，晚饭后略憩，又记过日记，看书
而寝。

8月23日　星期六（七月初一）　晴

志成初中一新生今日交费，还得先跑到浙兴去取那只余一点的款子，
顺路到朱头家，竟未出去，与之略谈告以主任通过论文题目，即辞出，到
志成交费交了保证书等后，忘了还五弟的毕业证书来，幸而是熟人，允许
补交，否则还得跑一趟，高二仍是没有地方，去找祖武一个小孩子说没在
家便到西单买了东西，在亚北打了个电话给王家，她母亲接的，告我庆华
刚回来，他说了三个礼拜才回来真不易，说好下午去看他，回来午饭，午
后看报及写了一信与大马，下午力伯英孙湛等又来，黄老五也来了，态度
变得不自然了，有点爱害羞，是生疏了呢，还是不大方!? 二时许换衣服
去王家，照例二位卢先生在那和小孩子吵闹着玩，没完没了，真佩服他们
那么小孩子胡闹的无聊的玩笑，会觉得那么津津有味，新知识或许有点，
但是人情礼教上才差，幼稚得很，天天来，真行，真有那么多闲功夫哄孩
子，我到时，恰好庆华找大信一同去游泳了，便拿了一本书卧到南屋钟华
床上去看，他们爱怎么闹，怎么闹，二卢要回去，钟华等不许回去，吵了
半天，大门全上锁了，五时多庆华回来，态度还比较亲热，谈了一阵子行
里的事，不知不觉中流露出一种欣然自得的神气来，这家伙，在他们弟妹

中，是唯一的特别的胖子，足有百八十磅，胖了许多，肉还真结实，倒真像个银行里做事的人！有福态，他也真像他的父亲，看着他那有点臃肿的身体与面孔时，不觉有点令我好笑，叫了洋车，连他弟妹等一共七个，同去前外，廊坊头条撷英去吃饭，他父在三楼请客预定了房间，二楼也有一个，是为我们小孩子定的，计有庆华，二个卢先生，二妹，钟华，兴华与二妹的同学李惠明，和我，大家都是孩子，熟人，也不论什么规矩，随随便便，倒也不错，可是菜并不怎样，只是名声出去了而已，总怕吃太多，结果似乎不太饱，吃完即又照原路洋车而归，一路颠来颠去，实不大舒服，其母亦有人请去全聚德吃烧鸭子，一家子大大小小全出去，真是美得很，家中只剩下老太太与两个小的孩子，回来在院中坐，孩子们和二位卢先生的活泼劲是没有停的，我却照例不参加，他们小孩子也不和我闹，也不动手，至多嘴上说两句而已，院中围上一桌打上扑克牌，不一刻庆华父子相继归来，八时许王贻才来，一进门先受责难，小孩子一拥上前打了一顿才罢，看了十分滑稽可笑，真是何苦，大家说笑，间或小孩子们与二卢和王贻打打闹闹，后来庆华与其父进屋聊天，出去做事一阵，举止态度之雅多多，像点大人了，不那么总孩子气的闹了，十时我一人先辞归，想想今天聚会的人与那年年卅晚上差不多，只换了一人，少二人！可慨！

8月24日　星期日（七月初二）　晴和，风

近来两周，身体不好，胃口不佳，精神不振，全身无力，性情暴躁，特别觉得沉闷，无聊，上午起来晚了抄了三页的书，午后看报，孙家小弟兄又来玩了，午时阳光和煦照人又有暖意，讨厌的是春秋两季的风季又来临了，秋天风比春天好一些，不那么燥，但是一阵秋风一阵凉了，起风扬土，仍是十分讨厌，今天便又有风了，又弄了我一屋子的土，精神不好时，又因为没地方去，什么事也不愿做，什么书也不愿看，在床上卧了一小时多，起来还是无聊之至，翻翻看完了一小本的旧大东书局的目录，五时许决意去找祖武一趟，因为他病了，去看看他，不料他好一些，出去

了，好不扫兴，白跑一趟，心中有点饥饿到西长安街小饭馆子吃了一些包子锅贴作点心，回来接到刘二来一信，原来他病了，近半月来我的胃口亦大不佳，虽想吃的多，但总未敢尽兴，晚饭后不料阿九少奶来了，来接其子回津，座谈顷之，比前四年消瘦甚多，坚要去津玩去，九时许走去，明晨即回津，来去匆匆，每日昏昏沉沉的，不能做多少事，近来做事决心小，顾虑太多，每多幻想，且少年喜玩之事，日距其远，如玩球，打闹，下军棋等，皆不感兴趣，自感逐渐变得虚伪了？事故了？大人了？总之是沉重，不苟言笑，视上述皆为幼稚行为，愈加渐渐接近社会，而距美丽可爱的天真景界是愈来愈远了！可怜！

8月25日　星期限（七月初三）　阴晴不定，风

怕朱头今天早晨来，七时半起来，看着报等他，不料一直等到十一点也没来，这家伙又忘了，马马虎虎的，早晨写了一封信与弼，没什么事，也无什可说，聊聊天气，又告诉她廿三日去他家的大概情形，只写了四页而已，并附去最近小相片一张，后面也写上大姐永存，下书毅弟寄赠，对她上次寄来的相片而言，她看了必会微笑了，不知她作何感想，中午又继抄写书一页，午后一时半出去，与蒋国梁一信，蒋为四存小学同学，年前在大街上与公园都碰见过他，他还认得我，日前报上载其父病故，故写一信与之，不知其尚记忆及否，到大光明遇见邢普，这小子扯上没完和我腻上了，样子很臭，有点惹厌，打一电话与祖武，他因要休息而未来，与邢普在一块坐着，他请我一瓶汽水，虽是承情，但是实不愿饮，饮下直打反嗝，不大舒服，片子是《旧金山》，廿五年光临新屋落成开幕时之第一片，已五年未看，此是第二次了，旧了，光，音，有时不清，全片仍比现今一般普通片子强多多，人很多，散场去找祖武，他近又病嗓子，已愈，谈顷之，至六时许辞归，那个马虎人姓魏的把光宇一月前托带代购来的奖券两张，与余款一元六角五分取回，为此不知跑多少路，费多少劲，祖武还为此跑了好几趟，如此难拿回来，不知能否得中！晚又抄书！

8月26日　星期二（七月初四）　晴和，风

连日如是没有风，即不冷又不热，实是够得上个标准的天气，上午正看报时，不料朱头来了，他本定昨日来，却记得今日是廿五日，来了谈了一阵子，他也未说什么把屋子书箱打开请他看看，他借去父子赞义二册与释名疏证四册，到十一时许辞去，一个上午又去了大半，续录醉翁谈录，今日阳光又微有暖意至三时许又倦，就床上小卧，四时许铸兄来小坐，他房已找好，即在上斜街，距家甚近，五时许出门，购些点心而归，去孙家找五弟未在，祁屋中收拾甚清楚，闻湛谈昨日下午三时许黄丽娟去其家及一姓方的女的，一直玩到夜十时方去，前些日子亦去，来往甚密，怪不得他一向够乱的屋子，收拾一清呢！归来吃点心，五弟近日与孙湛等玩得过火，每日胡跑劳心费力，祁又与翰近来时常在一处玩，什么看电影，逛市场，舞场等地，皆是吃喝玩乐等享受，一同玩得甚是融洽，不似前三年二人那么别扭，我可没那么多精神时间经济去伴大爷玩，晚间自己又犯性子，暴躁发怒，责五弟，事后颇悔，颇恨自己涵养太浅，晚在院中散步，近日颇感生活平凡烦闷无聊，人是感情动物，不是机械，总过一定方式的生活便易厌倦，最好能时常变换生活环境才会有趣，我之生活太平凡无味，但无钱不易办到，所以以后有机会决定多出去多走些地方，一半去变换生活环境，一半也是多开眼界，出去见见市面，不然总是在家中，所看所闻也不过只是这一些而已。

8月27日　星期三（七月初五）　晴和，微风

连日生活极度平凡，闷闷，呆板，无聊，上午起来不早，看过报便继续抄醉翁谈录，午后二时许出去，先到增茂去兑奖券，辗转月余，费多少心力才取回，怀了无限希望，一对却是一场空，往北到真光去，人满没有票了，正在大街上徘徊，不知何往的好时，忽然心血来潮，姑且去看看孙翰吧！侥幸他正在家，没有出去，在他屋方坐下，便吃西瓜，瓜小不甚

好，时已三时，立刻又拉我出去到芮克看电影，他亦正无聊，没有伴，我去了正合他意，我本意去真光，去晚了未看成，芮克是不想看，他请我白看，只好伴他去，片子很无聊，Bing Croslug 和新女星 Mary Mastin 合演，音乐片子，不甚佳，女主角不大漂亮，只是有几个镜头很像柯尔柏。散场五时多又被他拉到他家去小坐，他一脑子里皆是衣服，领带等等如何漂亮，帅！玩乐，享受而已，他已去舞场多次，如不学好，危险殊甚，至六时许辞归。北平真是土城，连日晴和，有微风，便到处是土，污厌之至，而很干燥，汽车过去也带起一大片土来，糟心透了，空气干燥，难过，晚饭后微觉腰乏，晚上继抄一刻书，并看一刻书，想不到今天会见到孙翰并去芮克。

8 月 28 日　星期待（七月初六）　　晴，热

今天天气特别热一些，又没什么风，算是近来一个最好的日子了吧！可是今天早晨也特懒，到十时才起，真是太晚了，看过报便已是中午了，中午开始又续抄书一直到三时方止，今日志成开始上课，五弟骑车去，小妹下午又买书，真不得了，小孩一上学，学费书费，文具，笔记本等等真不少，令人头疼，处处需钱，真不得了，四时多换衣出去，本想去看小徐，先到老王处去看一辆半旧车，要九十五元，不太值，在西单北买了点药，又往北在西四南，看见了小徐和他太太，一同骑车往南，本去找他，不料在大街上遇见了，过去招呼，都出意料之外，他很高兴，赵并约我等一刻去吃冰激凌，先到华东去，小徐定做了一身香港布的衣服，又往南一同到亚北去，一共三人各吃了二杯冰激凌，一盘咖喱鸡饭，凉后热辣，出来又伴他们到他们新房中所摆设购的木器行，就在宣武门里，又陪他们去南半截胡同内一个大井胡同，找赵的同学，说了一刻，又伴他们走到宣外桥头分手，本来想请他们，到先打扰了他们，于是郑家与护国寺全未去，小徐家正整理他们的新屋子呢！又有人请吃饭，过两天再去看他们吧！六时许回来，身体真泄气，觉得有点乏，晚饭后四弟五弟会因琐事而打起来，实是糊涂，不明道理，实是气人，娘亦为之而生气，真不知如何教此

二人也。

8月29日　星期五（七月初七）　晴，热，晚风雨凉

今天的天气也不错，上午七时许起来四弟为其学校事跑了好几天，老远的够瞧的，今日巧是陈家大姐的生日，不得不过去一趟，最怕这种应酬，却又不得不硬起头皮去，穿了大衫斯文人似的走过去，又恰巧在门口又遇见了九姐，只好招呼他一声，进去与大姐，及大姐夫拜寿贺喜的一套，与大姐夫谈了一刻即辞归，到家便把长衣服全脱了，还我自然的自由，真是舒服，人类礼法的约束真够受的，四弟亦回来了，学校补考及格，下午要缴学费，还得去强家一趟，中午抄书二页，不知何故，今日字迹写得甚糟，午饭后与五弟同行，到西单分手，他去校上课，我径去强家，表兄无事在家过五关，说明取学费开支票，活期存款只余百伍拾元，我二人一取学杂伙食费等定不敷用，还得由强表兄先事垫补，又得麻烦他了，出来到亚北没有找到四弟，却看见了老板，说了两句话，往南找到四弟，与他车和支票，他学杂费比我还多（六十九元），加上书籍，与伙食费共约九十四元之多，实在够瞧的，一时高兴跑到从未去过（自经日人经营后）的国泰影院，看日本片子，神秘剑侠，乱七八糟，大大的不明白，亦无意思，实在上当，下次可不看了，五时多出来，在室外遇见四弟，又到德兴隆有辆旧车要百十元，太贵，与四弟同归，黄家五妹来，告我郑奎昨日归来，在院中玩了一刻走去，晚间只我兄弟三人与小妹在家，娘与李娘皆去陈家，晚起风，后微雨，天又变凉，下午得希波回信，我前只寄去松三之她的邮票而已，并不希望她回信，这封回信却出我意料之外，里边还说闻五妹说我和一位小姐去大光明（五妹会不认得泓）她很高兴，她很关心我等等，又说我为什么不常去找她们玩等话，真心假意!? 不得而知，画蛇添足，何劳她太太费心!? 怪好笑的，也许是诚心实意，但我却不领这份感情呢! 但可恨的是这封信来了打搅了我安静的心波，好大一阵子才平静下去，信中还说我是知道她的! 我是真知道她吗? 天晓得! 晚看书，想起今天去国泰花的一元一角，实是太冤了!

隔壁市立简易小学已经上课约一礼拜了，下课时小孩的呼叫吵闹的声音又开始了，十分讨厌，一听到那种嘈杂的声音，便觉得十分可憎，绝令你想不起那么一群天真小宝宝的可爱的影子来，廿世纪大都市中的学校，还是那旧式教授法，念经似的，讴歌似的，大家一齐以一种带有韵律的调子来念书中的字句，实是不大好，不知那些孩子对真正一个字念什么音读得对不，还是只唱出来而已。——人们的习俗深入脑筋，受教育的，在城市中仍是只占数成而已，没有受多少知识的人仍是占着大多数，照例的一年一度七夕佳节，今日便是，而半月以来戏园各班全唱天河配，报上广告全是一律的戏码，只是有反串与否，道具真假，合作与否，大小等之分，真是无聊，此又与最近被其演纺棉花又有何分别呢，加上便装上台。

8月30日　星期六（七月初八）　晴，热，风

一早上被四弟吵醒七点起来，清晨实是一派好光景，空气亦好，可惜多日的好时光，都被我贪睡中过去了！看过报，仍是沉闷，英苏军侵入波斯（今名伊朗，近东一小国），三日便即解决屈服，获得大量油田，足补罗马尼亚之失。并看完了一小薄本的《创作的准备》。心情不安定，老想及别的，按抑了好几次方始看完，如照茅盾所说，创作一事实非容易，感情不冷静，不能看关于理论的书，否则不会记得的，中午十一时多又继书二页，字仍是写不好，每日进度太慢得多加油，否则开学了，连两小本书都没有抄完太泄气了，午后二时与四弟出去到泰亚修笔，又到陈家小坐，借书人家还用，出又到郑家小坐，郑三表兄在家请客，与二宝一同出来到西单商场购书，遇何继鹏，未购成，而二宝又说她能借来，遂未买，出来她又要回家，本拟请她一同去看电影，她执意要回去，只好任之，与四弟一同去大光明看 Walliee Bcrry 主演之《江湖好汉》。剧情没什么，无名的小女角很美，华莱斯比雷的表情十分真切生动，真是那种人的神态，他一人表演极好，散场遇见向，韩，第一场人很多呢，晚阴。

8月31日　星期日（七月初九）　　晴热，风

　　上午去孙家找孙祁，他才起来，自他回来后真是第二次看见他了，他近来也跳上舞了，和孙翰一同去过舞场几次，于是又借来十数张话匣片子在听，托他代泓去向北大工学院院长去说，不知何故，泓第一次考上，而第二次却被刷了，打电话问她，她说学校允许她做旁听生，而她因不愿顶此名义不去，不知她是如此说而仍去呢，还是真不去，说了半天，她也未说明去否！叫她二姐来劝劝她，她却叫我下午去，在孙家随便坐坐，又看了刻立言画刊，竟到十二时了，遂与四弟一同回来，五弟上午去郑家取借书，跑了一头汗，却未拿回来，午后写小字并抄书，天气近二日又转热，太阳光下很热，可是在阴凉处，屋内风一吹，立即又凉爽，不是那么热的风了，不料房子又出了问题，房租本月份者竟未来取，叫来老张一问，才知二太要翻盖房屋，意思要叫我们搬家，此时叫我搬家可搬不起，可是只不来取房租，又不来通知，实是差点意思，要涨房租可以说话，装不知道，耗着吧，到时再说，这年头真是挤得穷人没处走了，没钱用了，实在无法又卖了点东西（1.9两）才换了七百余元，下午四时许出门先到向云俊处，借书一本，谈了一阵子，李准亦去，五时半辞出，又到舒家小坐，六时半辞出，在西单购物而归，娘亦去九时半与妹方回，亦购物少许。

9月1日　星期一（七月初十）　　晴热，晚雨凉

　　清晨六时半起来，早点后七时去椿树头条铸兄家，因他今日搬家，前去帮忙，七时廿五分到那，好，屋中都空空如也，只余椅桌等粗物，其娘家弟枯坐守之，月前大风雨，将一大树吹倒，砸倒墙，幸未伤人，与其弟谈半晌，今日适学校放假在家，半小时余遂辞出，到其新居去看看，我那么早去还晚到了，走到上斜街遇见铸兄他又回去取物，匆匆说了两句话，我找到了他新房，是后河沿甲卅二号，三合房，两厢房，住两家，铸兄独居北房三间，很好，屋内高亮比旧居好多多，物中什物皆未收拾，与铸嫂

谈顷之，助之略加收拾，铸兄等与物前来，遂与其弟一同助其整理移摆什物，其弟似有点愚笨不灵，恐终是年岁小的缘故，一直搬这，动那，一直到中午十二点多才回来，叫他们来吃午饭，又因物件未清无人看管，遂未来，煮稀饭吃馒头，不便给他们找麻烦，遂回来，午后看完报，觉乏竟卧床上午睡，一直到三时多起来，四时多与四弟又去铸兄处，已整理大半，物件少，好办，稍坐即去，在西单道上遇见了厚沛与张思俊，在路上说了几句话，他们去聚贤堂遂分手，我一人径去真光看二场，遇王光英，陈志刚，与陈同坐，片子还好，以油田为背景而展开人生的奋斗，而以嘉柏尔，柯尔柏，斯宾阒塞，希迪拉玛四大明星合演，倒是少有的机会，希的镜头很少，其余三人表演的很不错，设甲，乙，丙三人，甲乙二人为好友，而丙为乙之旧情人，但邂逅遇甲，遂而钟情，一夜玩乐竟缔婚姻，而三人对面殊难为情也，两之情无定准亦可恨，好友因此而起了裂痕，后因生活的起伏，二人忽离忽合，后终合作，结局使我对友谊与爱情二者孰重，更加迷惑，似乎前者较重于后者，时时女人在二者中出现而生了很大的妨碍，晚饭后觉倦早寝，夜雨。

9月2日　星期二（七月十一）　晴，和

七时起来，早上起来，风光殊异，空气亦清新，早上坐在院中看书，报，但是金风送爽，却已不是夏日之风，坐在阴凉地及屋，若只穿了一件背心能吹得全身起栗，阳光下还是很暖和，今日二弟一妹全去上课，家中十分清静，可是西邻简易小学一下课吵得很，上午抄完了一本醉翁谈录，纸没有了，又练了一刻大字，午后觉倦一睡竟到三时半，四时许出去，先去看九姐夫，略谈又去找朱君，未在家，又去找郑夔，不料他已回去，到西单买了点应用的东西及文具，归途又去车铺商议买旧车之事，德兴隆有一八成新西洋车，约需百余元方可，晚饭后补记昨日日记，晚风甚凉南方天阴，但未雨，连日用钱多费，而日常生活用品又有加无已，房子事尚未解决，思之愁烦，为一麻烦，哪有此余款，这末了一年亦不令我安静过去耶!? 这也是生活!?

9月3日　星期三（七月十二）　晴，和，风

昨夜没有放帐子，不料蚊子先生仍是很凶，清晨五时被它们扰醒，一赌气起来了，五时多，才黎明，又是一番景致，空气亦特别清凉，四周清静得很，令人心境亦十分沉静，在院中散步一刻，深深呼吸几口新鲜空气，把窗帘，门都打开，又到床上和衣而卧，蚊子吵过了又可以睡去，一觉便到了七时方起，上月廿九日意外地接到了彼复我一信，今天早晨便提笔作了一信复她，并附去松三信给她看，不知她看了心中又作何影响及感想，又继昨日所看，看完了一本沈起予撰的怎样阅读文艺作品，有的地方亦很不好懂，下午习大字半响，三时午睡，四时起，出寄信，并去德兴隆把那洗澡车推到老王处看看值多少，他说值六七十，也未免太少一些，其实百元也差不多，因为这辆车把及坐子不好，前后里外带全是九成新，架子前后杈子，大腿，轮盘三份轴全是原来飞利浦的，所以决定去买了，老王又说六七十元可以凑一辆半旧车，约好叫他凑，回来又到德兴隆说了半天，六时左右回来，不料朱头来找我，略谈，恰好家中买了点螃蟹来解馋，被他凑巧赶来，有口福请他吃，一直到七时许方去，弟妹们去校，一人在家，有时很沉闷，不知干什么好，呻吟有许多书，可是没有心情去看。

9月4日　星期四（七月十三）　晴和

连着几日早上起来的比较早，每天六七点自己便醒了，半入社会的我，虚伪的应酬，有时实苦了我，今天又是力家六嫂的生日，不得不过去走一趟，谈了一刻即辞出，他们有买房搬家之意，有钱好办，如果没钱如我们现在，二太要令搬家才急死人也，巧不巧今日去到六嫂家，才坐一刻，九姐便来了，出了力家，步行去找孙祁，未在，便走到达智桥德兴隆，取回所购之车，还好，收拾一下很好骑，回来看书报，午后又倦，卧床睡半小时，天气尚好，遂出去，将新购之车换了一个座子，到琉璃厂上车捐人很少，惟需另有一证明条，又去段上要，谓须到天安门去要，绕了一大圈，一无结果，天气干燥，街上土甚多，便又回来了，在家稍憩，习了一刻大字，四时半出去，先到西单去修表，竟用了四元，真是大头，被钟表铺子敲了，又到天安门去要，却说得到警察局去买，到了恰好下班了，明天再去，又是一趟白跑，真麻烦到家，去朱头家小坐，谈了一刻，并把抄醉翁谈录中看不清之字，问他改正后，他因要向我借衣服，遂一同归来，将我唯一之一套衣服借去，铸兄来在院中小立即去，晚饭用甚晚吃完已近九时，整日精神不佳，精神不能专注书上，更无所属，全身亦软而无力，大似病夫，青年如此，实不好，每一念及搬家，即不知如何是好，将上学，东城应去走一趟。

9月5日　星期五（七月十四）

卖力气今天跑了一天，连日早起，清晨好天气，精神亦好，看报，到九时许步行到达智桥取车，早上四弟骑去的，买了点东西回来，又到车铺付了代价，又略修理，即去前门，银行存款，一数短了十元，我没动，不知何故，暂存他处回家去问，到警察局买了一张上车捐住址证明单，回来一问钱事，娘不知，怪事，结果仍是娘拿了买面，忘了，十一点又到段上打了印章，回来习大家，腹讯急鸣，而中午吃饺子，还没包好，十二时许小妹五弟相继回来，等他们先吃，吃完我才吃，已饿过劲了，近日来，一饿最好即食，否则过了此饿劲便不再喜吃，午后二时许去琉璃厂，发单上没有打印章，又跑到车辅去打印章，才上了车捐，代价不多，到年底才六角八分，人少，一会儿便发出，又到天安门去买车牌子，人亦不算多，十余人，一刻亦便办妥手续，真正车捐才六角多，而警察局竟要了一元六角，最可气的是，虽不发票，看见我半是旧的，须算以前没上车捐算，罚洋一元，真能想法子挖钱，没有功夫和他辩论，给他一元六角，按上车牌回来，到中央看看，与泓打一电话，问问她学校事，她已仍上北大工学院做试读生，又是什么不知道何时开学了，没交费了，孩子似的不肯正经讲话，我真对她这种半狡猾的闪烁言谈与半羞涩不大方的态度，有点起腻，

真没有心情去陪这份小心，都那么大了，开玩笑时开开玩笑，老没正经的实话多没意思。四时多，太阳光晒着很热，又起了不大不小扬起尘土的风，身心皆十分干燥，又没处去，又乏了，遂一径回家，大夏天手不出汗，近二日一出门手竟大出汗奇事，归来觉倦，得小徐一信，请我和朱头七日去中原公司食品部吃饭吧!? 美哉，又有一顿吃的，可是我们送他们什么好，还没有空，又恐近日的胃口受不了，西餐也许好些，梅花子又来了，送了一包水果，我未在家，倦卧床上半小时左右，晚阅阅阳春白雪、唐五代词选、桃花扇等，连日月色极佳，但皆未出去玩。

9月6日　星期六（七月十五）　晴和，风

上午九时许去理发，又到西单购了些东西，顺路去孙祁家，听了半晌话匣子，没什么好听，他借有一座英文打字机，自己练习的全都忘了大半，一直到十二点方归，不意王树芝来访，他由医院中来访，延坐，谈顷之，他连来三信，问我处有他之信否，不知有何要事，由我处转去，昨日下午来一信，交他，略谈，一时左右即去，午后面不佳，二时左右李庆璋、孙良钧等三人来访，出与他们神聊，至三时许出门，先到朱头家，告以小徐明日午亦请他吃饭，又略谈即辞出，至王府井大街遇朱宝林小郭二人，在国货售品所购袜一双，为我所喜而寻找之花样，又到五姐家坐，五姐在客厅陪客，河先夫妇去颐和园看放灯，住一宿，瘾头不小，与季华谈天，代包书皮五本，客走，与季华五姐略谈，五时半出到小苏州胡同刘二家，想不到今日上午他来找我，我未在家，大老远白跑一趟，对不起，告我下午去找他，正好小杨子亦在那，神聊胡嚷一气，谈得很是高兴，刘二太太蛮好，很老实温柔，听话，我们来了还管倒茶，结果是刘二与小杨（志崇）一同送，我与朱头单送，六时许辞归，这趟真不近，东北角往西南角跑，后带出了毛病，今日软了二次，到家又软了，又得补新带，晚娘因细故，总讲气话，妇人无识，实家庭中和乐之大碍，今日鬼节，北海中南海皆建道场放河灯，街上游人增多，三海门前甚为热闹，皆系往看灯者，亦无聊之至，每年皆不出门，唯一路灯火磷磷，处处火光闪烁，加以

金风送爽，倍增凄凉之感，又是一番象，晚间，万里无云，空明高悬诸星失色，银光遍地，树影摇曳，遥想玉人，却在江南（弼在沪多日无信来，不知何故），下午得蒋国梁发来其父讣闻一纸，其父名雁行，前陆军总长，此系我一信所引来者，少不得花二三元去应酬一番。

9月7日　星期日（七月十六）　　晴和

预计今日出去一日，早上起来，车带软了，破了，到车铺补带，八时许到朱头家，稍坐，俟其早点后即同出，车存东安市场，步行去芮克不料无有，临时停止一日，又到真光去，途中遇见邓昌明，李庆璋等，邓向例臭得很，互相冷冷的，不打招呼，芮克临时停止，人都上真光来了，片子是江湖好汉，一日才看过的，朱头请客，白看，再来一遍也不错，刘二与杨志崇神气，还坐楼上，片子尚好，华来斯比雷氏三个人表情，尤以面部者最好，十分逼真老练，散场与朱刘杨三人先到市场绕了半晌，因为尚有三刻多钟才到旧十二时，走了半天，又到大街上慢慢走，差十分十二点进中原公司，各处看看，他二人意见不定，十二时正上去，已有数人在内，食品部人甚多，地方亦小，楼上一找没有主人，怪事，向来未听说客人等主人之礼，不甘等他们，又下来，在外边走走，又是半晌一刻多了，刘二力主，去楼上和大家一块等，上去又等一刻，客人十余人坐候自相谈笑，这种宴会，还是第一次参加，主人迟到，新鲜事，十二时二十分，小徐，其太太，及其兄仁长才来，其太太有一同学亦来，后又来一才十五岁之小女孩，但发育身体甚好，不似年幼者，又略等半晌，无人来，小徐站立致辞，大略说其亦不知此次去，速会结婚，到那才决定，十二时五十分左右开始用饭，中餐一汤四菜，共五六份，主客十八人，饭为用碗蒸之焖饭，十分瓷实，我们这头有小姐，菜吃甚少，饭后已近一时半，又食二杯冰激凌，二时一刻散去，小徐请人三时去其家，他算过账，与其同行，刘二与杨智崇合购二花瓶，我则未看中什么，决意与朱合购了十元中原公司礼券送他们，与小徐到东安市场购物了来取车去其家，朱头又支森隆贺李景慈婚礼，到徐家，屋中添了不少家具，但不过平常而已，没有什么新奇，多

了一个柜子，两个桌子，三个桌灯，一个新床，一个大镜子，两个小镜子，一个梳妆台，并且多了一个女人在屋里，我去了很熟，随便坐，不一刻其太太与其女友亦归，赵十分孩子气，说话翁声翁气不清楚，幼稚得很，够好虚荣的，更不知甘苦，什么事不懂，礼节亦不明，小气，不大方，小徐失手打碎一瓷瓶，她就要气，当着客人要吵架，没有客人非吵起来不可，还是其同学劝解之始渐渐消解，当时与小徐难堪之言语，甚是可笑，每日哄小孩子似的多无聊，如果以后赵逐渐大了，仍不懂事，这种脾气总不改，日子常了，谁也不会总哄孩子似的对付大人，对小徐以后的日子却不大好，总之我批评小徐太太幼稚，不懂事，不明甘苦，事体，小徐似乎应该找一个再好一些的才对，但这些缺点，也许因为赵年岁尚小之故，而各人之缘分亦难定，怎保将来他二人的生活不美满呢，为了与徐的友谊，敬祝他俩永远幸福吧，四时左那一般朋友又来了，想不到今天碰见了小学同学孙以亮，现以笔名孙羽，写诗，散文，小说在文坛上小活跃，不坏，又到上海去了一年，做事，演剧，想不到他会变成这们一个能干精明的人，谈了一阵子，他还认得我，五时他们前后辞去，我在院子与小徐及其太太打了一刻乒乓球，到六时左右亦辞归，护国寺外边摊上看看回来觉乏，晚记日记，看去年日记，不胜神往。

9月8日　星期一（七月十七）　晴和，下午阴

连着跑了几日，加之四弟大把车脱手，今日他骑我车去校，于是打算今日不出门了，一个上午总是很打发的，七时半起，早点后看报，念了半晌的唐五代词选，我很喜念词，有时它能曲曲传出我烦闷的心意，但是像苏东坡之念奴娇类之词却甚少，而词中多系假女子口吻出之，而甚少（几无）男子中语述出者，亦一通痛，继又习大字半晌，午后整理旧纸，书等半晌，本来很乱，一个几案整理后眉目一清，十分痛快，四时许始完毕，接到弼来一信，告我她工部局事已辞去，她因肋膜炎病，看了心中十分不安，很是挂念她，不知怎么得的，现在如何，如何静养，一时恨不得就跑到他身边去看看她才好，明天先去他家看看，叫她回平养病得了，继之写

了一封信与陈仲老，内容不过是问问揆初老伯，告以平市近况，云门表画展，告以拟去沪谋事问其意见如何？且告以论文题目已然拟定，等而已，不觉竟写尽了五张纸，自己中国字写得实在不好，非得每天练习写得像点样子不可，今天做做这个，整理那个，写写信，也没怎么闲着，心情亦还好，很快过了一日，下午不觉得闷，下午发现旧电线杆子上的电话线一大截从门外断了，便与四弟一同拉回来，往北接到屋上墙上，当天线，弄了半天，因为太长，加以是天线，弄得不大好，还不如只用一根地线好呢。

9月9日　星期二（七月十八）　　上午阴，下午晴，微风

八时半朱头来，与之先去同访周力中，出他意料之外，谈顷之，出又同到西单精益眼镜公司配了一副眼镜，验光很快便验完了，左眼只七十五度右眼一百二十五（225？）度，没有散光，很便宜，只十四元，择了一付镜架三元，共十七元，优待学生九扣，又去三毛，共只十五元正，很便宜，亦出我意外，与朱君又跑到学校去看看有什么事没有？遇见陈志刚，告我祖武鼻部发炎，今日下行去同仁看病，请假仍未去津，学校国文系定于十一日下午交费，学费去年涨了十五元，而杂费今年又涨了四元，共需六十之数矣，又到第一宿舍去看看赵德培，即又找小徐，到那刘二，小杨子已经先到了，大家熟人谈天笑地的，很是随便，不必前天拘谨无趣，又在院子打了一刻乒乓球，台子倒了，吹了才不打，说了一刻论文事，至十二时四人辞归，赵已回来，小孩子一个，什么事不懂，更不会应酬人说话等等，午后娘告我上午陈老伯来，力二太及与力大嫂日前去托，来向我等说搬家事，仍是那一套，陈老伯亦代我等说话，一时不能搬家，因无钱涨一些房租可以，因上午跑了不少路觉倦，遂小睡一小时，三时半起，五弟已归，四时娘等自铸嫂处归来，不料向云俊来坐顷之，借去健康之路一册，四时半去，同出，西单分手，去王家小坐，问弼病事，亦不明，其父母似不以为严重，坐一刻辞出，到陈老伯处谈顷之，又及房事，仍是那些话，惟云二太言，那日老张回去谓我说早不叫我搬家他甚不高兴，老张多嘴，我说了你不高兴活该，要搬家亦没有那么简单，问题多得很，思之实

可气，涨价可以，翻盖没有那么容易找房，看见陈家大姐夫新盖数间房屋租五六十元，一间破屋整理后亦租十元，什么地点这么贵？这年头有房子的主，就该吃人似的要钱吗？有钱先得买一所房子自己住，是真的，租房受这气可受不了，六时许辞出到强家，不料表兄尚未归，与表嫂及小孩说笑，到七时仍未回来，遂留条而回，在亚北购物，晚饭后写一信与弼，慰问其病，并力劝其静养，先暂勿上学。千里迢迢，徒念伊人，想不到她会得肋膜炎的病，这是 T. B. 之一种，很麻烦的一种病，悬念她不已，沪上的她可知！彼日前来信问我，以为我近在平又认识了一个女友，不料经过一番刺激的我，多增了许多经验，择友更加审慎得多，不再看上那些绣花枕头般外表好看而不中用的小姐，她怎又料到我会念念不忘的是远隔江南，沪上的弼呢！昨日弼来的明信片，有意思，对我上款加了"弟"的称呼，下款她的名字上加了一个姐字，这是暗暗表示拒绝我这番情意吗？聪明的她，这是给我的答复吗？是有心，是无意，写出了这两个字。她的一切我都很满意，只是身体稍为瘦弱一些，是个缺点，如说她比我大，大也只是一岁而已，我倒不在乎，如果我是学文科的与她理想的理工科相反，但也看我坚诚的意念如何了。

9 月 10 日　星期三（七月十九）　阴，下午晴晚又阴，风

有时自己十分理智倔强，有时却又十分感情质，神经便十分脆弱，经不起一些轻微的刺激，像今天早晨，听无线电匣中放送岳母刺字的片子，小夫妻的口吻，与岳飞的自叹，岳母的家规，儿子的孝顺，及飞子上学归来见父罚跪前庭遂亦自跪庭前，祖母询之，遂请赦其父，有其父必有其子，一门忠烈，令人想念仰敬前人不置，而同时反省自己，父亲弃养，再不能尽孝，而平时又多忤违母意，实深惭恨，当时边听唱片，一边禁不住受其感动，而自动流泪不已，一时收止不住，事后思之如妇人女子，亦甚可笑，片中唱词中有飞命廿三岁当走运，然而犹是乖蹇不得意，因而悲叹，我自不敢自比前人，而今年我适亦二十三岁，而命途亦多舛，前途茫茫责任甚重，又值此动乱时代，个人安危难保，余更难言，思之更曷胜惘

怅愁闷不止也，昨日闻将来有征兵消息，第一期即征 20 至 25，我却适在此数内，近办居住证即为此，而我毕业即需谋职仗我养家，如若征去，则一家人生活如何，除非谓我系李娘子，或可免去此役，别的一切，暂无问题，西院又搬去，意可安静清净的过些日子生活，不料房子又生问题，真是命该如此吗？现在交涉中，不知能否仍居此处，否则早晚仍得另寻存身处，昨闻征兵讯，又闻现在东北款不能汇来华北，华北与沪亦不通汇兑，更无论南方矣，就地统制，金融不能活动，实一大问题，如在外埠往他地汇款养家者皆成问题矣，真不知将来如何是好也，百感交集，胸中亦不知是何味，征兵讯尚未定，不可信，问他人皆未之闻更不敢稍与母谈以免心中担忧，上午八时强家取补交学费，早去见表兄面，有何言语亦好讲，到后稍候出，界我学费及其他学校中用款，因他即去上班遂即辞出，走访祖武，他喉好，鼻子又发炎，昨日并去同仁看病，又去协和，下礼拜才能看，二商告假，谈顷之，到十时半回来，打电话问叶宅，于政已渐愈，过半月余即可回平，好友得庆更生亦令人欣喜，又去找李准未在家，到西单取回手表，被表行敲去四元，又到前门浙兴取了款，找朱头未在家，午后觉乏，看报后，一卧，迷迷糊糊竟达两小时，五时出去，西单略购物，到新开路鲁家去看看，他母正在打牌，坐了一刻辞归，晚饭因火不好竟七时半方吃，灯下习字一刻，看一刻书，明日下午交费，下礼拜即将上课矣！

9 月 11 日　星期四（七月二十）　下午晴，微风

上午行深呼吸，看报，美总统罗斯福将于下午举行演说，连日有三艘美船舰受德国潜艇之袭击而沉没，美德关系因之愈益恶化，近来各国间之微妙关系甚可注意，看看书，刘曾泽叫人还来书二本，中国的一日拿回来，自购回此书就未看过，今天随便翻翻，很好，一时真有点爱不释手呢！习习大小字，不觉已是中午，一时许去小徐家，找他一起去学校交费，三月假期不觉已过，时光飞快，大学不觉已是三年过去，再过一年又出了寅门，学校交费今年又改变了办法，门口内摆了许多桌椅，大家交费

得按先后次序，不得代交，这样不错，国文系人不多，不一刻便交完了，遇见了同班的同学多人，大家见面很是亲热，握手寒暄，四年级功课没有什么，选课多，必修科只六小时左右，十五号才选课，在门口遇见了王贻，谈了数句，他山西之行尚未决定，三时半到郑家，表哥方去，只小孩在家，正在打枣，二宝亦正兴致勃勃的打呢，真是小孩子，打了一脸盆还不够，小孩子不知干净，落在地下，拿起就吃，三个仆人也在凑趣，没有大人真乱，和二宝谈了一刻，说徐太太赵亦去光华，与他同班了，四时出，到东安市场定了一个蛋糕送孙翰明日生日，今日他一早又去香山玩去了，大爷一天也闲不住真成，又到七姐家去看看，增益夫妻正要出去，匆匆谈了一刻，与七姐谈顷之，七姐夫回来，因时已宴遂辞出，顺路六时去黄家，小弟及其母皆在家，谈顷之。彼亦归家，闻其已有喜数月，真快！年底大半可以吃她的红鸡蛋了，去年预言今年果可应了，她又问那日大光明同去看电影是谁，告她是泓，她还打趣我，无味，其母坚留吃饭，虽没什么好吃的，但是诚意难却，好在当我是熟人，便打搅了一顿，饭后又谈一刻，汉生亦归，他送我一本林栖著散文集，名蠹鱼集，为沙漠丛书之一，八时半辞归，只穿了一件短袖汗衫，小风一吹有点凉，又到本头家取回礼服，他未在家，她姐姐拿出来，到家觉乏，十一点休息，半晌方睡着，日记十二日补写者。

9月12日　星期五（七月廿一）　晴和，风

秋天了，应该够凉才对，可是连日中午白天有太阳的时候，晒在身上，还是很热，怪天气，今年气候，真是有点反常，上午把前几日剪下的报贴好，阅报，十一点多了陈老伯来，又谈我们房子事，为了此事，不料力家地麻烦了老伯，七十岁的老人跑这事，实是麻烦，心中十分不安，二太前天又去陈家，仍是要我们搬家，并言东院搬出后修理竣，暂让我们住，那院极不利，每月死一人，曾连故八个月，东院是不能住，搬是早晚搬，可是这年头找房可不易，什么时候找到可不敢说，近两月内动工，恐办不到，娘，我与老伯商议结果是今年恐搬不了，但亦尽力找房子，此半

年房租可以涨一些，明年春无论如何亦搬，因天寒亦无法动工也，十一时许与老伯同去力大哥医院，老伯客气，不坐车只好伴之同行，古稀老人，步履极健，亦少有，见了力大哥谈上面意思，力大哥人极明白，谓二太不对，叫人搬家没有理由，时间过短，只顾自己一面利益不管别人，而且此时情形不同太平时候，房子贵且极难找，何况我们又是经济极端不裕之际，嫌租少涨租不合再言搬家，越级而行，亲戚面子没有，办不到，谈半晌，并请力大哥转达前二太误会之一句，犯不着得罪她，后力大哥告我有一杨太太有一所房，七间余，因不在乎房租，亲友取少租，意在半为其看房，惟刘君衡亦有意租住，不知定否，我可去问后再定行止，此亦一机缘，遂正重道谢而返，陈老伯仍不肯坐车，心中良不忍强雇一洋车始坐，步行归来，走老墙根弄了两脚土，这个老地方搬搬家，挪挪老地方亦好，但不知可能否，实在怕搬家，一切从头来，不胜其烦，午饭后，娘带五弟去协和，搬家，因倦，二时卧床上画寝，至三时许起来，出门到车辅取回四弟车售款，赏其一元，又到老王处看为四弟所全之车，旧东西还不坏，又赴增茂去兑奖券号码，没有，去他二毛钱，再到西总布胡同去找刘君衡，这趟真不近，快到城根了，国立艺专搬东城后未去过，房子很大，刘先生见我很和气，谈及房子事，他言有此事，唯一礼拜前杨太太言接天津信（房主）言将该房折去不租，不知已拆否，此事已成过去，刘先生亦不定搬否，如果未拆他肯让我，托其见杨太太问，遂辞出到东安市场走走，在中原公司买了两支铅笔，又在松板屋买了一本贴相片本子，三元很便宜，吉士林蛋糕已经送去，出了市场去孙家，他未在家，只其弟弟在家，给他往侯家打电话，祁亦在，与其弟在其屋中略坐，即辞出，今年未遇其请客，（因其祖父新故未久）则明年此时我是否仍在乎实是一问题也，六时许辞归，娘尚未回来，只四弟，小妹，李娘我四人吃饭，到八时半娘与五弟才归，去协和看病后，五弟右耳膜未破但后鼓起，系扁桃腺发炎所致不要紧，去东安市场后，娘饭后自动去黄家小坐，彼忽向娘道喜，真能起哄，又到七姐家，回来过马路被一骑车者将娘撞倒，幸未受伤，亦险矣，五弟马虎之过，晚听 Radio 中放送谭富英秦玉梅等合演之《红鬃烈马》。晚写二日之日记，连日胡忙乱跑。

9月13日　星期六（七月廿二）　晴和

连日报上很热闹，罗斯福总统演说对德表示攻击态度而未明言日本，值此时局，日美间之关系甚为微妙，且连日报上登载有关于各地之近况情势之解说，今晨看报达两小时之久，又与娘等谈关于房子事情，二太令人请李娘过去，谓如搬到东院月贴我们十元，如移他处，则月贴十五元，一年为止，谁稀罕这点钱，上午整理旧相片，中午吃面又耗到二时，二时半小睡半小时，三时许出去，先到泰亚修理水笔内皮钱儿，表走得慢了，又到钟表店纠正过来，到精益取眼镜，戴着看远处比较清楚多多，近处却无必要，初戴多少不自然，左眼七十五度，右眼225度，两眼会相差如此之多亦奇怪，不意比试镜架，比了半响方弄好，买的墨镜有点不合适，亦请他们弄好了，很满意，到商场转了半响，走去看看各处，新开的福德商场还是第一次进去，绕来绕去，又绕到书摊部分，开学的时间，各校学生都在找书，书亦是五色缤纷般，纷呈眼前，目不暇接，几迷不清，想要看的书太多，而又无多钱买，便也不看了，不料会碰见了王家（庆华妹）二妹，她来买字典未买着，分手后我又略看即取车出，时已快六点，在大街上遇见维勤知三表兄已出，遂不再去，到欧亚买贴相片角一袋而归，娘与小妹去土地庙，七时许始回，八时半方吃完晚饭，晚觉乏，后腰觉酸，晚甚凉。

9月14日　星期日（七月廿三）　午晴和，早晚凉

天气很好，今天没有风，便不起土，否则屋内家具上一天得掸二三次，上午看报，连日国际情势微妙，各国态度变化莫测大可玩味，亦堪注意，连日读之津津有味，习大字半响，无何进步，又未做多少事，又过了半日，午后二时半向云俊兄忽来访，座谈顷之，三时许同出，在西单分手，先去强家，表兄午睡，未入，又到郑家，三表兄亦寝，与小孩等谈，后又打枣，旋客来，三表兄起来，抽暇与之谈房子事，托其代找房子，后

陆方来，被小三等拉去打篮球，许久不作激烈球类运动，又不惯打篮球，觉得很累，玩了十分钟便歇了，略息归来，一路买点文具纸张归来，因天已暮遂示再去强家，晚饭后四弟又拉于去老王车铺看为他攒的车，未好，与老王谈半晌，回家已是十时左右了，又继续贴相片，至十一时许，许久以前即思购一相片本，一旦得偿宿愿，而且物美价廉，实甚快意，相片虽多，尚未粘及三分之二，许夜始憩。

9月15日　星期一（七月廿四）　　晴和，小风

晨八时半去小徐家，在门看见他正出来，他先到西单办事，遂一人先去学校，他系交费及办理其他手续之各系同学甚多，很是热闹，学校宿费涨到四十元，比我住时二十元，二十五元，多几一倍之多，真是大非昔比，学费涨十五元外，今年杂费又涨四元，同学交费既踊跃又拥挤，大有"生意兴隆通四海，财源广进达三江"之势，各处看看，交了保证书，领了选课单子，朱头没来，别的同学来了不少，差不多都看见了，小徐等了半晌才来，我已选好课，中等教学法我不上，我是不打算教书，主任亦可以通过，当然不念它了，只十一个，后来在主任处又发现新添了一门中国古代民俗问题研究，江绍源先生授，临时又添上了这门，共只十一门，四年级了，主任多少客气和蔼得多了，中午归来，李娘又谈房子事，仍是那一套，东院问我们包租否，搬家就不住此，包租不好办，不干，找房搬家是真的，午后二时许觉乏画寝，一觉竟到四时半方起，睡得稍久，全身反而不自在起来，尚拟去找祖武，后因觉尚倦乏，遂中止，六时左右，刘曾履忽来，他谓我走桃花运，我不明何故，他言他二嫂告他拟介绍我一女友，问我愿否？认识一个朋友没什么，只是时间，财力，人力，皆不及，预先言明，成天如哄小孩子似的则没那么些精神。原来是画家赵梦朱的小姐赵纹，现在代其父课于光华女中，不知何以专来找我？何从知我？为何择我？我又有何好处？实为疑问，即托曾履回去一问，略坐，刘即辞去，临行谓："怎么你们这样的都走桃花运呢？"言下大有羡慕之意！我则无什关心，惟找我却为此事，却出我意外，晚饭后看报，四弟又拉我同去老王

处看车，车上零件电镀还没拿来，又是白跑一趟，今日下午接得大马由沪来一信，系发自沪青年会，他现供职于彼，他以前所言，今日果然实现，老友又走了一个，不知我拟去沪之愿，明年能否实现?！一年快得很，实际上读书不足七个月的时光了，交论文在放假前一个半月以前，也就是半年的事，他告我日近社会准备罢！准备！明年我的职业一途，尚不知步上哪一条，我不愿走仕途，最好能在实业方面，工厂公司等方面谋一事，青年会事亦不错，只是还得信教，实在讨厌，我不愿我的思想与信仰受他人的支配，银行生活亦过于呆板无味了！

9月16日　星期二（七月廿五）　　上午阴，下午晴

　　昨夜一时半方寝，今晨六时许即又为弟妹辈上课所惊醒矣，尚未上课上午得纵览报纸甚快，此等自由快活之日子将不易得矣，近日房子出问题，每一思及辄为之心神不安，种种麻烦，实令人头疼，几乎不敢想，上午裁贴玻璃纸，夹粘于相册中每二册页间，做毕一事，心实一安，中午转晴，午后继弄完相册事，神又倦，卧床上拟稍憩，不意右邻市立小学之生，在院中吵闹沸天，不知何以休息时间如此吵嚷，岂此亦教育之功欤，不可解，吵不可睡，心为之烦恶，愤又起，三时许去宣外大街力大哥医院处谈房事，适遇孙翰母方出，略谈，力大哥不在，出诊与看护略言，请其转告即辞出，老王处为四弟攒之车已弄好，甚佳，试骑满意，在泿水河看一出租房，仅一小三合房，共十一间，租百廿元，实贵，租不起，访向云俊未在家，往北访祖武，问其病，并欢谈半晌，他鼻谈病尚未愈，明日去协和看看，五时半辞出，到西单找前日售纸者，甚便宜，拟多买，不意未找到，好机会错过，机会真是个巧妙的运气，在西单南购胶水等物而归，六时许四弟带车归来，又强我同去议价，又跑一趟，回来又代其带一车回，到家已黑，二个弟弟之车皆新，我车依旧如故，晚觉全身皆乏，不知何故，连跑三日老王处，为一车而已。

9月17日　星期三（七月廿六）　晴和，晚狂风

　　这两日报纸，又没什看头了，但连日美船在各海连遭袭击，恐怕德美战争不久就要正式开火了，太平洋的风云亦日渐紧张！弟妹们都上学了，我一人在家很是安静，本可以做一些事情，看些书什么的，可是总不能做多少事，便过了一个上午，习了半页多小字，又写了一阵子大字，已是过午了，二时半去银行取款，打了电话与刘君衡，杨太太处房子事已无望，因该房已经拆却，到百货售品所修理鹿皮衣，买了一条拉链，手工钱一元，又买了一点应用东西，三时半去芮克看《天涯歌女》，由玛琳黛瑞茜，及杰姆斯都华等合演。玛饰一放荡之歌女，眉言目语，撒泼浪荡，全身动态及神情十分神似，尤以鼻浊音唱出之歌调，十分迷人。杰表情亦佳，二人主角皆称职，加以各配角，皆素擅者，唯在浮生若梦中饰一俄人，在他片中饰势利眼之仆人之明星（忘其原名）在此片中饰一小赌徒，无赖，穿插不少滑稽场面，但有点几近胡闹，杰在此片中一显枪法，及玩枪转得甚熟，马术亦精，不知其是否真有此本领，全片紧张中又轻松，可称水准以上之片子，内有玛与一女子搏斗一场甚凶，亦他片中少见之镜头，散场遇小郭及朱宝霖，遇见他二人在东城二次，小郭又要钻朱家的路子乎？归家略憩觉乏，娘等购物七时半方归，米又食完，一包仅用月余，一包八十余元，可怕，完算账算半晌，本月用甚多，晚十二时寝。

9月18日　星期四（七月廿七）　上午阴，午晴，晚雷雨

　　一日之间气候三变，上午阴惨惨，中午晴，晚间又雨，一时又凉，连日秋后燥，午间阳光仍有热意，此番雨后则大有秋凉之感矣，今日何日？风风雨雨飘摇不定，亦正反映出正在悲惨命运中挣扎的中国，一派萧索的景象，可怜的老中国，今日是我大学最末一年第一学期上课的第一日，却赶上九一八十周年纪念日，倒是平安度过了这一天。北平到底是好地方，平靖的很，人民也都老实，训顺之至，上海即不然，今天不定会又出什

事，出什么新花头，北平市人民都麻木不仁，颓废无知了，还是去上海受一些刺激的空气的好，大马已到沪，他是已经实现了他在校时的预言，不知明年此时我能否达到去沪之愿呢，十一日到十七日辅大交费选课注册等等，很是热闹，交费排行等出了新花样，大有"生意兴隆通四海，财源广进达三江"之概。新生不少，交费仍很挤，不知不觉已是四年级了，神气，学校的生活，的确是另有一种亲切可爱的风味，可惜只余此一年了，时光不再，要及时努力，充分利用，莫负此好时光。明年五月十九日交论文，距此亦不过只八个月而已，上午上三小时课，都未正式讲书，只大概谈谈而已，古书体例是合班上，女生不少，添了一半人，大约是三年级的，主任随便说说，只上了一小时，印讲义尚不知什么时候能印好，午后无课了，操场上没有一个人，青草遍地，双环尚未挂上，在双杠上试试，只起来了掌上压九个，单杠往上拉起，只拉上了三下，真泄气。这一年中得尽量活动身体，运动，不可荒过此宝贵时间，找小马未在屋，午饭后觉乏，画寝，一觉不觉却到五时，真是空抛时间，该打，亟起，看报，晚间忽降雨，不大亦不算小，兼风，立增凄凉之感，雨后满院落叶无人扫，秋风飒然，增人离思，立院中晚风拂体生凉，灯下答泓，及大马信各一，不觉又是午夜矣，柝声敲夜，令人中心忡忡，良夜独坐，十分诗意，亦址分寂寞孤独，心中无限情意，恨秃笔不能达此时之情意于十分之一也。

今午五弟由校归家甚晚，且欲啼泣，询之，知其一同学与之玩要将其居住证抢去，中午归家，到宣武门检查他又回家索取方始归家，是以致迟，该生实属可恶，今日何日，此时何时，尚以此可耻之物作要，且为东北人，真是无良心肺肝之徒，知后甚为奋怒，恨不能立即痛责其一顿，敢欺我弟，遂立即写信一封，令其面交赵先生，请其严惩该生，以维校规，我弟在外受委屈，心殊不愤，值此时局，上学受教育，大不易也，如每日胡混光阴，徒耗金钱，且更学得许多恶习坏毛病，殊伤大人之心，更违教育之本旨，我每念现在之教育，实在失败，学生能实受教育之效能与实益者，不及三分之一，多得相反结果，教育，可概也夫！

9 月 19 日　星期五（七月廿八）　晴和

上午无课，看过报，本拟做点事，看些书，不料马马虎虎很快地便过来了，只是写了一点大字，也不好，家中旧书虽有一点点，但多是关于史学的，而对于子书却甚少，一部廿四史有用，却不在我处，要看的几部书全没有，中午去校先到郑家，三表兄有客在，二宝要出去办事，未坐十分钟即辞出，到宿舍去找小马，（永海）在院中说了几句话，到大学去上课，不料本礼拜不上，下礼拜起始，白跑了一趟吗，不成，遂到图书馆去看书，小徐不一刻即走，他太太在家等着呢，虽说是回家看书，刘二亦走，这都是有太太的主，我知小杨子在一桌上看书，刘镜清亦来凑趣，我搬出了后汉书来看，糊里糊涂，一小时过去了，什么也未看，三时以后，才看了一些，四时小杨子去上课，清静了才又看一些，可是时此又困了，半迷惘中过了一刻结果看完了郑玄，郑兴，陈元，范升，贾逵等传，又看了二篇中国新文学大系中之郁达夫的作品，他的文章中充满了颓废，浪漫，忧闷，无聊的情绪，年轻人看了，很受影响，我就不大喜欢他的作品，朱头会爱他的作品，亦一怪事，五时多出图，到操场看赛排球的，无味，四弟杨善政等皆去，这边是辅仁，那边是育英，六时回来，在大街上又遇日前购纸之摊，遂购纸四百张，一大本很便宜仅四元，惟打字纸较上次者为薄，晚觉乏，风甚凉，秋意渐深。

9 月 20 日　星期六（七月廿九）　阴晴不定

不知何故，昨日觉乏，今日晨间一懒，竟到九时方起，太懒惰了，上午看报，又登明日之日食消息，此日食之现象，约百年方一遇，明天好机缘倒要注意看看什么好看有趣的现象，辅仁十八期起编辑者换了人，本期的内容不少，一年学校各种的变动甚多，更不知明年此时是什么情形，弟妹们上学，我今天无课，又混过了一上午，也没看什么书真不好，午后正看着书，又犯了困劲，真怪，难道这小午睡又成了毛病，无可奈何，只好

到床上去小睡，否则两眼睁不开，又怎能看书呢，二时多睡到三时半，忽然朱头来了，想不到，他在蓝布大褂上套了一件马褂真是神气，来谈了一刻，坐了半晌，约一小时多，把我托他代写的挽联写了，他向不喜与人写纪念册之类的东西，今天忽然兴致大发，在我的纪念册上写了两句荀子语，五时辞去，下礼拜他开始去上课，我旋去四眼井刘家，打了二个电话，一与叶家，知于政及其母于明日由沪动身，又打一电话与祖武不在家，未去津，在刘家小坐，听听话匣片子，借来了一大本《十三经注疏》，世界石印本，不料可厌恨的国国亦去了，谁亦不理谁甚好。六时多辞归，晚饭后写复信与弼，劝其静养病，不要上学为要。她来信上称我为弟，自署大姐亦有深意，刘家欲将旧家庭中的赵纹（画家梦朱之女）介绍与我，有一见即婚意，我则不同意，交一友尚可，他则非所敢。

9月21日　星期日（八月初一）　阴雨凉

　　每天上午看报，总占我一部分时间，真不好，百年不遇难得的看日食的好机会，在可以看见的时候，不料天却阴云满布，且下起惹人愁思的秋雨来了，真可恨，雨虽不大，却大扫人兴，大杀风景，下的也不是时候，不久停了，在中午半蚀的太阳亦只一露头而已，在墨镜后所见的不过是一个缺口向下的月牙形的太阳，但日食，即是月在太阳与地球之间的现象，但是何以看不见月亮，实在不解，马马虎虎总算看见了所谓不易遇到的日食了，中午习字，又听了一阵子无线电收音机中放出的音乐，二时多乏劲又上来了，两眼无力，只好爬到床上去睡一刻，虽未睡熟，只觉睡了许久，起来才四时一刻，吃了一点点心，换了衣服出去，到王家看看，庆华母又与我谈了许多家常话，又谈房子事，南池子，野添医院的房子，是他们家的产来，日本人不搬已有二年多了，自己租别人的房子还在麻烦，亦是因房租及搬家的问题，治华亦有信回平，与弼令我代说她病快好了的话相同又谈到庆华的近况，他现在银行做事一切都很舒适，自己花的不够用，还向家中要钱，做衣服，花钱多，交女友，吃西餐，去舞场，回力球场，看电影，足那么一玩，纸烟亦抽上了，行里供应好烟，一切大爷脾气也大得很，神气一气，听说弼由沪托人带去津衬衣十数件，沪价百余元，亦值联票五六十元之数，庆华因颜色花样或料子不好之故竟扯了十余件之多，这也未免太狂傲过分一点，从前笑卢五现在自己也慢慢沾上了这一切浮华的习性，他也不过是生在好的环境与好亲戚中而已，否则凭他那样会生活得如此舒服。在津既然如此自由无拘无束，又美足玩，当然是乐不思蜀，不愿回来，弼爱弟之心烈，由沪来信其家中请其父去信教训庆华，庆华恐亦只惧其父一人而已，据其母云其父亦恐其堕落，遂勒令其每月之收支开账，余款存银行中，他在此好环境中，不知甘苦，任意胡花，真是不懂事的大爷，所谓知足者常乐，按说他是多么幸福的一个人，因为享受是无止境的，也许他还觉得处处不满意都说不定，弼还怕王家的门风名气被庆华一个毁了呢！弼之所以致病之由，恐怕是一半即因他"劳心过度"，无处不顾到的缘故，所以也不易胖起来，其母对我到不见外，差不多都和我谈及没有什么可避我的，只是不知她看出我对弼的关心来否，弼来信写大姐，称我为弟，不知是否暗拒我的情意呢！不可解！我却不管这些，要努力不懈，如果明年能有机去上海，一定要寻机会向她表白一番！不可轻轻放过她！但不知她到底对我印象如何？用意如何？

9月22日　星期一（八月初二）　　晴，晚雷雨凉

九一八纪念日，古城中是一事没有，平安渡过这一份安稳沉静的空气是再也别提了，人民之酷爱和平，守秩序顺从，皆非他处所可比拟于万一，九一八之次日看报，真得令这古老城市中人民惊异，为什么南京、广州、上海都出了点小事故呢！为什么那么不安分，尤其是上海热闹得厉害，每天都有枪声，点缀其间，看这些新闻，不感到惭愧吗？南方国民性到底强的多，听说南京货不卖日本人，要卖也是特别高，洋车也硬不拉日本人，北平成吗？北平这份和平，安静孤寂无闻，闷郁的空气，实在只有加增令人颓废萎靡不振，并且安乐的叫人不想什么，不管一切，忘记一切的可怕的地方，以致令我空时只好去睡觉，忘却一切的地方，是危险，正

是此地不可久留且望明年此时去平他往，为上。

九时去校，中国古代民俗问题研究与指导研究时间在一段时间内，前者未上，并于本礼拜五才开始上，信者头指导研究大约有二十多人，女生亦有十个左右，信者先生还是那一套，女生多无题目，男生中已有数人有了题目，谈了半晌，并将历年毕业论文题目目录给我们看，不觉就是一小时，早上去了碰见何神父，便和他说想和他学学会话，他倒是答应了，只是他说很忙，叫我晚上去打他，我得回家，时间仍未说定，下次再谈，送蒋挽联带去托赵大年带去写一下，午饭吃那久未吃的炒饼了，因饥故甚香，饭后到宿舍中找赵德培屋泡了半晌，看书报，一直到下午二时方去校上课，选后汉书者人亦不少，又是合班，刘盼遂先生又大半闲聊的过了两小时，图书馆自改变办法以来，今日第一天出借书，每到休息十分钟时，便有人满为患，要似放粥票，抢书一般的挤，借了两本关于论文要看的都没有，真糟心，午后这两小时，实提不起什么精神来，下课后到李文善公寓中取回大年书之挽联，又到图书馆去查书，五时许出来过西单又到和内前细瓦厂去蒋家送挽联，因有十年左右未走那条胡同，只隐约记得，找了一刻方才找到，进门后在账房遇见了又胖大了的国梁，算来小学老友，实是难得，见面还很亲热，谈了一阵子，辞归，他父曾任陆军总长，上将军衔，为直系吴佩孚派的人物，留下不少家业，自己住的房子便是一大片，真不小，家中人口少，不知怎么住得了，用人多，这年头，没有得支持不了这么大门面，阔人的儿子，雄才的少，大约是养尊处优惯了的缘故，国梁在小学便够笨的，现在大了，还是那么一种口音，他弟弟国栋现在大了，似乎没见过，到比他强得多似的，他大兄未见过，在统税局做事，恐也没什能耐，只是这份产业够他们坐吃不尽的。归途去看九姐夫，打一个电话与杜林鲁，老友亦是老没见了，幸在家，在电话中谈了一阵子，约礼拜六他来，归来看报，晚雨凉。

9月23日　星期二（八月初三）　上午晴，下午阴小雨

上午本拟看一点书，再去学校，不料一贪看报纸，时间便也差不多

了，每天看报，本是一个好习惯，只是许多不必要的，或可不必注意看，我都看了，于是每日在报上要费一部分时间与精神的，有时很用了几小时，对我做其他事上，无形中反是多了一层障碍，以后得缩减看报时间才好，十一时上春秋左氏传，只说些别的，及讲春秋二字，便用了一小时，孙先生说春秋杜氏序，就预备讲两个半月，亦未必讲得完，因为每礼拜只两小时的缘故，中午与李君国良同至护国寺东口会仙居，人很多，还不贵，饭后看看其他各系的功课表，及布告栏内的布告座位表大半全都排出，今年共有七门课（指导研究一小时亦在内），到有四门合班上课，本系女生无什出色者，尤以四年级，而他系有美丽动人者，我则既无心情，亦无余力时间去追求这个，只是每日来来往往，间或遇到，醉翁之意不在酒，走马观花耳，现在倒是很惦念病倒在沪的弼呢，只是她似乎有点极力避免我对她信中隐约所示的情意，或因我年较小于她，我学文学的，不合她那学理科的希望，或根本不喜欢我，实在难说，午后上曲选，顾先生仍是那么幽默有趣，谈话使人发笑，调和教室中枯燥的空气，那种风度神态，仍是那么轻松有味，所讲的话，与去年所说的大意差不多，可是我仍爱听他的课，第二堂讲了一点曲的来源，下课后在大操场看看同学踢足球，五时冒小雨归来，晚看书，雨后凉。

9月24日　星期三（八月初四）　　晴

去校前先到琉璃厂函雅堂去买了一部唐宋文举要，乙编，为高步瀛先生所编注者，因为是骈体文讲读用此书作课本，只加价二成四本白纸铅印书方三元，实不贵，到校上了两小时，余主任先说了一小时多的闲话，结果只讲了二行半，中午归家用饭，一到家一贪舒服，一懒，再一犯困劲，到了二时多上下眼皮就交战，不得不上床去睡一刻，真糟心，每天午睡，实是不好，否则此时不是正好看点书吗，还是真困，三时许醒来，尚是呵欠不停，真是怪事，何至困成此般模样，三时半去蒋家，因国梁父今日开吊，车存尚志医院，距蒋家不远，步行前去，其父前曾官至陆军总长，谥为靖威上将军，北方要人大小皆有送礼，联幛挂满各处，来吊人甚多，各

界俱有，因声势派头大，于是一切杂样布饰，番僧道士俱全，花钱不少，其家宅院极大，宽阔异常，为京市少有，约有六七进之多跨院尚不在其内，四时到，行过礼后，浏览各处所挂之联帐甚多，在那吃饭，用得不多，要送库了，送的人多，我先行，时已四时半，步行到尚志医院取了车，九姐夫不在，打了个电话与泓谈了一刻，恰好她刚进门，她言一礼拜四十二小时，我现一礼拜只上她的三分之一，十四小时而已，她每日忙甚，尤以画图，其二姐已与郑回秦皇岛，五时许出，正遇蒋家烧库，无处可去，遂回家，看完报，灯下抄书，并誊写笔记，近二日眼睛又犯毛病，不能看书，左眼并频流泪不止，可恨。

9月25日　星期四（八月初五）　晴

天气变得更加显明了，家中屋子本是高大，阴凉，近日白天，院中有阳光，尚有暮春光景，院中暖意，屋中阴而反凉，中午沐阳骑车归家，微觉燥意，上午只三小时课，左传孙先生的口音仍不大听得懂，且讲得亦有些不易明白，古书体例堂，男女同学济济一堂，坐得满满的，主任这门课，与骈体文都讲得我还听得有趣，以前目录学、经学通论等皆不感兴趣，中午与朱兄同行至绒线胡同分手，午后阅报，又倦，二时许小憩竟到五时方起，真不好，这也养成了习惯，每日下午大好，时光得空抛多少！？以后得力改方是，今日天气晴和，坐院中看报，实报上登有一篇改善近代教育意见书，陈行汉撰，语亦多中肯，晚饭后看古书通例讲义，及唐宋文举要乙编，今日精神甚好，身体亦无不适，眼部亦无何不快，心中若不着急便好得多，像此时之闲散与不快之时亦是少有。

日前听顾先生课，第一时闲谈中有言，吾人每日生活平平，日日如此，即以此平平现象为生活，则对了一究真，如每遇一事必问为何，如何，什么，则种种困难问题全来了，此亦老实话，每人之生活方式不同，环境不同，若一一究真，则实难解决，我有时便有点作茧自缚，每日生活，顾虑认真之处过多，以致事事，处处，多不满意，易生气着急，多痛苦烦恼，不肯马虎纷乱，正是难得糊涂。

9月26日　星期五（八月初六）　　晴和，晚风

一觉竟睡到九时，看完报，已是十时许了，真不知何以如此荒废时日，急急又抄了两页书，已是中午时光了，又没做多少事，书更是一点未看糟心得很，本拟下午办一点事，不料时光又不够用，并且下午第一时还迟到了三分钟，中国古代民俗问题研究，江绍源先生，一个卅多岁年轻的先生，口才不错，很会讲书，本来不易讲的东西，他到说来很有意思，上堂来因我迟到不知道是怎么个情形，据同学讲上来先对学生鞠了两个大躬，一个九十度，一个四十五度，因中国对于民俗问题的专门书籍太少，几乎没有，有郑振铎翻译的书，已是太老旧，大约在二十年前印的，而且译的不佳，日本人也译的不好，江先生自己打算翻一本，年底左右或可出版，上来却介绍了三本英文书及法文书，又写上德文名字，虎一气，真不知他会多少，又看日文本子，他说中国现在无书可看，只有此数本英文书尚可一看，第二堂才正式讲一点问题，题目是改火（的新考）旧俗考略，改火一词，古书早有，论语中即有，惜未曾注意故今闻之甚觉新鲜，下课后一人去中山公园看画展，有刘荣夫之玻璃油画展，又有日本时事介绍影展放大相片各种事情俱有，令人有一目了然之势，亦通俗，不错，又是公园略转即出，顺路去访朱君，询其江绍源先生之来历，知江乃元虎之弟，前北大哲学系毕业，在前北大亦教过书，研究小学，楚辞《诗经》等，英法文俱会一些但却不精，亦于五四运动时，曾参加过新文学运动，其作品曾收入新文学大系中，他所研究的东西很新颖，如果有人找他给想个论文题目定必不错，李国良改作诸宫调研究了，在朱头家与他一同出来，在宣武门分手，晚饭后稍憩又抄书页半，又是十一时许，每日作不了多少事，而每日又是如此晚方睡，书一点未看，论文毫无进展，实在可惭，今日与朱君谈，他论文大约需用五十万言，真是宏伟大作，望尘莫及也。

 北平日记

9月27日　星期六（八月初七）　半晴，和

一日无课，在家一日，上午九时半方起，洗过头发，早点后已是快十一点了，看看报，又习了一刻大字便是中午了，本来在礼拜一电话中约好老友杜林鲁上午来找我聊天，等了一早上亦不见他影子，这位老兄每天胡跑不知做何事，马马虎虎大约忘了，大好青年如此胡混甚为可惜，午后看书，为赵竹光译 Kaker 著之体育这训练与健康，三时许铸兄来小坐旋去，天气晴和，亦无什风，是个好日子，连日总想出城一游，可恨想来想去，竟无一合适之伴侣，亦甚可怜，只索坐在院中看书，本是很舒服，不料家中人多，甚是吵闹，没有一块清闲地方借我读书亦苦，晚录书，灯下眼苦得祖武片知于政于廿五日已由沪返平，拟明日去看看他，于政夏日在沪得病，初为毒疮，随发随开刀，后不知何以又转为心膜炎，此病甚是稀有，甚是危险，其母后得电报赶赴上海做主，住第一等病院，请其他名医来治，每日百余元，开刀二次，第一次竟取出血来，第二次方抽出水来，因心为重要之机关，又极娇嫩，膜间生水，甚是不好治，幸其家中有钱加以他平时身体尚佳，此次能回平，真是拾回一条小命，其弟入狱未出，他又得此得病，他家亦云不幸矣！

今日看《体育之训练与健康》一书，内有一段言语，说得不错，一个人应保持一个健全的心灵，书中说："因为你如果让那些不能抑制的忧虑占有了你，则你非独有着一种病态的心灵，而且你将会发觉到你的身体也受到无限的困苦，而且不久之后，这种继续的忧虑就会把你神经的贮力吸了去，她将阻碍你的消化，令你失眠，因为脑部的神经与身体各部分的器官间之关系是这样的密切，所以当脑海中一有了什么烦恼的思想，全身就会因之而受到不良的影响了。"所言实是，我只因环境与责任在身上，往往为了自己的责任，便于闲时要顾虑到许多方面去，为了经济的不充裕，时时作窘，一切掣肘，故亦不免时时烦恼，因为脑海中有了不痛快的思想，全身便受到不良之影响，身体不适，性情发躁，一着急，心中不安，做事做不下，书也看不下去，很受影响，连日眼部不适，亦是此故，因心

938

中不快郁闷之故，加以房子之事，尚未解决。

9月28日　星期日（八月初八）　晴和

昨日下午得祖武一信，知于政已回，于是今日上午去看看他，先到前王公厂向云俊家找他，借与他一本书，在他家另外一间客厅坐，架间有四部丛刊，不知全否，看他座中陈设也还殷实，都比我们外强中干之家强得多，两进三合房，只三个人住，也太空闲了，我处人多，无房租，天下事不公平的多得很，说不完，坐了一刻，又是谈关于练身体之事，有时向云俊表现的仍是有点在中学时那么幼稚，九时三刻辞出，到赵祖武家去看他，他现在一三五去协和洗鼻，并要穿刺口鼻额之举，略谈遂与之一同去叶家去看于政，他卧在床上，见我去了，坐起来与我握手，老友热情可见，他患大病一场，实为拾回命一条，心脏动手术，是用针刺，硬扎，真够受的，他面庞稍瘦，身上瘦了许多，回来便卧在床上静养，现在床上卧着，并无何现象，养病而已，休学一年，与祖武三人一同谈笑甚欢，天南地北全有，其三弟一妹俱在，好友聚谈甚快，还谈了一刻上海的事情，不觉已到中午，因恐其谈话过多，遂辞出，午后本拟休息不出去，看书，饭后正看报时，孙祁忽来，他久不来了，来邀我同去南苑看赛马，忆自幼时去过后尚未去过该地，情形多半不能记忆，遂乘此机同去只是家中无多余资只带六元而已，车存新罗天，步行去前天内棋盘街公共汽车站，又因等孙翰，等了半天，一同上车，车行甚速，廿分钟左右即到，场内日人站大半，多年不走此途，郊外甚是生疏，跑马场似乎大加改变，并筑有洋灰看台，马皆多半为中国产，良种似甚少，骑师以中日人为多，入场券一元，却为从来所未有，来回资与此，先出二元五矣，到时已往应跑第十一次，共只十四次，只看四次而已，买了三次马票皆未中，有一次买七号，本来已跑第一，不意末数却为他人追过，实可气，末余一元，买了一张摇彩亦未中，囊中空空而归，幸尚余有车资，在场中碰有数个熟人，在场中来回乱跑，地下比较西便门的干净多多，土似亦少，票分一元五元二种，马位票与猜票相似，摇彩次数与马跑号数同，其所摇号确与你所购数同方得故

机会过少，看完十四次，三人同归，汽车快，二十分即达前门，取车归家，觉乏，今日购车票与取款等皆以先后次序排长列，甚是秩序井然，与前漫无条理，杂乱不堪之状犹如天地，晚饭后灯下看报，无什看头，昨日长沙失陷，不知确否！又教五弟念英文，不觉又是十一时，今日偶与祁谈工大事，知泓班现有女生四人，王玮钰最惹人注意，许多人进她，祁有意叫我托泓为其介绍，不知王的心意如何？王并为该班班长，为工大某教授之女，初中志成毕业现已长成风姿楚楚尚称可人而已，窃笑祁之见异思适心重也。

9月29日　星期一（八月初九）　晴燥，下午阴，风

上午九时半先去银行取些款，顺道去警察局换了一个新的行车执照，比旧的好得多了，又花代价三毛，办事的人，不知吃什么长大的，个个都很神气！十一点才到学校，指导已下，进略坐简单说明与储先生看，没说什么，告我拿去与主任看，出来到图馆去借书并看了一刻书，十一时三刻去用饭，午后吃了一点水果，到教室看完了东京梦笔录，又稍憩，上了两小时的后汉书研究，很无聊，教室椅子不够坐，挤得很，第二时就走了一小半，今天又未讲书，又闲话范晔一小时许，没劲，刘盼遂自言，其读书之法只重寻章摘句而已，对书发生何问题心得非甚所长，为此则在研究二字上之兴趣与意义便差了许多，每次讲书如同讲国文，所以多数同学，不甚满意其教法，今日一天三小时，很无味，下课在同学徐光振兄处购来毛边稿纸四百张，每百张一元，较外边行市便宜二三毛，归途去看看多日未去看的老王，他颜色精神还好，谈了一刻便出来，又到陈老伯处去坐了一刻，因怕其为我房子事担心，谈知其所欲购之书，已经寻得一单行本，甚巧，且该日又得其子来信，寄来新生婴儿一张，肥腴可爱，老伯甚为喜悦，因天阴恐雨，遂辞归，到家不久即晚饭，一边听说书，一边休息一刻，八时许看报，并录书一页，时光如飞已是十一时许矣！晚间独坐，秋风落叶时或敲窗，千里外弼已知我相念之情否。

9月30日　星期二（八月初十）　终日阴，画时小雨，晚降大雨

　　终日阴霾密布，空气袭人肌肤，顿觉寒意十分，一场秋雨一场寒，秋又光临人间，静观四时变化，前后迥异，实令人生不少凄凉之感，心绪复杂的我又增多少感喟，惆怅！第一时有课，迟到了约一刻钟，公布选课人名单子才十余人，而每次上课者必有二三十人之多，今天男女生杂坐了，去迟了只好坐在后边，字也看不清楚，幸而大半讲的与上礼拜五讲得差不多，下课与小徐，刘二，小杨，刘镜清，同去赵德培屋中去坐，谈笑甚欢，到十一时又去左传上课，阴天坐在后边，先生写字看不清，不知新配眼镜无效抑是阴天之故，中午饭馆内遇到中学同学栗福宽君，谈了一刻，他现在黄河决口委员会办事，绘图，做了三年多事，今只赚九十余元，惨了，亦资格所限之故也，中午略憩，在教室与同学周力中君谈半响，又届上课时矣，下午两小时曲选又是顾先生课，我最喜听他课，他仍以幽默生动之口吻，与巧妙之例子，来讲解介绍曲子之一切，下课后到操场走走，又到学校图书馆中去看了半响书，六时出来，到强家去，表兄未归等半响，七时归来，晚未点灯，在西单为警察拦住，索去行车执照，昨日方换的新照，今日又回去了，可托小杨子要回，不过心中实不快，到家晚饭后又冒小雨去访朱头，送还二本关于新闻学的书，到他家又降较大之雨，遂座谈于其斗室中，又与之谈我以前所识女友之经过，言来话长，并甚繁复，不觉竟谈到十一时半方辞归，到家欲憩，遂未再作柔软体操及日记而寝，今日凉。

10月1日　星期三（八月十一）　晴

　　发懒竟到十时才离开床，一个上午的时间，却都消磨在两天的报纸上，与几张大字纸上了，秋天来了，太阳虽是高高的挂在半空，但前一个多月的威力，减了大半，虽在阳光中，但是一阵阵的微风，却不能让人忘了寒意，除了落叶满地，有的树枝已经枯秃了，景象不免萧索，可是秋高

气爽，却另有一种植立晴朗可爱的神气！此时亦正是旅行的好时期，可是总想不出一个适当的伴侣来，亦够可怜了，秋游盘踞在我心头多日，不知那日方能实现，也许自己每烦苦不快，就是因为自己额外的奢望太多，还是不要忘了那句"知足常乐"吧，午后看了一刻三六九画报，清理了家中上月用的账，买了一包米，换两辆车，却共用了有四百余元，真是一个惊人的数目，真不晓得再如何过到明年夏天去，整理完了民俗笔记，在院中闲步一刻，五时半到琉璃厂商务问曲选吴梅选的，只余二三本，到北新去看姜亮夫的戏曲选，有上册，下册过数日可到，现正值六扣减价期中，在那里浏览了半晌，书多字小屋黑，多本看不清，发现一本神州国光社出版的李笔卿编之宋人小说一本，对我作论文甚有用，拟下次来买回，六时许回家，晚饭后录书，并看一刻书。

10月2日　星期四（八月十二）　　晴，晚阴

求人的事情都是难的，为了别人帮了教育费，存在强家，连去找了两次都未见着，今天一早跑去，八时四十分已经走了，现在又走早了，到校上了三小时课，又取回续印出之古书体例讲义，余主任课今年讲的好，比较明白，有书亦有秩序，且随便说来，皆是读书心得与常识，行车执照事，托杨智崇去办，得下礼拜一方能要回，得挨罚一元，倒霉，中午与朱头去女校把给顾羡季先生的一封信报告去北新问书的事，又临时写了一封信与强表兄，归家顺路送去，告他须用若干，明日下午去取，反正见不着他，时间亦不凑巧，午后看报，并坐院中看书，到四时左右，终于又困得支持不住，到床上去睡，一觉就到六时才起，一个下午又没做多少事，晚略习大字，毫无进步，又继续抄《醉翁谈录》二页多，不觉又是十时半矣，时光真不够用，论文亦毫无进展，如此胡混耗着可不是事，得看点正经书吧！今日中午得弼来一信，告我她病已经全好了，并告我得病情况，及近状甚详，第一句话是说她看完我九月廿二日所发的信，竟将她感动得流泪了，并谢我如此关心她！我的信写得竟有如此巨大的力量吗？却是我想不到的，看了这句话，出乎我意外，亦是我得了安慰是我此番真诚苦心

的收获了，只是她的本性难移，才好一些，便又忙得不可开交了，还得劝她不可如此，后来口气又转了姐姐口吻，仍呼我为弟，末却署大姐了，有意无意?! 我不管，先尽我力去写信吧! 希望她能属于我!

10 月 3 日　星期五（八月十三）　半晴

每日好似混过一般，糊糊涂涂似的也不知自己都做了些什么事，就过了一日，上午九时起来，看看报，呆一呆，不觉已是十一点了，快! 人事多，今日又是陈家大姐夫生日，不得不过去应酬一番，在小花园遇见了力二太，与大嫂，进去与大姐夫略谈即出，又遇见九姐，与力六哥略谈数语即回，午后一时许去校，先到强家，表兄嫂皆未在家，由大表姐将本月膳费及额外用款交我，一张支票却是姓沈的印章在西单金城，不知是何缘故，因忙着去校上课无暇再去银行取款，又是明日的事了，因助款零存之数已罄，此三个月不得不由强表兄先行代垫，又得麻烦，心中不安，且甚感激他也，下午两小时民俗学，因旁听人多，不过这门课比较经往皆新鲜故也，所以早去，幸我座位未被人占了，在前边好得多，看得清，亦听得真，今天讲了不多，亦没什么，却写了一黑板的英文名词，倒似乎不大像是国文系的课似的，下课后与小徐同行至护国寺大街分手，去工大看看，正在修筑大楼，地方不小，可是空荡荡的没有几个人，十分空闲，新建楼房一切进行中，进去绕了半响，无味，学生大半已走，遂亦出来去郑表兄处，二宝告我谓小徐太太说我许多不好的话，大约皆系行佮宣传所致，我则并未在意，一笑置之而已，二宝等约同作秋游允之，坐到六时，归来已暮，晚作信二封与同学。

10 月 4 日　星期六（八月十四）　晴和

今日无课，但是预定要出去一天呢，上午十时出去，先到西单金城行去取了膳费，又到春合买了一件背心与一条短裤，再到叶家去看于政在西单首上遇见燕沟，往南去了，匆匆亦未交谈，举手而过，打电话与祖武，

叫他来，一同聊天，祖武于中秋节后即赴津，欢谈顷之，不觉已是午十二时，在于政家门前又略谈即东西分途，再见须寒假矣，所于政谈，燕沟英文不佳，在燕大方得2，3，4方及格，院长不允其上，而司徒兴与其相识，遂以一名奖学金，交换定额补之，令其去美留学，有此好机会，每年除有五百美金外，自已再补二三百即可以半工半读方式过一年矣，当然不放过，惟此际入口甚难，且非经国务院批准不可，所入之学校亦得承认其英文程度，及其他种种手续甚多，故迟迟未能成行，明年或可行，但亦未必，午后看报，并算算账，下午起左眼又觉不适，三时许出，先到尚志医院去看九姐夫，不料方出，送他一条灰色领带，留下交与仆妇，出即到王家去，不料庆华回来了，聊了一刻，约我明日下午去她家，五时出又去访舒令泓，她南客厅添了一张大画图桌子，还是局长家有子，普通人学工亦只多购一张大画图板而已，她却定做了一张大桌子，离达胸际，上有一张未完成的杰作，眼部不适她坐对面竟看不清她的面部，她真是一个黏滞性及忧郁性的人呢，每次和她交谈，没有欢谈过一次，她不善应付，不大会谈话，亦是她一个缺点，好沉默，令人也就谈不上劲，我其实对她是很诚实的，没有言外之意的直言，她总是误会，不是以为损她，便是开玩笑，真是哪里说起，有时她的答话，实在刺伤了我当时对她的热诚，而隐隐令我不快，加上她家势力眼的当差门房，对我态度很是傲慢，所以，也就不喜欢去她家，她近来好似怕见人般总在家中，她太多心了，总觉得谁都知道她暑期中考学校的成绩不好似的，所以除了上学便是回家，哪里一概不去，成天在家苦干，受此小刺激后或可将来成绩定能一鸣惊人的。今天照例说话很少，孙祁托其代介绍王炜钰事，她推辞不管也好，话说完了，只好回家，六时半归来，又闻孙祁方去，他却急得很，昨日已来二次，却对不起他，令他失望呢，他本叫我晚间去他处，因眼部心中皆不甚快，未去，明日上午再去不迟，晚饭时九姐夫叫他得荣送来廿元，他近来手中很是窘迫，还是好面子，他不送我们也不会怪他，但是盛意不可却，只好愧领了，晚间，天下薄云，疏星数点，天气不似昨日清凉，白日即微觉燥热，闲步月下，心头闷郁不开，各种不同心情，种种感想，齐上心间，每日浑浑，这就是人生，这就是生活！

10月5日 星期日（八月十五） 晴和

大街匆匆忙忙，来往着人们，手中大多提着各色的礼物，食品店及水果铺生意大好，买鱼肉月饼吃喝，还账赏钱，这就是过节了！一切都是钱在变戏法罢了！可慨！这群幸福中的麻木性的北京市民们哟！中秋节亦和平常的一般无异。

每日匆匆忙忙胡跑一阵子，真是无味，上午九时许去孙家，因他来找三次，我皆未在，不得不去一趟，到他家谈坐了一刻，告他泓不管介绍，他却请我吃炒栗子，同饼，倒水等足招呼一气，这种殷勤劲却是以前从来没有的态度，亦不由我心中暗自好笑，也许是老朋友佳节相会，特意招待，是我误会了他的好意，十时同出，头发胡同口分手，我去找向云俊，谈了一刻，又把承钧的信拿出给他看，他家有四部丛刊及廿四史，我家中也不是没有，如今却一无所有了，真是不胜感慨，借了一部后汉书回来，又在他家客厅坐半晌，吃了一盘葡萄，又下了一阵子棋，不觉已是中午了，又带回一包葡萄回来，是他家自己栽种的，还不错，中午阳光下却有燥意，午饭后略憩，又去铸兄家小坐即出，到王家，庆华昨日约往北海，不料他已先去，又有他同事，不愿一人独去，遂在其家小坐即出，闷闷无聊，遂到公园去看画展，游人甚多，五时归来，六时上供，晚饭因有好菜，遂多进半碗饭，晚看报，阴天黑云满布不见月光，大煞风景，亦象征黑暗之北平市也。

连日情绪不宁，心烦意乱，几乎正经事一点未做，而连跑二日，亦未正经娱乐自己，终觉不快，一人独往独来，什么事觉无味，此迨又呈苦闷之象征欤！? 晚间十时半月色方佳，惟疏云淡月，亦露稀清冷之中秋也，我喜月夜故在月下徘徊久之之始去。

10月6日 星期一（八月十六） 半晴风，土

各校今日放假，而我们却不放假，要这个劲，上午一小时指导没什么

说的，就没去，可是半晴的天气，院外风却刮的不小，很讨厌，上午看看书，把看完了讲健康性的重要那本体育的训与健康，从头再翻一遍，而从中择要摘录了2页，我现在更加明了一个健康的身体对于人一生的一切是多么重要，所以我对这种讲及关于身体健强方面的书籍，也就看重产生浓厚的兴趣起来，故在百忙中，亦要抽空来读一读这类的书籍，论文参考书等于未动一本，今后不能太忽略了，不然真写不出来，毕不了业，才是丢人，大笑话呢，中午饭后一时半冒风去校上学，一路赶人，净街，又是戒严，幸而都未怎么拦我，一直过了西四，我进了胡同，到校迟了十分钟，换了教室，乱七八糟的坐着，后汉书讲的无味，实不感兴趣，按文字讲，多无劲，朱头不知何故未来，两小时后即下课，今天开始点名了，到毛家湾郑家去，只大宝在家，六表兄在，旋去，不一刻二宝由陆家归，谈关于双十节旅行事，到六时归来，归途去孙家，祁不在，在电话中与祁说定同去，约好礼拜三郑家会面，自觉有时外务太多，每天念不了多少书，过双十节后应力戒，规定每日读书若干小时，否则将不得了也！

10 月 7 日　星期二（八月十七）　晴，微风

上午去校，晚了，可是走到西四南又因戒严，拦住不能走，等了又约有一刻钟之久，更晚了，一共晚了廿五分钟，今天民俗问题亦讲得很乱，下课后陪小徐到主任家去了一趟，老先生那死板板比巴斯祁登，还冷十倍的，毫无表情的面孔，看了令人十分不快，自然也就没有什么好说的了，问完了论文题目，便告辞出来，对老头实在是没什么好说的，就是想和他谈谈，一看到他那副干枯冷冰冰的脸色，也就欲言亦止了，不愿再在那里多逗留一刻功夫，余主任平时，家居，出外，颜色毫不假借，总是那么板板的，不知他还笑不？不知他一生中又有什么乐趣，学人怪癖吗!？信不虚也，在操场上走走，等来了误点的汽车，学校预备给我们去东四南干面胡同北平第一卫生事务所去透视肺部检查的，车来了，一拥而上，毫无秩序，如不挤便没有了地方，一路上，因车上有育英毕业的几块磨菇头，真不识趣，不知干什么吃的，那么大了，受高等教育了，还作出那种毫无意

识的无味的事来，差劲透了，真为中国青年人性竟如此而叹，第一卫生事务所没有去过，设备尚完全，规模亦相当大，闻大夫皆协和者，每人在 X 光机前透视了仅占数秒钟而已，一刻即时出来，等了一会，又坐汽车归来，与李君国良同进午餐又到护国寺去绕了圈，在小马屋坐了一刻，因他要去透视遂出，到图书馆看书，又上了两小时曲选，今天顾先生讲了一点真正的闲话，什么他要搬家也说了，下课到图书馆借了一本书，又到护国寺大街摊贩看看没什么可买的，要购的车灯仍是没有，到西单理发已是五时多，回家已暮，晚饭后看报。

10 月 8 日　星期三（八月十八）　晴

上午去校上了两小时课，坐的地方临南窗，足晒了两小时，太阳在晴和的时候，是还很热的。骈体文主任讲了一篇多，按文字及注子解，间或提些题外的话，无什特点。午饭后看报，二时出去，先到北新去问预定书籍事，不料该局不肯定，因为六扣期将满，于是在那流连半晌，买了三本书，还想再看看，已是不及了，因为已经二时二十五分了，我还要去 C. K. 看 Waterloo Bridge（《魂断蓝桥》）呢，赶到那晚了半小时，活该进去看吧！这么晚到还看，这却是第一次，一进去便赶两主角第一次酒馆内相遇，在一种逐渐黑暗的神秘性空气下跳舞，几个镜头快看不见，二人变更个性来演悲剧还不算太坏，只是在新婚之夜女主角 Vuien Lengch 的忏悔表情还不足，以米高梅大公司摄这种片子，可省钱了，前半有一幕古代歌舞，可是我去晚了没看见，末了是女角自杀，脱了以往大团圆的套例，悲剧，至少感动一点我，但也不很强烈，似乎比《乱世佳人》与我的印象还好一些，散场看见了林笠似的女儿二人，林鑫与林湘亦去了，一场看完的，可是没有招呼，因为不熟，她们在燕大，怎么今天会进城了，取车出来看见了维勤，穿着西服，不知他款来自何处，人家也倒有能耐！说了几句话而别，约他去香山，他则似没一定去，出 C. K. 去郑家，恰与孙祁前后脚一同进去，寄居他处之病人，近来势危，三表兄又在陪大夫谈，与孙祁大宝二宝等谈后日旅行香山事，旋四弟亦来，本来所拟之人名单子，却

有五六人不去，不能去，只余四五人，祁弟兄，我与四弟及大宝五人而已，又想人多，可是又找不到朋友，也真可怜，连出去玩找几个伴都找不到！后谈尽先找人，后日仍去，谈来回来已日暮，近日天气黑得真快，六点多便黑了，今天心情一下午又不大痛快，凡是一玩去，就没有很高兴的，快乐的过去，毫无问题，毫无阻碍的达到，就没有这么一次，真令人不高兴，精神不好，心情不佳，不觉爱困，饭后立即乏得睁不开眼，只好爬到床上去睡了一小觉，十点起来，洗嗽后未作运动便睡了，连日记也未写，我也知道一个人，生活不好，环境不佳，如能有饭吃便不错，但是只要能维持保有一个快活快乐乐观的人生观与积极的心情，生活才有兴趣，才有味，才生机盎然，可是人生不如意事常有八九，说是容易，做却不易，常常保持一个快乐的人生观却亦大非易事呢！

10月9日　星期四（八月十九）　　晴，风

上午三小时课，左传讲的亦不感兴趣，除词以外，孙人和我总对他不感兴趣，两小时左书体例人真不少，座位挤得很，写字都不易，真不舒服，中午归来，孙湛来，谈顷之，到二时同出，我去 V. C. 看《Jayan and His Mate》，即《泰山情侣》，前数年于平安曾看过，我认为在泰山片中最精彩之一幕部，前于真光重演一次，无暇去，今大光明又重演，今日为末一天，故再去看一次，今日试前戴用之旧眼镜与新配者差不多，看电影仍不甚清楚，远看黑板亦不省力，此片中有数幕甚为惊险，亦精彩处，泰山树中飞跃，与打劲斗，女角在树上往下跳，泰山接住，树间游戏，清溪泳戏，在水中之各种周折，气甚长，女角能沉水中如此久，亦甚棒，惟落水时，衣被树挂，只下部一块小布，胸前鸡头肉毕露，此迨女明星之味也！二主角赤身露体，等于裸体，恐相偎抱，必肉感十分也，女角能为此大大牺牲色相，此亦此之所谓明星方能如此也。杀鲑鱼最为惊险，死狮却是假的，一望即知，猴象、犀牛、河马等训练一如人意，实非易为，亦可见西人之功夫与喜争的精神，竟逼如此，虽知是假，表演如此，实不易也，回家得知祁兄弟明日不去香山，只余三人，后四弟归来因十一日开运动会，

亦欲休息一日，不去，黄昏在院中看报时刘曾履来，邀我明日去他家，他二嫂要介绍的那位赵小姐要见见，我此时却真无意于此，据说如此旧式家庭又是急碴，我前半不满，后半我家庭经济已窘，一二年内恐结不了婚也，人家好家，真不知如何应付，因未决定明日去否，遂令四弟借得他车，晚饭后去郑家一趟结果亦因人少而不去，我则有此瘾，别人都不去，有二人我就去，可惜大宝无兴趣了，勇气不足，我的面包都买了，与女孩子打交道才没准稿子，定规什么事才不易成功，没有决心，可恨，我半月前即思出城一游，不料此次又归泡影，反正今年我得去香山看一次红叶，我许多年没有去香山了！算是空欢喜一场！想办的事还没有办一样，也过了不到十天，钱却没了，真不知是怎么花的！

我近半年多以来，对于健康的问题很是注意，对于讲及关于锻炼身体的书也十分留心来看，虽是在我所谓胡乱的忙碌中，也要抽暇来看的，所以我每天总幻想那么一副强健的身体会在我身上表现出来，我想我如能不断的努力，这个希望倒不会如中马票奖券那般的无望，总会有实现的一天，假如我是不断的努力！在城市内住是难得劳动筋骨的，尤其是那些讲科学化的，文明化的人们，更不易受到大自然的益处，今天看了泰山情侣片子，倒很羡慕泰山悠游自在的生活，活跃在大自然的怀抱中，过着奋斗的生活，强凌弱血的气息是到处都有的，只是逃避了一切人世间的麻烦是真的，但这种生活却不易得过呢！而实在恐亦极少有人过那种生活，它也不过是电影才能表现得出来，也正如乌托邦一般，不过是人们脑中一个空幻的乐园罢了！

理智，感情，两者都不易支配，有时想得我愈想愈糊涂，自己近来好似理智得多，但是其实也并不怎样，虽然不表现在外面，深隐在心中更是深刻，日前看过《Waterloo Bridge》，以后虽觉得并没有什么，可是到底是个悲剧，内心终觉得不大痛快，加以看完了《将军》，余一（即巴金）著之短篇小说集后，心中更似梗了一块什么东西，透不过气来似的不舒适，自己不由也好笑自己亦太富于感情质了！

10 月 10 日　星期五（八月二十）　　阴不时微雨

　　双十节，国庆日，大，中，小学校全都放假一日，辅大亦放假一天，因为人少，而未去成香山，便一直睡到十时多才起，天气不冷，亦不热，可是阴天不时的一阵一阵微雨下着，一个俏皮令人着恼的天气，上午在看看书报中过去，下午想继续看些书，但是心中很乱便走到刘家去坐，不料又碰见了行佺，商志龙亦在，坐了一刻约三时一刻，所谓要介绍的那个画家的小姐赵纹来了，于是便又把我请到上房去坐，里边有二嫂（曾颐的太太，呼之曰二嫂）的妹妹及其未婚夫，还有一个她们叫六嫂的，还有一位不过如此的小姐，便是赵纹了。敷了一脸厚厚的面粉，白得可以，那种带点俗气的面孔，先给我一个不好的印象，瓜子式脸，可不美，两眼小，笑还不如不笑。二嫂的妹妹倒是粗粗壮壮的大方，赵纹小姐不大方，不肯讲话，于是我也就不开口，因为我不在意，所以其实是有话也不愿说的。曾颐出去不在，曾履在厢房，于是这屋子我只好沉默，低头看我的书，桌上摆有一大堆的369，足翻一气，和生人在一起那种不自然的空气实是不好受，看我的画报，也不知过了多少，后来和那个哑嗓子男子，姓童的谈了几句话，听他们谈天，大约不久二嫂妹妹就要和这姓童的结婚了。生人见面没的可说，吃了一刻半空，后来曾履等出去了，到五时一刻我觉得这么枯坐无聊，遂就告辞，拿了曾履借的西风回来，好似做了个梦，实在不过两小时，在我好似坐了约一天那么久，真别扭死了，听听她们的谈话，不外画，衣饰，等等，思想可知！不敢亦不愿再沾染这派的小姐们，与其接近她们，还不如去找泓好呢！觉得在这方面（思想）比她们至少强一点，不那么太注意外表，何况我此时的心中人，意中人的弼，却远在沪上呢！她可知我对她是如何仰慕吗？还是她只以一个小弟弟来视我呢！我只好对不起刘二嫂，谢谢她的好意了！回来呆一呆，愣一愣，（曾履惯作此语）便到了晚饭时间，灯下卧床上看完一本小说，一时精神又来了，又看了一刻西风杂志，一直到一时才睡，回想起今天一天，哪也没玩，浑浑懂懂的过了一天，真糟心，一点正经事未干！

10 月 11 日　星期六（八月廿一）　　阴，不时微雨，晚大风

　　这两日的天气真不好，总是阴沉沉的，还是大有冷意，不时下个小雨，尚好没出城去玩，否则遇到这个坏天气才不痛快呢，上午起晚了，十一时左右才到北新去，去了一刻刘二才来，一块看了一刻书，他买了数册，我也买了数册，他到十一时三刻回去，我十二时一刻方回，下午想得办点正经事了，老胡混大不是事，看了刻新买回的书，很满意，可惜是没有钱，否则我还要大量的买书呢！我要买的几本书，北新处已经没有了，下午看宋吴自牧的梦粱录，共三册二十卷，学津讨原本，内记南宋时之各种事物风俗以及上自宫庭下及走夫贩卒一应琐细俱全，甚是有趣，由此亦可见到当时风尚与习俗，我注重在找关于话本的材料，实没多少，只是末一章，末一条有言及，余皆无，但其他条中有言及当时之事物，名称虽异，实与今世之事物相当亦甚有趣味，如清明节条中有改火之时日甚明，可为现讲的火之一明证，防隅巡警是时已有，都市钱会如今之银行银号等，亦有夜市之举，团行如今之同业公会，等等，直翻到夜十时许始毕，又阅书目，及其他各书，周遭之书日多，而所阅者无几，真急煞人也，而所欲看之书甚多，真要终日关在房中看书亦系不可能之事，晚间精神尚佳，到一时方寝，自暮后即大风，夜院中凉如水矣。

10 月 12 日　星期日（八月廿二）　　晴，多云，风

　　懒得要命，今天竟十时半方起来，四弟日前买回来了胶卷，遂在院中摄了三张上半身裸体的相片，又给娘照了一张，在院中与弟妹在一起谈谈笑笑，晒晒太阳，这时候不在院中阳光下，如在屋中阴凉地方，便觉得有点冷，午后看报，二时许把梦粱录重新翻一遍，需要的材料写下来，又录了若干条与今事物风俗有关者，写了一番，又到院中走走，院中天空云彩甚美，一个下午便在家中过去，五时多正拟抄录一点《醉翁谈录》，不为曾履忽来，上午已经写了一条问我双十节的那幕滑稽剧结果如何，遂书数

字敬谢，不知他又来何意，进来一谈，原来是随便谈谈，本来我对此次事并未在意，纯为不便驳刘二嫂的好意，应酬他们，加以一见面，一听他们所谈，便不对路数，自是吹了，只是怕二嫂不高兴罢了，请他转达，又谈了些别的，他借了三本书回去，晚上灯下抄书三页，已是十时许，检点旧信不堪回首，晚本拟写信，因眼部不适只好作罢，这封信，要更现露一点表示出心意来，要费一点斟酌，别太过了，闹个没趣下不来台才是前功尽弃，只是现尚摸不准她（弼）到底对我取何态度!？实一问题，这次却要是带有冒险性的试验纸呢！斜风细雨秋天意深，像昨夜那般呼哨的狂风，却大有冬日之意，房子问题尚是悬案，而一冷煤衣等问题皆来，一切亦皆不便，身上穿多了衣服，动作不美，我是不大愿意过冬天的，比较起来，还是夏天好，但无冬哪有夏呢。

10 月 13 日　星期一（八月廿三）　晴，风

上礼拜一未去，这礼拜去看看，论文要看的书很多，可是我还没看多少呢！真着急，这两日心神怔忡不定，也看不下多少书，真糟心，上午跑去也没什么事，只有十个人左右，大家随便坐，谈谈，把在北新发那一本翻印的宋人小说给储先生看，也没说什么，谓可用，不一刻便下课了，到图书馆去借书，中午不大饿仍吃不少，这个肚子可以！中午到小马屋去坐了半晌，又到赵德培屋小坐，他带来了一大袋花生，吃了一点，连日秋风甚紧，大见凉意，下午两小时后汉书也无什么意思，可是在中国文学研究译丛中亦有关于话本的文章，后又在辅仁文苑中发现一篇李啸仓所撰之《宋代通俗小说本目》，云是宋代通俗小说考之第三章，如此一来，不是和我想做的东西都重了吗？真烦！不知怎么办是好，如重不知能否仍做，很快下了课，又到图书馆去一趟，四时半去毛家湾郑家看看，因为早上十时多在西四看见二宝，不知他家是否有事，到那她也才回来，原来没出事，病人很重，命在旦夕，谈了一刻，知廉致日前不辞而行，失踪，不知何往，去后三日家中方知，曾有信与三表兄与大宝，二宝，但三表兄恐她二人见了不好，遂撕去，她二人在纸篓内发现，闻听之下，心中不一时不知

是何味道，又兴奋，又惭愧，心中更乱，大宝二宝二人，知此事后心中亦十分不快，劝解了她们一刻，适三表兄回来，略谈即辞归，归途去小徐家查文苑中前数期还有那篇文章没有，没有只登了那一段，心中稍安，拟近期内去找孙子书（楷第）先生去谈谈，看他（小徐）和他太太很是亲密，只愿他二人永远如此好！回家来已暮，灯下看报，因适闻二宝之言，一时感情发动，心中一时有许多言语要说，又不知道说什么好，一种无形的迫力使我拿起笔来，十点才开始写一封像似信似的东西与二宝大宝，想劝慰他们一番，不觉哪来的那么多废话，写了六页整，因为太兴奋了，很乱，手有点抖，字写得也很不好，一直到十二时半才毕，又练之柔软体操，又看了一刻书，不知何以一到夜深反而精神来了，一直到一时半方憩。

10 月 14 日　星期二（八月廿四）　晴微风

虽是昨夜一时许才睡，但是六时半又醒，上午第一时有课，赶去，迎面小风虽不大，却已很费力了，往后上课要逐渐受罪了，得卖卖力气精神了，再受这一冬的罪就满灾了！民俗江绍源先生讲的有趣，下课和他谈了一刻，人到满和蔼，请他代我想个问题，两小时空堂在图书馆中看书，末一小时左传，听不大清楚，午饭后去访厚沛，不在家，到赵德培屋去看书，吃了些花生，谈谈，他是既抽烟又饮酒，就花生，到够个普通一般人所谓国文系的学生，许多人都说我不像是个国文系的学生！下午两小时曲选，很好玩，我仍很爱听顾先生讲书，但有时讲的有与去年讲时所说的有大同小异之时，下课后到图书馆去，刘君镜清又借我一本《小说概论》，内亦有关于话本的，五时回家，顺路把二宝托我代借的大代数送去，内并附与昨夜写的信，未进去即行，在中毛家湾西口又遇见了大宝在大街上立谈了一刻，即分手，到家接到刘家卦闻一纸转刘厚沛的，前与他（桂舟）一信，至今无音信，不知何故，济华之祖父又去世，少不得又得应酬一番，晚阅报，没什可看的，连日胡忙，要写的两封信，尚未动手，明天得写了，自来水笔这两日也不好使，不知是何缘故，夜凉。

今天顾先生讲，中国人讲一切是自然的流露，而西人是强烈的表现，

中国人是采菊东篱下，悠然见南山，外国人是瞪眼的观察，中国人是侥幸苟得的心理重，一来就讲买奖券，（我亦为此，惭愧）马票，甚至于跌个跟头便拾张百万支票，墙倒了露出一缸金子，今日一睡，明日便成富翁，皆是此种不劳而获的传说，故事，小说，亦可见出老大中国的国民性，而外国不然，讲究费多少心力，出生入死的去探险，去奋斗才能有所获，如金银岛等小说，决无宣传坐享其成，不劳而获的思想，亦可见西洋人之国民性，中国人是好享现成的，马马虎虎的，不会苦干，认真，得过且过的心理，诗味的人生，就是偷盗，他也得用一费心血，才得到手，抢劫也得拼却性命换来，此种精神可佩，比跌一个跟头便发财的人强的多。

10 月 15 日　星期三（八月廿五）　下午阴，小风

　　上午只是两小时课，骈体文选，但是主任新病，只上了一小时二十分钟，便下课了，中午起风，十分可厌，午后看报，院中阳光下倒有暖意，二时半倦，连日安寝之故，一觉不觉到了五时二十分钟，今日在交得李永寄挂号信一封，七月中寄来，十月中才到，慢得可以！他说他将离毕，不知此时可已离毕他往翻检书信，不得意人多，老友皆四分五散，可怜何日方能重聚首，晚作一信与泓，告以健康之重要，与劝其改改其生活态度，不觉竟尽四页，末后发了点对环境的牢骚，北平的空气真沉闷，静寂得有逐渐接近于死的危险，我想大叫，大笑，大哭一阵子，来唤醒那些醉生梦死，被这外表洞天福地的好地方所迷住的人们，但我悲哀得叫，笑，哭不住了，只见多数人都逐渐迷恋徘徊在此，不忍就去了！可怜亦复可怕！自己，有点血性的青年都应明白，认清了自己是在一种什么环境下去生活！不要忘了现实！矛盾的人生！我始终闹不清，但青年如无热血人性与思想，实不足称人了，许多人恨日本，亲英美，我却以为都是欺压中国！只是所采手段不同而已，许多人效英美的一切，几乎完全洋化，忘了自身，这种崇拜外洋的心里思想我不赞同，他们有什么长处可以采取利用，他们未必样皆好而无缺点，不要忘了根本，不要忘了自己是中国人，看了多少

书，今又偶翻而已集，我现在特别追求健康，与崇拜鲁迅的思想！最
正确！

10 月 16 日　星期待（八月廿六）　　晴，小风

上午三小时课，只上了一小时的左传研究，前数小时未曾注意听，
所以未能明白所讲是何意思，今天专心一听也明白讲的是什么了，我想
这篇左传序，研究三个月亦未必讲的完二三小时余主任因病请假，杨君
代我将车照取回，被迫只好买了点柿子和糖共合一元请他们吃，在小马
屋吃的，因为明日亦放假（孔子生日）与小马约去香山，改到明天了，
言定明日清晨即去，到校聚齐，另有训育课，徐刘二位皆坐汽车去，共
约有八人之多，十一时许在操场看一同学练木马，会这个的人很少，练
技巧动作器械操的人很少，他与我所要练成一个发达的肌肉意见不同，
他不想练成强大的肌肉，只喜玩器械运动。十一时许去访厚沛，他家中
人说不在北平了，问上那去了，皆推不知，那神情实是令我生疑，便出
来，到前毛家湾看看，病人还没有出来，略坐，六表嫂又叨叨诉了半天
他家务事的，中午归来，午后阅报，因明日玩去，买物无钱，明日方到日
子，又要放假，只得再去取出廿元来应用，不得已又须去跑一趟，从前门
回来，买了二付线手套与四，五二弟，在欧亚照了一寸相，学校要呈报调
查表用，往北去看于政，去协和看病尚未回来，遂正好去东斜街李家，访
李瑜小姐（桂舟的未婚妻），蒙接谈，甚是和蔼，谈半晌，即辞出，在西
单买了面包，及一斤红茶，送于九姐夫，他明天生日，与孔子同一天诞
辰，亦一巧事，去时，他正与一西服裁在看衣料样子，要做衣服，我稍坐
即去，他今天戴的领带便是我送他的那一条，又在车铺修车耗了半天，一
个下午又去了，本来这一个下午要做许多事，出去一趟全没办，灯下看
报，再玩这一次，真得每天好好地看看书了，一切都得暂时抛开才好，否
则每天杂乱的外务要顾到要乱跑受不了，一个礼拜，一个礼拜过的十分
快呢！

10月17日　星期五（八月廿七）　晴，风

　　昨夜因为惦念着今日的旅行，没有睡稳，午夜闻狂风大作，好似严寒时候，心中暗思，真倒霉，明日此种恶劣天气又去不成，翻来覆去的，糊糊涂涂的，不觉已是天明了，可是睁目细看，倾耳静听，竟是天从人愿，风是止了，又是大好的晴天，六时许起来，急忙梳洗吃过早点骑了四弟车跑去，上学没起过这么早，心中未免十分羞惭，今年一年只三四个月有老妈子，价涨至六，八元，还不好找，所以大半时间都是由李娘与娘，不论粗细，一切亲自动手，李娘今起得早，我要吃的东西都已预备好，心中感甚，跑去学校已是七时许，与小马及另一位数学系四年级同许略先生，人甚和气随和，一路谈谈笑笑，脾味甚是投味，大有恨相见之晚，一路上小马骑的甚慢，自西直门大街到西郊路上，有许多男女青年骑车不约而同，齐往万寿山，香山那方向走去，很是有趣，都是趁此大好秋光，大家为了今日孔诞假日来作个短途旅行来的，走到燕大先休息一下，因为小马撂下点东西，许略却去找他哥哥，耽搁约有一刻钟又继续前进，此时突然起风，而且逐渐加强风力，尘土蔽天，伸手不见五指，那么多的土，我们不顾一切，努力骑车往前进，真是逍遥了半天，此却要大费力气，此时路上人暂少，大约多半是到了颐和园去玩的缘故，一路与狂风较劲，我到不在乎，只是土真多，一阵一阵如雨似的遮天而来，幸而我带来全副御土武装——口罩，眼镜——身上是顾不得了，一路折，上下不定，继到了树林夹道，进入长坡上，一路上多半依稀认得是四年前西苑受训的所行经之路，自颐和园至香山，约有西直门到燕大差不多有一半之远，且那半路日土石路，惟玉泉山路上正修筑沥青路的工作，经长坡，小马因车不好骑下来推着走，我自己不服气自己，努力径骑到大高坡上存车处方止，能不下来直骑到此者甚少，何况还有这么大的狂风迎面吹呢！今日来游的人真不少，码自行车何虑数百，长途汽车亦有四五辆之多，土吹了满身，陈君际云（辅大教育系同学）与其友林君夫妇，并一三四岁小孩坐汽车先来，邀我们在小茶饭铺内饮茶休息一刻，又在外边等刘胖子，徐瘦子（训育课二

位点名的）等了半天亦未来，庆璋，良弼，吴国光与四弟四人倒来了，把我手表要去，他们先进去，在坡上又遇见了谢家驹，那种俗气仍旧，他们是电之公司同事，来此聚餐吃烤肉，赶上风天，好吃，在外边干等，到十一时半过，才决定不等上山去，记得好似小时候来过，玩的是西山，也许不是此地，或此处只闻名而未来过，多日未曾出城，又历前所未经之地，野外风光，耳目一新，郊外秋意更深树木杂草虽多，但呈枯凋之状，一路上农家各种重掘，堆草垛，打谷子等工作，甚富诗意，我极爱慕大自然风光，将来有机会，将在野外寻一住处享点大自然美，一路上经达许多别墅式的房子，不知皆系何人的，进门不要门票，只在一个本上，签一人数即可，门前油饰一新，门左为慈幼院，闻其名，但因无暇未曾进入参观，香山门前有石狮一对，惟爪悬空，爪下无物，可发一噱，门内简单无物，入内循左拾级登山，曲折可喜，间有泉有淙淙流行其间，循石级转折三四即达所谓双清别墅，为熊毛二人（熊希龄，毛彦文）住所亦平常，惟筑于此，则别有幽趣，依山势而另有住楼，惟皆空锁无人，余仆人数名而已，适值艺专全校来游，假此作聚散之所，炉火三四，烟烟烧开水也，院内有池水，甚清洌，游鱼历历可数，中大方池，过不过数丈长短，内有小红色鱼甚多，亦不避人，偶掷物水中，争唼唼水面，诸葛亮人围坐池边观看良外，旁一池水极静，阳光自林间下照，疏影剧院水上，水中游鱼可见，如在玻璃中，较前多矣，另有一番静乐，再登一层，尚有楼房一座，运砖石亦不大易为，院中小池三四皆清可见底，院中树林极多，繁杂周密，阳光为阻，出双清循山路前进，又折而往北，又西，南，不定，忽见西山天然疗养院，想老王前必在此住也，忽闻数声欢叫，原来林君夫妇遇四少女，皆蠢蠢然而已，中唯一垂双辫者，两目圆大，人亦活泼，可爱，遂一路行走，各自为政，前后而行，互不相干，林君未介绍，亦未问及，行路游山而已，林君携其幼子，一路山行颇苦，其夫妇与陈君轮流抱之，唯此事室可携此小孩（只三四岁耳），亦只青年夫妇有此能力与兴趣耳，一路鼓勇登山，我，马，许三人青年力足始终在先，计隔彼等过远，遂少憩侯之，因林君太太频呼，乏饥，遂觅一山路侧，开包内食物大吃，我只带两块大方面包，且已割开夹好果酱，故甚便，他们皆未切开，现夹用，我极简

单，林君，一切带的东西多，有什么牛肉，鱼等，分吃一些，此际大家更不必有什么客气处，小马买鱼不错，吃他一点，吃完面包，又进水果梨柿，各一腹内甚饱，再继续一路登山，此后山路可谓崎岖，方可称为难行矣，荆棘甚多，幸不伤人，山路圆方石块甚多，薄底鞋硌脚，愈上愈陡，一路兼采红叶，黄叶等，游山者几乎皆人手一枝，正是"枫叶红似丹"时也。择采数枚，拟寄南方故人，山上尚有警长携四五巡警持枪游视，以备不测，且有五六日人在山上鸣枪，不知所击何物，继续努力终达山巅，将到时斜途愈陡，到最高峰一望，远近数十里，山峦冈曼起伏之势，尽入眼底，想登泰山而小天下，定必又是一番雄壮景象也，四围稍远处有重雾看不清，而圆形飞机场，颐和，玉泉等处，皆如玩物，山下农田块块，青黄不一，纵目所之，披襟当风，真壮游也，惜鬼见愁上，突经大风，几不能坐立，天风罡气又应如何，亟半坐卧地上，赤日当空，山风拂体，却有冷意，有数小孩及一老年四五十岁之夫妇亦能上山来，大不易也，山本不高，惟周折再四，曲折蜿蜒，长可达数里，且又高陡难行之至，山上风大，不敢起立，否则必真个凭虚御风而去矣，坐半晌，四少女与林夫妇小孩亦上可佩，旋徐瘦子先生发现亦上来，胖先生刘不敢问津，已转赴卧佛寺矣，下山时尚见有数位摩登仕女，爬山，可佩，恐将望山兴叹，不敢再上矣，今日遗憾者，刘光华（胖子）未上来，难得登高如此，未留一影也，下山可快，唯我感似乎较登山尚难，且有危险，如果重心保持不匀，一个收足不住，又将为一失足成千古恨（再回首已是百年身矣，一笑！）下山又是一条路，原路却找不到了，山中易迷路，信不诬也，身临其境方知，山路间或有卖水者，水果者，开水则五分一杯，索价够昂贵者矣，一路大家谈笑，不觉寂寞，与许君今日方识，不图谈笑甚欢，如同老友，园内皆有别墅一所有人住，不知何氏，一圈内有鹿四五，此外无他动物，总观香山，树木占大半，且相当繁盛，不知此中经费出自何人，现归何人管理，出山时方二时半，坐汽车三人等车先归，四少女竟与我三人同步去寻访碧云寺，古刹建筑层层，石级累累，中国古代建筑之特征为门前必有二大石狮，进来又有铜狮，碧云寺前为石制者，门前洋车三四，汽车二，约系西人来游者，内附设天然疗养院空无一人，房屋破漏，一进门不远有哼哈二将，大佛缘，高逾丈，小腿较我腰尚粗壮，又进有桥及水，上为大殿，再进为佛阁，中有一尊老太太铜密勒佛，再进为中山国父之衣冠冢，惟门上锁不能进入，而进外门亦需签字而后可，左有一新饰之罗汉堂，右有泉水洞，池旁有一摆卖壶，宝石，古钱等数种古物之商人，人甚和蔼，谈古物如数家珍，古物分别真伪与特点随口而出，亦吃此行人也，地势幽僻，平日游人甚少及此，而其一人居山石上一斗室中，亦不闷，亦不惧，亦一奇人，亦有情趣，殊无俗人商家风味，邱其氏，对以马姓，心窃识之，出寺遇刘曾履与其一同学人，不步归回香山，时已四时许矣，不意在前遇多数熟人，大半游人皆言归矣，等车者不下数百人，同学刘君镜清，女同学高美亦去，孙祁兄弟，赵振华等，该始终同游而不知姓氏之四平平少女，又询走否，遂与马许二君与之一同伴行，下坡甚速，惟路不平甚颠，一路说笑亦不寂寞，到下坡不慎内有二女半翻幸未受何伤害，路中有一小女孩与梳双辫者敢与我等谈话，大者小辫姑娘即双眼圆可喜者，与我及许君谈天，亦不羞涩，而彼此皆不知名姓，而同行同谈，此亦奇遇也，小辫姑娘甚大方，谈话不绝，一路行来又甚缓，同学数人见之必又甚奇，而我自己亦觉今日之遇合亦甚奇也，到西直门已五时半左右矣，在太平仓许君去校，我又代小辫小姐拿其所有采之红叶，一路谈来，方知林君乃系其兄，她在辅仁女附中高二读书，到西单分手，到家已暮，娘小妹等上午已去力家拜寿，九姐今日招待尚殷勤，晚饭后因乏遂早寝，九时上床，为近年来之例外也，日记供我自己纪念浏览，故字迹潦草不正，文笔忽文忽白，不通不清，不暇斟字酌句，九时起风后，下午回来无风，女孩子骑车去不少，殊出我意外，而今日同行者，尚能爬上鬼见愁，又能骑车冒风而行来回，体力可观矣，晚只觉精神疲乏，双腿累而已，尚不觉其他过劳之苦，下午在香山曾闻炮声，据传云系打匪，但未几又寂然矣，终不知是何事也。

人生于城市之中，终日为世俗奔忙，无新鲜空气，不见充分阳光，所闻如是，所见如斯，所触所近，多与人生健康有碍，久而其身体焉不衰弱，日趋颓废，能与大自然，伟大之造物众生接近，自有充足阳光，新鲜空气，且换一环境，精神亦一新，对此雄伟壮丽，大好山河，亦可一阔胸

襟，一纾郁闷，令人生雄心，立壮志，扩大坚立伟大之抱负，得益实非浅鲜也，故我亦喜作短途旅行，他日有暇，郊外，乡间，山中，海边，我皆要留些足迹，藉赏大自然之雄伟与美丽，悦心目，畅胸臆快何为哉!? 但今日此番一游，更不知何日再作冯妇矣。

10 月 18 日　星期六（八月廿八）　晴

一懒，多睡，竟到十时方起，弄清楚，出门去取款，到前门又绕到西单去购物，回来已是快十二时矣，午后娘要去看马场，只好伴娘去，五弟与我骑车先行，二时半到，较去西直门似乎尚近多多，马场人似不甚多，遇见三四同学，周力中又去，此次可未曾得，我连猜数次，只有一次得中，第九次，三匹马，忽了号马距前二匹甚远方放马，购票者大哗，争呼退票，西人经会议结果，允退票，此种情形，为前所未有，可算例外，结果又退回钱来，十次跑完，我输了八元，五弟买了四次，他皆听马夫之言，皆未输，赢了二元多，高兴得很，归家进广安门，已暮，连着跑了二日，一点事未做，书报皆未看，看见周围这些事物，心中又不免十分着急，晚上遂晚睡，看完二天的报纸，并补记昨日日记，十二时半方寝，下午得大马信一。

10 月 19 日　星期日（八月廿九）　晴

这两天的天气太好了，没有什么风，可是虽没有出去玩，旅行，但全出城了，上午九时半起来，洗洗上身，又洗头，刚洗完头陈老伯来了，与娘座谈顷之而去，看看报及书便过了一个上午，马场娘好似上了瘾，今天下午吃过午饭又去了，小妹五弟，四弟全体出发，我和四弟二人二时多方去，又遇到几个同学，沈正仪去了，袁兰吉亦去了，周力中今日又去，也有点上瘾似的，吕宝权亦去，他还认得我，今天仍不行，预猜不易，买了几次就中了两次，还是送出十元正，五弟小妹买独赢，倒是中了三四次，娘专买摇彩，更是如石沉大海，惟中一小奖十元正，否则输的更多，今天人亦不多，散场早，五时半到家，连日广安门大街换电灯杆子，非到七时多不来电，可厌，晚觉倦，亦示写日记，亦未看书，主要原因是到马场不久，右眼即不适，晚上以致不能做事看书，故九时半即收拾就寝，连着二夜没有正式做柔软体操了，很少早睡了，今天十时卧床上，实未真乏，翻来覆去，久始入眠。

10 月 20 日　星期一（九月初一）　晴小风

上午仍是九时半方起，卧在床上几乎十二小时，太懒了，早晨只是多半消磨在报纸上，下午写了一封信复杨承钧兄，内附有二小张自己的相片，一与他，一送与李永的，并又附有二信，一与庆昌，一与李，皆系由他转的，二时换衣服去真光影院看续孤儿乐园，内容虽相当好，演员演技亦很好，但是我总觉得不如孤儿乐园好，故事延长得终有点勉强，可是也赚了我不少眼泪，其中二小影星表演的很好，很久没有去东城了，绕了一圈，想买的东西多了，还是不看的好，到家才五时，略憩看了一刻书，已是黄昏了，在蜡下看了半响，电才来，近二三日花了许多不该花的钱，做了许多不可不必去的事，以至耗费了不少宝贵的时光，以至什么也没有做，简直怀疑自己似乎这两天，在过一种忘了一切的颓废生活上去，大是不该，快醒醒吧！别醉生梦死了！每日总在做着发财，享福的消受优裕生活的梦！心中外务太多，以致不能专心读书方面去，这两月的用度惊人，可是并没有如何舒服，我得丢开一切，去努力做我功课和论文上的事，不可再留恋在玩上面，否则明年论文不成功，不通过，不能毕业才是大笑话，有何脸面见人，怎么去见强表兄，还活什么劲，家中又怎么办！所以我得干干了！

10 月 21 日　星期二（九月初二）　晴

早上起来晚了，七时半才起来，急忙跑去，用了廿分钟，又晚了五分钟，真不好，总迟到差意思，讲了两三小时的墨子中的非儒篇，也少知与

改火有什么关系，中间两小时的空堂，到图书馆中去整理补足左传的笔记，在图书馆中看书的人很多，偶翻文学论文题目索引，内有好多文章可以参考的，但是都登在以前的杂志上，不易找了，要想念书，需要看的东西太多了，一辈子，只看这一辈子所出版的东西便看不完，后人研究什么东西，比前人得来容易，但是读完，搜集完全，是大不易了，因为书真太多了，下了第四小时，与周兄同去午饭，因为早上没吃早点多吃了一点，午后去访礼拜五新识的许略君，他人很好，想不到和他一见如故，谈得很投脾味，今天去访他也谈得很高兴，他们屋子，东西不多，又很整齐，显得那么宽敞，很痛快，谈得高兴，不觉已到二点了，上两小时顾先生课，他讲书有时说话是十分幽默，妙例随口而出，有时愈想愈有趣，思之不胜喷饭，且所举之例是极平常的事物，而又极吻合所举的关系事物，所以我总十分高兴听他的课，下课过西单把写与桂舟的信，请李小姐转交他，出来一时高兴去新新看国片，什么孤岛春光，无聊得很，一切都很幼稚，表演一看便知是做作，不大自然，回家已黑了，晚写信看书报。

10 月 22 日　星期三（九月初三）　晴，和

这两日的天气真不错，自礼拜五以后即未再起风，可恨就是我们那日旅行时天气不大好，风可不小，今天起来看过报，因为看着称煤，所以耽搁了一刻，上午十时到十二时有骈体文选读，今天读王子安集（勃）我很喜欢念他的文章，并且又讲我最喜念的那篇滕王阁赋，但高先生（阆仙）所撰的文章，内有数字与平常版本不同，且末后缺一首诗，不知是原来没有为后人所添，高先生所以删去的，还是因为是诗，不是骈文之列所以删去，看末后文中之言，大约以后者所猜为对。下午我是没有课了，因为二时工商来校赛篮球，想看看老友董锡鹏，于是没有回去，午饭后到宿舍去看看，在小马屋中谈了半天，吴道恕等亦来，二时买了两张票进看赛篮球，一张一毛，是限制人数，还是要同学的出钱来招待他们茶点，看的人不少，天气真好，一点不冷，大太阳晒着，还有点燥热，下午我的左眼又不适起来，在强光下更是不舒服，时时流泪，我对赛球倒不感兴趣，何况

还得要我花一毛钱，我纯粹为了是看光宇而在这儿的，不然早回家休息了，后来工商来了，队员很精神，结果以五分之差胜了辅仁，光宇是领队的，并且赠旗一面与辅仁，双十节还来一趟，未见着，是来交涉比赛事，又去燕大比赛一次，师大赛一次，结果皆旗开得胜，马到成功，乒乓球赵祖武亦回来，亦胜利，老友都来两下子，光宇荣膺领队，并且大有办事能力，目为排球校队之长之职，亦曾显赫一时，回顾自己是一无所长，庸庸碌碌，十分惭愧，昨日他两曾去看于政，昨夜并同出去绕了一圈，他们给我学校打了二次电话，我皆未地，所以也没去，也不知，于政协和检查已愈，可以出来玩玩了，再休养一年再去沪读书，这下子得误二年真不在乎！只要家里不指望他怕什么，我却不能和他们比，和光宇于赛后握手而别，老友情殷，很是依依，在操场转了一圈，五时左右回家，眼部难过不能看书，物，只好卧床上休息，大约是昨夜在床上看书到午夜二时之故，以后不可如此，近来感到眼睛不好，很是痛苦也，今日又买硬煤三千多斤，六十余元，九，十，二月用了共几达六百元，不知怎么用的！可怕！隔九日还得去取那一点可怜的款子，每月还不舒服，这也没有，那也破！将来我一月得赚多少才够用的呢！晚勉强写完日记，眼已不支！

我近来不知自己是感情强呢，还是理智强呢，时序，环境，外务交相打搅了我的心情，使我不能平静地生活下去，而且往往是神经过敏，还是好幻想的缘故，在一个聚会观乐的时候，我总会先预感到不一刻分离的悲哀，所谓无不散的筵席，今天赛球胜会，不一会也散了，以往所经的快乐聚会亦不少，但全都风流云散不堪回首，曷胜惆怅。

10 月 23 日　星期四（九月初四）　晴和

标准的好天气，没什风，太阳还相当的暖和，正是"已凉天气未寒时"的时候，（韩冬郎诗）亦分别凉与寒十分清楚，可谓先得我心之言，现在自己何甚懒，昨夜十一点即睡，不算晚，何以今晨九时课又迟了五分钟，太不好，以后不可再迟到，接着又上了两小时古书体例，不知是女生的叫座力大，还是老头余主任的叫座力大，一个教室，满腾腾的，并无隙

地，可谓胜矣，下课回家午饭，学校人多倒是热闹，上一天少一天了，有时真愿多在学校多流连一刻不忍就去，下午坐在阳光下看书很是舒服，因为这几又暖起来，我穿的衣服只比夏天多加上一件毛背心，实则中午时候脱去亦可，翻了翻北新的活叶书目，大半都不错，一下午看完了一本辅仁生活，学校各方面的动态改变不少，这一期是宿舍问题专页，内容所述之困苦，可见当时取得宿舍之困难，新添漫画栏为前所未有，看完了觉得自己能在此大学读书实是幸福非浅，不是有许多同学，现在想念书而不可能吗！平时不注意学校生活，此时亦倍觉学校之亲切可爱了！四时许去多日未去的土地庙会看看，一切都差不多，买了两本信纸很便宜，一个大玻璃镜框，才七毛，也比城内便宜许多，晚饭后写信与弼，二日就得她的回信，已搁了不少子日了！其实每天都想着给她回信，心中要说的意思太多了，她那一句："看完信，我都被你感动得流泪了"，实也感动了我的心，我也想不到那一封诚挚的信会有如此强大的魔力！这次加上胡扯，并抄上一段书中讲及关于健康对于人之重要性的话，又要四五页之多吧！迟疑了多日，这次实忍不住了，更加显明一点，露出些意思给她看吧！其实聪明的她何尝不觉出，不知道，只是每次避免不提罢了！未必心中不明白呢，只是结果如何是令我陷入痛苦的网中呢，还是更加快乐呢，都在不可知之数！

10 月 24 日　星期五（九月初五）　晴，下午狂风，寒

昨夜十二时半过方睡，今日早晨一懒到九时方起，上午只写了一封信与大马，随便谈谈，并及香山之游，不觉竟尽了三纸，多日未动笔抄录醉翁谈录，取出抄了二页，下午去校，顺便将一封劝林写稿的信与辅仁生活一册交与辅仁女中号房，她也许很奇怪，继二十二日附红叶的信又来这一封吧！今日发现她的名字是清琦，不是清仪，我都写错了，是看她们存车牌的名字才知道的，不知她看了这二信感何反应，也许笑我多事吧！林是个纯洁天真大方的孩子，大眼睛闪闪很活泼，梳着两个小辫子，还不脱孩子气。下午两小时民俗问题研究，仍讲各地风俗传闻关于钻燧之说，多涉

男女之事，出以幽默口吻及态度表情甚是滑稽，下课后旋狂风，下礼拜六放假，今日已贴出布告，真是早班，好在与我无干，因我现在礼拜六本无功课故也，顺路去毛家湾郑家看看，病人尚未去世，其全家因之皆入愁肠，谈者无非病人反常，磨人等事而已，座谈不觉已昏黑，在前毛家湾口上，不慎车碰一人，几乎争吵，经人劝解走开，行到大街上，不料一不留神，又碰到一四十许之男子，急下车慰问，正疑别遇见了白面鬼来敲我，还好这人不错，经我道歉后，其人略憩走去，今天是有点倒霉，连遇二件事，皆出我意料之外，幸皆未出事，自己都疑自己的十年技术之靠不住了，在达智桥发了信，回家时狂风未止，天阴如墨，风中夹雨，又有尘土，天黑不见，灯又灭，路难行，真有点活受罪之味，一肚子倒霉气，十分不快，归来晚饭后看报，四弟到九时尚未归，不知何故娘等与我皆心中放心不下，九时半方回，原来陈九瑛父故去，他们皆去接三帮办白事，不先回来通知一声，令家中着急，实是糊涂，未出事，大幸，晚上这阵狂风实是可厌，要将这几日的暖全吹走了，一阵风后比一阵凉矣，昨看辅仁生活有一栏为校友动态登有诸人职业情形，职业范围倒是五花八门，各种皆有，而我不知将来入何种职业团体，唯我一不愿仕，而不愿为师，值此时局不可入官场，自己太不行，不可为人师，误人子弟，其罪非小，打入十九层地狱（？）时，受不了也！一笑！

10 月 25 日　星期六（九月初六）　半晴狂风寒

清晨醒来，卧在床上睁着眼幻想了半天，这种情形是许多时候是没有做出了，所想的问题是很复杂，很乱，一时都把自己想糊涂了，没有起来，先听到震日怒吼的狂风，便从心头冷起，起来时已是九时左右了，看过报纸，便开始来录书，今天气温为了这一日一夜的狂风立刻凉了许多，这才有点冬意，落叶满地，无人扫，却是一派凄凉的境地，走到院中是一阵阵的寒气直袭人们的身体，本来上一礼拜十分温暖，有如仲春，一夜间变化的气候就差有三四个月的季节，成心和人开玩笑，似的，本来我只比夏日多穿了一件毛背心，今天也换了一件薄的毛衣了，午后继续抄录谈

录，可爱的阳光似乎在我书桌上屋内逗留的时间也不少了许多，不一刻就移到院中不再进来，升上墙，再不久便看不见了，太阳去了，寒冷留在人间。三时半，书抄到一个段落停止。孙湛来，谓今日他家祖父灵柩移送至东直门南一寺内垣起来了，他都穿上了棉袍，四弟去向同学又借来两付拳套，于是对他做比赛，各人都挨了两下，并不算重，活动一下，全身便暖和起来，只是少做激烈运动，一时心跳得很利害，休息一刻，看西风副刊，灯下继续看，今日凉得多，坐屋中凉气袭人，看样子，不出一月就要生火了，在家一日，也未做多少事。

10 月 26 日　星期日（九月初七）　晴，小风，凉

八时半多起，九时半与五弟同去大光明看老片子《第八夫人》，三年前就演过了，国为二大明星演得好，加以是喜剧，难得，自己又很喜欢看，于是便再去看这第三遍，不过其中剪去了一小段，还有一段位置放颠倒了，不三不四的，碰见了昏天倒地的赵宗正，还是一丝也不知念书，有空还打牌！真成，这也是一派的人！中午出来带五弟到西单给他买了一双厚底胶皮鞋，又给他买了件衬衫，午后坐在院中阳光下看报，又与弟妹摄了二三张影，三时左右，铸兄忽来，小坐，旋他又去力家，去了半晌，方回，谓可巧大哥亦去，九姐夫亦在家，谈了半晌，回来小谈即去，我继续录书，直到五时半方止，一时兴起，遂清娘，李娘，与四弟，五弟，小妹，一同前去安儿胡同烤肉碗去吃烤肉，吓，小小一块地方，其热闹，人数十围坐等候，买卖真好，可是屋中空气真坏，乌烟瘴气大不好，等了一小时余方吃上，但在火边一站，热气一熏，加以饿过了劲，也不想吃了，于是也就没有吃多少东西，人一多便乱了，老太太也加入，吃完才八时半，粥都卖没了，晚风颇凉，到车铺取车回来，这种玩意，未吃上时很香，等半天，兴味去了四分之一，站在火旁已去了一半，吃上只余四分之一了，吃完反而厌恶，一次就够，不想再来，回家看看书，记日记，今日五弟生日过的痛快，可算了愿日。

10 月 27 日　星期一（九月初八）　晴，微风

虽有晴和的天，可是也到了时候，是不会不多大的暖意的，上午未去校，因为只是一小时指导研究，又没得说，去了亦无趣，自己在家，阳光下看完了一本西风副刊，又继续抄了一点谈录，午饭后看看报，下午去校，没什风骑车便省不少力，学校两双便宜鞋一双也没买着，只误在那一犹豫之下，得了一会教训，长了一次经验，看见有便宜货立刻就得决定，否则别人就先得去了，下午两小时的后汉书仍是照本讲大半，通通都是应付事，没有几个人正经听，我则看了两小时的扬州画舫录，幸而在第三本上，到底找着了那条评话条，还有两本未看，存在图书馆，明天再看，四时半出来，到家几五时，看完报，七时多才开晚饭，灯下抄书一页，又整理所遗得笔记，民俗问题研究，到感兴趣，只是不考试要做点东西，不知有功夫作此否，这却有点麻烦，论文还没头绪呢！晚上想想十一月就要到了，连寒假算上，距交论文之期只有七个月而已，可要加紧工作了，不然可不闹着玩的事，得不管一切，不想一切，每天静心看一些书才是正经！此时天气很讨厌，冷还不算多冷，只是一早一晚实在够凉的，生火太早，不生火，手足凉得你做不了事，不舒服得很，泓多日无音信，不理我了也好，但我不愿彼此生误会。

10 月 28 日　星期二（九月初九）　晴，微风

今天头一堂没有迟到，并且在西四南大街上，还碰见了清漪，一个礼拜，我只有今天第一堂有课，有机会可以碰见她果然便碰见了，也真是巧事，我举手招呼她，她还认得我，很高兴似的也举手招呼我！于是便等她一同走，还有一个年岁较小的女孩子和她同行，在路上谈了几句话，知道她名字是漪，不是仪，亦不是琦，我都写错了，她半天真，半大方的，毫不羞涩，清漪两个字的确不俗气，高洁响亮，正适合一个活泼聪敏的女孩子的名字！她中午还跑回家用午饭可不算近呢，一天跑四趟太平仓，也够

辛苦的呢！她还谢谢我送她的辅仁生活，说来也惭愧，女中亦有卖的，并且不少，她说她们曾写过稿子投过辅仁生活，但是没有登，并且批评办得不好，大约是没有什么中学消息的缘故，可惜路短，不一刻已到了太平仓，于是分手，想不到会遇到她，一时心中很是高兴，事后想来，不觉失望，我已被这个纯洁的少女所动，我已暗暗的喜欢了她吗？第一小时没有迟到，亦是值得高兴的，老迟到，多不好意思，中间两小时空堂，到图书馆去看了一小时半的书，院中阳光好，到操场散散步，晒晒太阳和吸新鲜空气，中午在各同学宿舍中坐坐，下午两小时的曲，我是真从心中诚意的喜欢听顾先生的课，讲的好，将来有机会一定从顾先生学学作曲子，今天选了北活页，顾先生并托我代他去买活页，同学亦有数人，下课即去，一直等到黑了方回家，顾先生这人个性亦很奇怪，前些日子实报曾发表了一篇学人访问记，现代治韵文的大家，写得很不好，没有描述出顾先生特点之十分之一，我以为如我来写，一定比那人会好一点，也知道得多一点，我对顾先生的学问，见解很佩服，（但有时自认不成，老了的思想我不赞成，我曾写过一信劝他，他终不振作起来，殊令我失望）并且对他的为人与讲书等的态度，亦是极感兴趣的！

　　今天穿了一件薄毛衣，着了一件夹袍，一下子加多了衣服，又上火，热了！左眼自早上十时多，便不舒适起来，可是鼻子又伤风，不时的流清涕，有时眼泪鼻涕一起来，真麻烦透了，还得用两条手绢，一上火，一着凉，矛盾的病都生在我的身上，其实今天并不多冷，还算个好天气，只是加衣服一下加太多便不舒服起来，天气愈来愈冷了，衣服日渐要多穿了，可是我恨冬天，恨过寒冷的天气，我还是喜欢过夏天，夏天是大家的，冬天是穷人的，冷天气一切都不方便，还得多加许多用度，衣服穿得太多，束缚得你一切不方便，穿少了冷，衣服压迫你，束缚你，甚至呼吸都不便，一举一动都受干涉，真是可恨可恶之至，而夏天，四肢尽情的露着，一身轻松，十分自由，毫不拘束，阳光普照三千，不偏不向，多好！因为今天眼不适，晚也没什么事，只是记日记，因为觉得今日清漪对我还好，并无厌我之意，遂试写一信，约其礼拜六出来，不知可否，如不果，还是在家念书。

10 月 29 日　星期三（九月初十）　晴

　　上午两小时骈体文，主任讲王子安的滕王阁序，我很小时便读过这篇文章，并且还很喜欢念它，现在重听，只是主任讲得详细多了，其中有数字与通行本不同（骈体文用本系高阆仙氏所选之唐宋文举要）且末后删去一首诗，中午回家，在西四北街上又遇见了漪，一路上谈了一刻，她告我上礼拜日她们又去颐和园了，这儿冷了，瘾头真大，童心未退，天真未泯的孩子，并且说本礼拜六，她和同学又去西山，真成？可是我自己不免有点暗暗失望，因为早上发的信是约她礼拜六出来玩的，她去西山就吹了，她还说礼拜五也放假，不知确否，她爱旅行，也爱看电影，许多癖好都与我相同，西山我也想去，只是她和她们同学一起去，我掺进去不好，所以也未言语，她们倒很豪爽的，我约她礼拜去中央，起初答应了，后来又说没有一定，大约是想答应得太快了，有点失却女孩子的尊严吧！现在自己也不知何以自己精神又顾到这方面来，可是也未忘了弼，但总觉得她那方面希望小，我不配与她合作一生，她自有她伟大的前途，只是哄孩子我也不愿意干，只好抛开一切，还是安心先念书是正经，中午得永来一信，尚未去毕，下午看过报，去西单理发沐浴，全身与精神为之一爽，只是一不小心，把庆昌送我的好腿卡子，仅余的一只，又丢了，心中十分不快，洗完澡又到北新去定装订活页文，五时许回来，灯下录书，今日工大开运动会，我也未去看，无味，不知漪得信作何感，她又如何复我!? 晚得松三来一航空信，双十节发，十九日而到，不算慢，他问我何日订婚，这却遥遥无期，我想他闻伯贤结婚之讯，亦不禁怅怅吧！这封信末即未再提及伯贤了！人之情感实不可测也！他言有提前毕业之说，又不知将去何处！他家一门英俊，前途未可限量！

10 月 30 日　星期四（九月十一）　阴，凉

　　一早晨跑了许多地方，先到西草厂内东椅子圈陈家看看，已经预备出

殡了，才停九天真快，陈家地方小，席都摆在大门外的席棚下，四弟晚夜在何继鹏家睡了，一夜未归，不放心去看看，到了陈家进去行了礼鞠了三个躬，他们四人皆在，皆穿着白袍，想不到这几个孩子，竟成真的似的了，但望他们能够永远维系着他们的友谊，到北新订正订错的活页，又到协和商行买了一付腿卡子，昨日丢的是五年中学挚友杨庆昌所赠一付德国货，那么好的质，现在买不到，姑且到晚日澡堂再去看看，幸而他们代为保存着呢，心中十分高兴，上午三小时课，天气又阴了起来，阳光一隐，温度立刻降下许多，中午归来，未见着林，午后一人在家，因为娘与李娘全去东城因今日姐夫生日，借此去五姐，三嫂等处去看看，弟妹全去校，只我一人在家，静静的录书，又看看书，静坐甚凉，便加了些衣服，晚得泓来一信，内容到发泄了一些她的意见与思想，大半都还正确，只一小部分的人生态度我还是不满意，而且认为是错误的，我还怕那封长信后的一二句话，言及小郭在，将她惹恼了呢，幸而不曾，她说不曾明了我，也好，晚九时许娘等方回，要想做的事太多，可是又已是十时半了。

10 月 31 日　星期五（九月十二）　晴，小风

上午没课，一懒九时多方起，看过报，阳光照满桌上很暖和，提笔录了二页书，用手抄，的确是慢得多，差不多一小时一页，太不经济时间了，院子又刮了不大的风，不知何以有风了，却不大起土，比春风土少得多了，大概这就是所谓秋高气爽了吧！午后先到北新去取装订的讲义，再去上课，两小时民俗问题研究，江先生讲的不错，新人物，时有新的见解，亦可玩味，在班上一查所订活页文选，内有一份未收入，我要之一篇文章结果各本全添上了，次序颠倒，真令人头疼，为此事，跑了好多趟，北新售书人皆与我相识了，下课找小马及许略皆未在，大约全回家了，明天放假，回来吃点心，不知何以烤肉碗处售的牛肉包子，味甚厚，食后味总在心头下不去，不大舒服，晚未见着林的回信，不来就算了，晚饭后看完一本北新出版之方纪生编译之性风俗夜话，薄薄的一小本，没有什么意味，不过是甚简单译载各地的关于性的风俗而已，且据日人之文章，晚略

看书，夜凉，听听无线电，夜算账，本月用款数目可惊，达三百余元
之多。

11 月 1 日　星期六（九月十三）　　晴，微风

今天放假，可是与我无干，因为我根本今天就没有课，八时许起来，
看过报，收拾些零碎事物，提笔答信，先与松三写回信，又与李永谈及健
康问题，我现在对于健康之重要，实很重视，所以我愿我每一个朋友都得
到健康的快乐，所以一有机会，我便尽力宣传，继之又与泓写回信，中午
饭后，摄了几张影，与李娘在绿门照了一张合影，因为她疼我多年，留作
他年之纪念的，又在屋中照了二张，不知坏了未，三时又继续给泓写信，
一时发牢骚，不觉已写了四页八面之多，把松三千里高空飞寄来的美国开
国百五十年纪念邮票送她一张，上次末了我又提及小郭，她回信并避免言
及，亦未着恼出我意外，午后五时左右孙湛来，在院中与四弟打美国拳，
借来两副拳套，不料一下把四弟嘴唇打破了，这种运动很激烈，据书中说
对肩臂很有益处，可惜不能时常实行。

鲁迅先生的作品，内容充满了正义的呼声，热情和力量，并且更具有
永恒的悲哀，还掘出许多别人看不见的中国的老毛病，热烈的，好心肠的
讽刺充满在字里行间，并且指示给一般青年正确的人生观，与处世的态度
是奋斗不屈，以刀还刀，以口还口，决不退让的，你如退步，他便进步，
国家真正的思想无形中灌及你的脑中，我真恨我认识了鲁迅先生的作品过
晚，发现，领悟得太晚，未能聆到他的教言，亦未能一晤，我对他是十二
分的佩服与敬仰，可恨他死得太早了！中国正需要他们这样的人呀！他的
作品中有的地方很不易懂，可是可以参看他人批评他的作品的文章，便很
易领悟了，上海已出其全集，有机会一定全买来一读！只是经济问题
罢了！

想起来我便脸红，我近来真怕别人提我将毕业的话，人家都知道了，
如果万一那时毕不了业，又有何面目人！? 何况"将来如何"压迫得我喘
不过气来，我不知出了学校上什么地方去? 什么地方要我? 什么地方给我

碗饭吃？论文！题目是定了，写得好否，仍在不可知之数，回想一下自己，哪一点配作四年级的学生，就凭我这点知识便要仗此去谋生了，真令我有点惘然亦茫然了！

晚整理民俗笔记，略看看书，找出旧存活页文选，拟去装订，又把书等找好，拟明日去找孙楷第先生，谈谈关于论文事，晚上两眼又不适，七时许即寝，卧听中央电台所属之国剧学会公演之全部王宝钏，唱武家坡之两主角嗓子不错，一天，多半时间费在写信上了，可恨眼睛晚上又难过了，又不能看点书，许多时间都误在眼睛难过一而不能多看些书，今天与泓写信，写了不少，把松三寄来的信，并将他寄来的纪念邮票拿了一张送她，她二姐及郑全来了，郑在西郊建工上学，又耽误了三年？可惜。

11月2日　星期日（九月十四）　晴，风

上午本拟去找刘二一同去找孙楷第先生，又怕他陪他太太去看电场，于是便先去找朱泽吉兄，开学后未去他家了，他正在写什么，我去了打搅了半晌，他因风未陪我去，约我下礼拜二或四再去，便在他那里谈天谈沈兼士要出一学术刊物，曾与他要稿子，他作了一篇论清儒校勘的文章，曾拿出与我看，他的学问实在比我们真实得多，我也决做不了他那么好的文章来，他找到一篇他高一作的八大处游记，已是很不错了，恐怕就是现在职高三的学生，大一的学生也未必都能作得那么好呢！他用字古雅，好为四六骈的句子，谈来不觉将十一时，已误他时间不少，遂告辞，顺路去看九姐夫，已约将一月未见他了，他屋生一小火，便满室春意，谈起从前事，他言我家皆败在赌上，他取了这个太太，才落到如今地步受苦，谈了许多事，快十二点，谢道仁老伯来我即辞出，打一个电话与林清漪，不在家，大约是去看早场，大约是她嫂嫂接的，知道我是"辅大的姓董的"告我等一刻再打去，自己觉得很滑稽，中午休息一刻，饭后一时半出去，在荷兰号买了点栗子与糖，打一个电话与林，就是她接的，起先不肯去中央，她说大光明好，请她去才答应了，我先罢 V.C. 等了约二十分钟左右，她来了，她一看存的自行车很多，也许一半怕人太多遇见熟人，一半

又是与我到底不太熟，少女的羞态，忽说她非坐前三排看不见，不看要走，说去她姐姐家补习代数去，她倒真带着书呢，说了半晌，还是我代她推回车子，才看了，进去坐在第一排，她近视眼可是不配眼镜，她眼很大，有点往外突，她还是小孩子脾气，忘了我的地址，怪不得等不到她的信，今天当面与我。她喜看小说，手中拿了一本俄人小说"洋鬼"，休息时也看，她确比一般女孩子，大方，爽朗一些，没有那么大的扭扭捏捏的劲！散场遇见曾履，曾颐兄弟，曾履向我作尴尬的脸色，怎这么巧，这次又被他遇见一定又得骂我那次去他家实在是多余，令刘二嫂不高兴，可是不去一趟更不好似的，反正得罪人就是了，但可是没法子的事，散场伴林走，她去她姐姐家，在辟才二条，我进三条去访叶于政，前闻光宇谈他心病已好，他可以足玩一年左右，隔四个月去诊视一次，不料一进屋门，于政，小郭，燕沟及朱宝林四人正围桌作竹战，于政起让我，他去看外边秤煤的，只好代他打，自父故后，起誓不摸牌，此还是第一次，所以见了都生疏了，代于政打了二圈多，结果不到六时便散了，各自回去也未算，只算玩玩，不算赌，沈正仪去了，坐了一刻即去，想不到今天跑去，会破了摸牌的戒，反正我自己不赌就是了！永远的！娘与李娘去南苑跑马场，李娘胜数元而归，晚看林信，想不到林还是同乡呢！把我上封信中的问号都数清了是卅六个，有趣，灯下抄录一段谈录，只余十七页便完了！

11 月 3 日　星期一（九月十五）　晴

今天好天气，没有一点风，大太阳，可是到时候了，并不暖和，上午没有去，储头病了，也不知好了未，如去了，他告假多冤，好在去了亦没什么说的，一偷懒，不礼拜一再说，上午看过报后，抄录二页书，中午弟妹等均未回家，娘与李娘又去南苑看跑马，真是财迷，还不是去送几块钱而已，不便拦高兴，下午去上二小课，下课，到操场走走，四时二十分回来，路上未遇见林，到欧亚取回相片，成绩不佳，可是只坏了三张，代小徐送回油灯到赵家，回家来方五时，略憩看之书，七时开晚饭，七时半娘方回，没输多少，灯下录书，不料其中原版文章印错，两篇串杂相混，奇

怪，晚考查弟妹等之功课，尤四弟五弟二人，不知用功，每日糊里糊涂，马马虎虎，小妹尚好，亦比较明理，二个弟弟，太不懂事，尤以念外国文成绩欠佳代二人之前途设想，真糟心，重教五弟念英文，大大费力，笨极，又不注意专心，方教过便忘如何读书，软硬不吃，真不知如何是好，亦只徒呜呼而已，因心中听感实多，多日未作训话式谈话，于是今日不觉又应作一番独白，小型之演说矣，结果实费了不少口沫，精神，气力，时间，想起将来可怕，他们念书成绩之差，使我与母之期望心，大大失望，伤心，每日小毛病总是那些，天天说，实无出息，不知他二人大了又是何材料!? 晚十二时半方说完。

11月4日　星期二（九月十六）　晴

第一时有课，但是谁有没有碰见，这两日民俗问题讲的没有什么意思了，下课到图书馆去借书，查阅卡片目录，图书馆中自加入允许女生借书及卡片借书证办法以来，每日十分忙迫，书亦不易借到，十时许到第一宿舍马永海屋去，谈了一刻，小陈（名际云，马之同屋）告诉我，一日林家来电话叫他去，知我曾与林清漪写信，他家中大看见，因清漪年幼，不愿其现在交朋友，一时倒闹得我很不好意思，想不到林的家是如此的旧式思想，看她及其兄嫂一点不像，怪不得那日（二日）林告我别再给她写信，她本是一个天真未泯，纯洁，朴实人性情又极坦白豪爽，因其活泼大方，才此来我之注意，以小妹妹相待，并无他意，而一般人对于男女孩子交友一层，皆大半抱有错误观念，中午饭后一时心中有感遂提笔用笔记纸又写了一张，与清漪，一日夜写的信，晚是给她的，便仍给她，另外这张，略述我对上述问题的意见，并劝其努力，安心读书，我不去打搅她，下午两小时曲选，把买的活页，送交顾先生，他的钱我还了他，算是我送他的，大约因为昨夜睡过晚，故今日下午两眼难过，流泪畏光，四时许过太平仓，有心等林交给她信，却又未见，诚心找她却不见，机会弄人如此，一路归来，不知何故满地都是飞尘如雾，又无风，怪事，乌烟瘴气，闷人，为林事，心中多少有点不痛快，因眼故，不能做事，拟再去看大夫。

11月5日　星期三（九月十七）　晴和

　　好天气，今天算是一个可爱的秋日！上午两小时的骈文，中午下课，在大街上碰见了林，招呼她，她问我昨日上学没有，可见她也注意我说只有礼拜二的早晨能够碰见他的话，今天便把昨日和大前日（二日）所写的信，一并交给她，可是因为想和她们谈的多了，一时想起一两句便写一二行，于是信封背面亦被我写了好几行，也许这成了我的小毛病，往往在给朋友的信写完后，不是信边上，或后面，即信皮上多少得加点小注似的字，自从昨日小陈告诉我那一番话以后，心中便不时被这件事所盘踞着，觉得与林相识前后的情形亦很滑稽，亦很凑巧，我不信仰任何宗教，但我相信"相会的命运"人的一生完全由机会造成或是毁灭，也许我和林的相识完全是由一个偶然的机会，（事前我二人皆未想到会晤面）凑合在一起，于是又在这么一个偶然的机会下要把我俩分开，其实我对林倒没有什么深意，只是因他大方，活泼，坦白而引起我的注意，与爱抚小妹妹般地对她，却劳他人误会了，世界，社会，根本就是个误会的世界，了解他人谈何容易，今天见了林，神态如常，我才放了心，我一直担心她会为了我一个不相干的人，在家受了什么委屈，那我才对不住她呢，把信交给她后，才放下心，只是不知她看了那外附的一张纸，又起什么感想与反应，我希望不会太打搅了这个可爱的天真的少女平静的心情，午间觉微燥，午饭后看报，中午归来时曾代五弟配一自来水笔头，尚好用，午后天气晴和，没有风，太阳亦尚暖和，是个标准秋天的日子！坐在院中看书，辅仁文苑八辑，末有一篇宋代通俗小说本目，李啸仓撰，与我现所作之论文有关，看了一遍，该作者，已见到日影印宋椠本醉翁谈录一书了，并且亦有了一点简单的研究，对我有利亦有害，有利是我可以参考他的省点力，害是他把我所要说的话代我说了！里边倒有一点我尚不知的材料，看完又看，胡怀琛编著的《中国小说概论》世界书局二十三年十一月初版，中国文化丛书之一，薄薄的一本，晚饭后便看完了。叙述方面太简单，只是得了一个有系统的观念，拟于明日下午再去校找孙楷第先生约好日期，一谈。

连日报纸上，又紧张起来，除了第三次治安强化运动外计有天津英侨总撤退，美对日禁输五金，火奴鲁鲁检口邮高加索近东之大战期近，足令狂张，突破五百元，日东条首相作重大演说，德美即将绝交，关岛，中途岛，美妇孺撤退，太平洋风云紧张，现日美两方近日外交及情势观之，如无转环余地，近一月左右即可开战矣，轰动京市九城人士之刀杀二子之郭华氏一案，十一月三日宣判，郭华氏处死刑，兆志安处无期徒刑，连日新华街大火，老邮差为生活所迫投中南海自杀，穷苦人多了，上海鸡子一元二个，炒栗子一元十四个，生活程度惊人，若是如此高，明年去不成了！今日新北京载上海通讯，上海入秋甚热，而十月廿五日晚突然大风立即转寒，南京且降雪，亦一异事，上海最低价五角起码！闻之几令人咋舌，如战事频仍，北平亦有此希望，实受不了也。

11 月 6 日　星期四（九月十八）　晴，微风

这三四天都算不得冷，早上去学校在西单道上碰见了朱头，他告诉我今天是他的生日，他今天换了一身西服，说是去北城给长辈叩拜去，在护国寺西口分手了，在空阜大街西边又碰见了安笑乔坐着洋车往西走，于是在第三时左书体例，我发现朱与安二人全未来，也许安有事，往西走，但是怎么这么巧，不由我不怀疑是否他二人约定一同去那玩去了，所以都没有来上课，而来校时，已经又看见安是往那么走，安是有夫之妇，不算美，学问不算坏，和朱头不错，人这个感情动物中之情字是真不易捉摸，在他二人的交往的前途，不知是怎么个结果?! 但是在我思想上来看，我却不大反对他俩的交往！于是不禁我会心的微笑了！正是世事惟有情难懂！中午余主任多讲了一刻，又收拾了一刻书，于是耽误了时间，在大街上没有遇见林，这个巧字实不易呢，早一点，晚一点都不行，午后看完报，抄完一段谈录，二时半去校场头条方家，策六老伯病未进去，问林季芳家亦不知陈书琨老伯的生日是哪天，因了前两个多礼拜陈老伯来看我们，我误了约半月还没有去回看他老人家，今天下午顺便去看他，不料不在家，只伯母在家，进去谈了一刻，问老伯生日，坚不吐实，只好罢了！

去校不一刻已经下二堂，不意小杨子拉住我谈天，孙楷第先生走了，只好到教务课去问他住在什么地方，去找他，在南锣鼓巷五十九号跑去找他未在，绕去炒豆胡同八号去找张思俊想和他聊一刻，再去，不意亦未在，绕了一圈回来，孙先生仍未回，于是只好留一信在他家而别，这一趟遛的可不近！到了东北城，一个多礼拜未去郑家，今天去看看，一进门老赵告诉我病人已去世，并且都埋了，这次人故去了，大家都不悲哀，这种的少见！埋了后，他们大家好似去了一件大负载，可是余下的东西却还有人事，种种小纠纷还多，二宝等谈近日种种不如意的事，十分倒霉！不一刻三表兄回来了，又谈了一阵，快黑时与一个二宝等叫什么连哥的一块骑车回来，在西单分手，到家已暮，天黑的太早了，一时心中不宁，又提笔写了几个字与林，奇怪，这两天心中全被林占满了，饭后觉得身体疲乏，卧床上小息，灯下得林早发一信，及朱天真嫂来一信，内附有宜中小照一张，方三岁，很胖，长的虽不美，却很有趣，胖胖的，好玩。打开林的信，叫我大加惊讶，她信另有一番风味，里边的言语却不像她这么大，天真活泼的孩子，所说的活，看完一时令我各种感情混杂一起，也说不清是什么感触，只是觉得额外的惊奇，她头脑思想都很清楚，亦相当成熟，说的话都很对，他说她没有家，她没有享受过家的快乐，什么是她家？什么是？她有点茫然！难道她还有什么难言的苦衷，据闻她家的环境不错，可是各人有各人的隐衷，不知她肯告诉我吗？她又说"我前面十分光明???是吗？光明还会重来我的面前，我真不相信，别哄我了，光明不会再来的，它是不会的"，这几句话令我十分疑惑，她为什么对她的将来如此失望与悲哀呢！她这封信却意外地与我不小的刺激！希望我能有力量可以帮助她的为难处！不料我与她相识不过一月，竟能以思想互示，以诚相见，推心置腹的谈，实是可庆幸的事。

11 月 7 日　星期五（九月十九）　半晴

昨日晚得漪来一信，却大出我意外，与我以相当的冲动，心中疑信参半，真是世上想不到的事太多了，以一个家境宽裕的天真少女怎么也有不

快不满之事！心中觉得十分奇怪，想与她谈的话不由便生了许多，上午提笔复她信，不知不觉竟写了六页，中间加上劝她改改人生态度，一个上午即过了，中午饭后差一刻钟一点出去，预备在大街上遇见林交给她，走到西四北未见着，往南走才碰见她，她还是和姓陶那个小女孩一起走，告诉我上午迟到没叫她俩进去，她俩却跑到北海小西天玩了半天，她不是那么孩子气吗？为什么她会写出那些感伤世故的话呢！在学校待一刻即上课，两小时谈天似的过了，因为江先生拿了六页笔记来叫大家抄，其未抄的便和他聊天，谈关于改火民俗的问题，并送我们每人一份他翻译的《贝罗氏韵文民间故事集目序》兼许其散文诸故事中文之译本，笔名是森友三，节自当文研究，下课后到图书馆去一看，书未借到，又到第一宿舍看看，没有信，遇到小马谈了几句，再出来过太平仓，好似女中早已下课一会了，于是错过了几分钟没有见到漪，不知她看了那几张纸又生何想，没见着她，心中有点不快，到家将五时，一时心中又疲乏，卧床上小憩，晚饭后记日记，看江译文，眼部又有点不适，上午得祖武寄来工商生活一册。

11月8日　星期六（九月二十）　晴

上午十时半出去，先取回手表，戴惯了一没有十分不便，人就是这么讨厌，日前不小心，把表跌在地下，把柄跌断，跌去了二元半，真倒霉，往北在久大买了一件白背心，两双袜子，就是四元多，十一时许去叶家，于政尚在床上，谈了一阵子，又看看圣约翰的年刊，里边都是布尔乔亚味十足，看了怪不惯的，又听了一张他新买的话匣片子，便出来了，在大街上恰好碰见林，她不似以前见我那么自然，好似有多少心事聚在心头，爱皱眉，烦苦得很似的，使我十分怀疑，在西单她给我一封信贴好邮票的信，就分手了，回家来一看，正如第二封信那么使我惊讶、刺激，她的信具有一种力量，文字亦是简而明，看完她信，使我激动的心情起伏半晌才停止，我拿了她的信，怔怔出神，几乎疑心自己的眼睛在骗我，这些都是林写的吗？这也可算是个奇迹！她笑我太轻视了旧道德，她说一般人现在不顾忘着点"她"的缘故，恐她会作出更坏的事来，她又说我关后信是自相矛盾，"变的真快"，这却误会了我，她并讽刺我要去看中央的西线电击战，她说去看比尝味又如何呢！她说的都对，真是难得有正确见解，坚强意志的青年，尤其是她，外表是一点也看不出来的，这种朋友是不可轻易放过的，她的信相当有力量，我从未接到过使我如此激动的信，由她信中的另一面，无形中暗示给我多知道了许多，人生实是个最复杂的问题，但我很怀疑，在我未识她以前，与既识之后，她都是像与我信中那么不快吗？还是本来没有，因我才发现，抑是本有不严重，而因我才增加她的苦恼，这一点却要向她问明白，晚上复信问她。

下午二时许去中央，以另一种眼光去看德国宣传影片《西线电击战》那部恃强凌弱的血史，实际写真，这是希特勒的杰作、成绩，实是如林所猜的，并不精彩，只是看到弱者的被鱼肉，强者的狂焰，战争的残酷与罪恶，不知死了多少人，毁了多少东西，费了多少人的心血、力量，夺去了多少人的父母子女妻子爱人，里面有一幕是希、墨二氏会晤，墨氏想想，应当惭愧，他的杰作大不如人吧！末后一幕是佩丹代表法国求和签字于第一次欧战之纪念火车中，希氏亦可称为英雄，他到底煽起了这次大战，全世界震惊效果亦大，且至少为他本国雪了三十年的国耻，我国未雪却只有日增，不料场场满坐，人多得不得了，想不到这个血腥片子如此叫座，而更不知这些人都怀着一颗什么样的心情与抱着什么目的来看的，二时第一场没有赶，到王庆华家，他父出去，母在睡，一弟在家，二妹回来，在给庆华写信，我一人看我的书，他们的旧画报，有一种青年知识画报不错，耗到四时多只见了他母一面，出来看的第二场，又是满坐，回来七时半了，灯下复林信，仍劝她不要悲观，我对她一切都明白，又能再说些什么，想不到她所说，所表现，她的环境是如此的恶劣，使她如此的失望愤恨天下的事情，真是有许多说不清的呀！

11 月 9 日　星期日（九月廿一）　　晴多云

今天天气也不错，只是云彩下午多一点，早晨八时半跑到公园去，看看存车处，没有漪的车，可是规定她九点前来，我坐在大门附近长廊上等

她，一边看着《中国文研究译丛》中语物的源流一篇，日本青木正儿作，汪馥泉译，中有关于平话的语物是受平话的影响，看完已是十点了，大约漪不会来了，走到行健会看看数月不多的影展，有几张照的不错，只是定价稍高虽很喜欢，但是联票不准，只说罢了，董事会有象棋比赛，特制我大棋盘，高逾丈，俾观者虽数百围，立可一目了然，但不知其特制之大棋子如何放上，移动，下棋者为平市名手那健庭，未到时间，绕行到社稷坛遇到浙兴职员俞先生，绕到鹿园前又遇郑六表兄一人踽踽独行，出我意外，绕水榭出园方十一时，即往北去强家，找表兄，稍谈，其人似讷讷不善言谈抑与我无何可说者，我问一句答一句，唯唯诺诺而已，故谈不起来，未二十分钟，托其画一张画送陈老伯七十寿，又来麻烦他，午间回家用饭，娘与李娘带五弟小妹出去，又去碰运气，南宛马场走走，只与我与四弟在家，坐院中看书，二时半孙湛，黄小弟相继来，在院中作斗拳战，三时半出，去访泓，未在家，往西遇巢圣德，他愈像他兄了，稍谈转道往南去访光英，亦未在，一时兴起出新城门，尚未去过，过路及桥两边正修路中，进出皆查居住证，城外多田地农舍，空荡，路旁无树，甚无意思，南有洋房矗立，法国坟地也，大约系初辟，不如西直门外热闹，在城外逗留约半小时，进城往南，绕寻到柳树井，十号林寓南向一不大之黑门，亦上前叫门访漪，恐其不便也，新城门只一大缺口而已，一切部署仓促而已，林住所够偏僻但似总较我处为强，盖临大路也，回家路过报子街不料见着李准，他已搬来报子街，进去小坐，谈顷之，方辞回，已黄昏矣，不知林今日一天在家何事，不意现在她颇影响我连日几无片刻忘她也，只以其信中出语奇，其环境异故使我心终忐忑不安，念念不忘，初只访泓，不料竟走了不少路，归家看书及工商生活，晚饭时得大马一信，他劝我把论文在寒假前写完，那半年预备口试及预找工作，我也想如此，只是怕两个月作不出呢！现在一想到论文便着急，而每日胡混大不是事！

11月10日　星期一（九月廿二）　阴

虽然今天是阴天，而八日又已立冬了，但是可不算冷呢！

　　上午一懒于是就没有去校，在家抄了二页多的谈录，天气阴得难受，令人不快，又是昨日看了一刻书，早晨起来便觉得两眼不舒服，这礼拜六如无事，上午快去看眼，而以后在床卧看书亦是绝对要禁止的，否则真是自找苦吃，午后一时许去校，没有遇见谁，到小马屋去坐了一刻，不一时已上课了，这两小时后汉书最无聊了，不为这两个学分稳取，也不选，实无可取，第一小时看了一点书，第二小时刘二却与我大谈驭妻术，小徐谈了两个小时，很有意思，下刻在图书馆中借到一本书，不易，只是所需要者只末后三页而已，四时二十分离校，去陈老伯处看看，适在家，小座谈谈，又蒙伯母取新蒸好之馒首与我食，并白菜泡菜等，老伯强劝，勉进三枚已半饱，将暮辞归，表上次收拾未好，复修，一店伙知行俭，奇！至家已暮，不过方五时半许，冬日天短如此，晚阅报，日美连日情势紧张，美罗斯福已下令驻中之美国舰队及驻兵即时撤退，日本最后之打开希望，不知有否成果，美兵一撤，上海租界之治安问题，恐不免归于日军之后矣，则情势之一变，衡之二者，生活程度，一切自仍以京为宜矣，但实不愿久居此是非之地，如此沉默，易使人日趋颓废，萎靡不振，可怕之至，灯下续录一页半，只余五六页，一两日内即可告一段落，唯须努力！以抵于成，若每日混浑，恐无完成之期，吾其戒之！勉之！来日方长，变化莫测，生活与死而已矣！

11 月 11 日　星期刊（九月廿三）　　阴，小雨，凉，晚风

　　早晨一醒来，天还很黑，好似才亮，初以为很早，原来已是七时一刻了，一懒，加上外面秋风萧萧，并加上小雨，第一时不点名，且连日讲的东西很无聊，于是便不去了，九时多起来，小雨，变到不算小了，第四时的左传也刷了，看过报，索性抄起书来，录了二页多，天气今天凉了许多，院中树木已是大半枯秃了，随着阵阵秋风落雨似的落叶，加上满地湿泥，雨水，潮气，一派萧条景象，已是冬意十分了，中午雨止了一阵子，微弱的阳光隐在浓云后面，很可怜的样子，午后一时半去校，有点小东北风，上了两小时的曲选，顾先生讲的有时很生动幽默，但有时举例子往往

不出那一套，今日天气阴晦的很，总好似薄暮一般，那么使人不快，望望灰色的天，极似一付深刻忧郁性的脸，十分不好看呢，下课去取书，幸有了一本，到教员休息室去问问顾先生，王和卿的作品在那有，他并谈将要送一份他作的杂剧送我，现在他对我有点印象了，对我亦表示点好感，下课冒小雨与小徐同行，在西单北大街，又遇见了林，披上一件雨衣，很神气，交给她那封八日写的信，上边却因随时想起什么，又添了许多字，她近二次接信，都是初看一眼，先没接，后来终于拿去，想不到外表活泼的女孩子，内心却蕴藏着那么深刻的悲哀，见了她后，心中好似很高兴，亦不知自己何以各此心理，晚饭后乏，小卧一时，灯下录书，将毕，一个秋雨萧萧凄凉的夜。

家务事，本是最难解决的，因为人是在人群中过活，一个人生活当然少了许多问题，一个家庭，至少二人以上，于是人多意见多，什么都多，而每个教育程度不同与对种种事物的意见亦不一，且关于人情世故，做的艺术的技巧亦异，于是其间不免发生小冲突与摩擦，娘性情是直爽，无心眼的躁急的，这在许多方面是很吃亏，易得罪人的，而娘自尊心与倔强很强，很少肯接纳别人谏劝的意见，而李娘，有时对于琐细方面很留心，年老以后不免啰嗦一些，有时亦觉过于麻烦多余，是以易招人的厌恶，尤以急性的娘，不快时，心情不好时，便易于言语，神情行动上表现出来，便人难堪，我看了亦不快，李娘也许有的言语动作不对，但是每日实助娘做不少事，亦是十分关心庇护我们一切的利益的，六十多岁一大把的年纪，每天亦是尽力而为，所以有时我想到多年如此助我们，那么大的年纪，悲苦的命运，我总觉得她很可怜，不忍，总很同情的，虽然是她处处不免啰嗦，多余，因此有时会招娘的不快，而在此时家庭经济方面是很苦的，读书更得顾到，前途生活都是问题，而在暇时还得来听李娘诉说她的苦处，娘如何不讲理，发脾气使她难堪，帮着做，买都是不好，不帮着做，又要说闲话，摆颜色，摔东西给人看，一方面是我的娘，一方面是我可怜的老弱的被我同情者，叫我应说那一方面的好！就是我正在专心看，或写什么东西时，突然不定谁就会来向我发一阵子牢骚，即使我是十分不愿听时，也得硬起头皮，皱起眉头来听，一直听到她们说完时为止，因为如我一拦她们的话头，立刻更伤了她们的心，正是此时也就是向我来诉说吧！还有何人来听呢！？但是我却大苦，精神方面有时却不得不吃这突如其来的苦药呢！我真奇怪为什么娘与李娘不会想想这么多年同处，何必如此争意气。互相谅解，不是少了许多事吗！闹意气时，多半是李娘让步，走开，或是去东城一趟，回来也就烟消云散，和好如初，娘事后一想恐也会觉得无聊，无味好笑吧！做人，真不易，我现在便很注意关于如何处在人世方面的言论文字，但是我处在这两位长者之间，实不好处，至今还未想出一个好方法来应付这个僵的局面，娘与父有时有同一的短处便是助了人，自己损失了，不得他人的感激与谢意，反而引起了他人的恶感与不满，当初家中宽裕时父助人我知寄十元，廿元，四元，五元不等，实则救人便救到底，小数是何用？否则便不管，故反令人"骂小气"何苦，是以至今，前受意于父者，无一人感念也，娘亦然，既与李娘同处，供其一切多年，钱亦花了，饭亦吃了，何必再多说，且其已未不助做事，多说些闲言闲语，徒增二人间之恶感又有何意味！？真是有时想不开，不明白，有时令我十分为难！

11 月 12 日　星期三（九月廿四）　晴，风

阴晦沉闷的天气，实不好受，今日一起来，却早已推出一盘光明来，令人精神为之一爽，今日报载英首相丘吉尔于昨日（十一）发表谈话，谓英已将德义海军占败，空军亦是抵抗德军有余力调动相当兵力来太平洋，并且率直强硬表示为美日谈判决裂，美对于日宣战，一小时后，英必响应美国，此番讲演颇与日本当局以相当冲动，起来晚了，看过报，继之抄醉翁谈录，只余一页半，今日抄完心中一快，计共百零九页，中午吃饺子，老妈因病又去，一切娘与李娘二人亲自动手，十时半才开始做，这一顿饭到娘等吃完，已是二时半矣，天气今天是不错，而一下午的太阳落下去特别快似的，不一刻便又昏黑了，下午哪也没去，把抄完的醉翁谈录整理一番，又另写了四页目录以清眉目，置于前边，为原本所无，用毛笔写，很费事，很慢，并多用时间，不计抄此费我多少小时，不知写论文时用钢笔

可否？只弄这一点东西，一个下午很快便过了，因中午食面食甚饱至晚亦不甚饿，少进即止，灯下又写了一篇小序放在抄本前以志始末，不觉又是十一时左右矣，下午微觉不适，今日孙中山总理诞辰放假，计今年一年，只用了三四个月女仆，因生活程度高，一切抬高，仆妇代价高，希望外找高，于是在此情形下，极不易找人，幸寻一老妇尚好，惟昨又因病辞去，因是之故，一切粗细事故，多由娘与李娘二人亲自操持一切，尤以厨房洗衣为二主要事务，娘昔日平时不做之事，如做饭，做菜，洗衣，洗碗，甚倒桶皆躬自为之矣。

11月3日　星期四（九月廿五）　晴

白天的时间，分明是短了许多，亮的晚了，而下午的太阳没有到四点已是歪了大半边，晒在身上也不那么暖和了，微微一点的风，便那么冷了，上午只三小时课，雨后大街已是好走，小胡同中还是泥泞满途，尤以宣外下斜街等一带尤甚，雨小，泥尚少，中午回来时看见林了，她今天未结小辫子，不知何故，她的头发很长，因为她先走，在拐弯处才见着她，所以也没招呼，和她同行的小陶说了几句话，我与她偶然一个机会在香山相识了，又通起信来，而信中谈的却是一般人所想不到的话，都是讨论人生问题的！真是个奇迹，想起来不由好笑，也很奇怪！午后看过报，在院中把余主任讲的左书通例讲义从头看一遍，娘叫我去土地庙买物跑了两趟，回来看小说史略，小说概论，宋人小说，辅以文苑，武林旧事，及他事中之节等关于宋人话本之材料，诸书纷呈，不知先看那个好了，想先写绪论，但又不知从哪说好，头都有点乱了，还有许多书没看呢！真急得很，因家中米今日已食完，幸昨日购得二袋面来，否则又得立即想法矣，家中余款已尽，所余无几，不足购一石米之需，一石米需八九十元，亦只普通者而已，又得出售娘饰物，但如者用去，实非良法，如此又能支持多久，恐明年我毕业亦不能支持，仆妇去，娘躬自劳作，各项终日不息，观之心实不忍，恨我无能不能在课外有何收入助家用，晚仍整理诸材料，唯一念及家中经济之困难，便忧心各焚，此种心理实大影响我读书之进行，今日报载蒋与英美倾注全力，加强滇缅运输，泰国十一日夜电台突放送谓最近或被卷入战祸，港属商船实施武装，且如不武装即不许可，芬兰拒绝美国劝告之对苏停战，又十一日罗斯福等美方首脑，对日发露骨暴言，太平洋之最近由此而促进，日美关系，极堪注目。

今日去土地庙，昔日有人满之患之，长椿寺前高台上之鸽集，今日仅余二三卖鸽者，购者三四，情状极惨，其南本有售狗者，亦于三四年前无形取消，归途见一老乞妇，一如旧状，破衣烂衫作寒冷状，求怜于人，一变其拍胸拍脑大呼大喊之方式，久不见其人今又发现，不意她还生存于世，不知她此数年如何过来的，这个年头穷人倒容易混过，不穷不富的最倒霉了！

11 月 14 日　星期五（九月廿六）　晴，和

说冷不冷，有太阳，时倒不冷，只要没有风，还微有暖意，下午太阳回去的快，一没有太阳，寒气便笼罩着大地了，上午一懒十时许才起，看了半晌武林旧事，十卷，午间娘亲手做面食，近年来，娘也会作了许多东西，馒头也蒸得和买的那么好，午后去校，早半小时到洗洗头发，第一宿舍的理发室很久没有去了！下午两小时民俗，近来讲的无趣，下课到图书馆借书未借到，出来去郑家，陆方在那，谈一刻方要走，三表兄回来，与他谈过托购面事辞出，到家已暮，晚作一信复大马，灯下眼又微不适，心中想及的外界杂务过多，可厌。

11 月 15 日　星期六（九月廿七）　阴晦

睁开眼睛，看见那灰白色的窗户，以为还很早，便又睡了，再睁开眼看时，和先一次差不多，可是钟已快十一点了，起来略进早点，实报今加了一小张，多了四版，什么人物，科学常识啦，多添了许多材料，小报中的确办的不坏，可惜是在此环境中苟延下来，阴霾的天气始终是令我不快的，午后看西风合订本，有些篇文章却对于人生态度与做人方面很有益

处，三时半朱君忽来访，还我书数册，谈顷之，五时左右去，一日未出去，但觉闷闷无聊，虽有许多事未做，书未看，但在没有心情时，却一点也做不来，是以今日过得好不沉闷，看看报及书，过一个下午，又看阴沉如晦，四时许即如薄暮，十分可厌，既不雨又不雪，闹得我全身不自在，六时即用晚饭，近来两顿饭倒不晚，灯下观大宋宣和遗事，开首有诗，内容体例却也很似话本，但鲁迅撰之小说史略中谓此大唐三藏取经诗话皆有可疑处，不知何据。

连日无人来信，总盼邮差带来林的信，但终没有，我与林至今相识差二日方一月，而她与我深刻之印象，引起我很大的兴趣与注意，据我现在所知她有正确的思想，清楚的头脑，坚强的意志，追求正义光明的热情与进取的精神，或因她家中人的腐败与黑暗（？）使她十分不满，她与彼相较二人之思想不啻天渊，比泓强，比大宝二宝亦强得多，大宝二宝等渐渐有点变了，林豪爽的性格与弼相似，但可惜她的家庭的精神的思想的环境却大不如弼呢，她要作个可怜旧礼教下的牺牲者吗？这点真是她的不幸！近数日没有见碰见她，那么一个活泼可爱的孩子，却被这种恶无形的桎梏所困苦，真是可气可恨的事，可恨我没有这么大的力量来助她或代她打破这个害人的笼牢！但祝她将来永远幸福，她所期望的光明，不久便会照临到她身上永久不离去。

11 月 16 日　星期日（九月廿八）　　半阴，晚雾

近来愈来愈懒了，今日竟到十一时才起来，真糟心，太不该了，报上只言日派来木西大使，最后斡旋日美关系，明后日会晤美国务卿与大总统，近日，日美关系极为紧张，如何打开实一问题，为世界各国所关心，午后一时许出，去北新代同学郝君买活页文选，本意去中央看数年前在平安看过之南海潮，到那一看人甚多，一时兴趣又减，遂推车而出，一路步行看见如彼般的典型人物甚多，实在可叹，能为林之有志节的好青年，又能有几人！? 想起林不知此时做何事？想与她打电话，又怕与她添麻烦，也就算了，一时心中甚烦，街上匆匆忙忙的人们，不知皆忙的是何事，我

冷眼看此芸芸重生，实是可怜，一时无处可去，无目的的在街上走心中念着陷在不幸中的漪，做了个暂时的流浪者，莫名其妙的心中很不高兴，很不痛快，看见什么都可恨可厌，满胸愤恨，尤其痛恶那假藉礼教来杀人的桎梏，会使林那么不自由，实是想不到的事，怀着满腔幽恨，在大街上漫游，姑且步到西单北的旧书摊上去看看！旧书都很贵，碰见了一本铅印的大宋宣和遗事，便买了回来，这对我却有用，一时兴起往北到毛家湾郑家，三表兄有应酬出去，与小孩等聊天，不一刻维勤，陆方，四弟，相继皆来，巧得很，不期然而会，真是热闹，找也找不了这么齐呢，小三的同学也来了一个，谈了一刻，小孩子们提议去皇城根平民小学去打篮球，非去不可，于是只好一同去玩了一刻，小孩四弟，小三，与他们的同学一人，明宝算在一边，大宝，陆方，维勤我们四个大孩子算作一边，我们都穿着大袍子和他们打球，来回一跑，不一刻便出了一身汗，很少如此活动，玩玩也不错，难得全身出汗呢！约廿余分钟休息，运动中恐怕以篮球为最累了，没有休息一刻的时间，回来稍息，他们已生了一个小火，人又多，很暖，大家凑在一起一聊很是热闹，他们晚上吃什么私糕，我不大喜欢吃，非留我在那，我认为很难得一起谈便留在那里，可是我只吃了三块，干干的吃不下，没菜没汤，糕上有枣，马马虎虎过了一顿，吃后我即讲了一个续孤儿乐园电影的本事来给他们听，九时左右维勤回校先行，又谈了一阵子，九时半左右回来，一路行来突又降雾，实是难得碰见，空气很潮湿，雾还不小，十余丈以外即不能见物了，归途在宣外平民市场，平民小饭馆与四弟随便进了点食物，因为在郑家没有吃饱，雾中看什物不清，另有一番风味，到家十一时，得林来一信，是我期待的目的物，急忙打开一看，她又说我太客气，有点虚伪了，满纸的"您"字，大约便是她对我的报复吗？她告诉我她这几日在忙着办一种刊物，我真有点对不起她，我始终没有看见她却是个不平凡的女孩子呢！我太小看了她！她恐怕或比我还能干，惭愧我还未曾办过什么刊物呢！她的志气不小！魄力亦强，勇气亦足，但是我很怀疑，在此时，此种环境下办一个刊物，恐很难达到一个理想的境地，但她能办个刊物就不错，认识个朋友实在不易，我很庆幸我能认识她，这个有志气的青年，不同凡俗的女孩子，但是恨的是

我和她见面之机会甚少，信件亦只有面交，邮去，要被她家中检查，虽不怕看，给她找麻烦何苦!？她家中大人的思想却那么腐败，可怜，她告诉我，她家对她不大合适，她成天在外边，回去即睡……我对她的一切都不明白，故亦多疑问，更感兴趣，真是不知她在家中是怎么回事，是她个人特别，抑是另有原因，她既不肯明言，不便穷究，只是实在是一个难得遇见的益友，我却不愿轻轻把她放过，总要与她联络友谊才好，只是种种限制，种种不自由，在她那方面是很困难的一件事，其实"她"本人，亦是个有点神妙莫测的人物，但与她相识虽只一月之期，但她却与我一深刻的印象了。

11 月 17 日　星期一（九月廿九）　　阴，晦，微霰

　　昨夜回来虽已十时，但是在床上看西风，竟到二时才止，今天早上一懒，睁开眼一看，又是那么一付灰沉沉可厌的天气，十时方起，不去学校了，看报，开开窗户，有点凉意，十一时半提笔复漪信，不多写，只尽了三张纸，这封来信，又说我虚伪，客气，她却不好应付呢！午饭后一刻才写完，已是一时半了，先去前门取款，又往回跑到西单取表，不料放在那一个礼拜却未修好，又放在那，再去校，方下第一时，刚进屋，小杨子，刘二，小徐，朱头皆谓后汉书的没劲，倒一小时，不上了，反我也拉去小杨子家，于是今天一日皆未上课，便又到杨志崇家，先待了一刻，便打扑克玩，朱头不会，坐到四时，他有事先去，杨屋已生火甚热，我们四人玩了半响无趣，遂亦停止，坐在那神聊，反正又跑不出女性去，刘二近与杨交往甚密，故与其家人皆甚熟，谈起与杨姐及其友人等玩牌之事，其是神气，显得他特别近乎似的，国三有一女生名马玉芳，尚有姿色，老同学，刑普相识，马与杨姐识常来玩，故刘二亦得相谐，刑人品甚差，马却识他，可惜，小徐先有意，近又凉了，谈了半响亦无何意味，天将暮，因距家远，先行，到家已黑，饭后觉乏小憩，灯下看徐嘉瑞编之近古文学概论，北新出版，内容以音乐与中国文学之关系为主，独具只眼，意见颇新，至十一时翻一半，立意较新，材料则无什可贵者，有用者甚少。（对我论文而言）

11 月 18 日　星期二（九月三十）　阴

　　总是这付可厌嘴脸，天气又是那么愁眉苦样的不闻展，今天第一时有课，却起得很早，很快地收拾完一切，因为早点稀饭未得，空腹去校，今天早上却不大冷，唯一的一个早上机会，可以看见漪，但是不巧，我又没有碰见她，到校尚差三分钟才上课，这一小时民俗江先生又讲的是夏小正及月份等问题，以数目计月，只有我国，其他各国皆以物名，或是对所作之事来代表，下课后小杨子，刘二，小徐三人拉我去北海，在北海北边，不轻易去的地方如小西天北部，阐福内，添有鹿园一座，内增不少不大的鹿，又支九龙壁及其乐之寺内游赏半晌，皆大半是颓瓦残垣，满目凄凉，加以冬意已降，落叶萧萧，更增冷落与衰之感，惟僻处满墙柱等处，皆有游人留下笔迹，庄谐正邪不一，最正经者于九龙壁东寺内东，北墙上有二人题诗二首，一题十六岁童，一题十八岁童，且用毛笔黑写行书，殊有骚人墨客之风，不知是否真有此种人，带来笔墨至此题壁，和他们三人说说笑笑，不觉已是十一时半，第四时左传又刷了，又到蚕坛内参观国货展览处，内有北京及其他各省出产及大公司之出品，此来不虚，到十二时半方出门分手，我回校旁用饭，至小马屋中小坐，下午上两小时曲选，下课顾先生赠我他作的"苦水作剧三种"自印本，甚感他的盛情，到图书馆又查出了一本书，下礼拜就要考期中考了，过得真快，想起来又得着急，论文也该写出点什么来了，别胡混了，下课在大街上碰见漪，把昨日写的复信交她，当她同学我也不怕，因小徐等叫我去他家玩，遂亦来伴她行，到小徐家玩了一刻扑克，四时半许他太太方回来，那股子劲，反正看见不大自然，天黑早，五时辞归，到家已暮，得弼来一信，写了不少，但无什要事，亦无什意义，漫淡生活琐碎而已，也写了一段，她们学校男女同学误谈恋爱竟至自杀，另一个在济南的也自杀了，她每日胡忙，都不是特别必需重要或读书使她忙，至少一半是为了应付别人而忙，给我写这封不算短的信，用了一天半，写三四次才完，真不易，难得，亦难为她了，她们很注重西文，课本多用英文，便我想他们普遍对中国本国的书籍的知识定都

很缺乏的，将来的国粹除了这一般，在大学研究院中的少数师生以外，其他大多数人都是靠不住的，而仰仗这极少数的人，前途亦相当危险，假如战争在北平光顾一次的话，想起来实是不敢预测如何。

晚灯下阅报，连日新北京登载北京各城之贫民区，惨不忍睹，许多书亟须努力看，做不出论文，毕不了业可怎么好！别想玩了，努力干正经吧！毕业后再玩吧！晚外间又起风，独坐又生凉意，昨日款取回凑来八十元，今日一石米，尽去矣，惨哉！此之谓生活！又是一天！

11 月 19 日　星期三（十月初一）　阴，风，凉

上午去校时，有点风，先取回了手表，再把书送到郑家去，到校上了两小时余主任课，王子安之滕王阁序讲完了，今日又是阴天，并且由昨夜便刮起了不算小的风，于是今日气温立刻比昨日要差上十几度之多呢！中午在西四看见了林与陶，但是在丰盛胡同口遇见临时检查，复便未看见她，大约是走丰盛胡同了，没有找到她，便只好往南走，但是此时正好和陶谈谈林家中的情况，陶是个孩子，所以问无不说的，她谈林家中很自由，管的并不严，家中人没有一个和她说得来的，她父母才卅多岁（？）思想也不至于如何旧吧！原是福建人，现在是入了热河籍，她母就是热河人，奇怪！亦怪不得她会说句福建话呢，辟才几条那是她底堂姐姐，按说她家应不会如何令她多么失意不满呀！或许另有原因，或是她自己真有怪脾气？反正我觉得自认识她后，便觉她是个谜！两个大眼睛一闪一闪全是谜！陶答应有工夫和我谈谈关于林的事，并且允代我转信，我很感谢她的好意，午后独坐斗室看报，想到林今日午间的行径也很奇怪，我想她来信说她认识我后苦又增多了，并且似乎近来相遇时的态度比初识时反而不自然了，上封信中问我何以上礼拜约有五天没有见到她，而今天见了却似有意般避了去，猜不透什么意思，以我的揣度，是她家中不愿她这么早便交什么"他们心目中的可怕的男朋友"，而她又怕家中知道我现在还有与她信件交往，但只是见面手交，却不让我往她家中寄或打电话，她又怕别人知道了她在外边认识了我，于是见面时便又不自然，也许她同学亦与她开

玩笑，但是她不好明言其故，拒绝我的友谊，于是她的苦又增多了，她如无"笑骂由人笑骂，好坏我自为之的勇敢态度"，那也只有停止交往一途而已，但若真个走上此路，我则深惜一个有望的好青年，如果思想不振，便会逐渐堕入歧途去，岂不又是国家社会损失了一个有益的人才！（我亦失了一位好友！）前途的演变谁也不知道，但结果如何，却全操之于她的手中，她取何态度而定。

一下午看过报，不半小时便看完了，今天由图书馆借出的梁公九谏一文，薄薄的一本，接着看近古文学概论，内容有的地方立论颇新，比一般专讲旧学如余主任者不同，他（胡嘉瑞）却会利用新的眼光来批判叙述断论，只是小屋阴森觉凉，走在院中冷风凄凄，今天才真正觉得有点冬寒之意，是那么个意思了，不闰月，今天应是旧历十一月一日了，可是我仍穿的是夹袍子，大冷于换，现在还可以，如冷，稍一活动便暖和过来，下午书没看多少，灯又灭了一阵子，饭后觉乏，小憩一小时，起进柿子二枚，因此物助我润肠甚利，又略看书及记日记就寝，连日迟睡，今日早寝，昨日弼来信附来小照一张，玉人顾长，真苗条淑女，仍是很瘦，她每日操心太多，实不易胖，看去很高，实则比我却矮呢！弼是我目的的人，来信虽是情意甚佳，但在她的爽朗的性格中所表现的并不算过分，结果如何实难预料，她在万恶的上海，独能认清一切，不为恶习下风所沾染，孤洁自好，实可佩服，认清环境，思想之正确，与林同为现代不可多得之好青年也。

11 月 20 日　星期四（十月初二）　半阴晴，风

天气仍未好转，露出了一刻那么微弱可怜的阳光，上午左传起晚了，迟到一刻钟，只是听来无味，两小时古书体例我这回听主任的课算是以此门为较感兴趣，亦听得懂的，只是屋小人多，男女国三四及研究院，还加上旁听的，于是一屋子十分拥挤坐处甚小，连写笔记都不便，这两小时坐的十分不便，中午归来，没有遇见林，午后，一时错误，看了半晌的闲书小说，白过三时，实是可惜，看过报，又要黄昏了，下午的太阳，在五时

左右就西坠了，天气实可称作凉了，是冬天冷的味啦！只穿两件单的腿，亦觉凉了，真难为女孩子们只有薄薄一双袜子的腿，一到冬天好似租来的，不是她们自己的呢，反正谁冷谁知道，下午和晚上把徐嘉瑞编的近古文学概论，翻完，里边有一小部分可供我用在论文上的材料，武林旧事，都城纪胜东京梦华录，梦粱录等皆被人引用过，只是那些材料，可以不看原书，因为借出原书一看，别人已代我录出，与原书一般，所有全写出，更无新的材料，所以上述各书几可不必再看，可是又已费了这番手续，材料散见各书，还有近人的作品，日人的作品，只是收集编纂再加以整理论断，此就要一点时日了。

徐氏之书，以音乐为主来观中国之文学，亦一独特见解者，文学以音乐为先，初起于平民，盛传，而文人仿之，去其俚俗渐趋典雅，于是由平民化，渐变为贵族化，文人化矣，亦是典雅化，渐趋于死亡矣，因即不平民化，不能为大众所领略与欣赏，自被淘汰，晚近俗文学，亦即平民化之文学逐渐抬头，研究民谣，风俗俚歌者渐多，此种向为人所轻视之俗文学已逐渐为人所重视，提高其价值亦一可喜之事，我亦甚喜俗文学，但无相当知识，与修养不易有所获，亦难发扬其真精神之所在，偶见徐氏书中所载之通俗民间味之作品一二，自觉清丽真挚可喜者录于下：

白居易　浪淘沙

"一泊沙来一泊去，一重浪灭一重生，相搅相淘无歇日，会交山海一时平。"（此首尚无多大民间风味，惟立意颇新耳）

冯延巳　长命女词

"春日宴，绿酒一杯歌一遍，再拜陈三愿：一愿郎君千岁；二愿妾身长健，三愿如同梁上燕，岁岁常相见。"

（这是无形中把平民词的影像透露出几分来）

无名氏　御街行

"霜风渐紧寒侵袂，听孤雁声嘹唳，一声教送一声悲，云淡碧天如水，披衣告语，雄儿略住，听我些儿心事，塔儿南畔城儿里，第三个桥儿外，濒河西岸，小红楼门外，梧桐雕砌，请教且与低声飞过，那里有人人无寐。"（第一个"人"字疑应是"个"字）